思想型的作家
与
思想型的学者

王富仁和他的鲁迅研究

刘　勇　李春雨　著

北京师范大学出版集团
BEIJING NORMAL UNIVERSITY PUBLISHING GROUP
北京师范大学出版社

本书是国家社科基金重大课题"京津冀文脉谱系与'大京派'文学建构研究"（18ZDA281）阶段性成果

本书是国家社科基金重点课题"弘扬国学背景下的五四新文学价值建构研究"（17AZW014）阶段性成果

王富仁先生

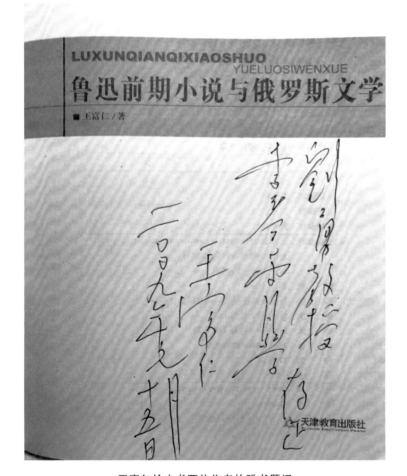

王富仁给本书两位作者的赠书题词

王富仁与刘勇合照

王富仁与刘勇（右二）合照

王富仁与李春雨（后排左二）合照

王富仁与李春雨合照（右一）

目　录

引　论　｜　思想：灵魂深处喷涌的力量

　　何为思想型的作家？何为思想型的学者？这是本书开篇就想讨论的两个问题。或者我们可以再追问一句：究竟什么是思想？"思想"，这是我们每个人都耳熟能详的概念，但实际上又很难说清它到底是什么，"思想家"则是一个更加独特的名词，思想家是干什么的？一个人的思想到什么程度才能算是思想家，思想家对人类的发展担负着什么样的责任与使命，而对于文学来说，思想究竟意味着什么，文学为何需要"思想"？文学书写的"审美性"与"思想性"是什么关系，文学研究的"学术性"与"思想性"又是什么关系？这些问题从根本上表明，"思想"对我们理解时代历史、社会发展以及文学的特性是多么的重要。

一、何为"思想"，何为"思想型"

我们今天在这里所说的"思想"，绝对不是那个与"艺术特点"相对应的"思想内涵"或是"思想主题"之类的东西，而是一个更加超越、更加深刻、更加复杂、更加深远的东西。对于文学创作来说，或者对于一个作家来说，是否具有思想有着关键性的作用。时代在发展，作家作品也不断在增多，但是文学史不可能把所有类型的作家、所有作家的创作都纳入其中，文学史注定是要越写越薄的，哪些作家能留下，哪些作品要被淘汰，历史会筛选，时间会筛选，而这其中，一部作品是否具有思想力度和深度，是它能够经得住考验的一个重要的因素。

第一，思想不同于学问，它不是一种知识的获得，而是来源于生命内部的痛苦思考。知识和思想是不同的概念，知识的堆积并不等于思想，知识如果不内化于自我体验，便无法形成思想。换句话来说，思想的产生不仅是知识的积累，它之所以能够产生，背后一定有一种驱动，一种需要，一种渴求。人类思想史的发展未尝不是伴随着社会的动荡和分裂以及人类自身内心的矛盾、人与命运的抗争等重要问题一步步发展起来的，而对这些问题的终极拷问，绝不会是轻松而简单的，它必然伴随着巨大而沉重的痛苦。托尔斯泰的一生就是充满了矛盾和痛苦的一生，或者说，如果我们不能理解托尔斯泰的痛苦，我们也就不能理解托尔斯泰的思想，更不能理解《战争与和平》《安娜·卡列尼娜》和《复活》等一系列经典背后的真正意蕴。托尔斯泰晚年为什么要出走？关于这个问题有各种各样的解读，有些集中于他的生活层面，特别是他与夫人之间的矛盾与分歧上，托尔斯泰晚年的出走与这些事情或多或少有一定的关系，但根本原因绝不仅仅限于这些琐事，托尔斯泰晚年的出走，其实和他一直以来精神上的痛苦有关。托尔斯泰的思想和感情是广博、复杂、矛盾、激烈的，他一直认为人应该追求精神上的成长和道德上的自我完善，他的《战争与和平》《安娜·卡列尼娜》以及《复活》虽然讲述的是不同的故事，但是在本质上都是对灵魂的拷问和对人性的救赎。在现实生活中，托尔斯泰身处上流社会，是一个农奴主、伯爵，他清醒地意识到自己的优越和特权建立在压迫广大农奴的基础上，这使得他的内心充斥着剧烈的思想矛盾，并把这种矛盾和忏悔的意识渗入到了他的作品中，《战争与和平》里皮埃尔身上充满了一种矛盾性和迷茫感，虽然身处社会上层，但并没沉迷于消遣放纵的生活，他始终在追寻心理上的平静，在经历了被俘虏的苦难和绝望、面对死亡的恐惧之后，终于完成了自我价值体系的重建。《安娜·卡列尼娜》中列文对上帝的怀疑、对贵族阶级的担忧，很大程度都反映了托尔斯泰的真实内心，而最后列文试图以宗教来救赎和解决社会问题的无力感，也是托尔斯泰的精神困境。《复活》里聂赫留朵夫身上的两面性和他漫长的自我救赎历程，都是托尔斯泰对人性深入的刻画。贵族的阶级身份给他带来财富和地位，写作的成功给他带来巨大的声誉，而这些并没有缓解托尔斯泰内心的矛盾和痛苦，反而随着财富越多、声名越大，他的精神危机越严重。为了获得内心的宁静，他最终选择了出走，最后病死在一个小车站里。事实上，很多上流社会的人，许多农奴主，他们根本意识不到自己的寄生生活，他们也感觉不到丝毫的痛苦，他们很快活，因此他们没有托尔斯泰伟大，也不可能像托尔斯泰那样名垂千古。其根本的原因是那些人没有思想，没有托尔斯泰那种深刻的、痛苦的、真诚的、发自内心的思想。

当我们把视野重新转回到现代中国时，也会发现整整一代中国现代作家都很难摆脱的巨大而沉重的思想痛苦，而鲁迅又是其中最有代表性的一个。鲁迅对国民性的思考，对中国文化劣根性的反思，都深深浸透着鲁迅的痛苦和绝望，其令人窒息的深刻，无人能及。正是在这个意义上鲁迅真正体现着现代中国的思想深度。正像一位学者所指出的那样："从近代中国知识分子所留下的思想轨迹来看，最缺少变化的就是鲁迅。超前的预见性，使他从一开始便站在接近这个世纪思想顶点的地方，俯看历史和人间，静待社会思想的演变发展。宗教徒式的'迷信''崇信'使他具有认真和诚实的性格，认定一点而矢志不移。他没有回归、倒退，他的思想轨道是一直向前的。"①综观近现代文化史，年轻时激进、年长时保守乃至走向复古的大有人在；用鲁迅自己的话说，就是"有的高升，有的退隐，有的前进"②，只有鲁迅还在孤独地进行着战斗，而且在不同的人文环境中始终保持着坚定卓绝的人格节操，在批判与否定旧我中继续前进。当今有一些学者认为中国现当代文学除了鲁迅之外，没有大师！为什么这样说？是鲁迅的小说技巧高？杂文的语言犀利？作品数量多？应该都不是，如果非要拿出一种答案，那就是鲁迅思想的深刻、复杂、敏锐。

在这里，我们不妨拿胡适作一个比照。敏锐与分寸、宽容与自由，这是胡适独特的文化品格，这种品格对中国现代文化的建设作出了它的

---

① 张福贵：《鲁迅宗教观的文化意义：思想启蒙与道德救赎的衍生形态》，载《东北师大学报》，1998(3)。

② 鲁迅：《南腔北调集·〈自选集〉自序》，见《鲁迅全集》（第4卷），456页，北京，人民文学出版社，1981。

贡献，但这种文化品格的局限也是十分明显的，特别是当它与鲁迅相比较的时候。换句更通俗的话来说，胡适远远没有鲁迅那么痛苦。不仅是胡适，像徐志摩等"新月派"作家，一般由于家境较好，在国内外的境遇也较为舒畅，可能他们会兴致勃勃地对中国文化做一些"实验"，又或者拥有自己独有的艺术感受力和才气，但他们不会像鲁迅那样痛苦而坚韧地思索着一些根本性的问题。

第二，思想不同于思考，它不是灵光一现的感想，而是具有体系的建构和逻辑的自洽。 思考无处不在，我们每一个人都会思考，但不是每个人都是思想家，区别就在于思想不是零散的、经验式的、随感式的、直感式的感想，而是逻辑上自洽的、有机的、环环相扣的整体。有没有体系性恰恰是有没有思想的一个重要体现。无论是西方的亚里士多德、马克思、海德格尔，还是东方的老子、孔子、庄子，他们无一不是用自己独立的思想体系开创了一个时代的文化。即便是像尼采那样看似散乱的"格言体"哲学，也有着其内在的体系性和逻辑性。尼采哲学思想的展开都是基于"上帝已死"的核心问题展开的，旧的文明体系已崩塌，新的文明体系如何建构，尼采对酒神与日神精神的阐述、对虚无主义理论的分析、对"超人"概念的设想、对永恒轮回定律的构思都是围绕着这个问题展开的。

我们不妨再来看看钱锺书，学界对于钱锺书始终有一个争议，即钱锺书是否能称得上是一个思想家？20 世纪 90 年代前后，有不少学者开始反思钱锺书的文化史定位。蒋寅于《在学术的边缘上——解构钱锺书的神话》(《南方都市报》1996 年 11 月 1 日)就曾提出，钱锺书与其说是一个思想家，不如说是一个博学家。李泽厚也在一次采访中强调了这一点："互联网出现以后钱锺书的学问（意义）就减半了。比如说一个杯子，钱锺书能从古罗马时期一直讲到现在，但现在上网搜索杯子，钱锺书说的，有很多在电脑里可能就找得到。严复说过，东学以博雅为主，西学以创新为高。大家对钱锺书的喜欢，出发点可能就是博雅，而不是他提出了多少重大的创见。在这一点上，我感到钱锺书不如陈寅恪，陈寅恪不如王国维。王国维更是天才。"王元化认为钱锺书的优势在于他读的书很多，古今中外的资料可以信手拈来，但钱锺书"没有什么思想内容，他思想内容非常平凡"①。关于这个问题之所以会引起这么多争议，其中一个重要原因就是钱锺书的思想在表现形态上确实呈现出一种零散的、经验式的、随感式的面貌。对于这一点，钱锺书其实也有自己的看法："也许有人说，这些鸡零狗碎的东西不成气候，值不得搜采和表彰，充其量是孤立的、自发的偶见，够不上系统的、自觉的理论。不过，正因为零星琐屑的东西易被忽视和遗忘，就愈需要收拾和爱惜；自发的孤单见解是自觉的周密理论的根苗。"②也就是说，"不成体系"既是钱锺书学术研究的一个特点，也是他自觉的学术追求，在《管锥编》中钱锺书就曾表示要"不耻支离事业"③，这种呈现方式难免会让人有一种"散钱失串"的印象和感觉，这也让钱锺书的学术研究呈现出一种广博十足而力度欠佳的特点。当然，这里仅仅是就钱锺书思想的特点而言，并不是说钱锺书没有思想。

　　第三，思想既诞生于时代，又必须超越于时代。所有的思想者都是

① 吴琦幸：《王元化晚年谈话录》，127 页，上海，上海人民出版社，2013。
② 钱锺书：《读〈拉奥孔〉》，见《七级集》，33 页，上海，上海古籍出版社，1994。
③ 钱锺书：《管锥编》，1377 页，北京，生活·读书·新知三联书店，2001。

敏感的，他们敏锐地感知到时代的情绪，意识到时代的问题，社会中的每一处细小的响动，都能够牵动他们的思索。但是思想家不是实用主义者，他们的价值不是发现问题就要立刻解决，更不是发现一个问题就必须去解决一个问题。相反，他们发现的问题非常深刻，往往难以解决，他们考虑的往往是关涉民族历史走向的问题，这就注定了他们所思索的问题既关涉当下，又超越当下；既关注个体，又超越个体。思想家的理想总是建立在为全人类着想的基础之上的，他们的思想给人类带来光明和幸福，然而他们的理想又恰恰是基于自身的苦难和逆境而繁衍出来的。他们在现实与理想之间进进出出，不断地构思、不断地自我否定、不断地完善，其目的就是有朝一日能将理想变成现实。比如说鲁迅，他着眼的不仅仅是阿 Q 的问题，不仅仅是孔乙己、祥林嫂的问题，不仅是子君、涓生的问题，也不仅是魏连殳、吕纬甫的问题，而是牵涉到了中国历史和文化的纵深之处，用他强大的思想穿透力叙述，将中国乃至全人类社会发展以及在政治、经济沉浮动荡中表现出来的人性的问题挖掘出来，所以直到今天依然有着振聋发聩的力量。莎士比亚的《哈姆雷特》，看起来是复仇构成了这部剧的核心环节，但是全剧在根本上归结到一点，即"生存还是毁灭"的问题。在这个意义上，《哈姆雷特》已经超越了一般意义上的戏剧冲突和情节冲突，它传达的是一种对命运的深刻追问，是对整个人类生存根本价值的纠结和思考。曹禺也是这样，过去我们强调曹禺善于构造紧张的戏剧冲突，他的剧作里一个冲突接一个冲突，这似乎成了曹禺剧作一个最重要的特征。其实如果我们仔细考察，就会发现这种概括是不全面的，甚至是不准确的。曹禺剧作最重要的价值，不仅在于他的话剧构建了紧张激烈的戏剧冲突，更重要的在于这种冲突不仅仅是戏剧舞台上的冲突，而且是人类命运的冲突，是人类命运和宇宙关系的根本冲突。这种冲突是远远超出舞台上那些家庭、那些人物的冲突的，正因为此，当《雷雨》面世之时，几乎所有评论者、读者和编导演都认为这是一部暴露上层社会大家庭罪恶的社会问题剧，唯独曹禺反对，他认为自己的《雷雨》不是一部社会问题剧，而是一首诗；所以当曹禺写出了比《雷雨》更现实的《日出》时，叶圣陶说《日出》"其实也是诗"①；所以当大多数人都在批判曹禺的《原野》是走进了自己不熟悉的领域时，唐弢说："'原野'这个名词意味着多么广阔、多么辽阔、多么厚实的发人深思的含义呵！"②从著名评论者，到曹禺本人，所有这些说法都指向一个本质所在，那就是曹禺的剧作在根本上是诗的，而不只是剧的。正如莎士比亚《哈姆雷特》所表现的"生存还是死亡"这个问题，既是诗，也是哲学，而不仅仅是戏剧。

那什么是思想型呢？思想型涉及一个人的偏向，有的人在气质上、特点上倾向于艺术型、形象的东西，比如郭沫若、徐志摩，比如朱自清、萧红等，他们更擅长捕捉那些灵光一现的诗意，更擅长生发激情奔涌的感情，更擅长鲜明地表现个人的情感世界。而有的人则偏向于深层的东西、内在的东西。他们苦苦地思索着中国文化中存在的问题，并试图改变这些问题，这赋予了他们更加深层、更加深刻也更加痛苦的精神气质。这些人是思想型的人，是思想型的作家或学者。思想型的作家和

---

① 叶圣陶：《其实也是诗——读〈日出〉》，见《叶圣陶集》（第10卷），109页，南京，江苏教育出版社，1990。

② 唐弢：《我爱〈原野〉》，见《唐弢文集》（第9卷），400～401页，北京，社会科学文献出版社，1995。

学者至少有以下四个特质：

一是思考的高度。郁达夫曾在《鲁迅的伟大》一文中这样说道："当我们见到局部时，他见到的却是全面。当我们热衷去掌握现实时，他已经把握了古今与未来。"①这是鲁迅的伟大之处，也是一般人很难对鲁迅产生"喜欢"的地方，因为人们很难从那么广、那么深的地方来"喜欢"鲁迅。鲁迅从来都不是一个单纯的文学家，他的特殊意义是伴随着中国社会革命发展诞生的。就像毛泽东所说"鲁迅是伟大的革命家、思想家、文学家"，这三个"家"是一个整体，缺一不可！鲁迅关心的问题有农民、知识分子、女性、民族劣根性，等等。鲁迅的思想异常复杂，向来难以只用一种理论完全阐释：如果用人道主义理论去阐释，就无法理解"过客"为何要"诅咒"善心帮助他的小女孩（《过客》）；如果只用存在主义理论去阐释，则无法理解"我"为何会被祥林嫂的三个问题吓倒（《祝福》）……究其原因，则因为西方人道主义、存在主义等思潮，是按照历史逻辑演进的，在中国这些思潮却同时传入并盘根错节地纠缠在一起，就像是落在中国土地上的外来物种，其自身发生改变的同时，也改变了中国的生态环境。这种现代转型中国的活生生的"纠缠"被鲁迅敏感地捕捉到了（或者说鲁迅被这种"纠缠"捕捉到了），现代中国的体验、想象与思想在鲁迅身上纠缠在一起，并被他以独特的敏感表达出来。曾有人因为鲁迅没有写过长篇小说而贬损鲁迅的价值，事实证明，一个作家能不能立得住，和他作品篇幅长短没有关系，而在于他所传达出来的思想是否在今天乃至以后仍然值得深思，他的发问是否始终让我们如芒在背。

---

① 郁达夫：《鲁迅的伟大》，载《改造》，第 19 卷，第 3 号，1937。

那些写了一大堆长篇小说，却思想平平的人其实并不少见。鲁迅虽然没有写过长篇小说，但这丝毫不影响鲁迅思想的丰富性和深刻性。鲁迅从1918年9月在《新青年》发表第一篇《随感录》，到逝世前一个月写下的《死》，他的杂文创作历时18年，将近八十万字，和其小说、散文、日记、书信一起，既构成了一个相互映照、互为阐释的文学体系，也凝聚成了一个丰富的思想系统。

作家作品的思想性很容易让人们联想到文学作品与政治的关系，甚至把思想与政治等同起来。在相当长的一段时期内，我们往往存在一个误区，认为文学只要跟政治联系在一起，似乎就不够"纯粹"了，政治性的存在似乎对文学本身的艺术价值产生了某种侵蚀。但实际上恰恰相反，文学只有达到一定的高度才能有资格与政治产生关系。我们说文艺不能"服从政治"，这里的"服从"是一种机械的、盲目的跟随，"政治性"本就应该是任何作品在任何时候都具备的品质。丁玲曾以长篇小说《太阳照在桑干河上》获得过斯大林文艺奖金的二等奖（一等奖空缺），周立波的长篇小说《暴风骤雨》获得三等奖。这两部作品，都是以土改为题材展开的，但是《暴风骤雨》更多体现了一种政治理念，基本呈现了一个英雄农民和恶霸地主不共戴天的故事框架，农民在共产党的领导下迅速觉醒，地主不甘失败疯狂反扑，周立波把两个阶级的斗争描写得紧张又生动。而《太阳照在桑干河上》则呈现了土改过程中更加复杂也更加真实的农村阶级关系，地主、富农、中农、下中农乃至贫农之间的界限怎么划分？这种复杂的关系甚至纠缠在一个家庭的内部，地主并非都是穷凶极恶，暖水屯的农民对待非恶霸的地主其实并没有暴力行为，反而有一些人对之表示出同情和不忍，甚至有人私下退还分给自己的土地，这种真实性的书写是需要胆识的，这是其一。其二也是更重要的，《太阳照在桑干河上》写的是土改，但本质上写的是"人改"，农民要翻身，更要"翻心"，土改的意义不仅仅在于农民拿到了土地，而且还在于农民如何做好自己土地的主人，这个问题关涉的是思想层面的讨论和反思，是对五四以来启蒙精神的延续和继承，这是更高境界的一种"政治"，是在一种特定政治情况下人最真实和最复杂的一种状态。因此，尽管《暴风骤雨》在情节结构上更一气贯通，地道的方言土语更生动，地方的风俗民情写得很到位，但它却比《太阳照在桑干河上》略逊一筹，其根本的原因就在于其思想站位的高度低于前者。

　　二是思考的深度。郭沫若曾经说过天才的发展有两种类型："一种是直线形的发展，一种是球形的发展。直线发展是以它一种特殊的天才为原点，深益求深，精益求精，向着一个方向渐渐展延，展延到它可以展延的地方为止……球形的发展是将它所具有的一切的天才，同时向四方八面立体地发展起去。"①其实郭沫若自己就是一个球形发展的天才。他在文学方面的开创性贡献，不仅体现在新诗和历史剧之中，而且同时在各种文学领域都驰骋着自己的才华，发挥着自己的创造力。他对短篇小说、长篇自传体小说、散文诗、报告文学、游记通讯以及文艺批评等各种文体样式都进行过尝试，并取得了骄人的成就。他勇于接受自己时代的各种新思潮、新方法，并大胆实践于自己的创作之中，西方现代派的一些创作手法如象征主义、表现主义等都在他的新诗和史剧里有不同程度的吸收，同时我们也可以从他的创作中感受到深厚的中国古代文学

---

　　①　郭沫若：《论诗三札》，见《沫若文集》（第 10 卷），北京，人民文学出版社，1959。

与文化底蕴。因此，对于郭沫若这样一个"球形天才"来说，既要求他在新文学新文化方面作出多方面的开创性贡献，又要求他在多个方面都达到很深的思想深度，这是不实际的，也是不公平的。但是鲁迅不一样，鲁迅是直线型的天才。五四文化先驱中，鲁迅在反传统方面不如陈独秀、钱玄同那样激进，在引进西学方面也不如胡适那么积极，但是，鲁迅对国民性思考的深度，比他们都要深刻，更重要的是鲁迅是从中国精神文化的根柢处来把握国民性的，这让他的洞察直逼本质，而这正是他对中国历史、中国社会的认知以及对人性、国民性的认知之深刻的重要原因。

鲁迅的批判笔触之所以能够如此犀利、如此深刻，还有另一个重要的原因，就在于他从来不是高高在上或置身事外的，而是把自己也放在批判对象之内，他批判知识分子，同时就是在批判自己。鲁迅的小说以及文章通常用第一人称写，他写魏连殳也好，写吕纬甫也好，既写的是那个时代的一批知识分子，也是鲁迅自身心理的某种写照。在鲁迅那里，对中国文化的反思已升腾为一种最彻底的社会批判和最无情的自我解剖。也正是在这一点上，胡适与鲁迅之间显出了某种深刻的差距。在胡适更注重社会文化建设和个人文化品格修养的美好想象时，鲁迅已更加无私无畏地投身到对时代社会及自我的批判剖析之中。

三是思考的执着。紧紧抓住一个问题不放，执着地追问下去——这是思考的形态、姿态。现代文学史上能够坚持不懈地对国民性进行思考，并对它作出深入、细致的解剖的，应首推鲁迅，甚至也只有鲁迅。鲁迅的一生，都在持续不懈地批判中国人与中国文化的缺陷，他对妇女解放的关注、对知识分子精神痛苦的剖析、对"救救孩子"的呐喊都是围绕着国民性这个基点展开的。他的创作体系虽然包含了短篇小说、散文、散文诗、杂文，但无论什么文体，字里行间都充斥着一种别人难以企及的思想力度，他冷静又执着地审视着中国文化对整个社会发展及国民性格生成的本质影响，进而直逼中国文化与中国社会现实人生的根本关联。这就是鲁迅文学观念确立之艰难、曲折、坚定的根本原因，也是鲁迅文学创作起点之高、思考之深、力度之强的内核所在。因此，喜欢鲁迅的人绝不会仅仅喜欢鲁迅的某一部小说或是某一篇散文，而一定是喜欢鲁迅思考的某一个问题，甚至是喜欢鲁迅一生致力于思考的整个中国的根本问题。

四是思考的价值。今天我们常常说鲁迅是"绕不过去的"，为何绕不过去，哪里绕不过去？我们认为这起码包含两层含义：第一层，在现代文学这个特定的历史阶段中，鲁迅的贡献是无法忽视的；第二层，经典作家之所以成为经典，恰恰在于他们不仅为当时写作，更为后世撰文。鲁迅等人的作品之所以能够在历史中走向经典，正是因为他们的作品历经时代的变迁与考验，仍然能够直达人性深处，与当下社会构成对话。或者说，鲁迅等人的创作并没有进入文学史而停留在历史的层面，他们更是活在当下。拿《阿Q正传》来说，阿Q的经典内涵至少有三个层面：其一，阿Q是一个从物质到精神都一贫如洗的农民；其二，阿Q是一个自欺欺人、苟活麻木的国民灵魂代表；其三，阿Q的劣根性是整个人类人性共有的弱点。以上三点足以概括阿Q的经典意义，但在我们看来，还有一个不可忽略的重要方面：阿Q性格最大的魅力，在于它具有某种存在的合理性，它是一种民族深层次的文化心理。上至国家民族，下至我们每一个人，谁不需要心理平衡一下，谁不需要阿Q一下？

今天乃至将来的中国社会，依然没有摆脱这种问题，这种历史的深刻性和现实的鲜活性成就了鲁迅等人的经典价值。鲁迅的价值绝不仅仅是一般性地揭露和批判了某种现象，鲁迅揭露和批判的都是中国社会历史甚至是整个人类人性当中根深蒂固的问题，不是揭露和批判一下就能解决的，这些问题是长久存在的，即使是揭露和批判了也很难解决的！这就是鲁迅为什么绕不过去的根本原因，这就是鲁迅为什么比别人深刻的地方！鲁迅的作品能让人一代又一代地阅读和研究，让一代又一代人获得不同的感受，这绝不是所有作家能够做到的，这就是鲁迅的价值所在。如果有一天鲁迅不再具有这样的作用了，那不是鲁迅消失了，而是他的意义和精神已经溶解在我们民族发展的过程中了，这是我们民族的进步，也是鲁迅意义的根本实现！

二、思想如何进入文学

"文学和思想"的关系问题是一个自古以来就不断纠缠的问题。中国文学史的进程与思想史的发展可以说是大体同步生成、相互渗透的。《论语》与儒家思想、《老子》与道家思想、竹林七贤与魏晋风度、李白杜甫与盛唐气象……如果没有思想的肌理，文学就会沦为单纯的语言表达而已，没有文学的承载和演绎，思想也很难在更广泛的意义上产生影响。

一部优秀的文学作品，无论它在审美层面上有多大的魅力，它的根本价值必定是在思想上给人以震撼和启发，必然是对于人的精神世界有

着深切的关怀。文学从根本上是对人性的叩问，对人生的探索和对民族命运的思考。那种脱离了对于人类精神层面和心灵世界观照的文学艺术是不好的，也是脱离现实的。凡闻名于世界的伟大作家，并非在于他们为后世流传了多少篇小说，多少首诗歌，多少部戏剧，主要是因为他们在文学作品中熔铸的思想直到今天还熠熠生辉，还能照耀人类前进的步伐。

以托尔斯泰为例，他真正的伟大之处，不仅在于他对安娜·卡列尼娜的心理描写多么细致，也不在于《战争与和平》的场景塑造得如何恢宏，而是在于他作品中所传达出的那种深厚的人道主义思想，从作品的呈现到自己的人生选择都闪耀着人性的光辉。他对农奴制的批判，对底层人民的同情，特别是他对自我的忏悔，对良知和人性的拷问，才是其作品影响了一代又一代读者的根本之处。巴尔扎克在《人间喜剧》里塑造了两千多个人物，但让这两千多个人物"活"起来的，是他对整个资本主义经济制度对人性侵蚀的深刻反思。葛朗台可以为了财产折磨自己的妻子和女儿；高老头一生为了女儿奉献，到头来却被抛弃，最后像"野狗一样的死去"。巴尔扎克这是对资本主义"金钱至上"的社会制度的批判，更是对人性进行了审判，这才是他被称为"现代法国小说之父"的根本原因。即便是像川端康成这样一位偏重于塑造病态美的、颓废官能世界的作家，他的《伊豆的舞女》却是描写无论日本社会再怎么等级森严，但人性欲望的萌生与勃发是无法压抑的，这是从根本上对日本的国民性和人性之间的冲突、个性与群体的关系的思考。可以说川端康成写出了日本民族性中最刻骨铭心的矛盾。他笔下的爱，往往看起来是一种不能爱的爱，但实则是自然与人性的完美表达。

　　还有一个例子，唐弢作为研究鲁迅的专家，曾写过一篇著名论文《论鲁迅小说的思想意义》，过了一段时间，他开始着手写另一篇《论鲁迅小说的艺术特色》，但是这篇论文却迟迟写不出来。后来他终于悟出来了，其实想要在《论鲁迅小说的艺术特色》中所写的话，早已经在《论鲁迅小说的思想意义》里面写完了！这就是说思想和艺术是不可能剥离开来的，一个作家的思想必然是通过特定的艺术形式来表达的，一个作品的艺术形式也必然是由特定的思想内容决定的，也就是说一部好的作品，它的思想意义和艺术特色不可能是两张皮。

　　另外，文学的根本发展和变革，归根结底是一种思想的变革。回首历史发展之路，无论是中国文学还是世界文学，文学的命运始终与思想变革紧密相连。纯粹的形式革命是不存在的，或者说是很短暂的；真正能够推动时代往前迈进的改革，其根本的动力都来自于思想的变革。因此我们不难看到，每到中国社会发生历史转换和转折的关键时期，常常都会发生激烈的思想争鸣和文化博弈。拿五四新文学来说，它诞生在中国文化生态巨变的时代，新文学之新绝不仅仅在于语言文字的革新，更在于思想意识、理想抱负的革新。新文学的很多论争，比如说要白话文还是文言文、要旧体诗还是新体诗、要旧戏还是新戏，这些看似形式上的论争，实际上都是一次次思想的更新、纠结与博弈的过程，新文化以来逐渐引进的各种"主义""流派"与"社团"，根本上也都是思想的争鸣。五四新文学之所以不同于几千年的传统文学，正在于其思想的更新开启了"现代"的思维，人们开始具有了现代的追求，开始关注现代人的生存价值与精神意义。

　　从文学革命到革命文学、左翼文学再到延安文学，是革命话语逐渐显现的过程，也是思想更新的过程。社会改造催生了新的思想，新的思想则促进了文学的更新。作为 20 世纪上半叶中国社会最大、也是最重要的思想问题，为何革命、如何革命这些问题深刻地融入了中国现代思想史的进程中，也融入了文学史的进程中，文学、社会、政治革命始终交互渗透、同步发展，共同形成了 20 世纪的中国经验。

三、思想如何激活学术

如果说文学的发展动力来自于思想的变革，那么文学研究的活力同样也来源于思想的境地。思想的开阔与否与学术研究的深度、广度都有着密切的关系。对于这个话题，学术界也曾有过一些讨论和争议。比如说，20 世纪 90 年代在学术界热议的"思想家淡出，学问家凸显"话题，这本是李泽厚在 1993 年为香港杂志《21 世纪》"三言两语"栏目里写的一句话，是对 20 世纪 90 年代陈寅恪、王国维等学问家受到热捧，而鲁迅、陈独秀等思想家遭到冷遇的一种感慨，没有想到这个问题一下引发了学界广泛的讨论，如何评判学问家和思想家各自的价值和贡献，其实直到今天都有继续讨论的空间。

事实上，从中国的学术传统来说，确实有着"重史轻文"的倾向。从梁启超、胡适、鲁迅、郑振铎、周作人等五四这一代人起，他们承前启后，以完全不同于古典文学的范式开辟了新文学的面貌，同时又传承了晚清朴学的学术传统，扎扎实实地对传统文化、古典文学进行继承和梳理，形成并建立了新文学的学术规范——高度重视材料和论据，强调从史实出发。这个规范奠定了 20 世纪中国学术研究的基础。这种"重史"的意识深刻地影响着现代文学史料的整理，1929 年新文学史的课程就已经走进了清华大学，朱自清授课的讲稿《中国新文学研究纲要》已经有了新文学史的基本雏形。到了 1935 年，在新文学还处在"未完成"的状态下，胡适、茅盾、鲁迅、周作人、郑振铎、朱自清、郁达夫、郑伯奇、阿英等这些身处于新文化大潮中的当事者和亲历者，就及时地编撰了《中国新文学大系》10 卷本，全方位、系统地总结了五四时期新文学发生发展的基本面貌。1949 年新中国成立后，新一轮大型的史料建设开始于 20 世纪 80 年代，由社科院文学研究所牵头，全国 70 多家高等院校和科研机构、10 多家出版社参与建设的"中国现代文学史资料汇编"大型丛书，几乎是举全学术界之力共同建构了现代文学资料研究系统，包括现代作家研究资料汇编、文学运动研究丛书、社团流派研究丛书、现代作家传记丛书、当代作家研究专集等。从 20 世纪 30 年代的《中国新文学大系》，到 80 年代的史料学建设，从阿英、唐弢、丁景唐、姜德明、樊骏、范伯群、倪墨炎、刘增杰、马蹄疾、朱金顺、张大明、吴泰昌、胡从经、陈漱渝、刘增人、张梦阳、陈子善等前辈学者，再到陈福康、刘福春、谢泳、金宏宇等中间力量，"重视史料"的研究传统始终贯穿于文学研究当中。

然而近些年来，对思想文化的讨论又逐渐升温，不少文学研究者，都逐渐转向思想界的研究。这些学者的纷纷转向，一方面是出于拓展现代文学学科边界的努力和尝试，更重要的是，现代文学研究里的一些重要问题本身就不是单纯的文学问题，而是思想史问题，就像有的学者所认为的那样："转向的目的正是试图为进一步思考和审视文学性本身作准备。在他们的思考中，文学性的获得既非和政治、经济、宗教、思潮知识逻辑相统一的结果，也非与它们有意识对抗的结果，而是在于作品是否细腻准确有力地呈现出了一个时代中人们感受世界的特别性和复杂性，并在此种对感受世界所存问题的显示中，揭出疗治此问题的富有启发性的途径。""所以，在根本上，不少文学研究者的思想史转向，跨学科只是其表，骨子里则是为更复杂、更有效思考文学问题进行有意识的'曲线救国'。"①

那么文学的研究到底应该如何体现思想？或者说思想型的研究应该是一种什么样的研究？我们仅以鲁迅研究为例，作一个对比：

"心灵辩证法"——钱理群。钱理群的鲁迅研究在 20 世纪 80 年代形成了强烈的自我风格，其中一个重要原因就在于他"心灵辩证法"的研究方式。在他的代表著作《心灵的探寻》中，钱理群提出了"心灵辩证法""我之鲁迅观""主体参与"等理念和方法，将自己的生命感觉融入对鲁迅的理解之中，尤其强调与鲁迅的精神对话与心灵相通。在他看来，"感觉"正是"接近鲁迅内心世界和他的艺术的'入门'的通道"②。因此，钱理群的鲁迅研究不像一般的研究者那样，与自己的研究对象保持客观的距离，相反他恰恰是通过与鲁迅心灵对话的方式达成生命体验上的"共鸣"。他的《与鲁迅相遇》就是对鲁迅"内心"不同阶段的关注而串联成的心灵史。将鲁迅"心灵"化，凸显鲁迅内心的矛盾，这是钱理群鲁迅研究的一个重要特点。从这个意义上说，钱理群对鲁迅的解读，也就并非仅

---

① 贺照田：《文学史与思想史》，载《郑州大学学报》(哲学社会科学版)，2003(6)。
② 钱理群：《与鲁迅相遇》，138 页，北京，生活・读书・新知三联书店，2003。

仅是对鲁迅自身的关注和解读，还包含着钱理群自己的现实经验和心灵探索，他既是在解剖鲁迅，也是在解剖自己。就像钱理群自己所说的那样："我们与鲁迅认同，实质上就是在审视鲁迅灵魂的同时，更严峻地审视、解剖自己的灵魂，'煮自己的肉'，也正是在这个过程中，真正理解与接近了鲁迅。"①

但值得注意的是，钱理群的这种研究方式在带来极大的情感共鸣的同时，也可能带来某些遮蔽和偏差，比如说钱理群对鲁迅遗嘱进行的解读就曾引起过一些争议。鲁迅曾在遗嘱的第五条里这样写道："孩子长大，倘无才能，可寻点小事情过活，万不可去做空头的文学家或美术家。"钱理群认为这条遗嘱一方面饱含着鲁迅对自己儿子的深切的爱，另一方面"万不可去做文学家或美术家"一句则包含了鲁迅对自己人生选择的反思和质疑，"鲁迅是选择文学作为自己一生的事业的，但他又不止一次地对文学的价值与作用提出质疑，他可以说是一辈子都在怀疑。他选择了一辈子也质疑了一辈子"②。对于这样的解读，王得后提出了不同的意见，他在《对于鲁迅的发现和解读——和钱理群学兄讨论》一文认为，鲁迅的第五条遗嘱中，不可忽视的是"孩子长大，倘无才能"八个字，认为"鲁迅这一条遗嘱，不是'无条件'嘱咐海婴'万不可去做文学家或美术家'；而是假定海婴先生长大以后没有才能，才嘱咐他'万不可去做文学家或美术家'"③。当然两位学者对待这个问题的看法各有立场，这

---

① 钱理群：《心灵的探寻》，13 页，石家庄，河北教育出版社，2005。

② 钱理群：《与鲁迅相遇》，41 页。

③ 王得后：《对于鲁迅的发现和解读——和钱理群学兄讨论》，载《鲁迅研究月刊》，2003(9)。

也是完全可以理解的，鲁迅研究想要保持活力，恰恰就是来源于鲁迅及其作品的开放性和研究者的争鸣性。但是我们也需要注意的一点是，在学术研究中既需要与自己研究的对象保持情感上的共鸣，也需要留有一定的距离。

"哲学辩证法"——汪晖。汪晖的鲁迅研究则呈现出另一种特点，在《反抗绝望：鲁迅及其文学世界》中，汪晖提出鲁迅是"在"而不"属于"任何一个时代的"历史中间物"：既反传统，又在传统之中；既倡导西方价值，又对西方的价值观始终保持着警惕。这种特性使得鲁迅的精神结构呈现出极为复杂的矛盾性和悖论性。在文学创作上则呈现出一种"反抗绝望"的生存哲学。因此，汪晖的鲁迅研究体现出一种强烈的形而上意味，他不仅以存在主义为思想资源去理解鲁迅的复杂性，而且其偏晦涩的论述方式和语言风格也体现出明显的哲学色彩。比如在对《野草》中的人生哲学进行探讨时，汪晖在小标题中依次运用了诸如"无家可归的惶惑""走向死亡的生命""荒诞与反讽""自我选择与反抗绝望""罪感、寻求、创造""超越自我与面对世界"等语词，可以看出，汪晖不再是从社会历史的角度对《野草》进行现实性的还原，而是把它作为鲁迅人生哲学体系的重要构成去阐释的。

从形而上的哲学视角去理解鲁迅的精神结构，确实是对以往鲁迅阐释模式中"先验性"的有效规避，但也有些学者认为这种研究模式如果长期发展下去，反而是对鲁迅思想性的解构。比如有学者认为汪晖从《狂人日记》中看到的只是一个"深刻的悖论"[1]："吃人"世界的反抗者自身

---

① 参见吴康：《"态度同一性"与"反抗绝望"——论汪晖的解构五四启蒙》，载《中国文学研究》，2005(4)。

也是有"四千年吃人履历"的"吃人者",由独自觉醒而产生的"希望"被证明是虚妄的,对自身历史"有罪"的自觉使狂人在"绝望"之中产生"赎罪"的心理愿望。这种"否定之否定"的哲学推演逻辑,其实包含了两个层次:第一层次,鲁迅对封建礼教的批判;第二层次,觉醒者面临的世界也终将是一种虚妄的幻觉。如果觉醒者只是幻觉,那么《狂人日记》的思想意义将体现在哪里呢?如果"礼教吃人"的思想命题被消解,那么"反抗绝望"的路径又从何谈起?如果五四启蒙终将面对的是一个"虚妄的未来",那么我们民族的现代生存又如何到来?从哲学的角度进入、理解、阐释鲁迅是有必要的,也是对鲁迅主体性研究的深化和拓展。但是我们也要注意不能过度地放大、阐释鲁迅哲学的一面。鲁迅的思想只有在一种动态而非静态的、与社会发生联系的而非抽象理论的状态下才能焕发出自己的活力,作为研究者的我们万不可将其过于玄学化、抽象化。

"思想辩证法"——王富仁。不同于钱理群和汪晖,王富仁的鲁迅研究同样显示出了自己的个性特点。在《我走过的路》中,王富仁曾这样说道:"我是从鲁迅研究开始我的学术研究的。鲁迅同时有两个侧面,一个是作为思想家的侧面,一个是作为文学家的侧面。而我,是更为重视他作为一个思想家的侧面的。"①这说明,王富仁对鲁迅的理解与研究,是以一个思想家为核心展开的,王富仁的学术研究,虽然是以鲁迅为核心,但又超越了鲁迅本身,而包含着对中国现代文化史和思想史一些重大问题的思考和探索。王富仁曾对鲁迅是不是思想家作过这样的界定:

---

① 王富仁:《我走过的路》,见《王富仁序跋集》(上),13 页,汕头,汕头大学出版社,2006。

"假若不把思想家仅仅按照西方的模式理解为一种完整的理论学说的营造者，而理解为实际推动了一个民族并由这个民族及于全人类的思想精神发展、丰富了人们对自我和对宇宙人生的认识的人，那么，鲁迅的思想家的地位就是不可忽视的。"①我想这段话放在王富仁的鲁迅研究乃至他整个学术研究的历程上来看也是符合的，从"思想革命的镜子"到"新国学"，都是王富仁对中国文化如何发展、中国文学出路在何方的深层思索。与此同时，这也对我们如何把握王富仁的思想结构、精神世界提出了更高的要求，如果说能够在某些方面引起对王富仁思想型学者研究的重视和开拓，也算是本书一次有效的尝试。

以上仅以三位学者为代表展示了三种进入鲁迅世界的不同方法，因此得出不同的观点。这说明鲁迅的世界是可以充分打开的世界，鲁迅的思想是可以充分打开的思想。我们也期待随着学术的不断发展，还可以有更多的方式解读和打开鲁迅。

---

① 王富仁：《中国鲁迅研究的历史与现状》(三)，载《鲁迅研究月刊》，1999(3)。

第一章 | 王富仁出现的学术背景

20世纪 80 年代，是个复苏的年代，各种文学和文化思潮都在涌动喷发，各种理论观念都在融汇碰撞，我们究竟会迎来一个什么样的新天地，这是那一代人的文化憧憬和理想期盼。王富仁和他的《中国反封建思想革命的一面镜子——〈呐喊〉〈彷徨〉综论》，就是在这样一个背景下把现代文学研究特别是鲁迅研究带入了一个新的境地。然而值得注意的是，任何一种"新"都不是无源之水，如果我们不了解王富仁出现之前学术界的基本状况，就不可能真正理解王富仁为什么会产生这样颠覆性的影响，也就不能理解王富仁鲁迅研究的真正价值。因此在真正进入王富仁的学术世界之前，我们有必要首先对王富仁出现之前的学术背景进行简单的梳理。

第一节　现代文学学科创建的历史机制

中国现代文学作为一门正式的学科，是伴随着新中国的成立而建立的。不仅如此，中国现代文学本身的发展也深刻地融入了中国革命的历史进程。从这个角度来看，中国现代文学学科的创建自然也带有很强的主流意识形态特征，这种属性使现代文学这个学科自然地居于学术研究与教学的中心位置，但也不可避免地带有一些历史的局限性。

一、文学与政治：现代文学的双重视野

回顾中国文学几千年的发展历程，不难发现我们的文学似乎从来都不是单纯地停留在艺术、审美层面，作家、读者、批评家乃至整个社会都对它寄予了太多"文学之外"的期待。从古至今，作家对自我价值的寻觅、对现实社会的批判、对民族命运的思考，已经作为一种底色、一种根基、一种传统，深刻而牢固地影响着中国文学的发展和走向。《史记》是"史家之绝唱"，也是"无韵之离骚"；《孙子兵法》是"兵学圣典"，同时还体现了强烈的哲学辩证法思想；《水经注》是地理名著，也是优秀的山水散文集；《陈情表》既是向帝王陈志的公文，也是抒情散文的典范。在中国文学的艺术宝库里，我们很少能找到哪一部典籍是"纯艺术"的，它们大多都是融合了政治、历史、哲学、文学甚至军事等为一体而综合存在的。

特别是进入现代之后，这种传统并没有随着封建王朝的衰落而逐渐式微，而是更加集中、更加典型地集中在了五四一代人的身上，伴随着中国现代社会的民族危机、文化危机同时诞生的现代文学，天然

地与社会、与政治有着紧密的联系。现代文学最突出、最重要的现象，就是许多有识之士本来（或后来）对文学本身是不感兴趣的，但大家都不约而同地关注文学。其实大家真正关注的是如何改造中国的国民性，如何拯救民族于落后之中，如何用文学这块敲门砖敲开这个古老国度的现代化进程的大门。政治和文学始终是现代文学发展历程中的双重使命，也正是这个特色支撑了现代文学特有的价值和品格。

为了更好地把握这一点，我们不妨去五四新文学发生、发展的脉络中寻找依据。1917 年，胡适的《文学改良刍议》和陈独秀的《文学革命论》两篇文章提出了文学革命的主张，开启了新文学的进程。因此，在文学史的讲述中，一般认为新文学的正式发生要早于 1919 年的五四运动，这本身没有问题。但一直到今天，发生于 1919 年的五四已经成为新文学的前缀，"五四新文学"已经成为文学史叙述中一个专属性的指代，一个从 1917 年开始的新文学的固定称谓。用五四来概括新文学是不是把新文学政治化、革命化了？是不是窄化了新文学、新文化的内涵？我们认为，用五四命名新文学、新文化，不仅没有限制、窄化新文学、新文化的内涵，恰恰是提升了新文学的高度、拓展了新文学的边界、丰富了新文学的内涵。事实上，正是社会革命在五四之后的转变才让新文学和新文化有了本质的提升和飞跃，用五四来命名新文学，赋予了文学超越文学本身的使命，从本质上提升了新文学的内涵与境界。以文学的力量倒逼社会的变革，文学被赋予了知识和价值重整的地位，被赋予了前所未有的实现社会革命的期待。五四新文学要推翻传统文学的格局和体制，命名新文学的内涵，更要从根本上建立新的知识话语体系和秩序，文学革命具有了社会革命的价值追求。

1927 年前后诞生的无产阶级革命文学更是体现了这一点，文学的左转意味着用更加深刻的思想意识和更加高级的政治形态对文学进行革新，也意味着文学要更加自觉地承担起思想革命、政治革命的责任，要更加明确地书写、展现革命的现实。革命话语从五四到左翼的提取，是一个自然的历史选择，左翼话语的革命性早已蕴含在五四的思想追求中。革命文学不是取代了文学革命，革命文学本身就酝酿在新文化运动中，酝酿在文学革命的整体要求下。因此，从文学革命到革命文学，不单是文学自身的发展，更是文学与革命的双重变革。

而以大众化和民族形式为重要特点的延安文艺，更是参与了 20 世纪中国最为剧烈的社会变革的全过程，回答了 1935 年之后中国文学向何处去的历史命题，创造了一大批具有中国气派、民族品格的文艺经典。以往对延安文艺的认识似乎有一个误区，就是认为延安文艺过于强调文艺为政治服务，甚至只有政治，没有文艺了。这个误区是怎样产生的呢？从当时整个中国的实际境况来看，文艺要服从抗战这个最现实、最伟大的目标，这就是延安文艺最大的政治，也是延安文艺最根本的价值。延安文艺经过历史的检验，它承担的历史使命是正确的、是崇高的，延安文艺同样也留下了一大批文学经典和艺术精品。我们有时会有一种时代历史的错位，往往从文学自身的需要来看待和要求在特定复杂时期的延安文艺，把文艺抽象起来，不考虑文艺的环境和语境。然而，丢掉了特定的环境和语境，就会把复杂问题简单化、整体问题片面化。延安处于特殊历史阶段，文艺为政治服务并没有贬损文学的价值。我们看到延安文艺不仅仅是文艺自身的发展要求，也是在民族危亡关头，文艺认同时代发展和革命需求的结果。

从文学革命到革命文学，再到左翼文学、延安文艺，这是中国现代文学发展的一个历史逻辑，也是一个社会逻辑、政治逻辑和革命逻辑。这是一代知识分子对于如何改造国民性、如何获得民族解放的一次长期探索。文学与启蒙、政治、革命一起，深刻地参与到 20 世纪中国的现代化进程之中。

二、学科初建与新文学史观的初步成型

关于新文学的评论、梳理与总结，其实在 20 世纪 30 年代就已经开始了。前后陆续有胡适的《五十年来中国之文学》、周作人的《中国新文学的源流》，乃至诸多名家为《中国新文学大系》所作的导言这样的论述，也有周作人、叶圣陶、朱自清、沈从文等人在大学开设新文学的相关课程等，但总体来看，这些课程、讲稿和论著都还无法构成系统性的、严格意义上的独立学科性质。直到 1949 年中华人民共和国成立，为新民主主义革命修史作为一个政治任务上升到国家政策层面被落实、推进，如何定义五四以来的新文学发展历程也就具有了学科建立的重要意义。

既然现代文学学科化是在新中国成立的背景下得以开展和推进的，那么这也意味着它不再停留在个人的学术研究层面，而是上升到国家层面的整体性建设。一个重要的体现在于现代文学学科的建设是随着新中国成立初期教育体制的改革一同进行的。1950 年 5 月教育部召开高等教育会议，在这次会议上通过的《高等学校文法两学院各系课程草案》规定全国各大学中文系都必须开设"新文学史"课程，并且提出"中国新文学史"的任务在于"运用新观点、新方法，讲述自五四时代到现在的中国新

文学的发展史，着重在各阶段的文艺思想斗争和其发展状况，以及散文、诗歌、戏剧、小说等著名作家和作品的评述"①。随着新文学在大学教育体制中正式的学科化，相应讲义和教材的编写也成了迫在眉睫的重要任务。在这种情况下，正在担任清华大学"新文学史"课程教师的王瑶开始着手编撰《中国新文学史稿》教材，这也意味着，这本被视为现代文学学科"开山之作"的《中国新文学史稿》，是在一种为了适应新中国、满足新中国教育教学需求的历史语境下诞生的。这也就注定了它的文史观念、叙述方式首先是体制化的，而并非是个性化的。比如说，王瑶在《中国新文学史稿》的绪论中就阐明了现代文学的基本性质："中国新文学史既是中国新民主主义革命史的一部分，新文学的基本性质就不能不由它所担负的社会任务来规定。"②

中国现代文学学科化过程中还有一个重要现象，那就是 20 世纪 50 年代中期以来，"新文学"纷纷更名为"现代文学"。比如说丁易的《中国现代文学史略》（作家出版社，1955 年）、孙中田的《中国现代文学史》（吉林人民出版社，1957 年）、唐弢的《中国现代文学史》（人民文学出版社，1979 年）等。"现代文学"概念的出现，并不只是对"新文学"的简单易名，而是包含着深刻的文化政治意涵，就像有的学者说的那样："从'新文学史'到'现代文学史'的名称变化，既是一种文学'进化'的结果，也体现出一种文学史观的'现代'转型"，"这种改变……包含了强烈的政

---

① 转引自黄修己：《中国新文学史编纂史》，126 页，北京，北京大学出版社，1995。
② 王瑶：《中国新文学史稿》，6 页，上海，上海文艺出版社，1982。

治意识形态含义"。①

也就是说，中国现代文学的学科化，并不完全是一个学科自然发展的结果，它的研究模式和方法是伴随着新中国的成立而逐渐定型和发展起来的，而这也决定了现代文学与政治意识和思想形态在很长的历史时期内都将保持着密不可分的关系。

三、文学史研究模式的基本确立

现代文学的发展和现代文学史的研究几乎是同步进行的，五四文学革命刚刚落幕，就已经出现了不少对五四新文学进行总结的相关论著。这其实体现了一代知识分子自觉的"史化"意识，从现代文学发生，到现代文学学科的初建，文学史研究的模式呈现出一个什么样的特点？笔者认为大致可以从以下三个阶段来把握：

第一阶段：五四初期以进化论为主导的文学史模式。现代文学是在西方思潮的影响下发生的，因此在这个阶段的文学史研究大多体现出一种明显的"进化论"色彩。自 20 世纪初严复译介了赫胥黎的《天演论》，进化论思想就开始辐射到中国社会的方方面面，从政治改革到文学变革，进化论深刻地影响着国人看待世界的思维方式，特别是对于新文学倡导者们来说，进化论是新文化代替旧文化、新文学超越旧文学的一个重要理论基础。拿胡适来说，他极力认同"文学者，一时代有一时代之文学"的文学史观，并坚定地认为："以今世历史进化的眼光观之，则白

---

① 孙向阳：《"中国现代文学史"学科的建构及嬗变：以"教学大纲"为考察中心》，载《南方文坛》，2018(2)。

话文学为中国文学之正宗，又为将来文学必用之利器，可断言也。"①他的《白话文学史》和《五十年来中国之文学》正是运用这种进化的文学史观的代表性成果。胡适认为从汉朝的平民文学到新文化运动的白话文学，是一个自然演进的进化过程和必然趋势，就像他在《白话文学史》引言中所说的那样："要人人都知道国语文学乃是一千几百年历史进化的产儿。"②除胡适外，鲁迅的《中国小说史略》在论述中国小说的历史变迁之时，也尤其看重进化规律的作用："小说亦如诗，至唐代而一变，虽尚不离于搜奇记逸，然叙述宛转，文辞华艳，与六朝之粗陈梗概者较，演进之迹甚明，而尤显者乃在是时则始有意为小说。"③陈子展的《最近三十年中国文学史》在论及新文学的发生之时，也采用了进化论的思路，论证了从晚清到五四新文学变迁发展的必然性。这种进化论式的研究思路一直影响到了 1935 年《中国新文学大系》的编撰，胡适在《中国新文学大系·建设理论集·导言》中这样总结"新文学"："我们的中心理论只有两个，一个是我们要建立一种'活的文学'，一个是我们要建立一种'人的文学'。前一个理论是文字工具的革新，后一种是文学内容的革新。中国新文学运动的一切理论都可以包括在这两个中心思想的里面。在那破坏的方面，我们当时采用的作战方法是'历史进化的文学观'，就是说文学者，随时代而变迁者也。一时代有一时代之文学……各因时势风会而变，各有其特长。……唐人不当作商、周之诗，宋人不当作相如、子

① 胡适：《文学改良刍议》，载《新青年》，第 2 卷，第 5 号，1917。
② 胡适：《白话文学史》，北京，新月书店，1928。
③ 鲁迅：《中国小说史略》，见《鲁迅全集》（第九卷），73 页，北京，人民文学出版社，2005。

云之赋,即令作之,亦必不工。逆天背时,故不能工也。……今日之中国,当造今日之文学。"①进化论的文学史观一方面有助于为新文学正名,将其发生发展归结为时代和历史进步的必然结果;另一方面,由于进化论思想对"新"的重视和强调,使古代文学、近代文学等旧文学在新的历史语境下丧失了合法性,尽管鲁迅、胡适等人在投身于新文学创作与倡导的同时,也对古代文学与文化予以深切的关注,但从20世纪整体的时代氛围而言,进化论文学史观仍占主导地位,这一定程度上不可避免地会遮蔽对旧文学价值的系统挖掘和研究。

第二阶段:20世纪30年代的新文学史编撰呈现出一种多元的模式。
对新文学的整理、研究和编纂在20世纪二三十年代呈现出一种多元化的特点。除了以胡适为代表的进化论史观外,还有梁实秋在《现代中国文学之浪漫的趋势》中提出的"把古今文学铺成一个平面"②,这种文学史观实际上是对进化论史观的一种反拨,梁实秋认为,相比于时间上的历时性,文学实际上更具有一种以人性为核心的共时性。而周作人的《中国新文学的源流》则又打破了以上这两种文学史观,认为文学史的发展不是直线形的,而是由"言志"与"载道"交替组成的循环结构,周作人进一步提出新文学的源头实际上在晚明的公安派。除此之外,还有以贺凯、王丰园、吴文祺、伍启元为代表的"唯物史观",这一派是较早开始运用马克思主义唯物史观进行文学史写作实践的,比如贺凯的《中国文学史纲要》,就引入了"经济基础与上层建筑"等理念,要求"由物质生活

---

① 胡适:《中国新文学大系·建设理论集·导言》,18～19页,上海,上海文艺出版社,2003。

② 梁实秋:《现代中国文学之浪漫的趋势》,载《晨报副刊》,1926-03-25。

所反映的意识形态中，而求出文学的产生与存在的价值"。① 这些不同的文学史观在 30 年代大大地丰富了新文学史的框架，也奠定了之后文学史撰写模式的几大基调，更重要的是，这些不同角度对近代以来中国文学的发展态势的梳理，也大大地推进了新文学的合法性和话语权的确定。

第三阶段：从 40 年代到新中国成立后的很长一段时间里，新文学史的编写模式都是以阶级论为主导的。进入 40 年代之后，在抗日战争和中国革命形势发展的影响下，新文学史撰写呈现出愈来愈政治化、革命化的倾向。阶级论文学史观主导了这一阶段的文学史研究思路，它与持续不断的政治运动相辅相成，一直延续到新中国成立后，成为新中国成立后的 30 年最为重要的文学史写作范式。李何林的《近二十年中国文艺思潮论(1917—1937)》(上海生活书店，1939 年)、周扬的《新文学运动史讲义提纲》(此提纲为 1939—1940 年周扬在延安鲁迅文学艺术院授课讲稿，后在 1986 年《文学评论》第 1 期、第 2 期发表)、任访秋的《中国现代文学史》(上卷)(河南南阳《前锋报社》，1944 年)、冯雪峰的《论民主革命的文艺运动》(上海作家书屋，1946 年)等可以被视为 40 年代代表性的文学史，这几部都体现出明显的政治化色彩。王瑶的《中国新文学史稿》(北京开明书店，1951 年)、张毕来的《新文学史纲》(作家出版社，1955 年)、刘绶松的《中国新文学史初稿》(作家出版社，1956 年)作为新中国成立后第一批新文学史著作，体现出明显的阶级论色彩。王瑶在

---

① 贺凯：《中国文学史纲要·绪论》(第一编)，2 页，北京，新兴文学研究会，1933。

《中国新文学史稿里》对革命与文学关系进行了明确的阐述："革命的首要问题是区分敌我，是对革命的对象和动力采取截然不同的立场和态度。就文学创作来说，这正是作家鲜明的爱憎态度的出发点，是作品的政治倾向性的根本依据……正是在这个根本问题上，就现代文学的主流和总的倾向来说，是符合无产阶级领导的新民主主义革命的总路线的。它与历史上的任何一个时期的文学不同，是作为人民革命的一条战线而存在的。"①在这种视角下，不少流派社团之间的交锋也不免被打上了资产阶级与无产阶级斗争的烙印，文艺观念和审美风格上的分歧也被解读为政治立场上的分歧。刘绶松在他的《中国新文学史初稿》中也如此说道："在阶级社会的任何时代里被写下来的历史书籍，都是一定阶级给予过去时代社会制度、社会生活和社会思想的一种叙述、解释和总结，里面强烈地贯穿着这一阶级对待问题和处理问题的立场、观点和方法，体现着这一阶级在这一时代的特定的、具体的历史要求：维护什么和反对什么。"②阶级论的文学史观将文学发展视为政治斗争和阶级斗争的结果，这一观点的确可以阐释中国新文学发展与政治革命的紧密关系。但如果只将文艺的发展视为政治变革的产物，未免是将复杂的问题简单化了。文艺本身的特性致使它不一定与客观世界同步变化，所以，仅用政治、阶级斗争的观点来观照复杂多变的文学现象，是无法全面、准确地破译文学世界的多重密码的，因为文学的根本是人学，其核心是阐释"人"的精神活动史，人类虽作为政治活动的生产者和参与者，但人与政

---

① 王瑶：《中国新文学史稿》，5～6页，上海，上海文艺出版社，1982。

② 刘绶松：《中国新文学史初稿》(上卷)，1页，北京，作家出版社，1956。

治并非从属关系，人不仅具有单一的政治属性，也同时具有其他社会属性，尤其在进入文学创作的领域中，人可能独立于客观世界，成为属性模糊的、被想象支配的对象。但为满足特定历史时期的政治需求，阶级论文学史观仍有其强大的话语逻辑和现实意义。

第二节　20 世纪 80 年代现代文学研究新局面的出现

1978 年，中国历史出现了转折性的发展。伴随而来的，是 20 世纪 80 年代中国现代文学研究出现新的转向，文学研究也在思想解放潮流中重启了启蒙精神的视野。也就是说，中国现代文学的学科化，并不完全是一个学科自然发展的结果，它的研究模式和方法是伴随着新中国的成立而逐渐定型和发展起来的，而这也决定了现代文学与政治意识和思想形态，在很长的历史时期内都将保持着密不可分的关系。

一、作家的重评与学术视野的重构

我们以往对 20 世纪 80 年代的讲述，都比较多地直接进入 80 年代本身一些话题的讨论，事实上，在 1978 年党的十一届三中全会之后，现代文学研究界就已经出现了一股"作家重评"的思潮，这其实可以被视为正式开启 80 年代思想启蒙的一个"先声"，之前那些在"政治视野"外的作家作品得到了重新的评价；随之而来的，是研究视野和研究方法的更新。这些都预示着中国现代文学研究即将迎来全新的局面。

1979 年创刊的《中国现代文学研究丛刊》刊有一篇名为《致读者》的

创刊词，称得上是"重评"时期的一份真正的宣言书："鉴于过去对现代文学的各种复杂成分注意很少，研究很不够，我们希望今后不仅要注意研究文学运动、文学斗争，还要注意研究文学思潮和创作流派，不仅要注意有代表性的大作家的研究，还要注意其他作家的研究，不仅要研究无产阶级革命作家，还要研究民主主义作家，对于历来认为是反面的作家作品也要注意研究剖析，不仅要考察作品的思想内容，还要注意作品艺术形式、风格的研究。"①在这样的作家重评浪潮中，沈从文、钱锺书、张爱玲等作家开始重新获得正视，通俗文学也在现代文学发展的整体视野中获得应有的地位，研究空间大大扩展了。

除了对个别作家的重评之外，现代文学如何在整体上开辟出新的局面也成了这段时间的一个重要课题。跨学科研究、比较研究等方法和视角开始进入现代文学研究，特别是世界视野的引入，重新建立起中国现代文学和世界文学之间广泛而深入的联系。这段时间发表了李万钧的《论外国短篇小说对鲁迅的影响》(1979)、王瑶的《论鲁迅作品与外国文学的关系》(1980)、温儒敏的《鲁迅前期美学思想与厨川白村》(1981)。这样的比较研究有力地证明了现代文学的价值可以不仅仅局限于革命史的框架内来理解，现代文学是中国社会由传统向现代的转变中逐步融入世界潮流的精神历程的反映，现代化作为衡量文学的尺度体现出了"进化"的色彩。特别是王瑶提出的"文学现代化"命题："现代文学是从五四文学革命开始的，而文学革命的精神扼要地讲来，就是要求用现代人的语言(白话文)表现现代人的思想和愿望(民主、科学、社会主义)，实际

---

① 《致读者》，载《中国现代文学研究丛刊》，1979(1)。

上它就是要求中国实现现代化的思想情绪在文学上的反映。我们要求学习外国进步文化、发扬民族优良传统，建立新文化和新文学，都是从促进中国现代化着眼的。……中国人民对现代化的强烈要求从五四已经开始，而现代文学史就反映了这种要求的追求和实践的足迹。其次，我们现在实行对外开放，与世界各国进行文化交流，我们就必须把中国文学放在世界的范围内去考察。"①这种整体思路确定了现代文学学科的性质和基本特征：现代文学是在与世界现代化进程对接中完成的，因而我们要在更加开放的世界化视野下去审视现代文学的"现代性"。

如果说在世界视野下重审五四新文学的"现代性"只是现代文学研究新局面的一个先声的话，那么"20世纪中国文学"和"重写文学史"的提出，则进一步开启了中国现代文学研究的新范式。

二、"20世纪中国文学"命题的提出

1985年，中国现代文学研究会、中国社会科学院文学研究所、中国作家协会和中国现代文学馆联合主办了一次"中国现代文学研究创新座谈会"，出席这次座谈会的有来自全国21个省（自治区、直辖市）的代表一百余人，主要的讨论议题有三个："一、关于中国现代文学的内涵和外延问题；二、关于文学研究方法的革新问题；三、关于中国现代文学研究与当代文学的关系问题。"从这次会议的规模到议题，不难看出这是现代文学研究学界在学科意义上寻求转型的一次自觉讨论。也正是在

---

① 王瑶：《在现代文学研究创新座谈会上的讲话》，载《中国现代文学研究丛刊》，1985(4)。

这次会议上，黄子平、钱理群、陈平原三位提出了"20世纪中国文学"的命题，认为应该把从1898年到20世纪末的中国文学发展史作为一个整体，建立中国20世纪文学史的新的研究格局。这个命题被陈思和进一步强化为"现代文学整体观"问题，并产生了重要影响。

正如我们在前文所说的，以"20世纪中国文学"的命名替换"现代文学""新文学"的构想，是在特定历史阶段的特定历史语境中提出来的。表面上看，这是一次将"近代文学、现代文学和当代文学"打通的研究格局的调整，但是往深层看，"20世纪"是世界整体进入"现代化"的时间框架，这个时间框架引入中国现代文学的视野，是对以往用政治事件来划分文学史的一次反拨，背后隐含的其实是如何用"现代化范式"取代"革命范式"，如何把中国现代文学史从中国革命史的框架中解放出来的逻辑理路。"二十世纪中国文学"的提出带来了两个明显的变化：一是相继出现了一批以"打通"为己任，从整体着眼，从宏观入手，跨越1949年界限，构建20世纪大文学史的学术成果。这方面的学术成果主要是一批冠名为"20世纪"或"现当代"的文学史论著。比如说孔范今主编的《二十世纪中国文学史》(山东文艺出版社，1997年)，黄修己主编的《20世纪中国文学史》(中山大学出版社，1998年)等，这些文学史以开放性的姿态把当代文学纳入其框架中来，强调这一体系的历史延展性和内在精神联系，以此来统合当代文学，打破人为的"现代""当代"划界，以建立"20世纪文学的整体观"。二是有的研究者走出自己的研究阵地，成功实现了学术视野的扩展或转移。或从现代反观近代，或由当代进入现代，还有的把研究视野扩大到整个20世纪。陈平原、陈思和、杨义、赵园、程光炜等就是其中的代表。而杨义在现当代文学领域外，还进一步涉及了楚辞、李杜诗、古代小说、叙事学等领域。"整体观"的研究思路，从某种程度上讲，是一种"大文学观"的研究视角，促使人们重新认识丰富复杂的文学现象的演变过程及其内在联系，并由此审视既往的研究惯性，在打通学科内部、学科与学科之间的界限后深刻地改变了文学史的研究格局，开拓了文学史研究的全新版图。

"20世纪中国文学"这一理论构想所引发的文学史观念的突破性变化，研究思路的不断革新，研究空间的深入拓展，以及由此带来的"打通"热潮，足以说明它在导引学科研究方向、昭示学科研究前景、推动学科研究发展方面具有很强的理论张力和启示意义。但是，问题的另一个方面在于，"整体观"的理论构想与研究的具体实践是两个层面的东西。以往的文学史过于看重1949年这一政治分界线，造成文学史叙述过于依附社会政治史和权力话语，而不是追求文学史本来面貌的完整呈现；过于强调意识形态，而不是注重文学史的学术建构，这自然带来一定的学术偏离。但如果认为有了"整体观"的理论构想，打造几本"通史"，20世纪文学就可以实现真正意义上的"一体化"，可能也是一种认识上的偏差。即使是现代文学与当代文学也是差异很大的两个时段，二者的"打通"不是一个简单的一加一等于二的关系，要使之完全衔接和吻合并不容易，所以把现代文学与当代文学简单相加和机械罗列不等于就是"整体"。事实上，20世纪中国文学整体观研究存在着明显的理论和实践的脱节问题，理论提倡、研究努力与实践达标之间尚有较大难度和一定距离。甚至可以说，过于看重1949年整个分界线会产生一些偏差，但不看重1949年整个分界线所包含的政治、社会、文化、历史、经济内涵以及它们具有的划时代意义，也是会产生偏差的。

我们认为，对这些不同时期的具体文学现象，以"20 世纪"的名目进行时间框定和体例统一固然重要，因为只有这样才谈得上"整体观"，但是，对这些具体文学现象来说，厘清其发展的逻辑关系要比时间长短的框定更重要，内在精神和整体意识的贯穿要比外在体例的统一更重要。换句话说，只有考虑到这些具体文学现象的历史发展和逻辑关系，考虑到其内在精神和整体意识，并以全局的观念统摄这些具体文学现象，以清晰的思路贯穿这些具体文学现象，才能使这些"零碎"的具体文学现象成为一个不可分割的有机"整体"，才能超越现当代之间的鸿沟和界限，进行真正意义上的学术梳理和"打通"，这才是科学的发展观和整体观。因为这些具体文学现象的"现当代"是一个有机的整体，是构成 20 世纪大文学史体系的基础单位。不管是"现代"成就高，还是"当代"影响大，或是现当代等量齐观，这一"整体"是一个事实存在，并没有截然分开。事实上，目前所看到的相当一部分以"20 世纪""现当代""百年"为名的文学通史和研究文章，"流水账"模式和"通史欠通"现象依然存在。这种"流水账"模式和"通史欠通"现象，在"跨代"作家个案研究方面表现得更为明显。设想一下，如果在"通史"编撰实践上，对"跨代"作家的个案研究尚停留在现、当代论述分离和内在联系割裂的阶段，何谈 20 世纪文学的整体观研究，更不用说真正意义上的"通史"了。认识到这一点或许是非常重要的。

三、"重写文学史"的浪潮和争议

1988 年王晓明、陈思和等人在《上海文论》开辟"重写文学史"专栏，从 1988 年第 4 期持续到 1989 年第 6 期，共推出 9 期，发表了 16 篇相关论文及笔谈，提倡用"审美的标准"作为现代文学的内在原则来把握，以区别于以往偏"政治的标准"来批判作品的价值。虽然严格来说，"重写文学史"的话题并不是一个"王富仁出现之前"的现象，但是它其实是 80 年代"重评作家""20 世纪中国文学史"这些思潮的一次重要实践，所以我们在此也对它稍加阐释。

陈思和和王晓明曾详细地阐明了这次"重写"的目的和方法："我们今天要冲破原先种种不正常的研究格局，也许更应该特别强调新的研究态度，强调注重细致的分析和严密的推论，把结论建立在翔实的材料和深入分析的基础上。光用判断——即使是正确的判断——并不能从根本上驳倒那些'公论'，我们目前最迫切需要的，是对那些被'公论'包裹住的作家作品展开真正深入的分析，什么时候我们拿出了这样的分析，什么时候那些'公论'也就不攻自破了。"[①]从这段论述中不难看出，推翻以往在革命文艺传统中建构的文学史"公论"，是"重写"所要达成的主要目的。一时间国内一些报刊纷纷办起响应"重写"的栏目，《中国现代文学研究丛刊》的"名著重读"专栏更是明确表示这是与《上海文论》"重写文学史"的一次南北合作，众多学者以此话题发表的文章更是涉及广泛，从对象来看，不仅有对茅盾、赵树理、丁玲、柳青等重要作家作品的剖析，而且还从整体上对左翼文学、解放区文学、新中国成立初期文学的价值进行重估。

在今天看来，"重写文学史"在 20 世纪 80 年代末的出现，确实具有

----

① 陈思和、王晓明：《主持人的话·重写文学史专栏》，载《上海文论》，1988(5)。

非常重要的学科史意义，它对作品"审美性"的挖掘、审视，在某种程度上是对文学本体性的一种回归。然而问题的另一面是，对文学审美性的强调，是否意味着对文学政治性、社会性的拒斥？以文学性去批判政治性，是否也走上了一种新的二元对立？事实上，审美性和政治性往往并不是二元对立的，过于强调这种二元对立，是否使"重写文学史"在践行过程中，会出现掩盖一种新的意识形态所产生的尴尬境地。实际上，作为"重写文学史"的倡导者陈思和也认为："我们提出既要历史的，也要美学的，这两个是不能分离的。历史的，就是你要把所有的作家还原到当时的历史环境下去考察；所谓审美的，就是文学有它的特征，它的社会性、政治性都是通过美的方式来表达的。"①在这次"重写"过程中，茅盾的《子夜》和丁玲的《太阳照在桑干河上》等作品，受到了较为严厉的批判。如蓝棣之的《一份高级形式的社会文件：重评〈子夜〉》一文，因秉承着文学审美性的原则，认为《子夜》比起一部文学作品来说，更像是一份"高级形式的社会文件"。这恰恰说明，文学的评定很难有权威的定论。文学的标准是什么？如果有，每个人还需要读作品吗？文学史是对已有作家作品的评价，但是它并不能起着引导作家怎么去写作品的作用！

然而，文学史又是一个评价体系，它需要以文学本身的价值为前提，否则根据什么来区分"重要作家"和"次要作家"？而按照文学价值的不同，"重要作家"和"次要作家"总是客观存在的，没有一定的文学标准，文学史就变得没有意义，文学史的学术价值就无从确认，文学史就

---

① 陈思和：《知识分子精神与"重写文学史"——与杨庆祥对话》，见《告别橙色梦》，392 页，广州，广东人民出版社，2018。

会变成一般意义上的文化史或文坛编年史。现在的一些现当代文学史往往对作家的罗列过于细致，以至于许多显然并不重要或不够分量的作家都榜上有名，各有座次，不少文学史著作"史"的含量越来越厚重，学术性的眼光越来越淡薄，这是应该引起重视的。《文艺报》在2012—2018年间开设"中国经典作家"专栏，已经推出的经典作家就有72位，按照不同类别统计如下：萧乾、叶圣陶、唐弢、姚雪垠、郁达夫、老舍、赵树理、夏衍、王统照、艾芜、钱锺书、沈从文、闻一多、鲁迅、郭小川、路遥、柳青、台静农、梁斌、杨沫、浩然、孙犁、周立波、张天翼、欧阳山、端木蕻良、杨朔、魏巍、李準、李健吾、林徽因、刘呐鸥、穆旦、萧红、严文井、张恨水、胡适、柏杨、陈白尘、胡风、郭澄清、何其芳、郑振铎、徐志摩、李劼人、陈映真、师陀、萧三、吴祖光、杜鹏程、草明、冯雪峰、舒群、田汉、阳翰笙、徐迟、陈忠实、林语堂、王愿坚、吴伯箫、陈荒煤、茹志鹃、俞平伯、王辛笛、蒋光慈、史铁生、左联五烈士、秦牧；经典作品介绍有两部，分别是《红日》和《林海雪原》，文学流派与社团有9个，分别是文学研究会、新月派、七月派、左联、语丝派、浅草—沉钟社、湖畔诗社、山药蛋派和"文协"。这些经典作家里，还不包括郭沫若、冰心、曹禺、巴金、艾青、丁玲！除了《文艺报》的"经典作家"栏目，当下各种解读经典、品味经典的丛书、专栏、节目更是层出不穷，我坚定地认为：文学史只能越写越薄！经典作家只能越数越少！谁都是经典就谁都不是经典了！"边缘"是相对的，走向边缘的过程恰恰也是走向经典的过程。总之，我们自己树立的经典太多了，这样导致的结果只能是谁都是经典，谁又都不是经典，经典的意义反而被模糊和消解了。让现代文学学科冷一冷、静一静、沉一沉，文学才能回归文学本身，才能显现自身的价值。

　　文学研究越来越繁荣当然很好，但是历史要求我们，文学史的写作必须越来越精粹。随着 20 世纪中国文学概念的提出及其研究的深入，整个中国文学几千年历史贯通一体的研究框架已经摆在我们的面前。这里尤其需要的是拓展严谨厚重的文学眼光。尽管许多作家作品都可能有它个性化的魅力，都有它在文学史上存在的某种价值和理由，但通过学术史的建构，应该确立一种比较高的同时也是比较一致的学术评判标准，把那些在某些时段真正有价值的作家作品留下来、凸显出来，以对历史作出我们后人应有的交代。

第三节　港台及海外学界的影响

　　在 20 世纪 80 年代改革开放浪潮的影响下，港台及西方的学术资源大批引进，港台学者及海外汉学家的中国文学研究逐渐进入了中国内地研究者的视野。正如王富仁所讲："中国现代文学学科自身的开放，首先是向海外汉学研究界的开放。"①以夏志清、夏济安、普实克、司马长风、李欧梵、王德威、金介甫、竹内好、丸山昇、伊藤虎丸、索罗金、罗曼诺夫、葛浩文、顾彬、王润华等人为代表的港台学者及海外汉学家的研究开始进入我们的视野，这些"他者"的审视，对中国内地研究界的研究来讲是新鲜的，甚至是异样的，它们一方面带来了不同话语背景下思想的交流碰撞，

---

①　王富仁：《"新国学"与中国现代文学研究》，载《文艺研究》，2007(3)。

对中国内地的研究生态和学术格局带来新的变化，也深刻地介入了 80 年代现代文学学科重建的过程当中。但另一方面，由于远离中国内地的历史与现实，港台及海外中国现当代文学研究也出现明显的缺陷和问题。

一、另一种视角与声音

某种程度上，西方话语的引入对本土的文学研究形成了不小的影响，在全新的历史背景下，研究者开始重新思考以往文学研究的方式、文学史的叙述方式等问题。港台学者及海外学者的文学史写作与中国内地研究者的文学史写作思路及范式都有着较大的差异。主要体现为以下几点：

第一，与中国内地主流话语体系的差异。港台学者及海外汉学家用的主导价值普遍体现为反对政治干预文艺，文学史的写作与文学研究都尊重文学的独立的艺术价值，更强调"人"的地位，反对"文以载道"。香港学者司马长风的《中国新文学史》就极力主张文学研究应该与政治分开来论，因此，在他的这本《中国新文学史》中，无论是文学史时段划分还是体例安排，抑或是研究对象的选择与评价方面，都体现出纯文学的审美倾向。比如说，他把现代文学的分期分为"文学革命期"（1915—1918）、"诞生期"（1918—1920）、"成长期"（1921—1928）、"收获期"（1929—1937）、"凋零期"（1937—1949）。把抗战以来的文学称之为"凋零期"，这种分歧和命名的方式体现出司马长风更加注重的是文学自身从诞生到成熟再到凋零的一个内在规律，而将抗战以来的文学称之为"凋零期"，其实也体现出他对于政治性较强的文学作品的一个基本态度。在具体的作品品评上，用他自己的话来讲，"严格审察流行的俗说成见，扬弃、批判了许多人认为的名作家和名作品，新文学初期如周作

人的新诗《小河》，冰心的新诗《超人》；钩沉了若干被淹没的代表性作家
和优秀作品，小说作家如李劼人、陈铨；戏剧作家如李健吾；作品如巴
金在战时写的《憩园》《寒夜》和《第四病室》，我称它为'人间三部曲'，实
是战时小说的杰作；也发掘了若干乏人提及，具有代表性的作家，小说
作家如穆时英、罗淑，散文如萧乾、吴伯箫，诗人如孙毓棠，批评家如
李长之、李广田"①。他也更加注重作品的表达技巧、情感的纯粹性，
例如他在"中长篇小说七大家"中，把沈从文放在了第一位，并且认为他
在中国文坛犹如"十九世纪法国的莫泊桑或俄国的契诃夫"②。汉学家夏
志清的《中国现代小说史》对左翼文学的评价也有不同的地方，他认为蒋
光慈、萧军的作品最多只能"算是一种宣传习作"，但他却注意到了左翼
作家中相对比较少被论及的张天翼等人，他赞扬张天翼的作品翔实地记
录了社会风习和时代风貌，丝毫没有公式化的倾向；甚至认为吴组缃的
作品可以媲美斯威夫特的作品，尤其是他在《官官的补品》这样的小说中
采用了象征的手法进行了讽刺，独树一帜。总而言之，港台学者及海外
汉学家的这些关注点与中国内地的主流文学史研究是很不同的。

　　第二，重文本批评而轻史论。中国内地的文学史建构中存在着"重
史论、轻作品"倾向，文学作品的价值更多是在革命史、思想史的框架
下体现出来，就像王瑶在《中国新文学史稿》的开篇提到的那样，中国新
文学史"必然是中国新民主主义革命史的一部分，是和政治斗争密切结

---

　　① 司马长风：《答复夏志清的批评》，见《中国新文学史》（上卷），附录二，香港，昭明出版社，1975。

　　② 司马长风：《中国新文学史》（中卷），37 页，香港，昭明出版社，1976。

合着的"①。但是欧美现代文学研究的兴盛，有一个重要的背景，那就是英美"新批评"派在文坛和批评界风行。"新批评"派特别重视对于"文本"自身审美价值的发掘和鉴赏，他们倡导的是一种"文本批评"，"承认作品文本是一个独立存在的客体，也意味着强调文学批评的根本使命，就是对作品文本的分析和评价"②。因此，我们看到港台学者及海外汉学家在分析个别作家时，常常体现出敏锐的文学洞察力，也因此，诸如张爱玲、沈从文、钱锺书等几位长期被文学史所忽视的"新人"的价值才能够被看见、突显甚至放大。再比如说王德威"没有晚清，何来五四"命题的提出，其实在王德威提出这个观点之前，陈平原在《中国小说叙事模式的转变》中已经关注到了晚清阶段文学史与现代文学之间的关系，但是二者的研究方法存在着明显的不同。陈平原更偏重从小说叙事模式的转变，去勾勒从晚清到现代这样一个时代推进的历史图景，这是一个典型的"作家—作品—历史"的完整体建构。而王德威则是从西方的知识考古学出发，联系到晚清的四种文类进行文本分析，认为晚清中已经出现"被压抑的现代性"。

　　第三，对部分作家和作品的关注。中国内地现代文学研究界的主要格局是以"鲁郭茅巴老曹"为中心的，而港台学者及海外汉学家往往喜欢选取一个我们不注意或者关注不够的作家作品，加以超强超大的发挥，以此来表明与中国内地学者的不同，文学史写作尤其凸显了对非主流作家的关注。司马长风的《中国新文学史》注意到了一些当时还不被足够重

---

① 王瑶：《中国新文学史稿》(上册)，1页，上海，新文艺出版社，1951。

② 杨冬：《文学理论：从柏拉图到德里达》，243～244页，北京，北京大学出版社，2009。

视的作家、批评家，如李劼人、李健吾、穆时英、罗淑、萧乾、吴伯箫、孙毓棠、李长之、李广田、陈铨等。在司马长风看来，这些作家的文学成就是超越左派作家的，也正是在这样的话语立场指导下，他给予了这些作家更多的关注。这种思路有的时候确实有利于发掘一些作家的价值，但有时也显得并不客观，比如说司马长风特别盛赞了孙毓棠的《宝马》："他的史诗《宝马》(七百余行)，为中国新文学运动以来唯一的一首史诗。……《宝马》打破了中国没有史诗的寂寥；但不能用'物以稀为贵'来评断它的价值，它确是一首伟大的史诗，前无古人，至今尚无来者。但是悠悠四十年竟默默无闻。唉，我们的文学批评家是不是太贪睡呢？或者鉴赏心已被成见、俗见勒死，对这一光芒万丈的巨作竟视而不见，食而不知其味。"①实际上，《宝马》真的有那么好吗？真的足以被称为"经典"吗？李欧梵把林纾与苏曼殊作为中国现代文学中"浪漫主义"的先驱者，林纾或许在翻译和创作上呈现出浪漫主义的色彩，但是这种浪漫的色彩是属于"现代文学"的吗？这都是值得进一步探讨的。

二、港台学者及海外汉学家研究中的悖论与偏至

海外汉学的研究自然有它的魅力和价值，海外学者新奇的视角、特殊的评价立场，确实会带来很强的新鲜感，但我们也不能忽略这背后的问题和缺陷。

第一，是"去政治化"，还是另一种"政治化"？我们只要细读夏志清的《中国现代小说史》，就会发现这部著作许多部分的论述与夏志清所宣

---

① 司马长风：《中国新文学史》(中卷)，187～188 页。

称的"纯粹的文学史观"是背离的，甚至是矛盾的。例如夏志清一方面声称"一部文学史，如果要写得有价值，得有独到之处，不能因政治或宗教的立场而有任何偏差"，另一方面他又大力称赞一些"自由主义"作家，"凭借他们的才华与艺术良心，他们抵制了，并在一些值得注意的情况下转化了那些浅薄的改良派和宣传分子的力量"。① 我们很难说这是一种纯粹的"文学标准"，夏志清的这种评判明显掺入了另一种政治标准。再比如说在论及"文学革命"的开端时，对胡适的《文学改良刍议》大加赞赏，认为陈独秀、钱玄同、李大钊、鲁迅等人对于传统文化"异常决绝"的态度，由此"他们后来大半左倾，也是顺理成章的事"②。这种评判既没有充分考虑到五四一代人"激进"文化立场的历史语境，而将五四时期激进与后来的"左倾"的关系进行如此随意推断，也是很难令人信服的。

第二，**"西方视野"还是"西方中心主义"**？从夏志清的教育经历和专业背景来看，他更多受到的是英美文学的影响，他的硕士论文研究对象是英国诗人丁尼生，博士论文研究的是乔治·克拉伯，就如同他自己所说的那样："我对英美文学，或者广义地说，西洋文学，一直没有变过心。近三十年来，我一直算是在研究中国文学，可是少年时读的书，留给我的是无限思情，难以忘怀。"③

而在《中国现代小说史》中，我们也随处可见英美新批评的细读法，

---

① 夏志清：《论对中国现代文学的"科学"研究——答普实克教授》，见《中国现代小说史·附录一》，328 页，上海，复旦大学出版社，2005。

② 夏志清：《中国现代小说史》，4 页，桂林，广西师范大学出版社，2014。

③ 夏志清：《鸡窗集》，137～138 页，上海，上海三联书店，2000。

对文学作品长篇大段细致的解读和评析构成了这本书的主体内容。而在对很多具体作家的评述中，夏志清也采用了中国作家与西方作家作对比的方式，比如说写到沈从文的《萧萧》，夏志清认为萧萧的身世与福克纳《八月之光》里的利娜·格洛芙很像，并且认为"沈从文与福克纳对人性这方面的纯真，感到相同的兴趣"[①]。写到张天翼的长篇《春风》，夏志清也会立刻联想起狄更斯《艰难时世》开始的一个场面[②]，他把巴金《灭亡》里的杜大心比作是"穿着普罗阶级衣服的拜伦式英雄"[③]，认为端木蕻良的风格有着"伍尔夫式的繁复"[④]等，这些都体现出夏志清有着非常丰厚的西方文学功底和背景。但值得注意的是，这种研究方法也会在一定程度上导致"西方中心论"的问题。过分依赖欧美视野来对中国文学进行审视并建立其某种联系，有时会造成一些比较牵强的解读甚至是误读。比如在谈论鲁迅时，夏志清把"鲁迅最好的小说与《都柏林人》相比较"，鲁迅作品与故乡的关系，又"与乔伊斯的情形一样"[⑤]，《孔乙己》的简练之处，"颇有海明威早期尼克·亚当斯故事的特色"[⑥]，这些说法虽然也有一定的道理，但从根本上看，与鲁迅的思想有着更直接关联的是果戈理、安特莱夫、夏目漱石等俄国、日本的作家，而非英美作家。

第三，**海外视角还是本土隔膜**？海外汉学对中国现当代文学研究的冲击，往往在于他们进入研究对象新颖的角度和视野，这常常会让本土

---

① 夏志清：《中国现代小说史》，154 页，桂林，广西师范大学出版社，2014。
② 同上书，174 页。
③ 同上书，189 页。
④ 同上书，243 页。
⑤ 同上书，27 页。
⑥ 同上书，28 页。

的读者耳目一新。但这种"别具一格"的新鲜感时间一长，也会暴露出一些"水土不服"的问题。优秀的作品在世界文学层面具有相似性，这种相似性也是大家可以共同欣赏的基础。但是，在文学交流不断深入的今天，本土体验中的文化隔阂也无法消除。当年梅兰芳远赴美国演出，受到了热烈的欢迎，但真的是因为他们懂得发生在古老中国土地上的传奇故事吗？他们真的可以领会京剧中所蕴含的传统美学神韵吗？沈从文认为梅兰芳在美国能够受欢迎，主要是因其身上所代表的"东方趣味"迎合了美国人对于中国风的想象，美国人诧异的是梅兰芳"美得如同一个中国古代花瓶或毛毯"。所以说，每个人都在从自己的本土出发，理解非本土化的文化。今天的海外汉学家缺乏对中国历史语境和本土经验的体验和理解，这导致他们的研究往往集中于作品本身，而忽视了这个作品诞生的历史语境和社会意义，又或者有的汉学家会拿着国外的一些理论来套用中国的研究对象，这也必然会导致研究者与研究对象之间巨大的隔膜。比如说，曾有一段时间，学术界对中国社会的现代性问题非常关注，因此现代文学界也对所谓的"文学现代性"给予了格外的关注。这本来是比较自然的，但问题在于，文学的现代性与社会现代性是相等的吗？是同步发展的吗？尤其值得注意的是，现在在一些对现代性的有关提法中普遍包含着唯现代性为上的色彩和倾向，而在文学现代性的实际操作中，则是唯西方文学的既有形态为尊，所谓文学的"现代性"在实际操作中成了文学的"西方性"，对概念的这种暗换是应该警醒的。最为严重的问题是这种风气会让国内一些年轻的硕士甚至博士形成一种"跟风"的倾向，有一些人在研究所谓文学现代性的时候，根本就没有搞懂"现代性"的真正含义。西方学者所提出的现代性理论具有西方特定的历史内涵，与他们所谈论的现代性是有差异的。比如，有人甚至大谈张恨水小说的"现代性"问题；有人在王德威"没有晚清，何来五四"观点影响下，一味强调晚清与五四的关联，而看不到（或者故意淡化）两者之间存在的重大差异，使研究从一个极端走向另一个极端。不少学术论文，开口必谈"书写""语境""话语"，闭口必谈"文本间性""后现代""民族—国家"，但仔细考究，他们所用的这些词语与他们论文所论述的问题实际上风马牛不相及。产生这种现象的原因很多，但有些研究者丧失主体意识，缺乏学术的原创性，盲目跟风，无疑是其中一个很重要的原因。这不但造成了大量的学术泡沫，而且会严重破坏现当代文学研究长期培养起来的踏踏实实的学风。我们认为，这应该引起学术界的高度重视。

三、学术自信与本土反思

值得注意的是，与海外汉学"一路走红"相伴随的，还有"汉学心态"的滋生。对海外研究视角、方法的盲目追随，把汉学作为追赶的学术标准，甚至拿来贬低本土学术传统的心理和心态，其实并不利于学科的健康发展。

有人提出是夏志清发现了张爱玲，对于这个说法，我们不能简单认同，唐弢在中国"发现"不了张爱玲，反而夏志清在美国能"发现"张爱玲，难道历史是这样不合常理么！实际上，张爱玲的《金锁记》一出现，傅雷就写了一篇《论张爱玲的小说》，说小说是作者"截至目前的最完满之作"，"我们文坛最美的收获之一"①。20 世纪 40 年代，唐弢和张爱玲

---

① 傅雷：《论张爱玲的小说》，见《傅雷文集·文艺卷》，107 页，上海，上海远东出版社，2006。

同在上海从事文学活动，谁还不知道谁呢？唐弢认为张爱玲、钱锺书等人"不是海外什么人的发现"①。唐弢没有把张爱玲写入文学史，正是因为特殊时代背景的影响，唐弢等人在书写文学史时，面临意识形态的规约与压力，必须有自己政治、社会、文学等各方面的考量。脱离历史的语境去看问题，也就无法回到我们的文学现场，厘清我们的文学脉络，也就会提出像夏志清"发现"了张爱玲那样的观点。但是无论如何，唐弢等人没有将张爱玲写进文学史，这毕竟是一种局限，不仅是历史的局限，也是包括唐弢在内的文学史家的局限。唐弢曾对自己的文学史研究作出过反思，"我们的文学史没有论述甚至提及这些作家，尽管有种种不同原因，却还是很大的疏漏和错误"②。唐弢和夏志清两人分属的本土、非本土的立场与语境截然不同，但是二者的差异性正说明了一个事实：本土"化"是一个动态生成的过程，这其中必然会经历本土与非本土对立、碰撞、融合的阵痛。而中国文学正是在这种"阵痛"中，不断弥补"疏漏与错误"，修正与更新本土文学的内涵与边界。

近年来，德国汉学家顾彬对余华、莫言等人的一些评价引发了广泛关注，2009 年 2 月，顾彬在接受《星期柒新闻周刊》采访时说："中国当代小说家，他们不会写人的内心，他们写的都是人的表象……"懂不懂人是个复杂的问题，但我们知道，顾彬的话不会是评价余华的结论，只能是引发人们思考的开始。在顾彬评价余华"不懂人"之后，余华 2017

---

① 唐弢：《复信》，见《唐弢文集·文学评论卷》，308 页，北京，社会科学文献出版社，1995。

② 同上。

年在米兰完成的杂文和 2018 年出版的杂文集，题目都是《我只知道人是什么》。在杂文集的封页上，余华还特别讲了这样一句话："文学包罗万象，但最重要的是什么？就是人。"①由此可以看出，余华对别人说他"不懂人"还是很在意的，而且是不认同的。

不难发现，由于文化背景的不同，文学研究差异是始终存在的，在短时间内是很难甚至是无法做到完全一致的。对于作家的评价是个复杂的问题，无论是港台学者、海外研究者还是国内研究者，皆有自己的一套标准与理论体系。今天，当我们再次提及几十年前的港台学者及海外汉学家的研究，并不是为了分出谁高谁低，而是借助他们的成果所带来的新的视角，看到研究的差异以及产生差异的原因，在彼此对话的良性互动中推动文学研究的发展。对于他们"声音"的关注，是文学研究不可忽视的一个方面，也应当始终是中国文学发展的题中之意。

纵观 20 世纪 80 年代中国现代文学的学术研究，不难发现，当时的学术环境较为复杂，中国内地、港台、海外学者的研究也呈现出众说纷纭的态势，在港台学者及海外汉学家标榜"文学性""去政治化"等完全不同于以往的研究思路的冲击和渗透下，中国内地学者的文学研究整体呈现出一种"松动"的状态，"松动"就意味着新的学术增长点，也意味着学术论争和多种思潮的萌发。不过，以我们今天的眼光来看，应当清醒地认识到一个问题，那就是在审视 80 年代初期的重要学术思想和研究成果时，不能用狭隘的非此即彼的眼光来看待，评价当时中国内地及港台、海外文学研究也没有必要分出个高下，港台学者及海外汉学

---

① 余华：《我只知道人是什么》，南京，译林出版社，2018。

家们对徐志摩、沈从文、张爱玲等作家的重视是历史语境造成的，我们内地的文学史叙述，对徐志摩、沈从文、张爱玲等人的不重视也是历史语境造成的。认识到这一点，我们对港台学者及海外汉学家的学术研究和中国内地学者的学术研究的评价也会更加客观与严谨。

第二章 | 王富仁的进入

　　如果说 20 世纪 80 年代学术界的风起云涌为王富仁等人的出现提供了重要的契机，那么当我们回到王富仁自身来说时，他学术研究的起点在哪里呢？他是带着什么样的视野和储备进入现代文学研究领域的？他又是怎么样在鲁迅研究中找到思想革命的这面镜子？这是我们在走近王富仁的时候同样需要了解的几个问题。

第一节　师从李何林

　　1982 年，王富仁考入北京师范大学中文系，在导师李何林门下攻读中国现代文学专业博士学位。在王富仁的学术道路上，李何林发挥了至关重要的作用。这不仅在于他们之间实现了鲁迅研究的某种延续，更重要的是对于李何林和王富仁来说，研究鲁迅、坚守鲁迅，已经远远超乎简单的师承关系，而是活生生的、有血有肉的生命传承和精神传承。虽然两代人的学术立场并不完全相同，但鲁迅始终是连接两代学人关系的精神纽带，在精神导向和研究方法上既有相通的一面，也有发展的一面。学术研究的发展是环环相扣的，任何一个研究成果都不可能是一种独自的创造，而是处在一个相对完整而且不断发展的学术链条上步步推进的。因此，想要理解王富仁的鲁迅研究，我们不得不从李何林说起，不得不从李何林和王富仁两代学人的关系说起。

一、两代学人的不同学术追求

虽然说王富仁是李何林的弟子，二人所作的又都是鲁迅研究，但王富仁并非是完全沿着李何林的路子继续研究鲁迅的，甚至可以说二者在鲁迅研究的思路和方向上存在某种程度的冲撞。王富仁"思想革命的镜子"的提出，从表面上看是建立在 20 世纪 50 年代以陈涌为代表提出的"政治革命的镜子"基础上的，但从根本上看，"政治鲁迅"并不是陈涌一人的创见，而是以陈涌为代表的包括李何林在内的整整一代学人的政治立场、研究姿态与学术观点。也就是说，即便是作为李何林弟子的王富仁，他们也并不完全存在着"学统"和"观点"的一致性。而这种差异，与其说是个人学术观点的分歧，还不如说是两代学人的不同追求，当然，时代历史的不同语境也是非常重要的原因。

李何林这一代人把鲁迅放在广阔的社会历史变革的大环境下进行考察，更注重鲁迅小说的时代社会作用。用李何林自己的话来讲，他的研究是一种"找成分"式的研究:"我曾经在蒋光慈、郭沫若和鲁迅的初期作品中寻找'社会主义现实主义成分',肯定他的作品有这种成分,肯定他在无产阶级革命文学初期的先锋地位。"①从政治的角度、社会的角度去评判一个作家的意义,这种研究方法并非是李何林一人独有,而是那一代学人阐释文学的主流模式。体现在鲁迅研究上,李何林把鲁迅与中国新民主主义革命事业联系在一起并以此肯定鲁迅的价值和贡献:"鲁迅的文学方向,也就是新民主主义的文学方向;他的文学获得也就不得不被无产阶级思想所领导,也必须如此,他的作品才是新民主主义的文学,也才值得毛主席像上面那么用尽了最高的赞词来称颂。"②王富仁曾这样总结过李何林的鲁迅研究方式:"他极少脱离开鲁迅单独阐释马克思列宁主义,倒是更经常地通过鲁迅作品来阐释革命的理论。也就是说,构成他思想的主体的是鲁迅和鲁迅的作品,而不是马克思列宁主义理论本身,这使他的思想从一开始就有了与创造社、太阳社那些'革命文学'的倡导者不同的特征:后者是以马克思列宁主义理论的标准衡量鲁迅及其作品的,而他则是通过鲁迅及其作品接受和理解马克思列宁主义的理论的。"③由于李何林对鲁迅的坚定捍卫,戏称李何林为"鲁迅党"的声音不时出现,但是在王富仁看来,"李何林向这个世界要求的并不是'学问',并不是'学术成就',他要求的是思想,是精神,是人格,是

---

① 李何林:《我对错误的初步认识和批判》,见《李何林全集补遗》,263页,郑州,大象出版社,2007。

② 李何林:《五四时代新闻学所受无产阶级思想的影响》,见《李何林全集》(第4卷),177页,石家庄,河北教育出版社,2003。

③ 王富仁:《他擎着民族精神的火把——纪念李何林先生一百周年诞辰》,载《北京师范大学学报》(社会科学版),2004(4)。

一种能够在黑暗中反抗黑暗的精神，一种能够在愚昧中注入健全的理性的思想，一种能够撑起中华民族的苦难而又在苦难中执着追求的人格。他能在哪里找到这些东西呢？在鲁迅作品中，并且只能在鲁迅的作品中。"①特别在《鲁迅〈野草〉注解》里，李何林对《野草》的每篇作品几乎都进行了逐字逐句的注释和串解，把本来晦涩难懂的作品讲解得十分形象。所以我们今天再看李何林的鲁迅研究，总体上给人的感觉是非常平实的，是从文本实际出发的，是脚踏实地，非常朴素的。值得一提的是，现今97岁的首都师范大学教授王景山先生，也是鲁迅研究专家，他在2002年出版的"鲁迅五书心读丛书"，与李何林的《鲁迅〈野草〉注解》在写法上也有相通之处，都是通过对鲁迅作品的逐篇阅读，多侧面、多角度地勾画出鲁迅不同时期、不同体裁作品的思想艺术特征，同时也知人论世，将每一篇作品放入鲁迅特定的人生境遇中加以揣摩，最大程度地贴近鲁迅的心灵，获得对作品的理解。王景山先生还特别对作品涉及的文学史知识作了清楚的交代，如每部作品集出版的时间、地点、不同版本之间的细微变化；每篇作品最初发表的时间、刊物、写作的背景等。而对那些出版前未曾发表的作品，也根据《鲁迅日记》查出了大致的写作时间为读者的阅读和理解提供尽可能多的帮助。这种功夫往往是许多人所不愿意下和下不了的。正是在这里体现出了老一辈先生治学的认真、踏实和追求的独特。本书作者之一的李春雨当年曾专门为王景山先生的这套丛书写了一篇书评发表到《中国现代文学研究丛刊》上。

---

①　王富仁：《他攀着民族精神的火把——纪念李何林先生一百周年诞辰》，载《北京师范大学学报》(社会科学版)，2004(4)。

李何林的鲁迅研究有着强烈的时代色彩，正是有了李何林这一代人的历史前提，以王富仁为代表的后辈学者的鲁迅研究才因其"背离"而显示出独特性和丰富性。

二、鲁迅研究的传承

虽然王富仁不是完全沿着李何林的路子继续从事鲁迅研究的，但作为李何林的弟子，王富仁身上也自觉地延续了李何林鲁迅研究的精神传统和重要印记。

首先是坚守鲁迅的精神立场。今天我们提起李何林的鲁迅研究，可能最鲜明的印象就是他"保卫鲁迅"的精神立场。"保卫鲁迅"对于李何林来说，绝不仅仅是一句口号，而是几乎成为一种精神信仰贯穿于他的学术生涯当中。正如王得后描述的那样，"从编辑《鲁迅论》开始，从旧社会到新社会，从鲁迅生前到鲁迅死后，从他自己初出茅庐到蔚然成家，他写了那么多辩护鲁迅、捍卫鲁迅的文章，大概没有第二个人。"[①]李何林独特的人生经历，使得他在思想和灵魂方面与鲁迅无限接近，这种思想的默契使李何林对鲁迅产生深厚的情感，成为鲁迅坚定的捍卫者。对于王富仁来说，虽然他从未提出"保卫鲁迅"的口号，但是笔者曾不止一次看到王富仁在与别人争论鲁迅的价值，尤其是对近些年来一些"告别鲁迅""贬低鲁迅"的声音，王富仁是很愤怒的。大家都知道王富仁私下有一句名言，叫作"谁骂鲁迅我就骂谁"。王富仁对鲁迅的捍卫，不是自以为

---

① 王得后：《李何林先生的鲁迅研究》，见《李何林先生纪念集》，261 页，天津，天津人民出版社，1996。

自己多高明，不是以为自己多深刻，更不是所谓的"鲁迅党"，王富仁的愤怒是来自于直到今天还有不少人对鲁迅的理解是如此的肤浅、如此的愚昧和错误，直到今天不少人依然以消解、贬低鲁迅而显示自己的标新立异，王富仁的这种愤怒与无奈，与鲁迅当年看到阿Q的自欺欺人、孔乙己的麻木所产生的"怒其不争、哀其不幸"有着深层次的精神联系。

其次，王富仁和李何林一样，都是从思想的角度对鲁迅的根本价值进行整体观照的。李何林在成为一个真正的文学批评家和学者之前，首先是一个革命者。他先后经历了南昌起义失败、家乡暴动失败，最后流亡北平，这种人生经历成为李何林后来转而从事学术研究的驱动力。也就是说，李何林转向学术研究、转向鲁迅研究并不是书斋式的，而是一种对社会问题的思考和关怀的文化投射。因此，当李何林投身文学事业的时候，自然会对现实主义题材和精神的作品有更多的关注。在总结自己的文学研究生涯时，李何林曾这样写道："我是没有创作过的人，平生一首诗、一篇小说、一幕戏剧也没写过。我一生不吸烟不喝酒，也没有烟士匹尼纯（inspiration 灵感），早睡早起，生活有规律。所以有的朋友说我：'你简直不像个搞文学的！'……从一九二六年参加北伐军起，五六十年来我主要从事教书匠的工作。教书，自然要不断地学习和研究；而鲁迅说过类似这样的话：创作需要热情，而研究则需要冷静。如果二者兼顾，则忽冷忽热是矛盾的。但鲁迅、郭沫若、茅盾等是既能创作，也有许多研究成果的，又怎么说呢？还是因为我缺乏形象思维和表现的能力等等罢？"①这段文字某种程度上是李何林对自己很难兼有"创

---

① 李何林：《李何林全集》（第1卷），1页，石家庄，河北教育出版社，2003。

作的热情"和"研究的冷静"的一种反思，但也从侧面表现了李何林理解
文学的角度，他并不是因为感性、抒情、兴之所至的一面而走近文学研
究的，而是更加看重文学的社会功能和理性。正如 1939 年出版的《近二
十年中国文艺思潮论》，李何林通过大量一手资料，通过对历次文学论
争态势的叙议，突出鲁迅在中国现代文艺思想史上的重要地位。这使得
《近二十年中国文艺思潮论》成为"第一部自觉地认同鲁迅'五四'，突出
鲁迅所代表与开创的五四传统的文学思潮史著作"①。

最后，李何林宽厚的人格风范同样启发着王富仁的鲁迅研究。王富仁
与李何林的研究路径是不同的，但对于王富仁的"偏离"，李何林体现出了
相当程度的宽厚和接纳。在我们今天看来，从思想革命来理解鲁迅似乎是
应有之义，但是在 20 世纪 80 年代，王富仁作出这一论断是需要有着过人
的眼光和胆魄的。他第一个跳出了长久以来确立下来的以"政治革命"视角
研究鲁迅的框架，第一次从"中国思想革命"的视角全面地论述了鲁迅作品
的"反封建"价值和意义。这既是一种学术观点的"挑战"，也是对一种学术
传统的"冒犯"。王富仁曾跟笔者讲述过当年他博士论文答辩时的情景，在
答辩委员会商讨他的论文是否通过时，王富仁非常紧张焦虑，他不断在会
议室门外来回踱步，一地烟头，因为他不敢确定他的观点能不能得到钟敬
文、唐弢、王士菁、郭预衡、严家炎几位前辈学者的认同。而作为王富仁
的博士导师，李何林虽然并不完全赞同王富仁的观点，但始终对王富仁的
研究思路表现出支持，这不仅是一种能够容于不同学术观点的胸襟，也体

---

①　钱理群：《我对于李何林先生的学术贡献的两点看法》，载《鲁迅研究月刊》，
2004(10)。

现出李何林对鲁迅研究实事求是的精神。后来王富仁的论文得到了答辩委员会的一致称赞，全票通过，这体现了包括李何林在内的老一辈学者的思想风范和人格魅力。王富仁曾在多篇文章中表达对导师李何林的敬意："我爱李何林先生，尊重李何林先生，不是因为他是我的导师，我不是把他作为我的导师来爱，来尊重的，而是把他当作一个人，一个中国人，一个中国知识分子来爱，来尊重的。"①我们常说王富仁是新中国第一个现代文学博士，这其实也意味着李何林是新中国第一个中国现代文学专业的博士生导师，这个分量其实也是很重的，其意义也是很值得铭记的。

三、现代文学研究重镇的师承关系

在谈到王富仁与李何林的关系之后，我们不妨再将笔触荡开去，进一步讨论一下中国文学传统中的师承关系和学术史建构。中国自古以来就是一个注重学术传统的国度，从诸子百家，到晚清各派，再到现当代学人，学术的发展建构已然成为中国文化传统不可分割的一部分。在这个传统积淀的过程中，一部部经典熠熠生辉，一个个学派百家争鸣，一次次论战此起彼伏，文学正是在这种碰撞中不断创新，学术正是在这种交流中代代传承。

自现代文学学科建立以来，学人大致可以划分为四代：第一代以王瑶、唐弢、李何林为代表，他们不仅是现代文学学科的奠基人，也是现代文学史的亲历者；第二代为五六十年代出道的如樊骏、严家炎、孙玉

---

① 王富仁：《他攀着民族精神的火把——纪念李何林先生一百周年诞辰》，载《北京师范大学学报》(社会科学版)，2004(4)。

石、郭志刚、谢冕、杨占升、叶子铭、王得后、林非、陈漱渝、曾华鹏、范伯群、孙中田、陆耀东、乐黛云、田本相、吴小美、刘增杰、张恩和、黄修己、洪子诚、朱德发、刘增人等；第三代主要代表者有王富仁、钱理群、吴福辉、温儒敏、赵园、杨义、刘纳、蓝棣之、金宏达、凌宇、陈子善、朱栋霖、陈思和；第四代则有黄子平、陈平原、汪晖、丁帆、孙郁、陈晓明、李继凯等。从现代文学学人的代际发展的情况来看，王瑶、唐弢、李何林作为现代文学研究最初并驾齐驱的"三驾马车"，奠定了现代文学学科的重要基础，同时他们作为新中国第一批博士生导师，培养了一大批弟子，王富仁、钱理群、陈平原、赵园、蓝棣之、汪晖等人，已成为现代文学研究的坚实力量，他们的研究体现出重要的师承关系。

"王门弟子"——作为王瑶的学生，孙玉石、吴福辉、钱理群、温儒敏、陈平原等人已然构成了现代文学学人的几代传承。

钱理群 1978 年到北大跟随王瑶先生读硕士研究生，毕业以后留北大任教，此后一直担任王先生的助手，他与温儒敏、吴福辉一起写作的《中国现代文学三十年》在很大程度上受到了王瑶的影响。比如在体例方面，《中国现代文学三十年》就直接沿用了王瑶《中国新文学史稿》的做法，在作家作品的评价和判定上，也受到了王瑶的影响，温儒敏曾表示："《三十年》与《史稿》之间显然存在对话关系，这种对话主要是学术史意义上的。例如，我们在写作时，几乎都要参考王先生已经做出的评价，然后判断哪些可以沿用，哪些需要补充、丰富甚至修正。"① 而钱理群则把这种学脉的

---

① 李浴洋：《中国现代文学研究的道路、方法与精神——钱理群教授、温儒敏教授、吴福辉研究员访谈录》，载《文艺研究》，2017(10)。

继承再往前推了一步："《三十年》对于《史稿》既有继承，也有超越。在体例与一些基本观点方面，我们对于王先生的继承是比较明显的。但文学史叙述的基本框架其实并非王先生首创。1929 年，日后成为王瑶导师的朱自清在清华开设了'中国新文学研究'课程。王瑶晚年指导赵园把朱先生的讲义整理出来，这就是《中国新文学研究纲要》（以下简称《纲要》）。把《纲要》《史稿》与《三十年》放在一起，可以看出一条清晰的学脉。"①

但值得注意的是，就像我们前面所提到的王富仁并没有按照李何林的路子研究鲁迅一样，师承关系并不意味着学术理念和观点的统一和延续。王瑶先生主编《中国文学研究现代化进程》之时，不选章太炎、刘师培等功底深厚但偏于传统的学者，而作为王瑶弟子的陈平原在《中国现代学术之建立》中却专门论述了章太炎的学术思想，并用一章"关于经学、子学方法之争"论述以章太炎为代表的晚清一代学者与以胡适为代表的五四一代学人述学的不同思路，两代学者之间的隔阂，争论之中有批评，批评之中又有传承。既然 20 世纪 20 年代以后的中国学界在学术思路与方法上普遍吸取了胡适的思路，那陈平原为什么还要大篇幅讨论章太炎的学术方法和以章氏为代表的中国古老的述学传统，而且对章氏所谓"门户之见"刻意隐去不谈？这正是为了在两相对照中凸显两代知识分子的"合力"，还原晚清至五四学术进路的转向。同样是探讨中国现代学术的发展建立，同样是面对以章太炎为代表的晚清一代学人，王瑶之不选，是为了突出五四知识分子的学术追求，而陈平原之选，则是为了

① 李浴洋：《中国现代文学研究的道路、方法与精神——钱理群教授、温儒敏教授、吴福辉研究员访谈录》，载《文艺研究》，2017(10)。

凸显晚清与五四的错综联络，在对话中呈现整体。从根本上来讲，陈平原的治学精神与王瑶先生是相通的，所谓"法从例出"，个案的选择直接彰显了论者独立的眼光、鲜明的立场与深刻的思想。从这一点来看，陈平原学术思想的追求不仅是个人治学特点的体现，更是对学术传统的继承与弘扬。

"唐门弟子"——刘纳、杨义、蓝棣之、汪晖等人作为唐弢的学生，各自研究的方向和领域不尽相同，就像唐弢曾经说的那样，"我的几个研究中国现代文学的年轻朋友中，刘纳旨在理论，杨义专攻小说，蓝棣之以诗歌的发展与流派为对象，他们广征博采，苦思孤诣，个个取得了引人注目的成就"①，但是他们在学术风格上也体现出与唐弢的某种延续性。唐弢既是一个文史学家，又是一个作家，这就让他的研究既有厚重的历史感，也有生动、灵性的一面。就像他的学生汪晖回忆的那样："先生的学术有两块基石，一块是史，一块是诗"②，从唐弢几位学生的学术经历和特点来看，都带有很强的诗与史的气质。杨义的研究领域虽然从现代文学跨到古典文学、再到少数民族文学，但是他曾多次强调"鲁迅研究是我的学术研究始发点"，"1978 年，我考入中国社会科学院研究生院，师从唐弢及王士菁先生，开始系统地研究鲁迅。此后我发表的若干关于鲁迅的文字，是我学术生涯的起步"。③ 而且杨义之所以能够在多个领域里都比较灵活自如，一个很重要的原因就在于他对史料的

---

① 唐弢：《唐弢文集·第九卷·文学评论卷》，585 页，北京，社会科学文献出版社，1995。

② 汪晖：《"火湖"在前——记唐弢》，见《颠倒》，38 页，北京，中信出版社，2016。

③ 杨义：《读书是一种终生的旅行》，载《中华读书报》，2021-08-04。

把握很扎实，视野非常宽阔。刘纳虽然"旨在理论"，但她的文章写得并不艰涩，反而非常浪漫，汪洋恣肆的文字中激荡着不可多得的才气和灵气。蓝棣之也是一样，他那本著名的《现代文学经典：症候式分析》有过不少创新的见地，却并不让人觉得是凭空的标新立异，一个很重要的原因就在于他的分析立足于大量的史料，而不是一味地求新求异。

"李门弟子"——事实上，关于自己的学术师承，王富仁曾有过这样一个看法："关于学术师承，我们这一代人很难说。在古代有很严格的学派，学派的师承关系，无论在研究对象上，还是在方法论上，都是很清楚的。但到了我们这一代人，特别是到了我的身上，这个东西就冲淡了。原因有两个：一个是 1949 年以后，学术思想、社会思想的转换，对我们这代人影响还是很大的，这就使我们在搞学问、在关注文学的时候，并没有一个师承关系。……假如有人问我，你的方法论是哪一家的，或者你的社会思想是哪一家的，你的追求是从哪里来的，恐怕很难回答。"①从李何林的弟子来看，王富仁、金宏达、艾晓明、陈学超、陈福康、罗成琰、尹鸿、康林、王培元他们各自研究的方向都有所不同，有像王富仁这样从事鲁迅研究的，也有从事郑振铎研究、左翼文学研究的，等等。即便都是研究鲁迅，王富仁和金宏达的思路与方式也差异很大，在笔者看来，金宏达的研究方法偏宏观，他的《鲁迅文化思想探索》偏重于建构鲁迅的文化思想体系，包括鲁迅与传统文化的关系、鲁迅与近现代文化的关系、鲁迅对旧文化的批判和对新文化的贡献等；而王富

①　王富仁、王培元：《鲁迅研究与我的使命——王富仁教授访谈录》，载《学术月刊》，2001(11)。

仁更擅长凝聚一个点，并通过这个点不断往深挖，有很强的思想深度。但他们又有一个共通的地方，那就是他们对鲁迅的理解和阐释都是从一个思想家的角度展开的。

在中国现代文学研究领域，一代又一代学者的学术研究实际上也形成了一种独特的谱系特征，在这种学术谱系图当中，我们可以看到中国现代文学研究的基本路径以及这种路径的变化与发展，看到中国现代文学研究的历史段落和在这不同段落中每一代学者的耕耘和足迹。我们对这种师承谱系的探讨，不仅看到的是不同代际学者之间的传承，更要理解和发现他们之间的差异和超越，只有这样，学术发展的链条才会不断更新、不断走向鲜活。

第二节　四十岁起步

1982 年考取北京师范大学中国现代文学专业博士研究生的时候，王富仁已经四十岁出头了。在这之前，他学过俄语，在中学教过书，也在农场锻炼过一段时间，这些经历好像与文学研究没什么直接的关系，但是这种积淀和阅历赋予了了王富仁对文学一种独特的感知方式：沉稳冷静、高度理性。他思想的深刻，笔法的老辣，视野的开阔，都不是青年阶段的学者所能具备的。也就是说虽然王富仁正式的学术研究起步很晚，但是王富仁自身的学术积淀很早便开始了，这使得他后来对于文学与文化的深刻见解是很多同辈人很难达到的。

一、人生的"厚积"

王富仁 1941 年出生在山东省高唐县琉寺镇前屯村一个农民家庭，从小在农村环境中成长，身边接触的也都是农民。这样的出身让王富仁在之后成为一名"知识分子"和"城市人"的时候，也常常面临着一种精神上的矛盾："我开始觉得农民有些保守，在现代的中国已经不那么合时宜了，于是就成了一个'思想启蒙派'，但真正是'知识分子'和真正的'城市人'开始启我们的蒙，我又本能地感到自己是个农民。我非常敏感于真正的'城市人'和真正的'知识分子'话语里的那种'味'。我总觉得，我谈到农民弱点的时候心里非常痛苦，而他们谈到农民弱点时心里有些快意。"[①]王富仁读博士的时候就张口闭口说自己是农民，当时也有一些同学开玩笑"回怼"他："哪有你这样的农民！"就像金宏达后来在《"读博"漫忆——追思王富仁先生》中所写的那样："其实，富仁也并非出生于一个纯务农的家庭，他的父亲在当地是个有文化素养的干部，富仁从小就在家读了不少书，养成了他的'内秀'，却又奇异地赓续了与农村、与农民天然联系。"[②]与农村、与农民保持着深刻的精神联系，这是王富仁思想的一个重要底色。

在读完小学后，王富仁顺利考取了聊城三中，并在这里完成了他初中与高中的学业。也就是在这个阶段，王富仁对文学产生了浓厚的兴

---

① 王富仁：《说说我自己：王富仁学术随笔自选集》，12 页，福州，福建教育出版社，2000。

② 金宏达：《"读博"漫忆——追思王富仁先生》，载《中华读书报》，2017-05-24。

趣，阅读了许多文学作品，据他自己回忆，当时他阅读的来源有三个：一个是聊城三中的图书馆，一个是他父亲的单位干部疗养院的小图书馆，第三个是他自己买的书。而在这些书里面，对他人生产生重要影响的就是他父亲买的那套人民文学出版社 1958 年版的《鲁迅全集》，王富仁从初中二年级就开始读鲁迅。鲁迅的文化价值取向，使王富仁发生了一个转折："尤其是那篇《青年必读书》，给我的印象很深。刚开始读大多是中国的书，像孙犁的《风云初记》，秦兆阳的《农村散记》，李克、李微含的《地道战》，巴金的《家》《春》《秋》等，以后就开始读外国小说、外国诗歌、外国戏剧。那是 20 世纪 50 年代后半期吧，外国文学作品还是比较全的……到高中毕业时，西方文学史上一些有名的作品，我基本都读过。朱生豪译的《莎士比亚全集》、傅雷与高名凯译的巴尔扎克小说，我都找来读。而且读一个作家的某部作品，往往就努力搜集能搜集到的他的所有作品来读。屠格涅夫这样读过，陀思妥耶夫斯基也这样读过。有的不太有名的作品，如《小癞子》《瘸腿魔鬼》，我都读过。假如说我现在搞文学还有点底子的话，是那个时期打下的基础。"①

　　然而，这样可以单纯地沉浸在书本里的日子并没有持续太久，1967 年大学毕业后，王富仁去了军垦农场，从事了三年繁重的体力劳动。1970 年回到故乡，王富仁做了一个中学语文教师，一教就是八年。对于这些经历，王富仁在《说说我自己》里面这样几笔带过："我们这一代

---

① 王富仁、王培元：《鲁迅研究与我的使命——王富仁教授访谈》，载《学术月刊》，2001(11)。

人是无颜谈学问的。我能认认真真地读书是在初中毕业之前。"①

　　王富仁的青年时代，虽然没有像他自己所说的那样能够在课堂上"认认真真地读书"，坎坷的生活经历赋予了他比单纯读书更加丰饶的痛苦，这些痛苦又转化为他对于社会的观察、对于时代变幻的感知和对于生活的理解。当王富仁带着这些"收获"再次回到课堂、回到学校开启自己的学术之路时，他的生活体验和文学体验就很自然地相互激活，碰撞和综合，这也是他后来的鲁迅研究能够更有厚度、力度和高度的重要原因。

二、"成名"的"契机"

　　对于一个学者来说，天分、刻苦都是通往成功路上的应有之义，但有的时候还需要一些运气，还需要有人发现、有人赏识，从这个意义上讲，王富仁是很幸运的。用他自己的话来说，"我这个人不太相信个人的才能，并且我的父母也未曾对我实行过胎教，对于人的固定的命运，我也将信将疑。我相信的还是我们农民常说的，他遇到了好人了，或者说命里有好人相助。我现在还能在文学评论界混碗饭吃，有四位先生是起了关键性作用的"②。王富仁私下里常常把这四位先生称为自己的"贵人"。

　　这第一位"贵人"就是《文学评论》编辑部的王信。学者、作家与批评家的作品要广泛传播乃至成名都离不开一个好编辑的功劳。王信先生博览群书，视野开阔，并有着一双火眼金睛，非常擅长挖掘优秀的文章。

① 王富仁：《说说我自己：王富仁学术随笔自选集》，14 页。
② 王富仁：《中国鲁迅研究的历史与现状》，248 页，杭州，浙江人民出版社，1999。

王富仁在《文学评论》所刊登的首篇论文就是在王信先生的帮助下促成的。当时，王富仁第一次给《文学评论》投稿，王信先生一眼便看中了王富仁的学术才能，很快给他回了信，并在信中十分细致地提出了需要完善润色的地方。对于王富仁而言，王信先生的这封信无异于雪中送炭，因为当时的王富仁只是一个"无名小卒"，而王信先生的帮助"并不包含任何政治权力和物质实利的因素，而只是一种文化的、精神的、人性的联系"，给王富仁的是"文化的、精神的、人性的力量"①，使得王富仁在学术研究中同样感受到了生命的乐趣和意义。难能可贵的是，王信先生不仅让王富仁的文章在《文学评论》上发表，还将王富仁推荐给了其他人。张梦阳的文章中就曾回忆了王信先生将王富仁推荐给自己的往事。1980 年，王信先生特意亲自来到《鲁迅研究》编辑部里向张梦阳推荐王富仁："西北大学有一个叫王富仁的，文章写得非常好！尤其是鲁迅前期小说与俄罗斯文学的比较研究连写了好几篇论文，篇篇有所突破，'文评'已经发了两篇，不好再发，你们《鲁迅研究》能否考虑？"②张梦阳闻言立刻选取出王富仁写的一篇鲁迅小说和安特莱夫比较的论文进行细读，并立刻被其深刻新颖的内容所吸引。之后张梦阳又将文章推荐给林非先生，林非先生同样非常欣赏。最后王富仁的文章得以发表，王富仁这个名字也被大家所记住了。可以说，是王信先生发现了王富仁，并将他举荐到了学术舞台的核心区域，使得王富仁能够迅速在学界崭露头角并得以成名。王信先生除了这次对王富仁的举荐之功，在平常的学术生

----

① 宫立：《作为编辑家的王信》，载《编辑学刊》，2018(4)。

② 张梦阳：《高举鲁迅旗帜的"死士"——痛悼王富仁先生》，载《上海鲁迅研究》，2017(2)。

活中也给了王富仁许多的助力，例如王富仁曾有过硕士毕业去研究曹禺戏剧的想法，并将这个想法大致跟王信先生讲述了一下，王信先生立刻答应按照王富仁所构思的内容给予一些助力。之后王信先生很快便将从事曹禺研究的朱栋霖先生曾在《文学评论》上刊发过的相关研究内容邮寄给王富仁参考。虽然王富仁的这一想法最后受到了阻碍，但是王信先生诸如此类的帮助让王富仁受益颇多。①

王富仁遇见的第二位"贵人"，就是中国社科院文学研究所的樊骏先生。樊骏先生非常关注新人，他曾经专门写了一篇名为《赞文学理论队伍的新人》的文章，对 80 年代以后崛起的这一批"新人"给予了重点的关注，这里面樊俊没有具体点明这些新人都是谁，只是"对于他们的共同特点和他们带来的主要变化，作个初步的粗略的估计"②。而樊骏在1994 年写下了《论我们的学科：已经不再年轻，正在走向成熟》一文，在这篇文章的第四部分，他专门对中国现代文学学科的第三代主要学者的学术风格与特点都一一点评，其中指出王富仁是"这门学科最具有理论家品格的一位"③。

樊骏先生逝世后，王富仁的纪念文章略显滞后，但是当王富仁的"樊骏论"文章陆续刊登之后，我们可以看到王富仁对于樊骏先生学术人格与生命的敬仰之情。在《樊骏论》中王富仁这样写道："从与樊骏先生通信，到樊骏先生离世，已经整整三十年的时间。在这三十年间，至少

---

①　参见王富仁：《王富仁序跋集》（中），118 页。

②　闻麟（樊骏）：《赞文学理论队伍的新人》，载《文学评论》，1983(4)。

③　樊骏：《我们的学科：已经不再年轻，正在走向成熟》，见《中国现代文学论集》（上），494 页，北京，人民文学出版社，2006。

在我的感觉里，一直受到樊骏先生的呵护，不论是在学术上还是在生活上，但出于各种考虑，除了一些空洞的个人的感谢之外，我却没有说过关于樊骏先生学术和人品的任何一句话，倒是樊骏先生却多次提到我，并给予我热情的鼓励和奖掖。现在，樊骏先生走了，各种顾虑也随着他的离去而成为不必要的。所以，不论是对于死者，还是对于生者，我都必须真诚地、无私地陈说出我心里的樊骏先生。"①

作为王富仁的博士生副导师，北京师范大学的杨占升先生是看着王富仁一步一步成长起来的，对于王富仁这个学术界的新星十分看重，杨占升先生是王富仁的第三位"贵人"。王富仁在报考博士研究生之后，因为自身的外语专业出身，对于考试十分担忧，杨占升先生多次写信鼓励他。王富仁博士毕业时曾经打算离开北京回自己的故乡山东任教，这主要有两重因素，一方面是受到了客观经济条件的制约，大都市北京的衣食住行消费水平都较高，尤其是居住的问题使得王富仁捉襟见肘；另一方面此时的王富仁早已为人父，有着两个小孩，而且王富仁的母亲也已经到了七旬高龄，需要子女照顾陪伴。如此上有老下有小的家庭现状也迫使王富仁不得不离开北京，只有在老家工作才能兼顾家庭。然而，作为全国教育的中心，北京无论是在学术事业与学术信息的交流上，还是在学术资源的获取上都是其他地方难以比拟的，王富仁离开北京无疑不利于其学术事业的发展。杨占升先生十分爱惜王富仁的学术才能，希望他能够留在北京发展，在母校北京师范大学留校任教，同时也希冀提升中国现代文学学科建设，因此他特意找到了当时担任北师大校长的王梓

---

① 王富仁：《学科魂——〈樊骏论〉之第一章》，载《中国现代文学研究丛刊》，2012(1)。

坤先生，向王校长说明了王富仁的相关情况，希望王校长能够留住人才。王校长也是一个惜才之人，通过对王富仁实际困境的了解，王校长批准了为王富仁分配一套两居室的住房，而且还同意王富仁可以将自己的家眷借调到学校里来。王富仁在留校任教后便去办理住房手续，可是却又碰到了一个难题，校房管科工作人员说目前还未有闲置的两居室住房提供给他。王富仁又将此事跟杨占升先生说。杨占升先生为了圆王富仁的住房梦，特意利用他晚上在校园里散步的机会在各个宿舍楼之间打探。功夫不负有心人，有一天夜晚杨占升先生在散步时观察到某宿舍楼的五层有一户家庭长期没有亮灯光，于是亲自爬上五楼前去查看，果不其然，是一户闲置的空房，于是杨占升先生立马联系王校长，通过王校长特批将房子分给了王富仁，王富仁也最终在北师大安家立业。

　　第四位"贵人"则是北京鲁迅博物馆研究员王得后先生。王得后曾为王富仁《中国鲁迅研究的历史与现状》一书作序言，在这篇序言中王得后指出：王富仁的鲁迅研究已自成一家，但他并"不以鲁迅的是非为是非，不以自己的利害为利害，他力求客观而公平地写出历史状况及各派得失，不宽厚是做不到这一点的，尤其是对攻击过他的学派"①。这不仅仅是一个宽厚与否的问题，还与王富仁的理论思维特点密切相关。他在此书中所概括的鲁迅研究派别有近 20 个之多，各派之间的异与同、分化与发展、传承和斗争错综复杂，而他独能对各派别的特点、贡献及不足都给予客观公正的评价，就因为他坚持的是一种科学的"辩证思维"。他认为任何事物的发展演化，都是一种"否定中有肯定，批判中有继承，

---

① 　王富仁：《中国鲁迅研究的历史与现状》，序，5 页，福州，福建教育出版社，2006。

继承中有批判的复杂、浑融的发展历程"①。鲁迅对中国传统文化的价值重估，采取的是"整体性否定"的方式，但"整体不等于部分之和，整体否定不是全部否定、全盘否定，整体肯定也不是全部肯定、全盘肯定"②。这种科学的辩证思维无疑更有助于把握研究对象的精神特质，而避免陷入形而上学的泥淖之中。王得后与王富仁的感情也非常深厚，王富仁所带博士的论文答辩委员会主席，很多次都请了王得后先生来担任，这其中除了王得后独具学术眼光之外，还有一个重要的原因可能也在于王得后先生特别能够准确理解王富仁的思想，二人在学术上有一种心心相印的知音之情。另外，王富仁指导博士，往往注重总体把握，在高处、大处着力，而王得后常常在细微之处能够提出更多切实的要求，笔者在答辩现场曾不止一次听到王得后建议文科的博士们要补一门"形式逻辑"的课，他常常看到很多博士论文观点不错，材料也挺多，但就是不会表达，不懂得论文的排兵布阵、轻重缓急，从而在混乱的逻辑中失去了应有的光彩，这是非常可惜的。王富仁的"粗"，王得后的"细"，形成了很好的互补，这自然地增长了两人情感与心性的相通。

三、起步即"高峰"

王得后在为《鲁迅研究的历史与现状》写的序中曾这样形容王富仁的出现："此鸟不飞则已，一飞冲天；不鸣则已，一鸣惊人。"③今天我们

---

① 王富仁：《文化与文艺》，7 页，太原，北岳文艺出版社，1990。
② 王富仁：《文化与文艺》，11 页。
③ 王富仁：《中国鲁迅研究的历史与现状》，序，1 页。

也看到不少人用"一鸣惊人""厚积薄发"来形容王富仁学术生涯的开端。有意思的是，我们也常常用这样的词来形容鲁迅在五四的登场，在五四崛起的"新青年"一代中，鲁迅是一个特殊的存在，他以 38 岁的"高龄"登上文坛，从思想到创作，一出现就是高峰，与其他"新青年"既在艺术水平与思想深度上拉开了差距，又在创作心态与社会视野上产生了分离。鲁迅和王富仁，一个 38 岁，一个 40 岁出头，都在经历了半生的命运沉浮后才正式开始自己的文学生涯和学术历程。这并非完全是一种巧合和偶然，这是思想型作家与思想型学者形成的相同经历，也是他们相遇的基础，这种相遇不是青春式的火热和激情，而是两个灵魂在经历了两个时代的阵痛后必然的相遇。

1984 年 10 月，王富仁的博士论文《中国反封建思想革命的一面镜子——〈呐喊〉〈彷徨〉综论》在答辩委员会进行审查。委员会的唐弢、王士菁、严家炎、钟敬文、郭预衡、李何林六位先生对这篇极具分量的论文高度评价，最终该论文得到了六票赞成、一致通过的决议。王富仁成了新中国成立以来第一位中国现代文学专业的博士。

1985 年，《文学评论》从第 3 期至第 4 期连续两期刊发了王富仁的博士论文《〈呐喊〉〈彷徨〉综论》的摘要部分，特别是在第 3 期的排版中王富仁的文章被放到了醒目的头版位置，足以显示刊物编辑以及学界专家对此文的重视程度。《〈呐喊〉〈彷徨〉综论》一经刊发，便在学界引起了强烈的反响。当时的中国社会的思想文化亟待恢复，对于很多问题的看法仍然较为保守，因而王富仁的这篇文章发表之后，也受到了一些学者的质疑，1986 年《文艺理论与批评》的创刊号上刊登了陈安湖的文章《鲁迅小说"研究系统"商讨》，对王富仁的

"思想革命"的研究思路提出质疑，认为"一个真正伟大的作家，他不但关心思想革命，而且以更大的热情关心政治革命。在他们心目中，思想革命和政治革命是不能分开的，而且思想革命必须服从于政治革命"①。持有类似看法的还有陈尚哲的《关于鲁迅小说研究方法的模式——与王富仁同志商榷》（《文艺理论与批评》，1987 年第 3 期）、林志浩的《关于〈呐喊〉〈彷徨〉的评论与争鸣——与王富仁同志商榷》（《鲁迅研究动态》，1987 年第 8 期）等。针对这些问题，王富仁在 1987 年发表长篇文章《关于鲁迅研究中马克思主义方法论的几个问题》进行了回应。王富仁首先强调了以陈涌为代表的"政治革命镜子"的重要意义："我们这一代人仍然重视这场政治革命，仍然重视它的宝贵经验，所以对陈涌等同志和诸位前辈的这方面的研究成果也是重视的，谁要简单抹杀这些，谁就不会更深刻地认识我们的今天，谁就不会对鲁迅小说有更深刻的理解"，但是王富仁也进一步提出，进入新时期之后，"我们思考的重心却不再是如何进行政治革命，如何进行夺权的斗争，我们面临的是和平的建设，文学艺术的政治职能在这样的历史时期也不能不主要转化为社会思想建设的职能。在这时，我们重视鲁迅小说对于政治革命的巨大启示意义，但却不能不更多地注意到它的思想革命的意义"②。

在这场论争中，还有很多支持王富仁的声音。比如说袁良骏认为应该将学术论争与政治论争分开，指出王富仁论文的研究对象是鲁迅小说，即便有不同的意见也不应该是以政治判断来认为王富仁"背离了毛

---

① 陈安湖：《鲁迅小说"研究系统"商讨》，载《文艺理论与批评》，1986(1)。

② 王富仁：《关于鲁迅研究中马克思主义方法论的几个问题》，载《鲁迅研究动态》，1987(6)。

泽东思想"。但袁良骏也进一步指出了王富仁的"思想革命研究系统"的问题，"如果说《镜子》代表了新的'研究系统'，也只能说这个系统把《呐喊》《彷徨》反封建的思想革命意义强调得过了分"，"新、旧两个'研究系统'并没有什么本质的不同，它们只存在互相补充的关系，而不存在什么势不两立的关系。如果说旧的'研究系统'有什么'偏离角'，那么，新的'研究系统'同样有'偏离角'，只不过'偏离'的角度不同而已！"①

对于王富仁来说，一个学术新人的博士论文能够引起这么大的学术反响和讨论，即便在各种声音里面有不少质疑和争议，但依然是很有价值的。一个学术观点的创新本身就是艰难的，本身就是要面对很多质询的，而这些讨论本身也是非常有必要的。这场围绕着思想革命镜子和政治革命镜子的讨论，恰恰是新时期转型过程中不同思想的一次交流和交汇，王富仁"思想革命镜子"的提出，能够成为这次思想交锋的触发点和焦点，也证明了他的重要价值。因此，我们所说王富仁起步就是"高峰"，但这座"高峰"不是横空出世的，不是一出现就是高高在上的，它恰恰是在不断地被质询、被讨论中越来越显现出自己的生命力。

第三节　俄语出身

考察王富仁的学术道路，还有一个重要的背景不能忽略，那就是王

---

① 袁良骏：《论王富仁〈呐喊〉〈彷徨〉综论——兼谈陈安湖同志对他的批评》，载《鲁迅研究动态》，1987(11)。

富仁是俄语专业本科出身。王富仁的鲁迅研究是从鲁迅与俄罗斯文学的关系研究起步的。学习俄语、阅读俄罗斯文学、选择鲁迅作为研究对象，这些看似偶然的人生选择实际上都隐含着很大的必然性。俄语专业出身这种学术背景让王富仁能够更加深入作品内部发现俄罗斯文学与鲁迅小说之间的联系，能够系统地展示鲁迅与果戈理、契诃夫、安特莱夫、阿尔志跋绥夫等俄罗斯作家在思想上的契合之处。换句话说，王富仁从一开始进入鲁迅研究的时候，就已经从思想上关注到俄罗斯文学对鲁迅潜移默化的影响，这为他后来提出"思想革命的镜子"打下了坚实的基础。

一、独特的知识储备与文化视角

王富仁是在 20 世纪五六十年代中国"亲苏"的时代语境中进入大学俄语系求学的。20 世纪 50 年代，中国正处于经济发展的关键阶段，各个领域都非常需要俄语专业人才，一时间，学俄语的热潮风行一时。为了响应国家号召，支援国家经济建设发展，各大高校也开始注重培养俄语人才。山东大学外文系便于 1950 年 8 月专门增设了俄文专修科，这是新中国成立后最早开始招收本科俄语专业学生的院校之一。次年 2 月，俄文专修科改为俄语专业。课程设置也比较丰富，包括基础俄语、高级俄语、俄语口语、俄语语法、俄语泛读、俄语写作、综合俄语、俄罗斯概况与文化、俄汉汉俄翻译、报刊阅读等。当时的山东大学俄语专业虽然成立不久，但师资还是很不错的，教师有方未艾、曾宪溥、杜鲁珍娜、罗西尼娜、马卡洛娃、金诗伯、陆凡等。优秀的生源和良好的师资力量共同奠定了山东大学俄语专业的良好声誉。1959 年夏季，山东大学经上级同意恢复外文系，并于秋季开始招生。为了提高培养人才的质量，1959 年入校新生的学制改为五年。1962 年，根据当时教育部的课程设置规划，外文系开设了英美文学和俄苏文学（包括文学史、文学作品选读）等课程，外文系教师在进行教学的同时开展研究、翻译和评论工作，教学与研究互动，学术氛围很好。

1962 年，王富仁考入了山东大学俄语系，开始了五年的本科生涯。纵观整个本科期间，王富仁还是接受了比较系统的俄语专业训练的。他可以直接用俄语阅读俄罗斯文学作品和学术文献，这也为他的中俄文学、文化比较研究提供了基础。

为了更加清楚地分析王富仁与俄罗斯文化的关系，我们首先需要对俄罗斯文化有一些简单的认识。

俄罗斯文化是一种"开放"的文化。 俄罗斯地跨亚欧两个大洲，它既不是完全意义上的西方国家，也不是纯粹的东方国家，因此，俄罗斯文化呈现出明显的"亦东亦西"状态。一方面，俄罗斯文化受到了来自西方国家的影响，例如法国、德国、意大利、希腊等西欧国家以及美国的影响；另一方面，俄罗斯文化也与东方民族有着千丝万缕的关系，例如中国、波斯、拜占庭、印度等东方国家及民族的文化深深影响了俄罗斯文化。这使得俄罗斯文化呈现出很强的开放性，无论是在哲学、宗教等思想文化层面，还是文学、建筑、绘画、音乐、雕塑、芭蕾舞等艺术领域，我们既能看到西方文化的影子，又能感受到东方文化的脉搏。可以说，俄罗斯文化拥有极强的包容性，是一种东西方文化结合的"开放式"文化，如滚滚流动的伏尔加河一样，所经之处泥沙俱下，包罗万象，又如宁静深沉的贝加尔湖，拥有海纳百川的气魄。

俄罗斯文化也是一种民族性极强的文化。 正如 19 世纪俄罗斯著名思想家恰达耶夫所讲："我们既不属于东方，也不属于西方。我们既没有西方的传统，也没有东方的传统。"①在东西方文化交流碰撞的前沿阵地，俄罗斯始终没有迷失自己，保留了极大的民族特性，形成了灿烂独特的俄罗斯文化。从宗教信仰来讲，俄罗斯民族大部分人信仰的是东正教，尽管东正教属于基督教的分支，但早已渗透了东方多神教的因素，这一宗教虽然不是诞生于俄罗斯本土，但在俄罗斯发生了质的变化；从艺术成就上来讲，俄罗斯注重吸收本民族文化的养料，培养了一大批本民族艺术家。俄罗斯的绘画静穆而沉郁、富有激情，具有文学性，粗犷的线条、朴素的色调，体现着深湛的智慧，将俄罗斯民族的内敛悲壮与深沉展露无遗；俄罗斯的芭蕾舞风格典雅华丽，自成一派，既吸收了法国的妖娆、意大利的奢华和丹麦的精巧，又充分显示出俄罗斯人的热情、奔放、浑厚与豪迈，柴可夫斯基作曲的芭蕾舞剧《天鹅湖》享誉世界、影响深远，几百年来经久不衰；俄罗斯的音乐大气磅礴，具有史诗性，注重对于历史画面的描述，又常常能够以悠远深沉的曲调来叙述一个故事，具有民间音乐和宗教音乐的双重给养。

在文学上就更是如此，俄罗斯民族尤其敬重作家。本书作者曾经去俄罗斯进行文化考察，其中一个重点就是对作家故居进行探访。当地的接待员在行程上从上午到下午甚至是晚上，每天都把考察各个故居安排得满满的，我们在出发前和接待方商量，问能不能稍微减少一两个作家故居，留一点时间给我们看看俄罗斯的自然风光？比如老托尔斯泰的庄

---

① 转引自[美]理查德·莱亚德、[美]约翰·帕克著，白洁等译：《俄罗斯重振雄风——新俄罗斯经济政治指南》，10页，北京，中央编译出版社，1997。

园肯定要去的，小托尔斯泰故居是不是可以不去了？如果去看了写《钢铁是怎样炼成的》的奥斯特洛夫斯基的公墓，那么写《大雷雨》的奥斯特洛夫斯基的故居是不是可以不去了？结果第一时间得到的回复是，一个故居都不可以减少！接待人员对每一个作家故居都作了周密的接待计划。这给我们的感触是很深的，对作家故居的重视，不仅来自于政府的号召，更来于民间的、一个个普通的接待员对作家的珍视和尊敬，他们在作家故居如数家珍、不厌其烦地向我们讲解，作家故居的任何一个角落都不能落下，不知情的以为这些讲解员都是作家的亲属，一问才知道都是义工！他们的一举一动甚至更加让人敬佩。另一件小事也特别值得一提，笔者在参观《日瓦戈医生》的作者、诺贝尔文学奖获得者帕斯捷尔纳克的故居时，讲解员站在二楼书房，指着窗户外面对我们说，当地政府曾打算在故居书房面对着的山坡后面建一片住宅，但是这个计划因遭到故居工作人员和附近居民坚决反对最后没有能够得到实施。笔者对这位讲解员的说法既诧异又很感兴趣，一个政府的住宅建设计划，竟然会因此而轻易废止，笔者多少懂点俄语，小心地提出自己的疑问，却遭到了这个讲解员不容置疑的辩驳："我在这里做了多年的讲解员，从来都对游客说，帕斯捷尔纳克是看着对面的山坡写作的，如果山坡那儿建了房子，我以后还怎么对游客讲解？"什么叫对作家的尊崇，什么叫对文学的尊崇，听了讲解员的这段话还需要解释吗?! 我们在俄罗斯作家故居考察时都有共同的一个感觉，那就是这些故居的讲解员和工作人员，他们给我们的感动甚至超过了作家本身！俄罗斯文化的伟大，不仅在于有那么多著名的文化名人、著作作家，更在于老百姓对自己民族文化的坚守，对文化伟人的尊崇，这一点是很重要的。

俄罗斯人说起自己民族的文学的时候，往往都是非常激动、满怀自豪的。一位俄罗斯教授在西方讲授俄罗斯文学的时候，精心选择了一个大的阶梯教室，把所有的窗帘和灯都拉上，然后走到一个角落打开一盏灯，说这是果戈理，走到另一个角落再打开一盏灯，说这是普希金。然后他迅速把整个窗帘拉开，拉亮了所有的灯，瞬间阳光洒满了整间教室，灯光照亮了每个角落。这位教授说："这就是托尔斯泰！"在俄罗斯文学史上，如果说果戈理、普希金等是一盏盏明灯，而托尔斯泰则是照耀整个大地的太阳！实际上，在俄罗斯，太阳也不止托尔斯泰一个，莱蒙托夫、别林斯基、屠格涅夫、车尔尼雪夫斯基、涅克拉索夫、陀思妥耶夫斯基、阿赫玛托娃、契诃夫、高尔基、肖洛霍夫、索尔仁尼琴、帕斯捷尔纳克等，可谓是巨星满天！俄罗斯有一句谚语：读不读陀思妥耶夫斯基是可以从一个人的脸上看出来的。直到今天，还有不少人争论是托尔斯泰更伟大还是陀思妥耶夫斯基更伟大，有的人认为托尔斯泰更博大、更厚重，展现了一个时代的史诗感；有的人认为陀思妥耶夫斯基更深邃、更思辨，更善于在人性的善恶矛盾中挖掘灰暗、痛苦和绝望。换句话来说，或许喜欢托尔斯泰的人是很难喜欢陀思妥耶夫斯基的，反之亦然，但是两个伟大作家能够在同一时代交相辉映，到今天还引起这么多人讨论、思考甚至争辩，这本身就蕴含着巨大的意义和价值。

俄罗斯文化是一种"自省"的文化。这集中体现在俄罗斯民族自我追问的精神气质、使命意识和救世观念等方面。在哲学方面，俄罗斯诞生了众多思想家和哲学家，索洛维约夫、弗兰克、别尔嘉耶夫、别林斯基、车尔尼雪夫斯基、基列耶夫斯基、梅列日科夫斯基，他们的哲学思想无不体现出一种俄罗斯民族特有的忏悔意识和内省意识。俄罗斯文化有着较为强烈的宗教气质，又有很强的现世精神。为什么有那么多人喜欢普希金的诗歌，又有那么多人喜欢托尔斯泰、契诃夫、果戈里的小说，为什么俄罗斯文学史上诞生了那么多不朽的文学形象，从"多余人"奥涅金、毕巧林到"装在套子里的人"别里科夫，从"特殊的人"拉赫美托夫到"新人"巴扎罗夫、吉尔山诺夫，从"吝啬鬼"泼留希金到"圣愚"日瓦戈医生，从忏悔的聂赫留朵夫到拉斯柯尔尼科夫，俄罗斯文学总是能给人以震撼。"谁之罪"是俄罗斯人常常思考的问题，正是这种积极自觉的自我批判，让他们永远都不满足于对自身的拷问，他们深刻地批判自己，揭发人性的丑恶和贪婪；俄罗斯民族深深地眷恋着自己的祖国，俄罗斯文化史几乎就是一部俄罗斯人自己的爱国史；他们不但关心自己民族的过去、现在和未来，也要关心全人类的命运，担负起解放全世界、拯救芸芸众生的使命，俄罗斯的文学中强烈的苦难意识、使命意识、现世精神和自觉的自我拷问意识都给俄罗斯文学添上了一层悲壮的色彩。"俄罗斯文化承载着对自己民族国家和人民的一种深深的使命和责任，这是任何一种其他民族文化少有的特征。"[①]俄罗斯文化对俄罗斯本民族发展道路和前途关注，对俄罗斯人民命运的悲悯和思考使得俄罗斯文化具有了一种忧国忧民的精神底蕴。事实上，人们对俄罗斯文学的喜爱，很少是源于作品本身的构思和情节，而是来源于故事情节背后作家力透纸背的思想、精神，来源于作家对时代、对人的那种挖掘与思考。

俄罗斯文化传统对中国知识分子的影响是巨大的，尤其是伴随着"十月革命"产生的重大冲击力，俄罗斯传统知识分子成为中国知识分

---

① 任光宣：《俄罗斯文化十五讲》，17 页，北京，北京大学出版社，2007。

子重要的借鉴范本和参照对象。1932 年，鲁迅曾这样比较过欧美文学与俄罗斯文学的差异："包探，冒险家，英国姑娘，非洲野蛮的故事，是只能当醉饱之后，在发胀的身体上搔搔痒的，然而我们的一部分的青年却已经觉得压迫，只有痛楚，他要挣扎，用不着痒痒的抚摩，只在寻切实的指示了。那时就看见了俄国文学。那时就知道了俄国文学是我们的导师和朋友。因为从那里面，看见了被压迫者的善良的灵魂，的酸辛，的挣扎；还和四十年代的作品一同烧起希望，和六十年代的作品一同感到悲哀。"①自我的人生经历、中国社会的现状让鲁迅与俄罗斯文学的精神共鸣要远远大于欧美文学。俄罗斯文学对人的生存问题的思考，对人性的复杂与灵魂缺陷的揭露和剖析，恰恰都是鲁迅苦苦思索的问题。熟悉俄语、熟悉俄罗斯文化的王富仁敏锐地捕捉到了这些问题。

二、俄罗斯文化传统与中国知识分子

王富仁对于俄罗斯文化的理解是非常深刻的，更重要的是，他对于俄罗斯文化、俄罗斯知识分子的研究，最终的指向还是在如何解决中国社会与文化的问题上。

中国现当代文学的发展与俄罗斯文学传统有着深度的精神关联。早在五四时期，鲁迅、周作人兄弟开创的以介绍俄国和东欧、北欧文学为主的"弱势民族文学"翻译，成为中国现代文学、文化的主流译介模式，

---

① 鲁迅：《祝中俄文字之交》，见《鲁迅全集》（第 4 卷），460 页，北京，人民文学出版社，2005。

并且伴随着"十月革命"产生的重大冲击力，俄罗斯传统知识分子成为中国知识分子最为重要的借鉴范本和参照对象之一。王富仁曾在《中俄知识分子之差异》一文中把俄罗斯知识分子和中国知识分子进行了对比，他认为俄罗斯知识分子的一个重要特点，就在于他们是从俄国贵族阶级中分化出来，属于社会上的支配者阶层，这让他们呈现出两个明显的特点：

其一，俄罗斯知识分子"对于自己的民族，对于俄国社会，具有几乎是原发性的责任感"[①]，因此，文化对于俄国的知识分子来说，就不仅仅是个人的技艺性的东西和取得物质实利的谋生手段，而是能够使整个民族凝聚起来的崇高而庄严的东西，具有一种巨大的精神力量，是一项伟大崇高的事业，是一种"把分散的、狭隘的、个体的民族成员在思想感情上联为一个有机的民族整体的力量"[②]。在这种情况下，文学与文化既是知识分子从事的一项事业，更是他们实现和感受自我生命价值的一种方式，他们也因此获得了一种精神气质上的崇高感和独特的人格魅力。但是中国的文人则不一样，他们不是直接作为统治阶级而存在的，而是充当了为当权者出谋划策的角色。恰如王富仁所分析的那样，"知识分子是为社会建筑构图的设计者，而把这个图纸变成实际的社会建筑的则是政治家"[③]。也就是说，中国传统文人不像俄罗斯知识分子那样，可以脱离政治家而独立地作用于社会，这

---

① 王富仁：《中俄知识分子之差异》，见《说说我自己：王富仁学术随笔自选集》，74 页。

② 同上。

③ 同上书，76 页。

使得中国的文化生产要么很难脱离于政治实践而存在，要么就走向另一个极端，变成一种纯个人的自娱自乐、自我慰藉的工具和手段……我们的文化也由此"缺少知识分子人格力量的酵素"，"我们在我们的文化中感到的更多是知识分子的聪明，而不是他们的精神气质和人格力量"。[①]

其二，"**在俄国，文人和战士是同体的**"[②]。因此俄罗斯文化从来都充斥着一种战斗的精神和进取的力量，在王富仁看来，"19、20世纪的俄罗斯历史，在政治上有过黑暗的时代，但却没有过文化上的黑暗时代"[③]，一个重要的原因就在于每一个时期都有为俄国文化发展奋斗的文化战士。但是在中国的传统中，一直都有着"文与武"的分流，文人更多地承担了"谋士"的职责，而不是"武士"。因此在中国文化传统当中，文雅、文质彬彬更作为知识分子的标记而存在，"武士""战士"的精神要稍显弱一些。

三、从俄罗斯文学走近鲁迅

特殊的知识结构和俄语背景为王富仁捕捉到鲁迅文本深层的意象提供了切入点，王富仁很早就发现了俄罗斯文学传统与鲁迅之间的深层联系。当学界盛赞王富仁"思想革命镜子"说的价值和意义时，王富仁先生曾经亲口对笔者说过这样的话：人们都觉得思想革命镜子如何重要，但

---

① 王富仁：《中俄知识分子之差异》，见《说说我自己：王富仁学术随笔自选集》，77页。

② 同上。

③ 同上书，78页。

在思想革命镜子前后其实各有一个更加重要的东西，前者是《鲁迅前期小说与俄罗斯文学》，后者是《中国鲁迅研究的历史和现状》。笔者认为，这段话对理解王富仁在鲁迅研究方面的突出贡献有着非常重要的意义。《鲁迅前期小说与俄罗斯文学》是王富仁研究鲁迅的基础和突破口，《中国鲁迅研究的历史和现状》则凝聚了王富仁在鲁迅研究上取得重要成就以后更加深刻的一些体会和感悟。《鲁迅前期小说与俄罗斯文学》是王富仁在西北大学的硕士论文，也是王富仁研究鲁迅的起点。鲁迅受到俄罗斯文学的影响，在鲁迅自己的翻译介绍、杂文随感甚至是小说创作中都有很明显的表现，所以在王富仁之前就有不少研究者注意到了这个问题，比如冯雪峰的《鲁迅和俄罗斯文学的关系及鲁迅创作的独立特色》等，但这些成果用冯雪峰的话来说就是"画一个简单的轮廓"①，并没有深入探讨。

那么王富仁到底是从哪些方面去把握鲁迅小说与俄罗斯文学之间的关联的呢？事实上，在《鲁迅前期小说与俄罗斯文学》的总论中，王富仁就已经提纲挈领地提出了这几点："清醒的现实主义精神、广阔的社会内容、社会暴露的主题是鲁迅前期小说与俄国文学的共同特征之一，也是二者相互联系的主要表现之一"②；"强烈爱国主义激情的贯注、与社会解放运动的紧密联系、执着而痛苦的追求精神是鲁迅前期小说与俄罗斯现实主义文学的又一共同特征，也是它们相互联系的又一反映"③；

---

① 冯雪峰：《鲁迅和俄罗斯文学的关系及鲁迅创作的独立特色》，见《论文集》（第1卷），118页，北京，人民文学出版社，1952。

② 王富仁：《鲁迅前期小说与俄罗斯文学》，8页，西安，陕西人民出版社，1983。

③ 同上书，19页。

"博大的人道主义感情、深厚诚挚的人民爱、农民和其他'小人物'的艺术题材是鲁迅前期小说与俄罗斯现实主义文学的另一个共同特征，也是二者相联系的又一表现"①。

"清醒的现实主义精神"是王富仁找到了鲁迅前期小说与俄罗斯文学之间联系的第一条脉络。在王富仁看来，在俄罗斯文学漫长的发展历程中，古典主义和浪漫主义等流派是"像闪电般掠过"，只有现实主义得到了长足而繁荣的发展。在冈察洛夫、陀思妥耶夫斯基、托尔斯泰、契诃夫这些作家身上，个体的自我幸福常常被当成一种世俗甚至庸俗的东西，他们面对和叩问的是更加广袤的现实社会。这与俄罗斯的历史有关，与俄罗斯当下的社会特点也有关。而中国社会的发展与俄国有着一定的相似性，现实主义思潮也对中国近现代的文学有着主导性的作用。特别是在鲁迅那里，现实主义绝不仅仅只是表现、反映社会现实，而被提升到了有目的地批判现实、解剖社会的高度。比如说鲁迅批判阿Q，绝不是仅仅在批判中国农村的一个农民，而是批判形成、造就阿Q这种麻木、愚昧、自欺欺人人格背后的思想、文化和制度。而在这方面，王富仁认为鲁迅在很大程度上受到了俄国文学的影响，特别是果戈理。"果戈理对农村生活的描写，他的诸多农村地主形象的塑造，他的卓越的讽刺艺术，把鲁迅固有的这些方面的生活积累和艺术才能唤醒了。由此，才有《怀旧》的问世，才有后来的一系列小说创作。"②而鲁迅与安特莱夫的区别和联系也在于"鲁迅前期小说的基本主题是对封建制度、封建

---

① 王富仁：《鲁迅前期小说与俄罗斯文学》，28～29页。
② 同上书，44页。

伦理观念'吃人'本质的揭示以及对摧毁它们的社会力量的艰苦探索；安特莱夫作品的基本主题是对人生意义的痛苦叩问和对生活出路的绝望追求。但在他们的作品中，有一个重要的从属主题是相同的，那就是他们都反复地着力描写了当时社会中人与人之间淡漠、冷酷的社会关系。"①对社会的批判、对社会关系的批判，是鲁迅与俄罗斯文学的一个重要关联。

紧接着而来的第二个问题就是"痛苦而执着的精神"。一个对社会、对民族有责任心的作家，必然是痛苦的。他们能够敏锐地发现社会上存在但又难以被解决的那些问题。王富仁认为："俄国文学作品常常出现一种极具特色的忧郁抒情音调，它反映了俄国作家欲求明确出路而不得的情绪。"②对于19世纪末的俄国来说，农奴制已经废除，但资本主义制度并没有给俄国带来新的出路，反而暴露出了更深层的社会问题。在痛苦、迷茫中执着地探寻社会的出路和自己精神的出路，如何唤起社会的改造、人的灵魂改造是这一批俄国知识分子心灵上背负的沉重思想命题，这在普希金、果戈理、托尔斯泰、陀思妥耶夫斯基等作家身上体现得尤为明显。鲁迅也是如此，从早期做出"弃医从文"的决定，到终生以笔为刃对中国社会、思想、制度各个方面进行批判和反思，根本上都是来源于鲁迅对国家、民族前路一直艰难的探索。王富仁在这里还特别提到了鲁迅的小说很少有直接反对帝国主义的题材和表现，并且认为这根本的原因就在于鲁迅认为要解决中国的问题，关键不在对外的帝国主义，而在于自身思想的觉悟与民族的自强，所以他才不会把表现的重点

---

① 王富仁：《鲁迅前期小说与俄罗斯文学》，108 页。
② 同上书，24 页。

放在与帝国主义的斗争上，而首先放在了对国民性问题的批判和反思上，就像"契诃夫不但怀着深刻的同情描写了他们的痛苦生活，同时也以痛切之感反映了他们暂时的愚昧、落后，乃至庸俗的生活"①一样，鲁迅的一生也在对国民性进行着"哀其不幸、怒其不争"的思考与探索，启蒙必然是漫长的，这种探索也必然是痛苦的。

"人道主义精神"。 王富仁在《鲁迅前期小说与俄罗斯文学》中所要探讨的，绝不仅仅是鲁迅和俄罗斯几位作家的对比，而是着眼于更为宏阔的文学的民族传统与外来影响的问题，文学与时代、与社会生活的关系问题。这些都使得他的学术眼光独树一帜。从王富仁的论著中，我们不仅能感受到一种强烈的理性精神，更多的是一种动人的人文情怀，一种对人类命运的深切关怀。比如说他意识到，不管是鲁迅还是俄罗斯文学，始终对农民问题都投以了巨大的关注。从 18 世纪末，把农民作为一个主要对象去关注和表现就已经是俄罗斯文学的一个重要主题，"我们完全可以说，整个俄国文学所描写的辉煌宏阔的艺术画面都是从农民整个中心辐射出来的……在俄国，有哪一部杰出的作品能与农民没有关系呢？有哪一个作家没有直接或间接地表现过农民呢？可以断言，根本没有"②。这与俄罗斯的社会现实有着深刻的联系，农奴制的推行使得农民长期处于卑微的地位，而在 1812 年反对拿破仑入侵的战斗中，农民又作出了巨大的牺牲和贡献。这些复杂的因素让知识分子对农民产生了空前的同情，表现在文学上则呈现出一种浓厚的人道主义精神。而在中国，农民在社会生活

---

① 王富仁：《鲁迅前期小说与俄罗斯文学》，78 页。

② 同上书，30 页。

中的作用则更加重要，王富仁认为，"在中国，第一个从政治革命的战略和策略的角度在理论和实践上解决了农民问题的是毛泽东，而从思想革命的角度提出农民问题并在小说中对农民进行了形象化的艺术表现的则是鲁迅"①。鲁迅既没有对农民进行单纯的讴歌，也没有对农民进行脸谱的丑化，而是对农民身上几千年存在的精神顽疾和思想缺陷进行批判和反思，这种批判不是高高在上的，不是事不关己的，"他责备农民，正是因为爱农民，责备得那么痛切，正证明爱得那么深切"②。正是在这个角度上，鲁迅对国民性的批判既犀利，也深厚，这背后凝聚的强大人道主义情怀成了连接鲁迅与俄罗斯文学的又一条纽带。

事实上，鲁迅、俄罗斯文学、王富仁这三者之间始终处于对视的关系中，无论是鲁迅与俄罗斯文学，还是王富仁与鲁迅，或是王富仁与俄罗斯文学，他们都不仅仅是研究者与研究客体的关系，鲁迅对俄罗斯文学投以关注，王富仁对鲁迅与俄罗斯文学的关系投以关注，这之间都有着相因相循的联系，就像我们前面说的这三点，清醒的现实主义、真诚而执着的痛苦、人道主义情怀，这既是鲁迅前期小说的特点，也是俄罗斯文学的特性，又何尝不是王富仁学术研究的特点呢？

---

① 王富仁：《鲁迅前期小说与俄罗斯文学》，33 页。
② 同上书，34 页。

第三章 | "思想鲁迅"的突破性贡献

　　鲁迅研究历来是现代文学研究的重中之重，要突破创新是非常困难的，要出现里程碑式的成果更是困难。这既因为有鲁迅本身的厚重，又有鲁迅研究历史的厚重。王富仁最大的贡献在于，他还原并深入分析了一个作为思想启蒙者的鲁迅，一个具有思想家格局和气质的鲁迅。这个结论在今天看来似乎是理所应当、不言自明的，但如果放置在王富仁那代学者所处的时代环境中，无论是研究角度、研究方法还是最终的结论，都是非常大胆、非常具有先锋意识和反叛精神的。

第一节 从"政治革命镜子"到"思想革命镜子"

王富仁《中国反封建思想革命的一面镜子——〈呐喊〉〈彷徨〉综论》出版以来，在学术界引起了很大的震动。在今天看来，这一研究成果在中国鲁迅研究史上乃至中国现代文学研究史上依然具有里程碑式的意义。那么，王富仁是怎么找到这个突破口的呢？我们可以从三个层面去理解这个问题：

第一，在于王富仁深刻而准确地总结了以陈涌等一大批人为代表的鲁迅研究专家的学术体系和价值，这是王富仁实现自我突破的一个重要前提。没有"政治革命的镜子"，"思想革命的镜子"也失去了着力的支点和学理上的意义。第二，正是在对前人成果的充分熟悉和研究的基础上，王富仁发现"政治革命"阐释系统虽然有着其不可替代的时代价值和学术价值，但同时也暴露了它的不足，最主要的体现就是它"与鲁迅小说原作存在一个偏离角"[①]，它与鲁迅文学创作的初衷存在较大的距离，这个看起来小小的偏离角带来的问题是很大的，最简单地说，鲁迅是通过小说创作达到启蒙国人思想的目的，"政治革命镜子"偏离的就是鲁迅文学创作的这个初衷。第三，王富仁大胆地提出应该"以一个新的更完备的研究系统来代替"[②]它，并明确提出了《呐喊》《彷徨》"首先是中国思想革命的一面镜子"[③]这一具有划时代意义的论断。"思想革命镜子"的

---

① 王富仁：《中国反封建思想革命的一面镜子——〈呐喊〉〈彷徨〉综论》，1页，北京，北京师范大学出版社，1986。

② 同上书，5页。

③ 同上书，7页。

提出让鲁迅研究更加回到鲁迅创作的初衷，回到文学本身。这在当时研究鲁迅多有拔高和偏离的大环境中，王富仁的"思想革命镜子"的论断有着重要的现实意义，同时也有着更为重要的学术意义。

一、"政治革命镜子"的理论意义和时代价值

一个作家如何被理解，一个作品如何被评价，这本是一个开放的系统，所谓一千个人眼中有一千个哈姆雷特，但是在这些千差万别的理解中，我们应该辨别各种不同的情形，各自不同的语境以及各自不同的价值意义，并在其中找到最接近作家原本状态的那个答案。在鲁迅研究模式近百年的不断演进中，这一点体现得尤为深刻。

从 1949 年到 1976 年，从政治革命的视角进入鲁迅的文学世界并建构起鲁迅的形象，始终是学界一个极为重要的研究思路。王富仁在《中国反封建思想革命的一面镜子——〈呐喊〉〈彷徨〉综论》的引论中曾简要说明了政治革命这一研究系统的意义："从五十年代开始，在我国逐渐形成了一个以毛泽东同志对中国社会各阶级政治态度的分析为纲，以对《呐喊》《彷徨》客观政治意义的阐释为主题的粗具脉络的研究系统，标志着《呐喊》《彷徨》研究的新时期，反映了 1949 年之后《呐喊》《彷徨》研究在整体中取得的最高成果。"①在王富仁"思想革命镜子"问世之前，这面"政治革命镜子"的确从广阔的历史背景和社会时代背景出发，挖掘了《呐喊》《彷徨》与中国民主主义政治革命在内在动力上的有机联系。

---

① 王富仁：《中国反封建思想革命的一面镜子——〈呐喊〉〈彷徨〉综论》，1 页。

这一研究思路的重要代表就是陈涌。他在 20 世纪 50 年代所写的《论鲁迅小说的现实主义》和《为文学艺术的现实主义而斗争的鲁迅》等论文，不仅在当时影响巨大，被看作是"50 年代鲁迅小说研究中高水平的代表作"[①]，至今读来仍然有着重要的理论分量。

第一，以陈涌为代表的"政治鲁迅"研究，第一次深入系统地从理论高度建构了鲁迅创作的现实主义体系。 鲁迅小说创作中的现实主义特征很早就被注意到了，比如说，茅盾在 1927 年 11 月 10 日的《小说月报》上发表的《鲁迅论》中就曾这样说道："《彷徨》中的'老中国的儿女'，我们在今日依然随时随处可以遇见，并且以后一定还会常常遇见。我们读了这许多小说，接触了那些思想生活和我们完全不同的人物，而有极亲切的同情；我们跟着单四嫂子悲哀，我们爱那个懒散苟活的孔乙己，我们忘记不了那负着生活的重担麻木着的闰土，我们的心为祥林嫂而沉重，我们以紧张的心情追随着爱姑的冒险，我们鄙夷然而又怜悯又爱那阿 Q……总之，这一切人物的思想生活所激起于我们的情绪上的反映，是憎是爱是怜，都混为一起，分不明白。我们只觉得这是中国的，这正是中国现在百分之九十九的人们的思想和生活，这正是围绕在我们的'小世界'外的大中国的人生！"[②]茅盾认为鲁迅写的是"老中国的儿女"，是"小世界外的大中国的人生"，这都是对鲁迅现实主义特点的准确把握，但这些分析更多是针对鲁迅小说的现实针砭性、人物的现实典型性来说的，此时的茅盾既无法也不可能从后置的视角对鲁迅创作的现实主

---

① 徐鹏绪：《鲁迅学文献类型研究》，367 页，北京，中国社会科学出版社，2004。

② 茅盾：《鲁迅论》，载《小说月报》，第 18 卷，第 11 期，1927。

义体系作出完备的理论归纳。

陈涌既是鲁迅研究专家，又是一个成熟的马克思主义文艺理论家，他的鲁迅研究和马克思主义思想研究是互为关照的，因而有意识地、有体系地把鲁迅研究提到理论的高度，其实也是陈涌一种自觉的学术追求。他认为鲁迅作为伟大的文学家和思想家，"最根本的特点就在于他和文学艺术的实践始终保持着密切的联系"①。从这一点出发，陈涌认为鲁迅的现实主义文艺思想的中心问题和根本内核"无疑是真实，是艺术的现实主义这个根本要求"②。接下来的一个问题就是，鲁迅是如何处理这种"现实的真实"与"艺术的真实"之间的关系的？换句话说，作为创作原则的现实主义，主客体之间如何达成统一？陈涌在这里进一步提出鲁迅身上有一种"革命人"的主体特征，只有创作主体是"革命人"，"现实的真实"和"艺术的真实"才不会割裂开来，现实的真实才会更好地升华为艺术的真实，这一点是鲁迅高于创造社（重主体轻客体）和文研会（重客体轻主体）的地方。

值得注意的是，陈涌虽然研究的是鲁迅的现实主义特征，但他对鲁迅小说中的浪漫主义、象征主义等其他创作手法也给予了高度的关注，并且认为象征主义和浪漫主义也是构成鲁迅现实主义文艺体系的一个重要部分。对于《狂人日记》《野草》这样的作品，陈涌认为呈现出明显的象征主义色彩，如果把这些作品解读为现实主义，那就大大地降低了鲁迅的思想力度。以象征主义的手法去表现现实主义的问题，在艺术效果上

---

① 陈涌：《为文学艺术的现实主义而斗争的鲁迅》，载《人民文学》，1956(10)。
② 同上。

往往能产生更深刻的真实，因为"象征的方法，不可能像现实主义的方法一样真实具体地描写生活，但却有可能从精神上抓住生活的根蒂"①。在生活真实和艺术真实的辩证关系中，陈涌找到了鲁迅现实主义创作体系的根本立足点和多维面相，这既是鲁迅研究的一个重要贡献，也是马克思主义理论的一个重要体现。

第二，陈涌对鲁迅现实主义的理解，不仅在于鲁迅刻画和再现了中国社会，更重要的是揭示了中国社会发展和中国革命的内在逻辑。以文学创作反映现实、揭露现实，这是鲁迅现实主义特征的一个重要层面，以小说思考社会现实、探索革命的出路，这是另一个更深层次也更有难度的问题。陈涌对鲁迅作品的现实意义的考察，是把鲁迅小说置于探索中国革命道路和力量的高度去考察它的现实作用。鲁迅写阿 Q、写祥林嫂、写孔乙己、写魏连殳，既是对个体的人物形象进行刻画，也是对社会各个阶层关系的透视，是对资产阶级、农民阶级和各种知识分子在中国革命中所处的位置以及他们各自特点的展现。鲁迅为什么尤其关注农民？这已经超出了一个文学的问题，陈涌认为鲁迅之所以对农民投入这么多关注，是因为"农民问题是中国革命的基本问题"，是鲁迅积极思考中国新民主主义革命出路的一个体现：鲁迅"和他以前以及同时代的作家不同的地方，首先就在于他的民主主义和现实主义的思想是深深地培植在中国广大的被压迫人民的土壤上面的，他的反封建的力量是从广大的被压迫人民那里取得的，他是真正从'下面'、从被压迫人民的角度来

---

① 陈涌：《鲁迅与五四文学运动的现实主义问题》，载《文学评论》，1979(3)。

提出反封建的问题的"①。即便《呐喊》《彷徨》里也有不少对知识分子的关注，但陈涌认为这种关注也是从农民、从被压迫的群众的视角辐射出去的。在鲁迅的笔下，农民的苦痛不是来自饥饿、酷刑这些肉体上的折磨，而是精神上的苦痛，祥林嫂一生经历了太多的压迫与欺凌，但最后击垮她的还是因为再嫁而在周围人眼里变得"不干不净""伤风败俗"，在捐了门槛之后仍然被阻止参加祝福这样的祭祀活动。只有推翻压在人民头上几千年的封建思想与制度，只有把人民从这种思想的禁锢中解放出来，中国的社会才能获得真正解放。

　　第三，从政治革命的角度来阐释鲁迅的思想意义，这在当时具有强烈的政治时代意义。就像我们前面所说的，陈涌的鲁迅研究是以马列主义、毛泽东思想作为分析作品的指导方针，注重从社会革命和政治斗争的角度来阐述作品的思想高度，这就赋予了鲁迅强烈的政治时代意义。但也要注意的是，这种研究方式也会导致一些问题，比如陈涌说："像鲁迅那样，把文学服从革命的政治问题提得这样鲜明，这样坚决，在当时是没有第二个的。鲁迅这种主张，这种做法，已经成为中国新文学历史上的最宝贵的传统。"②这种理解是有待商榷的，实际上我们也很难找到鲁迅说过"文学要服从革命"这样的原话，陈涌的这种阐释模式很明显受到了时代社会的影响，就像他后来在《〈鲁迅论〉后记》中反思的那样："这在当时是一种历史现象"，"如何评价这种历史现象，也还值得研究"。他并未用今天所达到的观念去——加

---

　　①　陈涌：《论鲁迅小说的现实主义——〈呐喊〉与〈彷徨〉研究之一》，载《人民文学》，1954(11)。

　　②　陈涌：《一个伟大的知识分子的道路》，载《人民文学》，1950(11)。

以修改，他说，"我认为不如保持原貌，因为这至少有利研究过去鲁迅研究的历史"①。

上述对陈涌"政治革命镜子"的分析，是为了强调以往只关注"政治革命镜子"的政治倾向的观点其实也是片面的，"政治革命镜子"有着它独特的学术价值，这是不容忽视的。"政治革命镜子"框架的稳定性，在很长一段历史时期内影响了学界对鲁迅作品的评价方式，当然，这个研究体系的局限性也预示着新的研究思路的到来。

二、"偏离角"的发现

对于陈涌的鲁迅研究，王富仁曾这样评价："在鲁迅小说的研究中，对我影响最大的是陈涌的《论鲁迅小说的现实主义》，它写得很好，很有高度，但后来觉得，它和鲁迅小说还是有些'隔'。我觉得那个时候，他是在理解毛泽东，不全是在理解鲁迅。当他把毛泽东的标准、《中国社会各阶级的分析》的框架用到鲁迅小说研究中的时候，就使人分不清他是在用鲁迅来证明毛泽东，还是在用毛泽东来证明鲁迅了。"②

这段话虽然不长，但它解释了王富仁"思想革命镜子"提出的一个重要逻辑，我们大致可以从以下两个层面来理解：

第一层面，陈涌的鲁迅研究对王富仁"思想革命的镜子"的提出有着

---

① 陈涌：《鲁迅论》，后记，334页，北京，人民文学出版社，1984。
② 王富仁、王培元：《鲁迅研究与我的使命——王富仁教授访谈》，载《学术月刊》，2001(11)。

重要的启发作用。我们常常认为，王富仁"思想革命镜子"是针对陈涌"政治革命镜子"所提出来的，但这并不意味着王富仁对陈涌观点的全然否定。事实上王富仁非但没有否认"政治革命镜子"的价值，相反认为这是对自己"影响最大的"鲁迅小说研究。王富仁并没有剥离鲁迅小说中的政治问题，而是将政治问题进一步放置在知识分子的思想伦理层面，如果单纯用政治革命去阐释鲁迅作品中的"反封建"精神，那么封建就变成了政治、阶级的压迫，但实际上，"封建"从来都不是单一的维度，于是他做的第二件事就是重新考量"封建"的内涵，认为封建统治是政治压迫、经济剥削和思想统治的三位一体的统治结构，只不过"鲁迅在重点揭露封建思想、封建伦理道德统治的同时，也揭露了封建的政治压迫和经济剥削"。因此，政治只是众多封建压迫的一个分支，那么只依靠政治革命的标准去研究鲁迅、去反思中国社会，就会错失掉鲁迅作品内涵中比重更大、想着重揭露和批判封建思想的部分，也就不可能还原出20 世纪初国人真实的精神状态。

第二层面，即使以陈涌为代表的"政治革命的镜子"理念对鲁迅研究有着重要的作用，但这种观点终究与鲁迅小说本身"有些隔"，与鲁迅作品的真实意图存在一定的"偏离角"。当时的研究系统是以毛泽东对于中国民主主义政治革命的重要判断去分析鲁迅的作品，这就使鲁迅小说中的次要方面或并非作者艺术表达的真实意图的部分在"政治滤镜"的加持下被放大，如"在《阿 Q 正传》的艺术描写中处于次要地位的关于阿 Q 要求参加革命的描写，在我们的研究文章中被大大强化了，成了《阿 Q 正传》之所以成为伟大现实主义作品的主要标志，而在原作中用大量篇幅和笔墨加以表现的阿 Q 精神弱点的艺术描写，则无形中被降到了一个较次要的位置上来，并且常常被认为是鲁迅较多地看到人民的弱点的例证，作为鲁迅当时思想局限性之所在"①。当然，这并不是说用政治革命的思路去阐释鲁迅是完全不可取的，在中国革命处于内忧外患的攻坚阶段，挖掘鲁迅作品中的政治革命色彩是有助于团结更广泛的革命力量。但在一个更为广阔和悠长的时间和空间范围内，如果继续沿用政治革命的思路，是比较难接近鲁迅小说创作的真实意图和思想本质的。

因此，尽管关于鲁迅小说的研究成果已经非常丰富，但如果从创作本身的角度来看，即从作者鲁迅与作品的客观效果，文本的艺术表现形式和思想内容的关系来看，现有的鲁迅小说研究并没有对此作出较为完满的回应，甚至可以说是浅尝辄止的。从这个角度来看，王富仁对"偏离角"的发现其实包含了两重意蕴：一是澄清对鲁迅思想、鲁迅作品的准确理解和把握；二是澄清学界一些人去理解、把握鲁迅方面自身的"偏离角"！偏离角的发现对理解鲁迅作品有着至关重要的作用，它仿佛潜藏在文本中的密码，只有破译成功，才能拨开连接在作品、作者和现实世界这条曲折、幽微之路上的重重迷雾。

三、"思想革命镜子"的提出

在发现了"政治革命镜子"这个研究系统"与鲁迅小说原作存在一个偏离角"②之后，王富仁大胆地提出应该"以一个新的更完备的研究系统

① 王富仁：《中国反封建思想革命的一面镜子——〈呐喊〉〈彷徨〉综论》，70 页。
② 同上书，1 页。

来代替"①它，并明确提出了《呐喊》《彷徨》"首先是中国思想革命的一面镜子"②这一具有划时代意义的论断。

从"政治革命镜子"到"思想革命镜子"，王富仁不仅开创了一个全新的鲁迅研究视角和系统，更是对后来的学术研究具有极其重要的方法论意义。应该看到，从"政治革命"视角研究鲁迅的框架不是一两天形成的，也不是毫无道理的，鲁迅不是一个单纯的文学家，他的特殊意义是伴随着中国社会革命发展诞生的，鲁迅研究也必然不会是一种纯粹的学术研究，它必然要和中国革命进程的方方面面牵连在一起。但是归根结底鲁迅毕竟是一个作家，文学创作是鲁迅的思考方式和生存方式，这才应该是我们理解和研究鲁迅的逻辑起点。虽然鲁迅的作品在政治革命方面具有不可忽略的重要意义，但事实上鲁迅创作的根本价值在于他是从思想启蒙的层面来影响中国社会革命进程的。因此，王富仁提出用"思想革命的镜子"来替换"政治革命的镜子"，不是一种随意的标新立异，也不是一种简单的反其道而行之，而是蕴含了王富仁对鲁迅研究的一个基本的逻辑思考：必须首先"回到鲁迅那里去"！否则就会出现对鲁迅的认识的偏离甚至误解和曲解。"回到鲁迅"也就是"回到文学本身"！这一重大命题对之后几十年的鲁迅研究、文学研究都有着重大的影响。王富仁曾在《我走过的路》中表示，自己这一代人既不如上一代有那么深厚的学问根基，又不像下一代那样接受新时期的思想，但恰恰是这夹在中间的一代，因为找不到"适于自己的文化面纱"，不得不"赤裸裸上阵撕斗"，从而扔掉了

---

① 王富仁：《中国反封建思想革命的一面镜子——〈呐喊〉〈彷徨〉综论》，5页。
② 同上书，7页。

"这种主义""那种学说"，更加重视"各种主义背后的人"，因此"对于中国人的认识和感受，他们反而不如我们这一代人来得直接和亲切"，"所以，从人的角度讲文化，讲文学，就成了我们这一代人的共同趋向。这点'自我意识'对我后来学术研究的影响是非常巨大的"。[①] 事实上，这种"自我意识"的苏醒不仅意味着王富仁个人学术研究的苏醒，也不仅意味着鲁迅研究的重大转折，更是 80 年代整体学术环境的一种重新的焕发。党的十一届三中全会正本清源，思想解放，结束以阶级斗争为纲的时期，开启以经济建设为中心的新时代。而"回到鲁迅""回到文学本身"也是文学研究乃至整个学术研究回归正途的一个重要标志。

最后，我们不妨再多说一些"题外之话"，那就是在学术研究的过程中，"研究综述"的重要性。对于一个学者来说，观点上的创新是非常重要的，但是创新不是随随便便就可以实现的，任何一种创新都是建立在对已有成果的深入梳理和研究之上的，不了解别人对这个话题已经有了哪些看法，不了解这些看法的来龙去脉，也就不能了解这些看法是否还有拓展的空间，那么，创新谈何而来？因此，做学术小到一个本科论文，大到一个研究项目，都需要有"研究综述"这个重要的环节。王富仁的研究也是这样，他如果不对鲁迅研究历史与现状进行深入的爬梳，就不会发现以陈涌为代表的"政治革命镜子"论与鲁迅作品之间的"隔"和"偏离角"，自然也不会有"思想革命镜子"的提出。对前人成果的梳理和理解是一项长期的工作，在这个过程中不断地发现、不断地补充、不断

---

① 王富仁：《我走过的路》，见《王富仁序跋集》(上)，11 页，汕头，汕头大学出版社，2006。

地更新才是一种学术发展健康的生态。比如说近些年来解志熙曾提出来这样一个观点："陈涌先生到王富仁先生之间的转换并非突然发生，就中支克坚先生担当了一个非常重要的'中间物'角色。"①他认为在1979—1983年，支克坚先生接连在《文学评论》《中国现代文学研究丛刊》等重要刊物上，发表了《关于阿Q的"革命"问题》《〈阿Q正传〉与新文学的现实主义问题》和《〈呐喊〉与新文学革命现实主义的形成》《一个被简单化了的主题——关于鲁迅小说及新文学革命现实主义发展中的个性主义问题》《论"为人生"的鲁迅小说》等重要论文，以及学术短论《从新的思想高度研究中国现代文学史》。这些文章从具体观点到思想方法，系统提出了一套完整的鲁迅研究新思路。而这种研究方式最后在王富仁那里得到了"更系统更雄辩的发挥和完善"。解志熙这些观点的提出是有价值的，它并不意在否定王富仁的学术贡献，而是提醒我们，在学术链条的发展过程中，任何一个创新的环节都不是突然发生的，这中间有无数个"中间物"在发生着作用，最后形成一股力量推动学术链条不断往前发展，这才是一个健康的、蓬勃的学术生态。

第二节 "思想鲁迅"：一个新的研究系统

前面我们说到从"政治革命镜子"到"思想革命镜子"过渡不是突然发生

---

① 解志熙：《为了告别的记念——〈陈涌纪念文集〉与一种文艺运动的终结》，载《文艺理论与批评》，2019(4)。

的，我们更不能断言在王富仁之前，从未有人发现过鲁迅小说的思想意义，但是王富仁的意义在于，他并没有把这种发现局限在鲁迅某一篇作品的解读，某一个创作手法的解析，而是以思想为基点，切实地建构了一套重新阐释鲁迅的研究系统。也就是说，王富仁所做的，不仅仅是一个学术观点对另一个学术观点的超越，而是一个研究系统对另一个研究系统的更替。在这种新的研究系统的建构当中，"思想鲁迅"的面目逐渐清晰。

一、以"思想革命"折射"政治革命"

在李何林为《中国反封建思想革命的一面镜子——〈呐喊〉〈彷徨〉综论》所写的序言和王富仁自己所写的引论中，都曾出现这样一句话："它们（笔者注：指鲁迅小说）首先是中国反封建思想革命的一面镜子，中国社会政治革命的一系列问题是在这个反封建思想革命的镜子中被折射出来的。"①这句话再次提醒我们，王富仁从未将思想革命和政治革命剥离开来，相反，他是在"思想革命"的维度去重新思考"政治革命"的问题。

比如说对《药》的解读，如果是从政治革命的角度去看待辛亥革命的失败，往往会得出鲁迅主要批判的是夏瑜脱离群众、进而对辛亥革命不发动群众的阶级局限所进行的批判，但是从《药》这个作品本身来看，鲁迅表现更多的其实是群众的不觉悟、麻木使得夏瑜白白牺牲这一个问题。如果为了得出"资产阶级革命者脱离群众"这一政治性的结论，而忽视了《药》本身的意图，就脱离了鲁迅整个精神结构。也就是说，王富仁

---

①　王富仁：《中国反封建思想革命的一面镜子——〈呐喊〉〈彷徨〉综论》，7 页。

认为，《药》讨论的依然是对革命政治活动失败的反思，但是这个反思是从群众思想不觉悟这个角度展开的，是因为社会思想革命出现了问题，政治革命才会失败，而不是相反。《狂人日记》里面提到的徐锡麟，《药》里面的夏瑜，《头发的故事》里面的 N 先生，他们的失败既是政治上的失败，更是国民的思想状态出了问题，是因为整个社会思想的麻木和沉滞，才导致了政治活动一再失败！这一点在《风波》当中体现得更为明显，王富仁认为《风波》的背景是张勋复辟，但是它"没有直接描写张勋复辟势力借助政治、军事的力量对蓄辫子'政策'的直接实施。在《风波》里，没有一个人是属于张勋政治复辟集团的成员，甚至其中的赵七爷，也始终未曾从他的政治利益和经济利益和维护张勋复辟政权的角度出发去推行辫子政策，他的直接目的是去报前两年七斤喝醉了酒骂他是'贱胎'的私仇"①。许多这样的例子说明《呐喊》和《彷徨》并不是鲁迅单纯从政治革命或者思想革命出发所创作出来的，而是在政治革命和思想革命的关系中，在思想革命对政治革命的制约作用中的一种曲折表达。再比如说，我们一直以来都说《药》有"一明一暗"双重线索、双重主题：明线是华老栓一家的悲剧；暗线是革命者夏瑜被砍头的悲剧，这没有问题。但我们一直强调暗线比明线更重要，这有问题。我们认为两条线索都重要，甚至明线更重要！辛亥革命不发动群众，可是怎么发动？像华老栓这样的群众是一时半刻就能发动起来的吗？吃人血馒头的人，是一启蒙就觉醒，是一场政治革命能改变的吗？鲁迅既告诉我们辛亥革命的问题，也告诉我们民众自身的问题，发动群众、改变群众的思想，这本身

① 王富仁：《中国反封建思想革命的一面镜子——〈呐喊〉〈彷徨〉综论》，20～21 页。

就是一个很难的事情。所以，鲁迅一生致力于改造国民性。今天很少有人吃人血馒头了，但华老栓之后，中国人吃过多少稀奇古怪的东西，喝红茶菌、打鸡血针等！这说明鲁迅所致力的改造国民性使命任重而道远！

事实上，政治问题和思想问题本身就不能截然分开，政治问题往深了说就是思想问题，思想出了问题也往往最容易在政治上表现出来。它们或许不是同步的，但是二者之间必然有着极其复杂的联系。在这一点上，王富仁进一步打开视野，以法国大革命为例作出了阐释："法国资产阶级革命、政治大革命发生的前几个世纪的十五世纪，法国的人文主义文学便张起了反封建思想的旗帜，标志着资产阶级革命思潮意识已经占领并扩大自己的思想领地，只是在此后很久的十八世纪，充分发展了自己思想的法国资产阶级，才通过启蒙学家的著作集中、明确而又系统地提出了自己的政治要求，并在此基础上于该世纪末采取了政治革命的实践行动，为自己夺取了政权。"①从这个角度来看，辛亥革命的失败，绝不仅仅是单纯意义上的政治失败，它的失败是因为在中国还没有一个广泛的、深刻的思想革命运动，仓促发生的一次政权更替，而鲁迅想要借《呐喊》《彷徨》所说的，就是"中国需要一次深刻的、广泛的思想革命，政治革命若不伴随着深刻的思想革命，必将与辛亥革命一样半途流产"②。拿《阿 Q 正传》来说，阿 Q 是加入了革命，但是他对革命毫无认知，加入革命是为了自己的私欲，是为了"我要什么有什么，我喜欢谁

---

① 王富仁：《中国反封建思想革命的一面镜子——〈呐喊〉〈彷徨〉综论》，22 页。
② 同上书，32 页。

就是谁"，这样的革命又有什么意义呢？最后阿 Q 稀里糊涂地死去了，革命也流产了，这是阿 Q 的悲剧，更是辛亥革命的悲剧。

二、以"思想本质"牵动"艺术手法"

王富仁是以思想性为基点展开他的鲁迅研究，但这不意味着他对鲁迅"艺术手法"的忽视。《中国反封建思想革命的一面镜子——〈呐喊〉〈彷徨〉综论》一共有四章，王富仁就用了两章的篇幅来讨论鲁迅小说的创作手法和艺术特征。为何王富仁要用这么多篇幅来讨论鲁迅的艺术手法？谈艺术手法是为了谈什么呢？

我们首先不妨来看看王富仁对"创作手法"的见解：

在我们不少的理论著作中，创作手法，特别是现实主义创作手法，成了一种具有凌驾于艺术家及其艺术创作之上权威性的东西，成了外加于他们的一种艺术原则或信条。实际上，对于一个文学家和艺术家，特别是一个伟大的文学家和艺术家，它就没有如此大的权威性。在他们那里，艺术方法也只是一种供他们使用的东西。不是艺术方法奴使文学家和艺术家，而是文学家和艺术家奴使艺术方法。什么叫艺术方法或曰创作方法？按照我的理解，它只能是特定作家或艺术家与自己特定的读者或观众进行观念意识，感情情绪方面的对话或交流的基本艺术方式。①

---

① 王富仁：《中国反封建思想革命的一面镜子——〈呐喊〉〈彷徨〉综论》，176～177 页。

从这一段论述当中，我们不难看出王富仁对于"艺术手法"的理解是作者表达思想的一种方式，它不能凌驾于或者说脱离于思想内容而存在。当我们以这种理解去看待王富仁对鲁迅艺术手法的研究时，就会发现他对鲁迅艺术手法的理解几乎都是从鲁迅的思想本质出发的。鲁迅使用一个艺术手法，都不是随意的，而是跟他要表达的思想紧密相关。因此，解读鲁迅的艺术手法及创作特色，也必然要回归到思想本质上。比如说在分析鲁迅《呐喊》《彷徨》中的浪漫主义色彩时，王富仁认为这是源于鲁迅前期思想的一种"矛盾性"：鲁迅"一方面建议只有依靠觉醒的知识分子的长期而又艰辛的斗争才能彻底扫荡中国封建社会这个'吃人的筵席'，另一方面他又不能不对农村的大自然与农民、农家儿童那纯洁天真的素朴关系感到由衷的欣羡，对纷乱嘈杂的都市生活和对激烈、残酷的生存竞争和政治倾轧感到内心的厌恶"①。正是因为这种思想倾向的存在，所以鲁迅在五四时期的创作流露出一种对西方浪漫主义崇尚自然的和人与人质朴关系的向往。

这最典型地体现在《社戏》里面。我们很容易发现鲁迅在《社戏》中营造的那种"对立"：纷乱复杂都市生活与宁静纯美农村生活的对立、自私城里人与质朴农村人的对立。在写农村生活的时候，鲁迅的笔调是细腻的、浪漫的，但一转到城市生活，鲁迅的笔调就变得冷峻、犀利。表面上来看，这是鲁迅创作手法的转换，但从根本上来看，它反映的是鲁迅对农村和城市这两种生活状态的不同态度，对于记忆中农村社戏的描写，鲁迅温情的笔触流露出的是他对农村充盈的生活、和谐的邻里关系

---

① 　王富仁：《中国反封建思想革命的一面镜子——〈呐喊〉〈彷徨〉综论》，271 页。

的怀念，就像鲁迅在《社戏》最后写的那样："真的，一直到现在，我实在再没有吃到那夜似的好豆——也不再看到那夜似的好戏了"，而写到记忆里北京看过的那场戏时，不仅环境聒噪而杂乱，而且旁人的冷漠和狭窄的座位，让鲁迅感觉这是"拷问人的刑具"，感到"毛骨悚然"。王富仁敏锐地捕捉到了鲁迅这些写作层面的特色。

三、以"思想鲁迅"打开"思想五四"

王富仁建构"思想鲁迅"的重要意义，不仅是局限在鲁迅研究本身，而是打开了一个更广泛意义上的"思想五四"，在 20 世纪 80 年代重提鲁迅的思想意义，在某种程度上也是对五四思想意义的呼唤和重申。

不夸张地说，鲁迅的思想高度在相当程度上代表了五四的思想高度。然而进入 20 世纪 80 年代以来，随着文化发展越来越走向多元，很多消解五四、消解鲁迅的声音也频频出现。这里面既有一些不客观、不冷静的声音，也有一些学者的反思。其中以林毓生的观点最具有代表性，他在 1986 年出版的《中国意识的危机——"五四"时期激烈的反传统主义》一书中如此谈道："反对中国传统文化遗产的激进的五四运动，在后传统中国历史上是个转折点。……这个反叛运动反映着 20 世纪中国知识界在意识认同方面的深刻危机；它也是后来文化和知识发展的预兆；以后数十年中，文化反传统主义的各种表现，都是以五四时期的反传统主义为出发点的。"[1]这种观念在"重写文学史"的 20

---

[1]　［美］林毓生：《中国意识的危机——五四时期激烈的反传统主义》，穆善培译，5页，贵阳，贵州人民出版社，1986。

世纪 80 年代引起了较大的反响,不少学者纷纷著书跟进。1989 年,李泽厚在纪念五四的短文《启蒙的走向》中就认为:"五四有一个'激情有余,理性不足'的严重问题,它延续影响几十年直到今天。"①近些年来,随着中国传统文化不断走向自信和复兴,对于新文化运动的反思潮流再次汹涌而来。各种各样的"历史断层论""五四倒退论"层出不穷,并将矛头直指新文化运动,更有甚者要求新文化运动对当前中国社会某些方面的道德失范、价值与意义的危机以及精神秩序的丧失等承担历史责任。

我们应该如何看待这种争议?以及如何客观地看待五四的价值?

这里面其实有两个层面的问题:第一,客观地讲,五四对传统文化的批判,达到了中国历史上从未有过的激烈程度,可以说在文化立场和文化姿态上都表现得相当激进。但是我们不能脱离历史语境来看待五四的这种激进,更不能因为这种"激进"而否定了五四的价值。五四是在一种强烈的时代焦虑中开启的,面对中国几千年来的文化惰性和几十年来"改良"的失败,一代知识分子已经越来越意识到,折中调和的言论对于古老的中国重焕生机并没有起到太大的作用,只有"拆房"或许才能给黑暗中的中国打开一扇光明和希望之"窗"。只有结合历史时代因素下的文化焦虑来思考,我们才更能理解"新青年"知识群体的激进之外的良苦用心。第二,五四的价值究竟体现在什么地方?就像刚刚说到的,新文化阵营之所以能够团结在一起,是站在了"重新估定价值"这个统一战线上对传统文化进行批判和反思,那么到底要建设一个什么样的"新文化",

---

① 李泽厚:《走我自己的路:杂著集》,308 页,北京,中国盲文出版社,2002。

实际上新文化阵营之间也有着巨大的分歧，而到了 20 世纪 20 年代末新文化阵营的分崩离析也恰恰证明了这一点。也就是说，五四其实是一个包含着巨大思想能量的发动机，20 世纪中国文化的走向和脉络，基本都可以从五四这里找到源头。

如果我们可以从五四这个大传统下划分出若干的思想传统，那么鲁迅在五四新文化运动上打下的个人印记，从而形成的鲁迅传统可以说代表了五四的高度。如果没有鲁迅的白话文学创作，没有《狂人日记》《孔乙己》《药》以及《阿 Q 正传》这些文学经典的诞生，则五四精神的提倡，将没有可以附着的文化载体和实质性的文化内涵，我们在鲁迅的作品中才能最深切地感受到，为什么奴性如此根深蒂固以及为什么启蒙如此艰难。

因此王富仁对鲁迅思想意义的开拓，实际上也是对五四思想意义的重申，也是对贬低、否定五四意义的一次反驳。《中国反封建思想革命的一面镜子——〈呐喊〉〈彷徨〉综论》对鲁迅思想价值的讨论在根本上也是对五四思想价值的肯定，这不仅是因为王富仁是在五四的大坐标下对《呐喊》《彷徨》进行阐释的，更在于王富仁"思想鲁迅"的阐释，本身就是对五四那个时代里一批知识分子困境的投射和回应。《呐喊》《彷徨》就像是五四的思想总纲，它的高度是在五四的时代阵痛当中体现出来的。孔乙己、阿 Q、华老栓、祥林嫂这一些人应该如何觉醒，是五四的一个重要思想课题，魏连殳、吕纬甫、涓生这样一群人在觉醒之后该往哪里走，也是五四的一个思想困境。因此，王富仁以《呐喊》《彷徨》为对象，对鲁迅思想体系的整体性把握，实际上也是对五四思想意义的审视。

第三节 鲁迅研究格局的重要变化

"思想鲁迅"的提出,不仅是王富仁个人学术研究的高峰,而且还是整个鲁迅研究的重大突破,"回到鲁迅"成为 20 世纪 80 年代的不断被提起的话题,越来越多的学者一方面以"回到鲁迅"来"重构鲁迅",除了本土研究中的"王富仁鲁迅""钱理群鲁迅"之外,海外的"竹内鲁迅""伊藤鲁迅"等也纷纷出现,共同构成了鲁迅阐释的多维面相;另一方面又借助五四和鲁迅的话语资源对当下的文化环境进行反思,开启了 80 年代"人文精神大讨论"新一轮的启蒙热潮。当然,我们也要看到的是,"思想鲁迅"是崭新的、启示性的,但推动"思想鲁迅"的深入研究也有着相当大的难度,它是一个漫长的、艰巨的思想工程。

一、"回到鲁迅"话题的热议

虽然说"首先回到鲁迅那里去"是 20 世纪 80 年代中期王富仁在其博士论文中提出的著名口号,但是在 20 世纪 80 年初期,就已经出现了"回到"话题的先声。1980 年,严家炎在"中国现代文学史笔谈"中呼吁"从历史实际出发,还事物本来面目",他认为要"从作品和史料的实际出发"。① 同年,中国现代文学研究会举行首届学术讨论会,主旨也是"为恢复现代文学史的本来面目而不懈努力"②。文艺理论方面有《还浪

---

① 严家炎:《从历史实际出发,还事物本来面目——中国现代文学笔谈之一》,载《中国现代文学研究丛刊》,1980(4)。

② 丁尔纲:《中国现代文学研究会举行首届学术讨论会》,载《文学评论》,1980(6)。

漫主义以本来面目》①，古代史研究方面有《还历史上周公旦的本来面目》②，鲁迅研究界有《"还历史的本来面目"——学习鲁迅关于'国防文学'的论述》③《必须还〈从百草园到三味书屋〉以本来面目》④。现代文学学者的发声和思考，从学科的整体观念上，对现代文学的研究方法、理念有着革新和厘清的效用。其他学科研究的"回到"之声催生着现代文学如何回到、怎样回到的深入思考。

在这样的时代气息中，20世纪80年代初，王富仁提出"回到鲁迅那里去"。回到80年代的学术场域中分析，放置到现代文学学科发展和现代文学研究的整体历史中看待王富仁提出"回到鲁迅"的意义：在文学研究从20世纪80年代进入90年代时，再次确认了鲁迅的地位，"回到鲁迅"意味着方法的回归，意味着鲁迅研究观念的革新，意味着历史的真实性和文学的本来面目。无论是之后汪晖"历史中间物"的提出，还是钱理群"心灵的探寻"以文本细读走进鲁迅，抑或是此后兴起的文化热、方法热的大潮探寻鲁迅，其根本立足点在于先把鲁迅从政治阐述的框架中解放出来，放在一个平民化的视角加以看待，从思想史的角度还原鲁迅的深刻。

如果说"回到鲁迅"的号召是一种方向性的思想引领，那么接下来"回到一个什么样的鲁迅"和"如何回到鲁迅"则是更加复杂也更加艰难的

---

① 龚济民：《还浪漫主义以本来面目》，载《破与立》，1978(6)。

② 王翔：《还历史上周公旦的本来面目》，载《江苏师院学报》，1979(C1)。

③ 郗瑢：《"还历史的本来面目"——学习鲁迅关于"国防文学"的论述》，载《文学评论》，1978(3)。

④ 章石承：《必须还〈从百草园到三味书屋〉以本来面目》，载《扬州师院学报》，1978(3)。

问题。"回到鲁迅"到底要回到什么样的鲁迅？王富仁对此作出了回答，即回到作为思想启蒙者的鲁迅，而不是回到一个爱下馆子、爱看电影、爱逛街的日常鲁迅，是回到鲁迅的思想，回到鲁迅苦苦思索的问题。值得注意的是，王富仁的"回到鲁迅"虽然是强调回到一个文学家、思想家的鲁迅，但这并不意味着作为文学家、思想家的鲁迅和作为革命家的鲁迅是相抵牾的。恰恰相反，以思想启蒙者的身份去审视鲁迅是对其生命和创作的推进、丰富和拓展，而并非对鲁迅精神的窄化，正如孙郁所言："他用马克思主义的方法，或者说以一个更宽泛的大的左翼概念颠覆了一个狭隘的左翼概念下的鲁迅研究。"[①]并且，王富仁并非全然否定以毛泽东为代表从政治革命的角度去解读鲁迅的研究系统，可以说，没有政治革命的铺设，就没有思想革命的推进。这样看来，毛泽东对鲁迅"文学家、思想家、革命家"身份的定位，是相当精准，并包蕴丰富含义的，只不过由于特定环境的影响，这三个"家"的身份并没有得到充分的解读。事实上，认为革命家是对鲁迅价值贬损的观点，恰恰是对革命的错误理解造成的。相反，革命家不但没有拉低鲁迅，反而道出了鲁迅的真正价值。何为革命？简而言之即变革、改革、革新，由此看来，革命家泛指一切推动社会、时代进步的人，是为新鲜空气的输送开窗、顶住"黑暗的闸门"的人，如此，我们还能说革命家是对鲁迅的贬损吗？应该说，一切伟大的行动、伟大的精神都蕴含着革命的本质，鲁迅的革命精神早已超越狭义的政治范畴而具有深广的现实

---

① 孙郁、黄海飞：《王富仁：鲁迅思想的护法者——孙郁教授访谈》，载《现代中国文化与文学》，2017(2)。

意义。而王富仁的"回到鲁迅"正是回到鲁迅小说创作的初衷，这个初衷与革命并不矛盾、对立，因为文学创作往往是激发革命的一种有效手段。五四为什么要从一场文学革命开始？《新青年》一开始并不成功，反而是定位在文学革命之后才逐渐壮大声势，这恰好说明文学与革命合流，是能激荡出变换天地的声势的，当文学开始有意地去影响、改变现实世界时，它才能获得一种超越文学性的、更强悍的力量。

二、重审"思想启蒙"的意义

事实上，这么多年来，无论是学术研究、教材变动，还是社会改革、大众文化，鲁迅一直都是人们始终关注的热点问题。一个关涉教育、美学、哲学、艺术、政治、宗教各个面向的多维立体的"鲁迅思想系统"也变得越来越丰富。这种努力是有一定意义的，它是近些年对鲁迅思想进行系统的、跨学科的、整合性的新的尝试。但是一个作家真正的意义是否体现于一种丰富性？鲁迅思想系统的建构是不是将他思想的各个方面进行一种组合？这样一来到底是丰富了鲁迅的思想？还是模糊了他的根本价值？这是值得我们进一步思考的。

有学者曾对鲁迅研究作过一个统计，80年代的鲁迅研究著作大概呈现出以下的状况："关于鲁迅的研究著作共373部，其中鲁迅生平及史料研究类著作共71部，鲁迅思想研究类著作共43部，鲁迅作品研究类著作共102部，其他类鲁迅研究著作（专题研究及辑录类研究著作）共

157 部。"①其中比较重要的有许怀中的《鲁迅与中国古典小说》、唐弢的《鲁迅的美学思想》、刘再复的《鲁迅美学思想论稿》、孙玉石的《〈野草〉研究》、王富仁的《中国反封建思想革命的一面镜子——〈呐喊〉〈彷徨〉综论》、金宏达的《鲁迅文化思想探索》、钱理群的《心灵的探寻》、杨义的《鲁迅小说综论》等等，到了 90 年代，更多青年学者加入鲁迅研究的行列中来："国内出版的关于鲁迅研究的著作共 220 部，其中鲁迅生平及史料研究类的著作共 50 部，鲁迅思想研究类的著作共 36 部，鲁迅作品研究类的著作共 61 部，其他类的鲁迅研究著作（专题研究及辑录类研究著作）共 73 部。"②其中有王晓明的《无法直面的人生：鲁迅传》、吴俊的《鲁迅个性心理研究》、林贤治的《人间鲁迅》、汪晖的《反抗绝望：鲁迅的精神结构与〈呐喊〉〈彷徨〉研究》、高旭东的《文化伟人与文化冲突：鲁迅在中西文化撞击的漩涡中》、林非的《中国现代小说史上的鲁迅》、袁良骏的《现代散文的劲旅》、朱晓进的《鲁迅文学观综论》等。进入 21 世纪以后，科技越来越发达、网络信息越来越膨胀，网络鲁迅、影视鲁迅等更加多元化的问题都进入了鲁迅研究的视野。

鲁迅研究的蓬勃，给鲁迅研究带来了新的生机，但也带来了一些问题。那就是在众声喧哗中我们越来越把握不到鲁迅的根本价值到底在哪里。鲁迅既是革命家、文学家、思想家，也是哲学家、教育家、美学家，这些所谓的面相让鲁迅成了一个说不尽的话题。但是如果将鲁迅思

①　葛涛：《薪火相传：百年中国鲁迅研究的回顾与前瞻》，载《上海鲁迅研究》，2013(3)。

②　同上。

想系统研究的范围拉得越来越广，研究的著作就会写得越来越多，越来越厚，鲁迅的面目也会变得越来越模糊。我们绝不能因为鲁迅的思想涉及教育，就认为他是一个教育家；涉及哲学，就是哲学家；涉及美术，就是美术家；涉及宗教，就是宗教家；涉及政治，就是政治家。鲁迅的研究不是越宽越好，越全越好，而是越深越好，越精越好。我们必须找到鲁迅的精神核心，鲁迅和当代中国最重要最根本的关联之处到底是什么？在这种情况下，回头再看王富仁"思想鲁迅"的建构才能更加明白它的意义和价值。鲁迅对革命的贡献，对教育的贡献，对木刻、美术的贡献，从根本上都来源于他的思想，来源于他对中国社会的过去、现在和未来，贯穿一生、持续不断地痛苦思索。思想家是鲁迅的根本底色，即便他在革命和文学上都作出了卓越的贡献，但是也是思想型的文学家和革命家。这是王富仁在 80 年代就已经提出的重要命题，虽然这个命题是针对一个长时间单一的鲁迅研究政治框架提出来的，但是在今天，在鲁迅研究逐渐走向多元阐释复杂的局面中，"思想鲁迅"又在另一个角度彰显了它的价值，它时刻提醒我们，鲁迅的根本价值在哪里？作为研究者的我们应该从哪里出发？又该回归何处？

三、艰难起步的"思想鲁迅"研究

然而，这并不是一个轻松的过程。就像王富仁曾经说过的那样：

> 冯友兰写现代哲学史，把熊十力这些人都作为哲学家写进去了，独独没有鲁迅。1949 年以前，包括"文化大革命"以前，虽然

把鲁迅捧得很高，但是从来不把他放到中国现代思想史里边。整个中国现代思想史讲的，主要是孙中山、毛泽东、胡适一些人，鲁迅只占了一个很狭小的陪衬的位置。在中国哲学史上，没有人重视他。在文艺思想史上，马克思主义这一派还把他作为一个左翼的文艺思想家，他们更重视瞿秋白、毛泽东文艺思想的价值，不大重视鲁迅的文艺思想的价值。那么另一派，就更不把鲁迅当作一个重要的文艺思想家了。这些问题在鲁迅研究中还远远没有解决。因此，我的最高目标，就是要让鲁迅在学院派中的地位逐渐高起来，让鲁迅在中国哲学史上、思想史上，在中国历史上地位逐渐高起来。我觉得，作为一个历史人物，鲁迅也是中国现代史上少数几个人物之一；在思想史上，更是少数人物之一；他在哲学史上、文学史上的地位，我都很重视。①

　　这段话透露的信息是很重要的，那就是在很长一段时间内，鲁迅作为一个革命家的价值是大于作为一个思想家的价值的，鲁迅在中国思想史上到底是一个什么样的存在？这不仅是在王富仁时代"鲁迅研究中还远远没有解决的问题"，即便到了今天依然如此。

　　事实上，早在 1978 年，陈涌就在《关于鲁迅思想发展问题》(《文学评论》，1978 年第 5 期)中就鲁迅早期思想的性质、进化论在鲁迅早期思想中的意义和作用等问题进行了探讨。林非的《鲁迅前期思想发展史略》

_____

①　王富仁、王培元：《鲁迅研究与我的使命——王富仁教授访谈》，载《学术月刊》，2001(11)。

（上海文艺出版社，1978 年）、易竹贤的《鲁迅思想研究》（武汉大学出版社，1984 年）也有对鲁迅前期思想的研究，包括进化论思想、改造国民性思想、个性主义等。倪墨炎的《鲁迅后期思想研究》（人民文学出版社，1984 年）则着重对鲁迅定居上海后的政治思想、人性论和辩证法思想等进行阐述。但是，这些研究更多还是在中国近现代革命史和社会政治史的框架下对鲁迅某一个阶段的思想进行审视的，并未把鲁迅思想作为一个整体性的、独立性的研究系统进行关照。

在王富仁之后，也有不少针对鲁迅思想研究的专著和论文，例如王乾坤的《由中间寻找无限：鲁迅的文化价值观》（陕西人民教育出版社，1996 年）和《鲁迅的生命哲学》（人民文学出版社，1997 年）、杨希之的《鲁迅思想面面观》（重庆出版社，2002 年）、高远东的《现代如何"拿来"：鲁迅的思想与文学论集》（复旦大学出版社，2009 年）、林贤治的《鲁迅思想录》（复旦大学出版社，2011 年）等，虽然看得出一代代学者都在鲁迅思想系统建构当中付出了很多的心血，但从总体来看，一个整体性的"思想鲁迅"研究系统建构仍然任重而道远，我们该如何理解这种现象？

其一，鲁迅的思想意义是和整个民族的思想史联系起来的，这既是它的重要意义，也意味着在学术研究操作层面上有着相当大的难度。"思想鲁迅"在学理上有着重要的价值，王富仁博士论文最为根本和最重大的意义在于，他不是改变对鲁迅某一个作品的看法，不是对某一个作品的解读有何不同和新意，而是把鲁迅研究整个扭转到了思想史的层面。而要想从思想史的层面理解鲁迅的价值，这又与整个近现代思想史发展过程中一些重大问题紧密相关，王富仁提供的是一种范式，但这并不意味着人人都得按照这个范式进行鲁迅研究，也不是人人都能够按照这个范式研究鲁迅。这也恰恰是鲁迅的价值所在，同时也是王富仁的价值所在。

其二，"思想鲁迅"如何成为一种范式，来区别于政治鲁迅、文学鲁迅，还是一个未完成的话题。在鲁迅研究的学术层面，"思想鲁迅"应该如何作为一个学术命题而体现出自己的独立性？这实际上是很有难度的，鲁迅思想的复杂性，就在于它既体现在文学上，又体现在政治上，还体现在哲学、教育等各个方面，思想鲁迅与文学鲁迅、政治鲁迅有着千丝万缕的联系，它不能脱离这些问题而存在。或者说，一旦脱离这些问题，思想鲁迅也失去了它的价值。但是如果回到文学研究、政治革命的范式去搭建思想鲁迅的体系，以文学家的鲁迅、革命家的鲁迅、考古家的鲁迅、美学家的鲁迅去拆解思想鲁迅这个整体，不仅很容易出现"老调重弹"的问题，而且也无法体现出思想鲁迅自身的价值。如何把"思想鲁迅"作为一个既具有主体性，又能清晰展现其与文学鲁迅、政治鲁迅之间的关系，还是一个未解决的问题。

其三，思想鲁迅的命题，本身就是一个漫长的探索过程。一场政治革命的成功，是"可见"的，是"爆发性"的，是"热血"的，它需要领袖的运筹帷幄和天时地利的条件，但是一场思想革命的启蒙，却是"隐秘"的，是痛苦而艰难的，是需要一个漫长的过程的。认识到一个伟大的人物、一个伟大的思想、伟大的真理是需要时间的，它需要蔓延到最广大的民众群体那里去，它的完成需要一代又一代像鲁迅那样的人不断呐喊，肩顶着黑暗的闸门负重前行。但是当下人们已经越来越远离"五四"的语境，愿意并且有能力在这些命题上苦苦探索的人已经越来越少，虽然王富仁在《中国反封建思想革命的一面镜子——〈呐喊〉〈彷徨〉综论》引论中最后一句说道："我们愿做起点，不愿做终点。"我们需要越来越多青年一辈的学者加入这个队伍当中，如果说王富仁的"思想鲁迅"可以被视为一个起点的话，我们探索的终点还依然路漫漫其修远兮！

第四章 ┃ 思想视角的延展

　　注重研究对象的思想性和文学性，这种研究视角和思路，为王富仁的其他研究奠定了深厚的基础。王富仁专注于研究鲁迅，但是他的视野远远不止鲁迅研究方面，从研究对象来看，他不仅关注鲁迅，而且还写过包括胡适、章太炎、郭沫若、冰心、曹禺、端木蕻良等在内的多位现代文学作家的"作家论"；从研究的文体来看，他不仅关注小说自身的各种分类，诗歌、戏剧、散文也都有所涉及；从研究的领域来看，王富仁不仅冲破了从文学到文化的限制，而且横跨古今，纵横东西，不仅对大量的古典文学进行了新解和新读，还建构了"新国学"的理论框架，研究视角极为丰富，显示出了他强大的逻辑思辨能力、敏锐的学术眼光和深厚的学术功底。

第一节 经典"作家论"

王富仁在数十年间曾对多位现代作家作过非常精彩的论述，他对作家人生的解读、对作品的分析，都体现出过人的眼光与水准。但对于王富仁这方面的研究，至今学界的关注还是不够的。王富仁的现代作家论看似不像他的鲁迅研究那么系统、那么深刻、那么具有突破性，但它们同样集中体现了王富仁作为一个思想型学者独到的见解、宏观的学术视野和细致入微的论析手法，也从不同侧面与他的鲁迅研究形成互文关系，共同构成了王富仁独特的学术品格。

一、眼光挑剔之独特

除了鲁迅研究之外，王富仁在 30 余年间给我们留下了一系列关于曹禺、茅盾、闻一多、冰心、郭沫若、端木蕻良、老舍、胡适等现代文学作家的解读和评论，几乎每一篇文章他都不惜用洋洋数万字的笔墨加以阐释，内容上极具分量。除了这类专论性学术文章，王富仁在 1997 年出版的散文集《蝉声与牛声》里，还收有一组名为"现代作家印象"的专辑，以速写的方式勾勒了他对郭沫若、郁达夫、许地山、闻一多、朱自清、老舍、巴金、林语堂 8 位作家的"印象"。这类文章虽然篇幅都不长，但寥寥数语就对几个作家的特质作了精准的把握，比如说他称郭沫若"一生都是一个青年"、称闻一多是"东方老憨"、称朱自清是"一个富有同情心的人"、称郁达夫"在精神上是个孩子"等。除了以上这两类文章外，我们还可以在《中国现代短篇小说发展的历史轨迹》(上、下)①、《在广泛的世界性联系中开辟民族文学发展的新道路》②等长文里，看到王富仁对沈从文、穆时英、施蛰存、张天翼、废名、丁玲、张恨水等作家所作的精准解读。虽然王富仁现代作家论里涉及的作家风格各异、流派不同，既有诗人，也有小说、散文大家，看似并不成体系，但我们可以试着从王富仁在作家论对象的选择上，去探究在不同阶段什么样的作家、什么样的问题牵动着他的思考。

在王富仁众多作家论当中，有一个特别值得注意的现象是，王富仁花了大量笔墨在端木蕻良身上，不仅在《三十年代左翼文学·东北作家群·端木蕻良》四篇系列长文中对端木蕻良进行了重点分析，随后又在上下两篇《文事沧桑话端木·端木蕻良小说论》中对端木蕻良各个阶段的创作进行了详细的解读，并且给予了端木蕻良极高的评价："假若有人问我，在中国现代作家中，谁在精神实质上更加接近列夫·托尔斯泰，我可以毫不犹豫地回答：端木蕻良。"③客观地看，端木蕻良的文学成就并不十分突出，他的文学史地位和分量也远远赶不上同为东北作家群的萧红和萧军，今天研究者对他的关注也大多都是集中于他与萧红、萧军的关系上，甚至由于他和萧红的关系引发了诸多的争议，而对他的作品、他的思想并不十分关注。那么为何王富仁把端木蕻良推到一个如此

---

① 王富仁：《中国现代短篇小说发展的历史轨迹》(上、下)，载《鲁迅研究月刊》，1999(9、10)。

② 王富仁：《在广泛的世界性联系中开辟民族文学发展的新道路》，载《中国现代文学研究丛刊》，1985(1)。

③ 王富仁：《三十年代左翼文学·东北作家群·端木蕻良》(之四)，载《文艺争鸣》，2003(4)。

高的地位呢？在《三十年代左翼文学·东北作家群·端木蕻良》一文中，王富仁认为正是端木蕻良贵族出生、关外成长、关内受教育的独特经验，让"他像俄国的列夫·托尔斯泰一样，探索着一条在精神上通往人民、通往被侮辱与被损害的人们的道路，探索着一条在情感上与底层人民融合的道路"①。虽然端木蕻良没有列夫·托尔斯泰之于俄国文学那么伟大的贡献，但是他对中国现代化过程中如何实现贵族阶层与平民阶层之间现代性沟通与融合的思考，是极其重要的。在提出这个命题后，王富仁还进一步提出，虽然端木蕻良有着和托尔斯泰一样的目标，却没办法写出托尔斯泰那样的作品，根本原因在于："东北社会的贵族是与俄国的贵族截然不同的，俄国的贵族既是一种政治的身份、经济的地位也是一种文化身份的象征，而中国东北的贵族几乎只是一种经济地位。他们的发家史是建立在野蛮迷信基础上的蛮性掠夺史，是一种单纯物质欲望的恶性膨胀。维系着这个家庭兴旺发达的不是人的情感和理智，而是残忍和冷酷。他们获得的不是底层社会群众对列夫·托尔斯泰这样的俄国贵族家庭的尊敬和崇拜，而是决绝的仇恨和蛮性的反抗。这就使端木蕻良这样的贵族知识分子没有可能真正地实现聂赫留朵夫式的精神'复活'之路。"②王富仁之所以对端木蕻良如此看重，是因为他发现端木蕻良不同于左翼作家，甚至也不同于东北作家群里其他作家的一点——端木蕻良探索了一条精神道路，一条上层阶级如何与底层对话、融合的道路，"在这一点上，

---

① 王富仁：《三十年代左翼文学·东北作家群·端木蕻良》(之四)，载《文艺争鸣》，2003(4)。

② 同上。

即使把端木蕻良放到整个中国现当代文学史上，也是有其不可替代的价值和意义的"①。

不仅是端木蕻良，王富仁特别擅长将一些作家长期不被人重视的重要价值充分挖掘出来，比如说冰心，王富仁曾把冰心列入"对中国新诗创作贡献最大的几个人"之一，甚至把她排到了"郭沫若、闻一多、徐志摩、冯至"之前，仅仅位列胡适之后。王富仁将冰心排到这样高的地位，不仅仅是从诗歌自身发展的时间逻辑来考虑的，更重要的是他关注到了冰心不同于郭沫若、徐志摩等人一个重要特点，那就是她写诗的目的"不在作诗"，而是为自己那点"零碎的思想"找到了最诗意的表达，这种诗意不来自于泰戈尔小诗的诗歌形式，也不来自于中国现代白话的基础，而是从"冰心自身的心灵感受中产生出来的"。这恰恰是体现了诗歌自身发展最重要的逻辑。所以王富仁认为冰心的诗歌是"中国现代新诗发展史上第一种具有独立审美功能的诗歌形式"②。更重要的是，在以往的研究中，人们大多推崇冰心小诗的哲理化思想，但王富仁却认为"哲理性"不但不是冰心小诗的主要价值，反而是"最大的累赘"，甚至是导致后来冰心创作越来越走向衰落的重要的原因，因为它远离了童心所带来的鲜活的世界感受和人生感受。放弃最擅长的小诗创作而投身写作"问题小说"，却又无力深入 20 世纪中国千疮百孔的"问题"，最终使得冰心在文学史上与"大诗人"称号擦肩而过。另外还有萧军，王富仁认为

---

① 王富仁：《三十年代左翼文学·东北作家群·端木蕻良》（之四），载《文艺争鸣》，2003(4)。

② 王富仁：《中国现代新诗的"芽儿"——冰心诗论》，载《北京师范大学学报》（社会科学版），1996(5)。

我们今天远远低估了《八月的乡村》的价值，"它几乎是中国现代文学史上唯一一部带着自己真实的军旅生活的小说作品。它不是站在战争之外对战争的歌颂，不是在战争胜利后对战争参加者的或自我的历史功绩的夸示，更不是把战争当成一场人生大游戏写出来供人欣赏和把玩。他写的是自己的感受和体验，写的是自己的所见与所闻，它是中华民族真实历史命运的一个写照，是中华民族部分成员在当时的一种真实的生存状态，它让人像感受战争那样感受战争……中国经历了半个多世纪的战争而没有伟大的战争文学的产生，与后来的作家离开了像萧军这样的创作心态是有根本的关系的"①。也就是说王富仁对萧军的看重，或许不一定在于《八月的乡村》有多高的艺术价值，而在于萧军身上有着大多数作家都缺乏的这种真实的战争体验，从这个角度来看，萧军的价值也就更显得可贵。战争是复杂的，战争中的人也是复杂的，但是慌乱、波折的中国近现代史没有留给作家们过多的时间和空间去重现这种复杂。直到今天对于中国有没有真正意义上的战争文学还有很多争议，之所以存在这些争议，一个重要的原因在于我们确实没有出现像《战争与和平》《一个人的遭遇》这样过硬的战争文学作品。

二、总揽全局之粗犷

　　众所周知，王富仁特别喜欢写长篇论文，也特别擅长写长篇论文。哪怕研究对象是一个很小、很具体的问题，他也总是尽量把这个问题延

---

① 　王富仁：《三十年代左翼文学·东北作家群·端木蕻良》（之四），载《文艺争鸣》，2003(4)。

展开来，甚至把与这个问题相关中外古今的文学现象都作一个全面的关照，构成他独具个人色彩的"煌煌综论"。

对于怎么研究人物，王富仁曾这样表示："我是研究鲁迅的，但我从来不提鲁迅哪一年哪一天做了什么事，哪一次和冯雪峰谈了什么话。我主要是掌握鲁迅的一个基本思想。有些事实我可能搞不清楚，但是，我知道鲁迅这个人，他往左能到哪个地方，往右又能到哪个地方。生活中他要是很随便，自由的时候自由到什么边沿，严谨的时候严谨到什么地方，只要在这个范围内就是可以理解的。你超过了这个范围，你说鲁迅去逛妓院去了，或者说鲁迅去巴结哪一个大官去了，你就是搞出了再多的证据，我不信。我这个人很别扭吧？因为我不研究这个。比如说，鲁迅到了日本跟谁谈了恋爱啊，我觉得这个跟我没有关系，谈不谈恋爱都是鲁迅。我关注的是整体性的东西。"[1]关注"整体性"的东西，这是王富仁作家论研究的一个重要特点。这让笔者想起了一件往事：曾经有很长的一段时间，学界尤其是一些青年学生对茅盾、郭沫若有一种比较排斥的倾向，如何在课堂上讲授这类作家成了教师一个很是头疼的问题。有一次笔者在北师大校园里偶遇王富仁先生，他刚刚在课堂上给学生讲完茅盾，显然兴致还未减退，于是他严肃又得意地对笔者讲起了自己刚刚这堂课是怎么上的，那就是"顺势而入"：先按照当时学术界的一些说法和一些受到这些说法影响的学生的心态，用大量的时间不厌其烦地讲茅盾的种种"不足"，讲到后来学生都惊讶：茅盾有那么差吗？茅盾就没

---

① 王富仁、王培元：《鲁迅研究与我的使命——王富仁教授访谈》，载《学术月刊》，2001(11)。

有什么价值吗？这时再回过头讲茅盾的长处与贡献。王富仁的这段话给了我们一个十分深刻的印象：对一个作家的评判，始终要抱有一个"全人全作"的视野，拿茅盾来讲，肯定有不足，面对一个个具体的学生，如果只按照一个抽象的鲁、郭、茅、巴、老、曹的文学史排位来讲茅盾的价值，是很难有说服力的。但茅盾肯定不会只有缺点，他的作品所产生的影响是实实在在摆在那儿的。这也是王富仁作家论的一个基本思路：从不把一个作家只从一个方面讲死，既看到他的特点与贡献，也指出他的不足和局限，但这并不是五五对半分的，讲贡献也好、讲局限也好，关键是抓住这个作家在文学发展的历史关口中所处的位置所作的努力，以及他力不从心的地方。王富仁的这种视角给我们很大的触动和启发，对笔者的影响也是很深刻的！这也让笔者回想起一件往事，有一年在桐乡举行茅盾学术研究研讨会，当时不少与会者热烈谈论一个话题，就是茅盾当年是否参加过八一起义。有的说参加了，有的说没有参加，还有的说一开始参加了，后来又因为肚子痛阴差阳错错过了。笔者当时表明了这样的看法：对于现代文学史上一个重要的经典作家茅盾来说，他参加没参加南昌八一起义，不是最主要的问题，如果茅盾的《子夜》没有问题，他就是没有参加南昌起义，也依然是现代文学史上的经典作家。反之，如果茅盾的《子夜》有问题，那他就是参加甚至领导了八一南昌起义，从现代文学史的角度来说也不一定会重视茅盾。笔者深深以为，研究一个经典作家，鲁迅也好、郭沫若也好、茅盾也好，应该从各个方面研究一个经典作家的经典意义，而不是研究这个经典作家的方方面面。

再拿郭沫若来讲，在现代文学史上，郭沫若的"诗体大解放"可谓开一代之风气，但是郭沫若的诗歌更像是诗人在直觉思维作用下满腔热情的喷涌，结构上显然不够精巧，风格也明显不够细腻。《晨安》通篇采用排比，几乎毫无结构可言，《天狗》的思路也是狂奔乱跑不合逻辑，这些都让郭沫若的诗歌到今天都饱受争议。但在王富仁看来，郭沫若的诗歌好不好、重不重要，不在于他的某一个诗句是否精巧、某一个用词是否准确、某一个意象是否贴切、某一个节奏是否顺畅，而在于整体的一个贡献，我们应该像看待大海一样看待郭沫若的诗歌："大海中，每一个浪峰，每一片鳞光，每一次涛声，都是瞬息即逝的东西，都不真有独立的价值和意义，只有由它们组合在一起的一个整体，才是永恒的、壮丽的，才会给人产生一种强烈的印象和精神上的冲击。即便那些最好的诗篇我们从中抽出一句或数句或则仅仅成了毫无诗意的口号，或则成了并无意义的词句，都会顿然失色成为没有生气的东西。但作为整体它的精神一下子便显现出来了。"①郭沫若的诗歌如果单独拿出来一两句，都很难称得上有诗意，"但是一旦把这些毫无诗意的词句组合成一个整体，我们却不能不承认它是一首诗并且是有强烈诗意的一首诗。你好像也置身于整个太平洋的怀抱中了，你感到滚滚的海涛正向你涌来、扑来，你感到整个大海蓬勃着无穷的力，蓬勃着势欲将整个地球翻转过来的伟大力量"②郭沫若的诗歌正是因为有这种大海的磅礴，才能一举冲破几千年的旧诗传统，才能一举确立起白话新诗的风尚。至于他的每一句诗句是不是完美，那是另外一回事，事实上，任何一个开创者都是很

---

① 王富仁：《他开辟了一个新的审美境界——论郭沫若的诗歌创作》，载《郭沫若研究》，1988(7)。

② 同上。

难同时做到精细完美的，要求一个诗人既具有开创者的气魄，又有精思熟虑的完美，这只能是过于苛求了。钟敬文先生在 1992 在郭沫若诞辰一百周年国际学术讨论会上的发言中，就对当时文坛"重读""重评""重写"之风中对郭沫若评价的大起大落发表了自己的看法，钟老不仅把郭沫若的《女神》与胡适的《尝试集》进行了对比，旗帜鲜明地强调了《女神》对中国现代新诗乃至对整个中国新文学运动"一锤定音"的巨大作用，而且还充满激情地认为："郭老即使没有其他成就，一生只有《请看今日之蒋介石》这样一篇文章，他在中国现代史上的位置也就确定了。"①钟老在发言结束之际，满含深情地说道："过去几年间，我感到有些青年人对历史不大理解，思想上也有些偏激。他们对郭老有这样那样的说法。我总是把我所认识的郭老讲给他们听，告诉他们应该怎样评论一个伟大的人物，应该看他重要的方面，不要在枝枝节节的地方说三道四。郭老是一个伟大的人物，是一个推动时代前进的人物。"②在如何看待郭沫若的历史价值时，钟老特别提出了一个说法——"大树说"："评价一个伟人要像看待一棵大树，应该看它的整体，而不是看它枝枝节节，看它虫伤的地方。……我们应当像评论一棵大树一样评论郭老。"③笔者有幸聆听了钟老的这次发言，并且将其概括总结形成了一篇文章，发表在 1999 年《鲁迅研究月刊》的第 9 期上。今日再次回想起，深深觉得王富仁和钟老所表达的不仅仅是同一种独到的见解，更是同一

---

①　参见刘勇：《略论钟敬文对中国现代文学的研究——从〈芸香楼文艺论集〉谈起》，载《鲁迅研究月刊》，2003(11)。

②　同上。

③　同上。

种宽容的心态、博大的胸襟。尤其在如何对待鲁迅、郭沫若、茅盾等一代文化巨匠的今天，我们越发感到前辈学者这些话语的深刻与宝贵。

另外，王富仁常常在一个纵横交错的坐标上，让多位作家互为注释，互相参照，以此一针见血地同时揭露出多位作家的精神内核。比如说："陀思妥耶夫斯基为了看清人而把人放在绝无希望的困境中；契诃夫为了看清人而在人的面前射入一道希望的亮光；马克·吐温为了看清人而把人从他生活的环境中置换到另外一种环境中；巴尔扎克为了看清人而把未必都能找到适于自己发展环境的人都置换到一个适于他发展的环境里；鲁迅为了看清人而绝不让外力干扰他们的生存环境；曹禺为了看清人而先用外力搅动一下他们的生存环境。他们都看到了别人看不到的东西。"[1]又比如说谈到鲁迅与郁达夫的对比："鲁迅的小说是结构性的，他在人与人的关系中揭示意义；郁达夫的小说则是情节性的，他说下去，说下去，把自己的生活和内心的感受不间断地倾诉给你；鲁迅的小说有一种压迫感，他把中国人的冷酷和自私放在一种特殊情景的压力下让它'自然'地流露出来，使他再想掩盖也掩盖不住了。郁达夫小说暴露的是自己，他不害怕这暴露，他的小说是自然流畅的，他率直得超过你的想象，造成的是痛快的宣泄，把平时不敢说、不能说的话在小说中尽情地倾泻出来。"[2]又比如谈到鲁迅与胡适都接受了西方现代思潮的影响，但鲁迅成了一个真正的文学家，而胡适却没有成为一个真正的文学家，原因在于："鲁迅是在恋母情结的基础上接受了西方现代思想的影

---

[1]　王富仁：《呓语集》，61 页，北京，中国文联出版社，2000。

[2]　王富仁：《中国现代短篇小说发展的历史轨迹》（上），载《鲁迅研究月刊》，1999（9）。

响，而胡适是在崇父情结的基础上接受了西方现代思想的影响的。鲁迅始终关切的是人与人的情感联系，是人的生命的需求，他要把自己塑造成像女娲那样的母亲的形象，创造生命，保护生命，发展生命，不惜牺牲自己而与戕害生命的强敌做殊死的战斗，而胡适关切的更是一个人的才能和'成功'，是外部世界的需求，他要把自己塑造成一个慈爱的父亲的形象，保护儿子，教导儿子，使儿子们获得像他那样的成功，但要给儿子做出榜样就要爱惜自己的公众形象。"①诸如此类现代作家之间的对比、现代作家与古代作家的对比、中国作家与外国作家的对比层出不穷，王富仁在古今中外的作家作品中来去自如，如果没有极其深厚的学术功底和超强的把控能力，是不可能做到的。

我们还注意到，王富仁特别擅长从一种悖论中把握作家作品的价值和魅力。王富仁自己曾经说过，"对立的事物是联系最紧的事物"②，作为一个研究者，更是不能在失去对应物的条件下埋头钻研自己的研究对象。王富仁曾经在谈到自己对创造社的研究时提到，现实主义与浪漫主义的对立与斗争，是在彼此同时存在的基础上进行的，每一方对另一方的排斥同时也受到了另外一方的反排斥。而研究者不能在失去对象的条件下研究不同流派、不同作家的对立与排斥。③ 这种悖论式的认识，也被王富仁化用到了对作家作品的把握中去了。比如说闻一多，王富仁认

---

① 王富仁：《文事沧桑话端木·端木蕻良小说论》（上），载《中国现代文学研究丛刊》，2003(3)。

② 王富仁：《呓语集》，263 页。

③ 参见王富仁：《先驱者的形象——论鲁迅及其他中国现代作家》，18 页，杭州，浙江文艺出版社，1987。

为闻一多诗歌的张力就来自于他"坚忍地忍耐人生中一切不得不忍耐的东西，正视苦难而又抗拒苦难"①，在理想与现实、美与丑、反抗与忍耐、沉默与爆发这诸种矛盾的僵持与对立中，闻一多的诗歌具有了精神上的力度。在具体的诗歌中，主要体现于闻一多常常使用一种违背正常语言意义的反语及反语结构。比如说在《死水》中，他用最美的语言描写最丑的对象；在《洗衣歌》中，他用"交给我洗，交给我洗"这种坚决接受的方式表达绝不接受的情绪。"闻一多诗的意义不在它的正解中，也不在它的反解中，而在正反两种解释的对立关系中蕴含着。正视现实的'忍'与执着于理想的'不忍'是闻一多诗歌张力的来源，同时也是他的一种基本的人生态度"②，闻一多学术道路的选择也体现了这种矛盾性，在王富仁看来，闻一多"努力通过中华民族文化传统的研究，把中华民族固有的自强不息的精神挖掘出来，使其转化为中华民族的现实精神力量，整个改变中华民族在世界上的地位"③，但是"中华民族传统文化中也一定存在着与自强不息的精神相反的一种精神萎靡的特征"④，"闻一多不可能仅仅通过传统文化积极精神的研究全面认识中国传统文化的特点和实质"⑤，更重要的是，作为知识分子的闻一多"当他感到他所重视的学术研究并没有遏止现实的恶性发展，当他不能不再以一个普通民族成员的身份面对现实社会的矛盾，他便由学者转化为一个'战士'了"⑥。

---

① 王富仁：《闻一多诗论》，载《海南师院学报》(人文社会科学版)，1993(1)。
② 同上。
③ 同上。
④ 同上。
⑤ 同上。
⑥ 同上。

此时，他"才认识到，中国的传统中不仅仅有着美好的、可爱的东西，也有着切切实实能吃人的东西，他的学术思想再一次返回到'五四'，返回到鲁迅的《狂人日记》中去，但他也就作为中国现代'狂人'的一员，被自己的文化吞噬了"①。

三、深入触摸之细腻

王富仁的作家论虽然视野十分宏观，但很少给人抽象、空泛的感觉，这关键在于他对作家的解读都是在具体、细腻的阐释中透露出来，同时还裹挟着一种他独有的学术激情。

这首先体现在王富仁特别善于将一个作家最有价值的特点抓住，然后再点破这个作家最致命的缺陷。对于郭沫若，王富仁认为"他的最好的诗都是由诗人的主体与大自然或世界的部分、整体状态二者直接构成的诗。而一旦有具体的、有生命的人的直接介入，诗的整体美便常常被破坏，至少再也构不成那种热情澎湃、充满自由精神的诗的艺术境界了"②。对于李金发，王富仁认为他首先将象征主义"拿来"，其功是不可没的，但他拿的是其形状，而不是精神。"象征诗的形状到了李金发手中，便没有浓郁的诗味了，像是塑料做成的假花，乍看像花，越看越没有花的精神。神秘虚幻的是他的文字，而不是他的内在精

---

① 王富仁：《闻一多诗论》，载《海南师院学报》(人文社会科学版)，1993(1)。
② 王富仁：《审美追求的错乱与失措——二论郭沫若的诗歌创作》，载《北京社会科学》，1988(3)。

神。"①认为茅盾描写展开社会矛盾很细致深刻，解决矛盾却太仓促、太单纯，从而给读者一种"头重脚轻"的感觉。所以茅盾的"'农村三部曲'，《春蚕》写得很有力度，因为它是展开矛盾的，是写'曾有的'，但到了《残冬》，力度就不够了，因为它是解决矛盾的，是预示'将来的'。小说展开的矛盾是传统农业经济在现代经济结构中所面临的严重危机，它要通过自我的现代化发展寻找新的出路，革命解决的是政权问题，并不意味着能够解决茅盾在小说中实际展开并真实具体地描写的这个矛盾"②。此外，王富仁认为沈从文是一个优秀的小说家，但不是一个伟大的小说家。因为"沈从文的作品读起来较之鲁迅的更有韵味，更有灵动之感，但在现代读者内在精神上留下的刻痕却不如鲁迅的小说深。现实人生使你时时想起阿Q、孔乙己、魏连殳、假洋鬼子、鲁四老爷这类人物，但却很少使你想起沈从文笔下的人物"③。寥寥数语，就能如此深刻地揭示出一个作家的长处与缺陷，这背后没有极其深厚的学术功底和敏锐的眼光是很难做到的。

　　王富仁的文章主题常常比较宏大，篇幅也比较长，但读起来并不觉得沉闷，反而总有一种举重若轻和酣畅淋漓之感，其中一个重要的原因，就是他特别擅长找到打开宏阔话题的突破口，这既可以是一个人物、也可以是一个细节。比如说在《〈雷雨〉的经典意义和人物塑造》中，王富仁认为要把握《雷雨》的全部意义，关键在于理解周朴园这个人物形

---

　　①　王富仁：《矛盾中蕴含的一种情绪——闻一多与二十年代新诗》，载《读书》，1993(5)。

　　②　王富仁：《中国现代短篇小说发展的历史轨迹》(下)，载《鲁迅研究月刊》，1999(10)。

　　③　同上。

象存在的意义。《雷雨》的全部情节线和人物关系，不管是社会经济关系，还是家庭伦理关系，都是基于周朴园展开的，周朴园的存在不仅赋予了繁漪这个人物的正面价值和积极意义，还内在地决定了其他各个剧中人物的关系和品貌。没有周朴园，其他人物就不会呈现出现有的面貌和现有的组合方式。以此来说明"封建传统观念只要在中国社会上还有强大的思想影响，其他各种思想观念就一定会以独特的方式组成一个独特的思想系统与其对立和斗争"①。而在论及端木蕻良的时候，王富仁关注到了端木蕻良一个很少被研究者注意到的作品《母亲》，这部作品作为端木蕻良的处女作，显然是不够成功的，在各方面显得都有些粗疏。但是王富仁关注的不是端木蕻良写了一个什么故事，或是写得好不好，而是他为什么写下了这个故事和他是怎么写这个故事的。《母亲》这个作品的叙述方式，是以第一人称"我"来写了自己父亲强娶母亲的故事，那么"我"就不再是单纯的叙述者、批判者，而具有了更加复杂的身份，我"既是逼婚者的罪恶的产物，也是被逼者的屈辱的产物；既是贵族阶级骄奢淫逸生活的象征，也是贫苦人民被侮辱与被损害地位的证明；既是传统男性霸权主义的结果，也是女性被强占后的结晶"②，而端木蕻良这种对于自我身份认同的复杂性，在他创作生命中烙下了深刻的印记，成为贯穿于端木蕻良创作中最为重要的因素，他作品中对于关内与关外、贵族与底层、传统与现代之间的矛盾都来源于这种复杂性。

---

① 参见王富仁：《先驱者的形象——论鲁迅及其他中国现代作家》，17 页。

② 王富仁：《文事沧桑话端木·端木蕻良小说论》（上），载《中国现代文学研究丛刊》，2003(3)。

在对研究对象深入挖掘、不断有所发现的同时，王富仁的研究还闪烁着极具个人特色的思想火花。纵观王富仁的作家论，我们可以看到很多王富仁自创的概念，比如说，他曾在《河流·湖泊·海湾——革命文学、京派文学、海派文学略说》一文中，以一种极其生动的比喻，用"河流""湖泊""海湾"三种形态，高度概括了革命文学、京派文学、海派文学三个流派的特征和生存状况。江河湖海，都是水，但又在形态、环境等方面呈现出极大的差异性，作家在这三种不同形态的生态环境下，自然而然地呈现出了不同的创作倾向和特点。这里面体现了两个层面的考量：一是通过"鱼"与"水"的关系，来看待作家与文学团体、流派的关系。鱼离不开水，时刻受着水流势的影响，作家因为集结在一起发出更大的能量，但又因为这种"群体"反过来受到牵制。二是通过"江河湖海"不同的形态来探测出革命文学、京派、海派三个流派在整个"水系"中呈现出的差别、联系和互动。又比如，王富仁将东北作家群的作品称之为"荒寒小说"，因为东北作家群各自的思想倾向和文学倾向并不完全相同，但他们的作品却有一个共同的特征，即给人以一种荒寒的感觉。这个感觉是由他们描写的东北这个文化环境的特点造成的，但也是这些作家精神气质中的东西。谈到郭沫若诗歌的价值时，王富仁又以两个极其形象的比喻来说明古代诗歌和郭沫若诗歌的区别——"陆地物象"与"海洋物象"。古典诗歌是属于"陆地物象"，"任何陆地物象都是由相对独立的各个部分构成的一个独立而又完整的物象。其中各个独立的部分，有它们各自的境界、各自的精神，由这些各不相同的部分以特定方式构造起来，即形成一种新的诗意境界。就这个整体来说，各个部分是不能独立的，也是不可或缺的。但就各个部分而言，它们却可以有自己的独立性，可以离开整体而自由行使自己的职能。"所以我们看到，古典诗歌每个单句、每联相对于整个诗的独立性，一个字可以照亮整首诗，可以赋予全诗以新的境界、新的精神。"春风又绿江南岸"，一个"绿"字，"绿"出了一个新的境界；又比如说，马致远的《天净沙·秋思》，"枯藤老树昏鸦，小桥流水人家，古道西风瘦马，夕阳西下，断肠人在天涯"，这里的每一个单句，都是一个独立的意象系统，而各个意象系统又共同构成了全诗的整体意象系统。而郭沫若的诗歌则不一样，"郭沫若的诗每个单句的独立性是极小的，即便那些最好的诗篇我们从中抽出一句或数句则仅仅成了毫无诗意的口号，或则成了并无意义的词句，都会顿然失色成为没有生气的东西。但作为整体它的精神一下子便显现出来了"，"大海中，整个景观都是一齐呈现出来的，你很难在其中理出一种线性链条，各个方位上的海涛同时涌动四面八方的涛声一齐咆哮而它们又总是处于无序状态你找不出也来不及考虑到它们的对应关系，有规则的对称形式在大海中是找不到的"。① 基于陆地物象的古典诗歌里，产生的是沉静的理性，而基于海洋物象的郭沫若诗歌，则是完全忘情和沉醉的体验。王富仁对于陆地物象和海洋物象的这种分析和对比，不仅体现出了他对于郭沫若的精准把握，而且还反映出他对于古典诗歌的熟悉和了解，也因此，他才能做出如此形

---

① 王富仁：《他开辟了一个新的审美境界——论郭沫若的诗歌创作》，载《郭沫若研究》，1988(7)。

象又贴切的类比。

第二节 多元"文体论"

"在我们的时代，也有一些学术著作，既有见识可以新人耳目，又有深刻的经验和深度的关切为其背景底座和线索，掘进而有学术的客观性，展开复有文学的主体性，表面看是学术著作，深入体察也是散文和诗，昨天看是学术和著作，今天重读又是诗和散文。"①王富仁的文章便是这样，他的研究兴趣广泛，从小说、戏剧到诗歌都有所涉猎，还写下了大量的随笔。纵观王富仁的学术成果，不难发现一个引人注目的现象，无论是在哪个领域的研究，王富仁始终将作品的思想性放在第一位，思想的深度已经成为他研究的鲜亮底色，这也体现了他作为思想型学者的根本追求。

一、"一切生机在于小说"

王富仁在《中国鲁迅研究的历史和现状》中曾说过的一段话，我们认为是非常重要、非常独具眼光的。他是这样说的："事实证明，在此后的鲁迅研究史上，鲁迅研究的其他领域都会发生严重的危机，但唯有鲁迅小说的研究领域是不可摧毁的，而只要鲁迅小说的研究生存下来，它

---

① 姜飞：《客观性、主体性和现代性——读"旧诗新解"，纪念王富仁先生》，载《现代中国文化与文学》，2018(4)。

就会重新孕育鲁迅研究的整个生机。只要你能感受到鲁迅小说的价值和意义，你就得去理解鲁迅的思想，你就得去理解他表达自己的思想最明确的杂文，只要你理解鲁迅的前期，你就能理解鲁迅的后期，整个鲁迅研究也就重新生长起来。"①王富仁治学风格一向稳健，很少说出如此激烈甚至非常绝对的话，为什么他要把鲁迅的小说提到如此之高、如此之特殊的地位呢？我们认为这段话的意义不仅仅对鲁迅研究意义深远，而且对整个现代小说研究也具有独特的意义。对鲁迅研究而言，在鲁迅一生的创作中，杂文显然比小说要更多，甚至占据鲁迅创作的首位，为什么王富仁不说鲁迅杂文研究领域是不可摧毁的？他又为什么说只有理解了鲁迅的前期，才能理解后期？我们认为这起码说明，王富仁对鲁迅的根本认识定位是，鲁迅是一个小说家，一个文学家，是一个思想型的文学家，一个具有革命精神的文学家，鲁迅整个创作的根本价值，首先体现在他前期的小说创作上，体现在他在小说创作中传达出的"国民劣根性"的深刻思考，在他为数不多的二十几篇短篇小说中所蕴含的深厚的思想根基，是他对人生的探索和对人性的叩问。鲁迅比任何人都深沉地批判着、关注着、思索着我们这个民族的历史、现实和未来。鲁迅所有的深刻思考，所有的革命精神，都是集中通过小说这个文学的形式而不是任何别的形式表达出来的，正因为此，鲁迅对中国现代文学的贡献是巨大而独特的。这一点，是王富仁之后展开所有鲁迅研究谱系的

---

① 王富仁：《中国鲁迅研究的历史与现状》，21页。

基本前提和原点，决定了他研究鲁迅的方式、趋向和根本价值，关涉到王富仁"回到一个什么样的鲁迅"去，也关涉到为什么鲁迅是"思想革命的镜子"，而不是"政治革命的镜子"等一系列根本性的问题。

鲁迅现代小说的意义还不仅限于其自身的价值，它对中国当代文学的影响也是广泛而深远的。鲁迅作为一个世纪伟人，他巨大的文化影响对当代不同时期作家的成长都产生了不容忽视的作用，他的人格魅力、精神风范和他倾注在小说里的愤懑、热忱以及那种无可比拟的圆熟老到的笔法，是许多当代作家心中无形的准绳。鲁迅对当代作家、当代国人的影响无疑将是超越世纪的。中国现代小说对民族命运的思考，对中国社会生活的真实描写以及对国人精神状态的无情剖析，都自然地传承到当代小说的流脉里。在许多当代小说的人物形象身上，人们非常熟悉地看到了阿 Q 的影子，甚至在 90 年代新生代作家的小说中也能体悟出当年郁达夫作品中那些焦虑而无奈的"零余者"形象的意味。现代新感觉派常用的象征、意识流等手法，现代小说所蕴含的散文化、抒情化等倾向，现代小说中的现实主义、浪漫主义、现代主义相交汇等现象，都为当代小说的多样化发展提供了有益的借鉴。至于乡土小说、市民小说、讽刺幽默小说等，从现代到当代本来就是连为一体的，一直是在相互的关联中延续发展的。

而对于整个现代文学来说，小说也有着重要的历史地位。这不仅因为五四新文学运动以来，小说创作的数量最多成就最大，还与小说这种文体在中国文学发展历史上的深刻变革有着密切的关系。在源远流长的中国文学演变过程中，诗与散文始终是中国文学的正宗，而小说只是不入流的旁门左道。但从晚清的"小说界革命"开始，小说的地位却不断上升。尤其是鲁迅的小说出现以后，现代小说一发不可收，最后成为中国人用艺术的构思和语言来发掘生活、展示生活、升华生活的最重要文体，直至今天。这种戏剧性的变化，充分说明了小说这一文体的现代品格。可以说，小说的发展本身就是中国文学走向现代的一个充分的例证。因此，人们有理由把小说的成就看作是人类精神园地的重要收获。在对整个20世纪中国文学的反省与沉思中，人们再次感到，20世纪初中期的那段文学，尤其是那段文学中的小说创作，即人们习惯所称的中国现代文学及现代小说，有着极其独特的价值和意义。

在这个意义上，王富仁对中国现当代小说的执着研究，就不仅是对一种研究内容或一个研究方向的选择，而是对研究整个中国现当代文学的一种整体性的深刻理解。王富仁对鲁迅小说的高度评价，体现出的是他独特的思想品位与深刻的学术眼光。除了鲁迅之外，他对短篇小说、长篇小说、历史题材小说、现代派小说等各方面也进行过长篇的讨论，相继写下了《中国现代历史小说论》《中国现代短篇小说发展的历史轨迹》等长篇论文。王富仁用一系列精妙的比喻提出了自己的看法，他认为诗歌、散文、小说、戏剧，这几大文体就像流淌在中国20世纪的社会原野上的几条干流，但在文学史上的地位是不同的。"散文的河道是宽阔的，但却不是深邃的；水势是浩大的，但却不是湍急的。"①新诗的发展也面临着"生不逢时"的窘境："我们二十世纪的中国社会和它的社会生活太干燥、太严峻"，"社会上、生活里、心灵中都没有那么多必须用诗歌才能充分表达的东西，诗人的乳房里挤不出那么多、那么精良的奶来"②，话剧的境况更为惨淡，不仅生不逢时，而且曲高和寡，"就像一条时而干涸、时而积水的河道，成功的话剧剧本则像羊粪蛋子一样，零零拉拉，连不起串来"③，相比而言，小说则呈现出截然不同的面貌，在王富仁看来，在各类文体当中，小说特别是中短篇小说是最能集中展现五四文学革命实绩的，因为"它们是以历史上的一种人生状态为依据的。历史无法抹掉在自己的发展过程中曾经有过的任何人生状态，因而也无法抹杀这些中短篇小说的思想价值和艺术价值"④。

关于现代文学为何没有大批量地出现优秀的长篇小说，王富仁也给予了分析，长篇小说的构造，最终要给读者一个时间性的、流动的感觉，比如《红楼梦》是一个家族走向衰败的过程；巴尔扎克的《人间喜剧》，是一个时代向另一个时代转型的过程。而这一点，就决定了中国现代文学史不可能出现像曹雪芹、巴尔扎克、列夫·托尔斯泰这样伟大的长篇小说家，因为"二十世纪的中国历史像一头不听话的驴子一样令中国的知识分子没有办法，时至今日，中国的知识分子仍然今天不知明天的事，昨天看好的历史行情今天又马上跌落下来，自己的想法还一天三变，对长篇小说中众多人物和整个情节在历史上的滚动就更难具体把

①②③④　王富仁：《中国现代短篇小说发展的历史轨迹》（上），载《鲁迅研究月刊》，1999(9)。

握了"①。茅盾的《子夜》、柳青的《创业史》，都试图将一段中国的历史放到一个框架里，但在动荡的中国近现代史上，历史的轨道总是渐渐驶离了这个框架，开向作家无法预料的方向。对于中国现代为什么没有长篇小说有各种各样的解读，王富仁的这个说法无疑是有着重要意义的。

除此之外，王富仁还对"历史小说"给予了比较多的关注。王富仁认为，在中国古代的文化史上，小说与历史是在统一文体下逐渐分化而成的，《左传》《史记》，这既是小说，也是历史。到了现代，尤其是鲁迅这里，又逐渐达成了一种"历史小说"的新形态，《故事新编》里的 8 篇历史小说，综合起来看，其实是中国古代一部完整的文化史和精神史，这让鲁迅历史小说中"历史"，区别于历史学家用事实记录下来的史实，虽然可能就史实而言，鲁迅写嫦娥、写大禹、写老子、写庄子，可能只是历史学家记录下的史实的一鳞半爪，甚至这一鳞半爪也还未能经过历史学家的考证和认可，但是鲁迅的历史小说掺入了现实的体验、现代的事实，这种精神力度又是历史学家的"历史"所无法达到的。

二、话剧："反封建伦理思想斗争的一面镜子"

作为一个长期对鲁迅研究特别是鲁迅小说研究有着深厚造诣的专家，王富仁在鲁迅之外选择的第一个研究对象，不是茅盾、巴金、老舍这些小说家，而是选择了曹禺和他的戏剧，这是很耐人寻味的。仔细阅读王富仁论述曹禺的论文，不难发现，王富仁对曹禺的关注可以说是鲁

---

① 王富仁：《中国现代短篇小说发展的历史轨迹》（上），载《鲁迅研究月刊》，1999(9)。

迅研究自然的延续，他在曹禺身上看到了与鲁迅的相通之处——"反封建伦理道德观念的思想斗争的一面镜子"①。

曹禺的话剧是中西结合的宁馨儿，曹禺从小是听着京戏长大的，又在大学里面学习了系统的西方戏剧知识，并深得古希腊戏剧与悲剧的精神，他以话剧的形式完成了中西合璧的审美碰撞，他的话剧在现代文学史上独一无二，是最中国的，也是最外国的，在这一点上，曹禺和鲁迅是共通的，五四那一代人也是相通的。王富仁认为："《雷雨》的杰出典型意义在于，它是稍后于《呐喊》《彷徨》的一个历史时期中国城市中进行的反封建伦理道德观念的思想斗争的一面镜子。"②这样的评价是极高的，众所周知，王富仁将鲁迅思想定位于中国"反封建思想革命的一面镜子"，开启了鲁迅研究的新思路，而将曹禺的剧作定位于"反封建思想斗争的一面镜子"，足以看出王富仁对于曹禺的重视，显示了王富仁自身的学术选择一贯的坚持，那就是研究经典作家最经典、最根本之处——思想，同时，也点明了曹禺和鲁迅的共同之处——中西结合的视野。相比小说，戏剧研究并不是王富仁所长，但在研究鲁迅之外，王富仁突然转向研究曹禺的戏剧，写下了《〈雷雨〉的典型意义和人物塑造》和《〈日出〉的结构和人物》两篇长文。在对人的问题的执着追问与审视中，王富仁带着丰富的生命体悟与深切的现实人生关怀，走进他的研究天地，奉献出一系列充满智慧、充满生命活力的研究成果，不断地为以往过于注重学理、有意无意忽略思想个性的研究带来一股新风。

---

① 王富仁：《现代作家新论》，305 页，太原，山西教育出版社，1998。
② 同上。

在生活中,王富仁也非常喜欢话剧,闲暇时光常常抽空去看话剧,对于朋友们送来的戏票,王富仁也往往是"来者不拒",这一爱好一直持续了多年。对于研究的"跨界",王富仁认为:"一个文学研究工作者,特别是一个文学史的研究者,应该从承认作家的思想艺术个性出发,在较之每一个具体的作家更为宽广的领域评价作家、分析史实,如果连他们的各个独立的个性都不承认,只用一个极狭隘的框子要求作家,那么文学史便只成了一两个作家的历史了。"①在他看来,思想性与艺术性是第一位的,体裁是第二位的,作为学者,如果只坚持一种文化立场,只研究一种文体,只局限于一个作家,那么他的学术视野是不够开阔的。对自己不熟悉的领域,如果能够保持好奇,敢于进取,往往会有独到的发现。这样的学术创新也蕴含着对自我的挑战。

众所周知,曹禺剧作的主要表现内容大多是大家庭的生活,但这并不意味着曹禺的作品缺乏对民族、国家等方面更为宏阔的人文关怀,可以说,农民与土地、乡村与宗法是始终贯穿于他作品中的一条暗线,是他隐藏在作品深处的内在出发点,这种对于农村与农民的关切,也恰恰反映出他作为知识分子内心的那份责任与担当,他关注的不仅仅局限在大家庭,而是落实到了个人的命运,上升到对于人的存在的叩问,对于思想的锤炼。《原野》是曹禺作品中为数不多的以农村为背景的剧作,不少评论者都认为《原野》在很大程度上显得有些"不伦不类",其中的农村不像农村,农民也不是真正意义上的农民,既不同于曹禺以往所擅长的城市主题,也不同于乡土作家笔下常见的乡土小说,实际上是借助农村

---

① 王富仁:《先驱者的形象——论鲁迅及其他中国现代作家》,17~18 页。

题材来表现一种形而上的思考，即对于人的命运和人性的探讨。如此另类又深刻的作品，不一定是人人都有兴趣持续关注的。

在与朋友的一次交谈中，王富仁曾经明确表示过，假如除了鲁迅以外还可以选择一位深入研究的对象，他会选择曹禺。选择鲁迅的原因我们已经在前文探讨过，选择曹禺的原因就值得回味了。其实，选择曹禺同样反映了王富仁对于作家作品思想性的挑剔眼光。一个学者精心选择的研究对象，除了自身浓厚的兴趣之外，必然是这个作家某种内在的东西触动了他，吸引着他，让他愿意花时间和精力去探索，去挖掘。在曹禺这里，仍然体现的是王富仁对于思想的关注。不管是小说还是戏剧，文体只是思想的载体，而思想才是作家精神的内核。鲁迅对于中国社会与文化进行了全方位反思和毫不留情的批判，同时也无情地解剖着自己，期盼着通过自己的手术刀改造国民性，让鲜血淋漓、畸形发展的中国社会走向正轨，让做久了奴才的中国人能够挺起腰杆堂堂正正做人。而曹禺则从一开始就深入到了人类的普遍命运，他的作品充满了对于宇宙间神秘事物的无限憧憬，饱含着对于人类存在和人性发展的深刻质疑，如果说鲁迅像一位严谨细致的医生，拿着他的手术刀精准地将中国社会这个"久病之人"的顽疾一一剔除，那么曹禺就是位睿智又执着的侦探，他在命运的山林间跋涉，执着地叩问着人性的奥秘，条分缕析、抽丝剥茧，试图将命运的谜底一一揭晓，思想的深刻是他们文学生命中鲜亮的底色，也是与王富仁的研究产生共鸣的内在原因。

还有一个有趣的现象很值得关注，同样作为鲁迅研究专家的钱理群也对曹禺很感兴趣，他的曹禺评传《大小舞台之间——曹禺戏剧新论》

（浙江文艺出版社，1994 年）是很有特色的曹禺传记，同时也是曹禺研究方面的重要著作，为什么同样作为鲁迅研究专家，钱理群也花了大量的精力研究曹禺？吴晓东认为，"钱理群常常是带着自己强烈的主观感受融入他的研究客体的，因此当他从对象世界中抽身出来，往往身上已折射了研究对象的特征和气质。"①也有学者认为，钱理群选择曹禺是源于自己的生命体验，"如果不是因卧病榻中等待命运的裁决，钱理群也许会着手开始'四十年代小说史'的课题；但是，手术为他提供了一个观察生命、思考生命的机会，使他对曹禺有了更深的理解。因此，这种对曹禺的心灵探寻，也是本书作者对自己的一次心灵探寻；生命从'郁热到沉静'的概括也不仅适用于曹禺，同样是研究者对自己生命认识的深化。"②在研究对象的身上发现了自己，在自己的切身体验中深化对于研究对象的理解，达到主客体生命情感的交融与共鸣，更为难得。可见，对于曹禺的选择大多是研究者深入思考生命的一种自发选择，对于人的关注，对于人类命运的探索和忧思始终是文学研究最深刻也最有分量的话题，曹禺的戏剧显然是思想性与艺术性并重的，同时也是中国古典戏剧精神与西方古典戏剧、西方现代戏剧理念相结合的最好体现，在中国戏剧史上，曹禺是独一无二的。无论是王富仁还是钱理群，不约而同地对曹禺投入了这么多的关注，正是这一点的重要体现。

　　除了对曹禺的话剧有过系统的研究之外，王富仁也对解放区的戏剧

---

① 吴晓东：《从"郁热"到"沉静"》，载《读书》，1996(8)。

② 薛冲、鄢鸣：《读钱理群〈大小舞台之间——曹禺戏剧新论〉》，载《文学教育》（上），2008(4)。

有着自己的解读。王富仁之所以关注解放区的戏剧，一个重要的原因在于"在中国现代文学史上，戏剧第一次成了一个历史时期的主要文学样式，并为其他文学样式的发展开辟着新的道路"①。在新文学的四大文体中，戏剧的发展和整个现代文学的发展步伐是不一致的，话剧其实在新文学发轫的十年前就已经开始起步了，1906年，在东京成立的春柳社就拉开了中国现代话剧的序幕。但是起步最早的话剧，这一百年来的发展却是最缓慢、最举步维艰的。虽然在30年代有曹禺的《雷雨》《日出》《原野》，但是从整体来看，戏剧的成就是远不如小说的。只有在40年代的解放区，戏剧才成为了一个创作的潮头，而这与整个解放区文艺的对象是密切相关的，对于文化程度较低的农民和农民出身的战士，戏剧所传达的感染力和思想比文字要强得多。而在戏剧的形式上，解放区的戏剧脱离了五四新文学话剧发展的轨道，真正地与民间的秧歌、传统的戏曲全面融合起来，可以说，王富仁敏锐地把握到了戏剧模式在解放区这个特殊时空呈现出来的特殊特点和结构。

三、"旧诗新解"与"为新诗辩护"

20世纪90年代，王富仁曾经对屈原、曹操、李白、李贺等26位古典诗人的诗作进行分析，并将其称为"旧诗新解"。这一系列的文章发表在《名作欣赏》杂志，后来整理为《古老的回声》一书，于2003年在四川人民出版社出版。作为一位研究现代文学的学者，王富仁为什么要关注"旧诗"？又为什么对其作出了"新解"？新解又到底"新"在何

①　王富仁：《解放区戏剧的主要特征》，载《自修大学》，1986(7)。

处呢？

在策划《名作欣赏》"旧诗新解"这个栏目时，王富仁曾这样在信中向编辑吐露自己的目的："我相信，新批评终能解决以旧有方法不易解决的问题或实际感到又说不清的问题。"①这也意味着，"新批评"方法的运用，是王富仁进行这一系列"古诗解读"的重要思路和角度。"新批评"强调从文本出发，回归文本的客观性和独立性，这其实跟王富仁"回到鲁迅"的命题存在着内在的延续性和统一性。

譬如屈原《离骚》的名句"长太息以掩涕兮，哀民生之多艰"，长期以来学界都倾向于将"民生"解释为"人民的生活"，从而"哀民生之多艰"自然应当解释为"同情民间疾苦"；然而王富仁则从《离骚》整体探讨，认为不能把屈原的所谓"民生"简单地与我们今天所说的"民生"等同起来，屈原所说的"民生之多艰"，应该是我们现在所说"人生"的意思。从《离骚》的整个语境来看，"整个情调是自怜而非怜人"，王富仁认为，屈原在这里与其说是为天下苍生所哀伤，更像是对自己人生艰难的抒发。对《茅屋为秋风所破歌》的最后几句的解读，王富仁也一反前人所见："我认为，我们绝不能把这几句话当作拯世救民的豪言壮语来引用。它首先是一颗绝望心灵的痛苦挣扎，是一个再也没有回天之力的老人向现实世界发出的最后的呼吁。他在无可奈何的痛苦中，根本不能理解人生为什么会有如此多的灾难，像他这样的寒士为什么竟连起码的安定幸福的生活也得不到。'安得'是怎样得到，实际是他不知道怎样才能得到；'突兀'明确标明了它的幻想性质。所以，与其把它们视为'言志'，倒不如视为

---

① 《"旧诗新解"编者按》，载《名作欣赏》，1991(3)。

一种'抒情'，是在强烈情感冲击下发出的人生呼唤。"①

　　王富仁的新见，一是出于敏锐的文学感受力和直觉判断力，二是由于奉行新批评的整体性原则，回到语境，但他却没有受新批评的拘束，反而充分尊重了读者感受。他保持一贯平易求实的批评作风，多用方法，少提概念。王富仁身上所体现出的作为学者的固执和独立思考的执着，以及推陈出新的魄力，都是可贵的现代价值。

　　除了对旧诗进行新的解读，王富仁对于新诗的发展也格外关注，尤其关注"新诗"形式的重要意义。2003 年，王富仁在《江苏社会科学》杂志上分上下两篇发表了长文《中国现代诗歌的发展》，这篇文章从胡适到闻一多，从冯至到徐志摩，从李金发到戴望舒，从卞之琳到臧克家，从艾青到袁可嘉……王富仁都作出了深入细致的分析，用独特的视角重新解读了现代新诗的发展历史及重要诗人的独特价值。比如说他认为，"胡适不是一个诗人，但却成了一个诗人；冰心是一个诗人，但却没有成为一个诗人；郭沫若是一个诗人，也成了一个诗人，但却是一个短命的诗人。"②"现在任何一个诗歌爱好者都会写出比胡适的新诗好的新诗来，但迄今为止的任何一个杰出的中国新诗诗人都没有胡适对中国新诗的贡献更加伟大。"③闻一多的《红烛》和郭沫若的《天狗》，都是精品的诗歌，但是闻一多和郭沫若都不是"长命"的诗人，真正"长命"的诗人，是徐志摩与冯至，"他们作为诗人之能够长命，不是因为他们更像诗人，

　　① 　王富仁：《一个老年人的悲哀：杜甫诗〈茅屋为秋风所破歌〉赏析》，载《名作欣赏》，1993(4)。

　　② 　王富仁：《中国现代诗歌的发展》(上篇)，载《江苏社会科学》，2003(1)。

　　③ 　同上。

而是因为他们比起郭沫若和闻一多来，更不太像诗人。郭沫若和闻一多都曾经'疯'到过能成为伟大诗人的程度，而徐志摩和冯至则始终未曾'疯'到过这种程度。但也正因如此，在我们这个不容许人太'疯'的国度及其时代里，他们也就有了更长的艺术生命。"①这些论述，无一不闪烁着思辨的智慧光芒，体现着王富仁独一无二的思想体悟。

除此之外，针对学界普遍认为的现代新诗发展薄弱、贡献不大、没有自己的形式等问题，王富仁在《为新诗辩护》一文中进行了辩驳，并且对新诗的根本价值进行了探讨，提出了许多新颖的见解。在此文中，王富仁对于现代诗歌在文体形式上的变革颇为赞扬，也肯定了现代新诗的思想价值。他认为新诗并不是没有形式，而是没有了事先设定的形式，这种解放了的形式其实是对作者创作的更高要求："只要是成功的新诗，就一篇有一篇的新形式，其形式和内容是融为一体的：没有这样的形式，也没有这样的内容；没有这样的内容，也没有这样的形式。形式的创造与意义的创造是同步的，甚至同样一个新诗诗人的两首不同的好诗，也是形式各异、内容也各异的。这里的关键问题不是有没有形式，关键的问题是怎样看待新诗的内容以及内容和形式的关系。新诗的内容不是一个政治上的主题和哲学上的理念，而是语词的意义要被'形式'所熔化，从而获得在散文语言中所不可能获得的意义或意味。"②针对新诗成就的评价问题，王富仁认为古代诗歌的成就是伟大的，但并不能因此贬低现代新诗的成就，毕竟相对古典诗词，新诗的传统是非常年轻的，

①　王富仁：《中国现代诗歌的发展》(上篇)，载《江苏社会科学》，2003(1)。

②　王富仁：《为新诗辩护》，载《文学评论》，2006(1)。

对于它的评价不能完全依据古诗词的标准，而应当重视中国现当代新诗的独立审美功能，从而逐渐形成中国现当代新诗的诗学理论和评价体系。文章最后，王富仁深情呼吁道："不要鄙弃新诗，不要鄙弃中国现当代诗人。他们不是天才，我们也不是天才。我们都是泥土，但未来的天才又是有可能在我们这些泥土中生长的。"①在这些论述里，我们不难感受到王富仁对现代新诗的宽容和肯定，和对新诗未来发展的殷切期望。

四、质朴厚重的随笔创作

除了学术研究之外，王富仁还创作了一些随笔。出版于 2003 年的《呓语集》就收录了王富仁的学术随笔。所谓"呓语"，本意是指梦话、昏话，引申为信笔由之的"胡言乱语"或下意识流动。在这本书的序言里，王富仁强调："人在明明白白时做事，在昏昏沉沉时思想；当你思想之后，你变得更糊涂了，因为上帝给你的聪明不是让你思想的。"②我们看到这本书比起王富仁其他的学术著作来说，体例上要更自由，有长有短，话题也亦庄亦谐，灵活多变。既有对鲁迅、巴金、老舍、曹禺、冰心、沈从文、路翎、萧红、张爱玲、苏青、陀思妥耶夫斯基、托尔斯泰、巴尔扎克、马克·吐温、艾米丽·勃朗特等这些国内外作家作品的品读，也有自己作为文学研究者和评论者的自白和反思。这些"呓语"不像王富仁其他论著那样成体系，但字里行间都闪耀着思想的火花。

---

① 王富仁：《为新诗辩护》，载《文学评论》，2006(1)。

② 王富仁：《呓语集》，小序。

比如说他对政治家和文学家的分析："人类给予政治家的自由是最小的自由，因为人类给予他的权棒是一种最有力量的武器；人类给予文艺家的自由是最大的，因为人类给予他的文艺是一种最没有实际杀伤力的武器。狮虎只能呆在笼子里，蝴蝶可以漫天飞舞"①。比如说，他对各个文体的分析："故事：一个用口讲出来要比用笔写出来更好的短篇小说；小说：一个不能用口讲，只能用笔写出来的故事；诗歌：一段说不出来但能写出来的内心情绪；戏剧：按照舞台的需要创造出来的一个生活过程；散文：不写也可以但写出来人们就爱看的一席话；杂文：不写心里很憋闷，写出来心里才舒畅的一席话；小品文：用文字聊天。"②

特别有意思的是，王富仁在《呓语集》里还曾对自己的母校北京师范大学的校训提出了"质疑"。师大的校训是"学为人师，行为世范"，是由启功先生提出并亲笔题写的，这也是启功先生对师大学子的期许："所学足为后辈之师；所行应为后人之范！"③这简洁又朗朗上口的八个字既明确了北师大师范院校的定位，又是对师大学子做学问和做人方面要严于律己所提出来的要求。但王富仁认为，如果知识分子总是以"人师""世范"的姿态出现，慢慢地会越来越好为人师、高高在上，会越来越远离人群，不如改为"学为人，行为世"④。这虽然只是王富仁在"呓语"中的一个大胆思考，但是与王富仁的学术思想其实是相通的，做学问也

---

① 王富仁：《呓语集》，18 页。
② 同上书，298 页。
③ 赵仁珪：《启功研究丛稿》，98 页，北京，北京师范大学出版社，2006。
④ 同①，229 页。

好，做人也好，首先要达到一个作为"人"的充盈，要与更多的其他人站在一起，而不能站在"师"和"范"的位置去看待世界和他人。一条短短的校训，启功先生和王富仁其实考虑的是一个问题的两个面相，启功先生是作为一个前辈学者对一个群体的殷勤期待和要求，而王富仁则是站在每一个人的角度来反思我们对待世界的态度。

除了以上几个方面，王富仁还有很多文学批评，它们常常以"序跋"这样一个特殊的形式出现。《王富仁序跋集》收录了王富仁自 1982 年 5 月 23 日至 2005 年 12 月 1 日所写的序跋文，分上中下三册，上册是王富仁自己著作的序言或跋语共 32 篇，中册和下册主要是他为学界同人和学生后辈所写的序跋文 47 篇。

一般来说，序跋的作用大多是对正文的一个背景的补充、写作缘起的介绍，或者一些在正文里未竟的话，但是王富仁的序跋很有特点，几乎都是完整的长篇文章。除了一些篇幅较短的后记之外，王富仁所写的序言大多都是很长的一个篇幅。更重要的是，在内容上这些序言也不仅仅是对原著的补充和点评，而是王富仁对相关话题衍生出来的深入探讨和拓展。王富仁自己曾说"我的序跋文实际上并不是真正意义上的序跋文"[1]，他谦虚地表示："我的序跋文则像寄生在人家的书上的寄生虫。平时自己没有这样的知识，没有研究过，人家有了系统的研究，自己看了，也有一点零零星星的想法，就借人家出书的机会，也把自己的这点想法附带着发表出去。"[2]更多的是"借着别人的研究，多掌握一些知识，

---

① 王富仁：《我的序跋文(代自序)》，见《王富仁序跋集》(上)，汕头，汕头大学出版社，2006。

② 同上。

多思考一些问题"①。所以我们看到他为《端木蕻良小说评论集》所写的序言《三十年代左翼作家·东北作家群·端木蕻良》，王富仁从 30 年代左翼文学开始谈起，再论及东北作家群，最后再到端木蕻良，层层递进，剥丝抽茧地对左翼文学的共性与个性、端木蕻良的特殊意义进行了精彩的论述，特别是他在里面对端木蕻良精练的点评，直到今天看来也是端木蕻良研究里难得的重要见解。他为刘新生《中国悲剧小说史》所写的序《悲剧意识与悲剧精神》，是王富仁对中西方悲剧意识的一次系统性论述，篇幅长达近百页，可见其思想容量和密度之大。阅读王富仁的序跋，我们常常能感到一种发自肺腑的真诚，这种真诚不仅来自他对原著的尊重和用心，而且也来自于他对学术研究的投入和激情。真诚地研究问题、面对自己，这是王富仁序跋写作的重要特点和价值。

第三节　文化"现象论"

中国现当代文学的一个重要特点，就在于它始终与现实保持紧密的关联，与当下不断地对话。这也是现当代文学在逐渐走向经典化和历史化之后，依然能保持强劲活力的重要原因，介入现实、关注当下，是包含了王富仁在内的很多现当代文学学者的一个基本姿态。从语文教育到女性文学研究、再到对学院派文化的反思，这既是王富仁作为一个学者

---

① 　王富仁：《我的序跋文（代自序）》，见《王富仁序跋集》（上）。

对当代文化热点的敏感捕捉，也体现了王富仁作为一个知识分子的担当和责任。

一、为何关注语文教育

在王富仁各类学术成果中，有一个领域是比较特殊的——语文教育。王富仁曾与其他学者编写《解读语文》、主编"文艺学与中小学语文教育研究丛书"等书籍，还撰写了《经典性与可感性的统一：中学语文教材的基本要求》（《语文教学通讯》，2002 年第 7 期）、《情感培养：语文教育的核心——兼谈"大语文"与"小语文"的区别》（《语文建设》，2002 年第 5 期）、《也谈语文教学的两种争论》（《语文建设》，2002 年第 6 期）、《口头生活语言·书面传媒语言·语文教学语言》（《北京师范大学学报》，2003 年第 1 期）等多篇语文教育的相关文章。

作为一位大学体制内的教授，王富仁为何如此热衷于基础语文教育的讨论？这或许与他曾经在基层中学做语文教师的经历有关，但根本上还是在于王富仁对"教育"这个问题的重视，在于王富仁对文学如何影响青少年精神和情感成长的重视。实际上，不仅仅是王富仁，孙绍振、钱理群、温儒敏等学者近二十年来也都投身到了语文教育的讨论和实践当中。而有意思的是，这些学者大多数都是做鲁迅研究的，在笔者看来，这并不是一种巧合，这既是他们作为当代知识分子、作为大学教师的一种人文关怀，也是作为鲁迅研究者在"立人"传统上的自觉追寻，这既是一种传统，也是一种使命。不管时代如何变迁，一代又一代的文人知识分子始终与教育这个命题相互牵连、相伴相生。

进入现代以来，立国要先立人，立人要从教育做起尤其成为社会各界的共识，在这个意义上，教育就不仅仅发挥着它本来的育人作用，还被寄予了强烈的民族崛起的期待。例如朱自清不仅是中国现代著名作家与诗人，同时也是一位教育家，1925年他发表首篇文章《中等学校国文教学的几个问题》在胡适之等其他学者研究的基础上系统阐述了国文教学的相关问题。在抗战时期他建议开办《国文月刊》为语文教育研究提供平台。他还与叶圣陶合作撰写了《国文教学》《精读指导举隅》等著作，还给开明书店编写国文教科书，为改进中学国文教材作出了突出贡献。① 叶圣陶是现代著名作家，他不仅心系语文教育，而且长期任教于中学，躬身力行为青少年编写成套语文教材，在创作中也经常以学生课外阅读的需要为宗旨，一些作品以教师和学校为题材。《倪焕之》最初发表于当时一本大型期刊《教育杂志》的"教育文艺"专栏，是以教育小说的姿态在文坛上初露头角的。②

语文教育，既是一个教育问题，也是一个社会问题。那么王富仁对语文教育的思考到底落在哪里呢？

首先，王富仁特别强调语文教育对学生自身主体性的重视。正如同阅读一样，还原阅读的本来面貌，使得学生在语文学习的过程中以一个读者的立场，立足于自己的精神世界去欣赏文学作品，而非带有功利的目的进行教与学。王富仁语文教育观中"三个主体论"中的其中一个主体指的便是学生学习的主体性。在语文学习中，学生无疑占据着主体地

---

① 参见顾黄初：《略论朱自清的语文教育思想》，载《扬州师院学报》（社会科学版），1988(3)。

② 参见顾黄初：《一代宗师叶圣陶》，载《师范教育》，1984(2)。

位，因此学生不应是被动的一方而应以主动参与的姿态融入整个教育环境中去。语文教育中教师是起引导作用的，"教"是为"学"而服务的。假如一个学生并不能够获得良好的引导，教学并不能激发其主观能动性，那么在语文教育上便很难获得成功。

而针对当下语文教育中存在的"主体性缺失"问题，王富仁提出了"三个主体论"的观点。其实，在语文教育中关于主体性的争论由来已久。因为在语文教学活动中无论是教师还是学生都是其中重要的参与者，作为教学实践的主体，教师通过自身的业务素养以及人格魅力影响学生、提升学生的认知能力；而在教学活动中，仅仅依靠教师的单方面互动是远远不够的，学生同样需要调动自身的主观能动性，对于外界所接收的知识进行理解、消化并产生新的思维，毋庸置疑，学生是学习的主体。因此，到底主体应当归属于教师，还是归属于学生？这一直以来都是争论不断，未达成学界的一致共识。王富仁认为："在语文教学活动中，必须同时坚持文本作者的创作主体性、授课教师的教学主体性、学生的学习主体性这三个主体性。如果文本作者的创作主体性和授课教师的教学主体性被脱离开了，学生的学习主体性是不可能得到真正的发挥的。"①

除了上文已提及的学生的学习主体性外，创作主体性指的是语文教材选文的创作者自身是有创作主体性的，能够有表达自己思想情感的自由。换言之，他们将自身的情感心境融入作品中并最终呈现给假想的阅

---

① 王富仁：《语文教学与文学》，34 页，广州，广东教育出版社，2006。

读对象。① 因此，文本作者的创作过程并不是机械的，不是为了教学而进行的创作。通过对文本作者创作主体性的认识与接受，才能使得教师与学生在进行教学活动中不会凌驾于作者之上，偏离文本内涵，从而为正确认知理解文本打下坚实的基础。教学主体性指的是"语文任课教师有根据自己对文本独立的感受、体验和理解解读文本和独立地组织语文教学的权利。"②在王富仁看来，教师作为教学实践的主体是具有教学主体性的，这种主体性可以分为两个层面，一是体现在教师对于文本的解读，教师可以以自身的思想情感与知识储备对语文文本进行解码，并通过译码将之转换为鲜活的内容，最后传输给学生；二是体现在教学方式的运用上，教师教学方式运用的成功与否对一堂课效果的优劣起到了重要作用。不同风格的老师会采取不同的教学方式，只有尊重这一方面教师的主体性才能有助于语文教育的生动性与开放性。

另外，长期以来语文学科定位上的模糊性也是导致语文教育短板的原因之一。针对这个问题，王富仁提出了"大语文"与"小语文"的观点。在王富仁看来，"大语文"是涵盖了所有以语言文字为依托进行阐述的东西，比如文学、道德学、哲学，中国古代的文化教育，其内质便是一种"大语文"，它所反映的是一个整体的民族文化，而不仅仅是其中的一个方面。在中国社会进入近现代后，伴随着西方思潮的强烈冲击，中国的教育模式进行了重大变革，其突出的表现是"大语文"裂变为自然科学与社会科学这两个独立的学科，较之以往的"大语文"，一个范围急剧缩

---

① 参见王富仁：《语文教学与文学》，34 页，广州，广东教育出版社，2006。
② 同上。

小、容量减少的"小语文"概念开始出现，它是"一个民族语言总汇中的一个部分，而不是它的全体，它体现的也不再是一个民族文化的全部，而是它的一种表现形态"①。对于中国教育体制从"大语文"变革为"小语文"的情况，王富仁认为这是中国传统教育朝向现代化教育发展所造成的，是具有积极意义的，体现了历史发展的进步。在提出了这个概念的基础上，王富仁进一步提出了立足"小语文"、拒绝"大语文"的语文教育观。王富仁对于语文教育改革的现状进行了细致的调研后得知一些人在进行语文改革时往往将"小语文"与"大语文"两者混为一谈。他们从社会语言实践的层面来理解语文教育问题，学生对于语言文字形式的利用并不仅在语文课中获取，在其他的课程中同样能够取得，换言之，学生对于语言的学习与运用已经不是主要依靠语文课了，这种思路其实就是回到了"大语文"的范畴。王富仁认为社会学科、自然学科中所蕴含的语言知识与语文课的语言知识有着鲜明的区分。社会学科、自然学科中的语言具有逻辑性、思辨性、知识性特点，学生在学习过程中，这些语言所起到的作用主要是培养提升他们逻辑思辨能力，是理性思维的养成，而情感思维的培养则主要依靠的是语文课上的学习。近年来，关于在中小学课本中是否应该选入鲁迅作品的问题不断引起争议。许多学者特别是教育界的一些专家认为鲁迅的作品不适合在中小学教材中使用，最主要的原因就是鲁迅的语言不够规范，而王富仁强调，鲁迅的语言是最人性的语言，而最人性的语言对中小学生才是最合适的！语言失去了人性化，还有什么规范可言！语文教育应该是规范的教育，但在"框架"的规

---

① 　王富仁：《语文教学与文学》，17 页，广州，广东教育出版社，2006。

范之上，更有"经典"的规范，有"人性"的规范！因此，王富仁认为必须重视与加强语文学科的情感培养，而"小语文"的目的正是情感培养，是将语文的工具性与人文性进行有机的结合。

通过王富仁"三个主体论""小语文""大语文"等思想论述，我们可以清楚地感知王富仁的语文教育观是纯粹的素质教育、是真正的人本教育，"求真"是这个教育观的重点取向。王富仁语文教育观所围绕的核心是"人"，而并不只是"人才"，培养的是人的情感，而非人的"地位"，学生自身的"幸福感"才是语文教育的首先需要考量的。我们往往特别注重人才，其实首先是应该特别强调人！只有做好一个人，才可能成为一个所谓的人才。这种语文教育理念是王富仁对中国数千年的文化长河、当下教育发展的现状以及"人"自身属性深入思考的结果。

二、男性眼中的女性文学

女性主义、女性文学、女性立场等问题从 20 世纪 90 年代开始，直到今天都是一个备受关注但又充满争议的话题。一个很有意思的现象是，当下研究女性文学的学者多数都是女性学者，男性学者人数是很少的。更有意思的是，王富仁作为一个男性，曾发表过不少关于女性文学研究的文章，比如，《谈女性文学——钱虹编〈庐隐外集〉序》(《名作欣赏》，1987 年第 1 期)、《一个男性眼中的中国当代女性文学研究》(《文艺争鸣》，2007 年第 9 期)、《从本质主义的走向发生学的——女性文学研究之我见》(《南开学报》，2010 年第 2 期)、《女性文学研究：广阔的道路》(《博览群书》，2010 年第 3 期)。从文章发表的数量和切入的角度来看，都可以看得出来王富仁对于女性文学的讨论并非是兴之所至的"泛泛而谈",而是贯注了他深层次的、系统的思考。

王富仁对女性文学的研究从来都不仅仅是限于女性作家范围内的探讨,而是在一种多维的联系中看待女性文学的价值和意义。比如他认为:"鲁迅不是女性文学的敌人,而是女性文学的同道和战友。"[①]鲁迅对女性社会地位的关注,对女性解放问题的思考,其实与西方女权主义文化理论是具有共同性的。这实际上也给我们一个启发,研究女权主义也好、女性文学也好,不能自我束缚、更不能画地为牢,作为鲁迅研究专家,对妇女问题的关注本来就是王富仁鲁迅研究的一个重要部分。作为一名知识分子,王富仁对于中国女性整体命运有着高度的关切,这也是他社会责任感和使命感的一个重要体现。他曾在文章中谈及,"从 70 年代末开始的大量拐卖妇女的事件,流行至今的溺婴事件,城市底层青年妇女和进城农村青年女性的性工具化,对女性的家庭暴力,在就业过程中普遍存在的女性歧视,都是一些有目共睹的事实,但我们的女性文学研究却越来越走向 20 世纪 30 年代左翼文学(20 世纪 30 年代最有成就的女性作家都集中在左翼)、五四新文学(中国的女性文学是在五四新文化运动中走上历史舞台的)、鲁迅(鲁迅把一个女性——女娲塑造为中华民族的创世神)。在所有这些方面,中国的女性文学研究都与中国的文化保守主义走到了一起"[②]。这些问题对他产生了深度的触动。从对女性社会生存现状的关注,到对女性文学的关注,其实归根结底还是出于王富仁对中国社会问题的关注和思考。

---

① 王富仁:《女性文学研究:广阔的道路》,载《博览群书》,2010(3)。
② 同上。

　　王富仁的女性文学研究中一个独特的地方是他对于女性文学概念的理解与界定。关于这一范畴，当前学界普遍盛行的观点是，女性文学为女性作家的文学创作或者在此基础上还应该具备突出的女性风格或女性意识。但在王富仁看来，对于女性文学可以分为三种界定："一是描写女性生活的文学；二是具有女性意识的文学；三是女性作家创造的文学。"①王富仁认为女性文学是囊括了刻画女性生活并反映女性意识的文学，换言之，即使作家是男性的这类作品也应该包含在内。因为在人类社会漫长的以男性为主导的历史中，文学主要由男性创造，女性意识可能更多的是由男性创作的作品来呈现，王富仁特意列举了《红楼梦》《雷雨》《原野》《日出》《骆驼祥子》中一些女性角色，认为这些由男性作家创作出来的女性形象，依然体现着强烈的女性意识。② 可以说，王富仁关于女性文学的认识是有意识地将"男性"与"男权"进行了清晰的区分，是对于性别对立这种极端观点的有力回应。一些研究者盲目地将女性与男性对立起来，丝毫不考虑二者间共融共通之处，即使是女性作家创作的与女性毫不相干的作品也纳入女性文学的范畴，而男性作家对于女性深刻的剖析却被无情地摒弃在外。王富仁是在告诉人们，不要将女性问题局限在女性内部，而是应该放在一个更为宽阔的视野和维度下进行审视，这实际上更有利于全面研究女性在世界上的地位及其历史演变，有利于全面观察在各种历史文化环境中女性的生活和作用。

---

① 王富仁：《谈女性文学——钱虹编〈庐隐外集〉序》，载《名作欣赏》，1987(1)。
② 参见①。

但这并不意味着王富仁忽视了女性文学和男性文学研究之间的差异，在王富仁看来，由于男女双方自身生理属性、心理属性等方面的差异，势必使得对于女性文学的研究相比于男性文学研究上存在着偏离角。王富仁曾以茅盾评价庐隐为例，指出以统一的男性视角对女性文学解读上所存在的不合理。茅盾认为庐隐没有走上新民主主义革命的道路，没有反映更广阔的社会人生，而是出现了停滞。但是在当时中国社会对于女性的束缚远超于男性，很多女性的思想意识并不能达到男性应有的高度，且天生与母性情怀维系在一起的女性对于残酷的阶级斗争与血性的杀戮有一种天然的抵触心理。再者，"当一个环境由绝大多数的男性组成的时候，当一个社会对女性的独立意识的理解还没有达到足够高的程度时，一个女性在决定投入这个男性世界时的心灵抉择就要思考自己个性维持的可能性，这是一个男性较少考虑到的。"①因此，在进行女性文学研究时，我们应该考虑男女双方间两性的差异性，不能以统一的男性标准为准则。当前一些女性文学研究以男性的视角方式介入，其研究方式也通常采取政治、经济等男性更为擅长的方式，这都是王富仁担忧的问题。② 值得注意的是，王富仁与茅盾在解读女性文学标准上的差异，既是解读视角的差异，也是时代社会的差异。王富仁所在的时代和茅盾所在的时代，对女性问题的认识和理解已经有了明显的差异，经过了五四、新中国成立和改革开放，今天我们对女性问题的认识和重视已经越来越深刻，也越来越客观。历史问题是事实，当下的情况也是事

---

① 王富仁：《谈女性文学——钱虹编〈庐隐外集〉序》，载《名作欣赏》，1987(1)。

② 参见王富仁：《女性文学研究：广阔的道路》，载《博览群书》，2010(3)。

实，甚至是更重要的事实。所以当今天我们再谈论女性文学，就不得不考虑男女差异这个基本的事实。

三、传统与现代之文化反思

在王富仁正式提出"新国学"理念之前，就已经对传统文化与现代文学、西方文化的关系进行过系列的思考，比如说他的《中国传统文化对其他文化系统的封闭性》（《学术月刊》，1989 年第 7 期）、《"西方话语"与中国现当代文化》（《文学评论》，2004 年第 1 期）等，其中不仅涉及了中国古代传统文化，还涵盖了近代文化的文明转型，再到当下的文化现状，涉猎的面十分广阔，体现了王富仁学术视野的开阔与学术格局的广博，这其实也说明，王富仁后来提出"新国学"的理念，并不是一时兴起，而是他长期思考的积淀。

对传统文化的溯源和对西方文化的了解，其实是研究现代文化衍生出去的两个面向，因为现代文化本身是在中西方文化的激烈碰撞中应运而生的。想要真正地把握现代文化的特质和发展的过程，首先要对传统文化和西方文化有一定的了解。

在《中国传统文化对其他文化系统的封闭性》（《学术月刊》，1989 年第 7 期）一文中，王富仁认为传统文化的一个重要特点在于它有很强的"封闭性"，这种封闭性的来源在于，古代中国汉文化的文明程度与发展水平远远高于当时其他民族与部落的文化水平，实际上形成了一种汉文化"一家独大"的格局，这在客观上也使汉文化缺乏了重新审视自己文化内部的各个因素以及重新判断其价值的动力，它同样也对其他文化本能性地进行排斥，不能认同其他文化中实际上具有价值的因素，造成了中国传统文化逐渐走向了封闭的状态。也正是由于这种封闭性，导致了到晚清时期中国社会上至整个统治阶级，下至普通大众所产生的妄尊自大、目中无人的文化心态。面对外来的先进文化，当时的中国采取的是傲慢的姿态，并未虚心接受或者进行平等的交流，直到鸦片战争之后，外国的利炮撬开了中国的大门，随之而来的经济、文化等各方面掠夺使得中国社会出现了沉重的危机。

而现代化的过程就是从打破这种"封闭性"开始的。在越来越严峻的民族危机面前，中国的先进知识分子转而开始借鉴西方，西学中用，中国传统文化由封闭逐渐走向开放促使了中国近现代社会文化上的革新。其中重要的一个表现是中国文化的亚文化圈的形成。在洋务运动时期中国与外国的文化交流明显提升，以个人为单位的异域定居增多，以国家为主导的海外留学生项目也提上了日程。"仅就留日学生而言，1896 年（光绪二十二年）清政府首批向日本派出官费留学生 13 名，到 1899 年增至 200 名，1902 年达四五百名，1903 年约 1000 名，到 1906 年，就有了 8000 名左右，加上各种出居日本的中国知识分子，大概并不会少于一两万名。"[1]另一方面，在异域他乡的维新派与革命派成员也纷纷组织文化活动、办刊办报，宣传自身的政治思想与文化理念，开辟了较为独立的文化结构。可以看出亚文化圈的形成对于中国传统文化结构乃至中国社会都具有重要的影响，五四新文化也是从其中孕育而来。相比于五四之前中国社会还存在一定的排外思潮，到了五四之后，在亚文化圈

---

① 　王富仁：《中国文化的亚文化圈及其在中国文化发展中的地位和作用》，载《张家口师专学报》（社会科学版），1995(4)。

的带动影响下，中国社会对于外来文化，尤其是西方文化开始从犹疑转变为崇尚。此外，亚文化圈在引进西方文化的同时，也极大提升了中国文化的影响力，使得越来越多的外国人开始接触中国文化、了解中国。

在考察了传统文化从封闭走向开放的现代化过程之后，王富仁还进一步辨析了传统文化与现代文化、西方文化三者之间的关系。在《中国传统文化与现代社会》(《文艺争鸣》，1997 年第 3 期)一文中，王富仁提出在五四新文化运动发生之时，"旧文化"和"新文化"的提法更像是一种文化战略，"这类概念都是整体的、观念化了的，是不需要分解也无法分解的。"①也就是说，在新文化运动的逻辑里，"旧文化"是过时的传统，是需要进行价值重估的，只有符合当时社会发展需要的"新文化"，才能把中国从水深火热中解救出来，这是五四新文化旗手们对待传统文化的一种"整体性"态度，但当他们面对传统文学里具体某一个作品的时候，他们的态度又变得矛盾起来，比如说"我们可以说古代所有的文化都是旧文化，都应当进行改造和革新，但我们却不能说'屈原的《离骚》、司马迁的《史记》、曹雪芹的《红楼梦》、李时珍的《本草纲目》、张择端的《清明上河图》都是旧文化，都需要改造和革新'"②。这是一个整体效应和个体性质的逻辑关系。在这种辩证的关系中，王富仁提出"任何文化的发展都不是一个消灭一个，一个代替一个的关系，而是新的注入、整体性的变迁的关系"③。

这些关于传统与现代的文化反思，王富仁从 20 世纪 90 年代就已经

---

① 王富仁：《中国传统文化与现代社会》(上)，载《文艺争鸣》，1997(3)。

② 同上。

③ 同上。

开始了，而这个问题在近些年来"国学热"的背景下也显得越来越重要，这再一次体现出了王富仁前瞻性的学术眼光。现代文学与文化曾经是学术研究的主流内容与主流形态，20世纪50年代初期，与新民主主义革命互融共生的现代文学，很自然地与刚刚成立的新中国融为一体，所以现代文学自诞生之初就成为了新中国的显学。除此以外，现代文学研究始终有一种很强烈的现实关怀，从五四开始的思想启蒙的新文学的发生，到20世纪50年代，到20世纪80年代、乃至新世纪之交的新文学研究，历来与社会变革、时代发展联系紧密。一个世纪的历程证明，五四新文学深刻而生动地反映了整个这一历史时期社会现实风起云涌的方方面面，各个角落。五四以来的新文学史，就是20世纪中国时代社会发展变革的历史。但所谓"主流"都是相对的，是会随"风"而动的。近年来，由于时代和社会对国学的高度热忱，五四新文学遭受到了前所未有的冷遇。它不像传统文学各种"诗词大会""成语大赛"那样受到追捧，也不像当代文学时不时在国际上获奖的那般盛况，甚至都不像它本身在20世纪80年代受到"新儒学"猛烈批判时那样获得足够的关注。我们不得不承认，五四新文学正在处于一个边缘化的境地。这一方面由于新的时代社会背景对五四新文学以及现代文学学科提出了挑战。20世纪90年代以来，随着我国经济实力、综合国力的大大增强，文化领域乃至整个社会兴起了"国学热"的潮流。这一潮流的兴盛正是由于中国自身的发展，在国家不断富强、国际地位不断提升的发展态势之下，中国自然更多地需要从自己的传统血脉、传统文化中寻找依据和自信。另一方面，现代文学学科自身也存在着时空范畴过于狭小和研究人员过于拥挤的客观问题。无论如何，现代文学毕竟只有短短三十年，时间、空间、研究对象都是有限的，再加上经历了几代学者的努力深耕式的研究，尽管依然成果不断，但学科已经出现疲劳和重复等严重状况。

其实，现代文学走向边缘由来已久，并不是这几年才开始的。对现代文学的质疑和批判似乎从来没有断过。这种质疑与批判主要集中在两个方面：一方面认为五四新文学反传统的姿态，中断了中国传统文化和文学的历史进程；另一方面认为现代文学研究没有学问，不成体系，没有来历，也没有传统。朱自清 1929 年在清华大学开设的"中国新文学研究"第一次系统地将新文学成果引入了大学课堂。但没过多久，朱自清就把这门课停了，又开始讲"文辞研究""宋诗""历代诗选""中国文学史"等一系列古典文学课程。这个例子很好地说明了五四新文学也就是现代文学，在它生成、确立和发展的过程中，其实一直是伴随着种种疑虑和不安的。

这种疑虑和不安对于现代文学的发展来说，并不完全是一件坏事，相反或许正是一个新的发展机遇。一方面，新文学边缘化的过程恰恰是经典化的过程。冷一冷，静一静，沉一沉，使曾经风风火火、沸沸扬扬的现代文学真正回归文学本身，更加充分地显现出自身的价值。所谓经典化，实际上是一个历史检验的过程，不是所有的东西都重要起来，更不是打捞出一些本来就该被淘汰的东西，而是由历史这把筛子，精选出对中国社会的发展、民族的强盛具有重要意义的思想艺术和作家作品，沉淀出与中国乃至与世界自古以来的经典作家能够齐头并存的大作家。古今中外，不管文学还是艺术，成为经典的道路是孤独而漫长的，在这一过程中，一个冷静的沉淀过程是至关重要的；另一方面，新文学的所谓边缘化，绝不意味着它的弱化或消亡，相反正是在这种边缘化的过程中，我们越来越体会到五四以来的新文学、新文化是难以替代的，难以复制的，甚至是难以超越的。

第五章 ｜ "新国学"：一个"待完成"的学术构想

　　国学，无论对哪个国家来说，都是包含了一个国家从过去到现在全部的智慧与文化的结晶。这实际上是一个最简单不过的道理，但对于文化极为丰富、复杂的中国来说，事实上存在着这样一种认识，就是将国学的概念不断狭义化，把它限定为古典文学、古代文化甚至某一个专业性的学科身上（比如有人把"小学"当成是国学），这实际上是对国学丰富性和复杂性的一种遮蔽。尤其是在当下"国学热"的背景下，到底如何认识国学、理解国学也变得尤为重要。从 2005 年 1 月起，《社会科学战线》连续 3 期刊载了王富仁长达 14.15 万字的长篇论文《"新国学"论纲》。同年 4 月，该文又被全文收录登载于《新国学研究》第 1 辑（人民文学出版社，2005 年）。该文的发表，引起了学术界的广泛关注，许多学者先后撰文呼应。这种对"国学"的关注，超出了学术本身，而与地域、民族、国家存在着密切的联系①。王富仁为何提出"新国学"的概念，他所提出的"新国学"究竟是什么？它有着什么样的价值，又为何引起一些争议？

第一节 "新国学"提出的背景

在《"新国学"论纲》中，王富仁首先明确声明："'新国学'不是一种学术研究的方法论，不是一个学术研究的指导方向，也不是一个新的学术流派和学术团体的旗帜和口号，而只是有关中国学术的观念。它是在我们固有的'国学'这个学术概念的基础上提出来的，是使它适应已经变化了的中国学术现状而对之作出的新的定义。"②其"新"主要体现在：把"国学"这一以往只研究古代文化的概念延伸到了当代。王富仁认为，"五四"以后生成和发展起来的中国现当代文化，特别是由陈独秀、李大钊开其端的"中国现代革命文化"，以鲁迅为主要代表的"中国现代社会文化"，由从事外国文化的翻译、介绍和研究的学者和教授创造出来的"中国现代学院文化"，都应纳入到"国学"中来。这是"新国学"最基本也最核心的观点。

---

① 有关清末民初"国学"讨论比较细致的研究，可参看罗志田：《国家与学术：清季民初关于"国学"的思想论争》，北京，生活·读书·新知三联书店，2003。

② 王富仁：《"新国学"论纲》(上)，载《社会科学战线》，2005(1)。

一、"国学派"和"西化派"

从知识社会学的角度来看，"新国学"的提出是有其现实指向的。钱理群敏锐地注意到了这一点："'新国学'是一个理想主义的概念，同时又是一个含有内在的现实批判性的概念。"①实际上，它针对的是当前学术领域中的两类知识群体：一是20世纪80年代末期逐渐兴起的"国学派"，特别是新儒家学派；二是"西化派"。在王富仁看来，这两派的兴起是有其历史背景的："'全球化'给中国社会带来了前所未有的繁荣和发展，但也给中国社会带来了前所未有的震动和危机。'西语热'提高了新一代知识分子的外语水平，但也造成了部分人对本民族语言的轻视；'西学热'加强了中国知识分子对'西学'的了解和对西方人文化心理的理解，但也造成了对'中学'的漠视和对中国人文化心理的隔膜。不难看出，正是在这种文化情势下，使另外一部分中国知识分子开始把目光主要转向了中国古代的历史和文化，并感受和触摸到了研究中国古代历史和文化的价值和意义。'国学'这个学术概念再一次出现在中国内地，并酝酿出了一个新的'国学热'。'现代热'—'西学热'—'国学热'，这就是"文化大革命"结束之后中国文化、中国学术演变的三部曲……"②

"国学热"与"西学热"对曾经盛极一时的中国现当代文化研究产生了巨大冲击。王富仁就在《"新国学"与中国现代文学研究》中阐述了"新儒

---

① 钱理群：《我看"新国学"——读王富仁〈"新国学"论纲〉的片断思考》，载《文艺研究》，2007(3)。

② 王富仁：《"新国学"论纲》(下)，载《社会科学战线》，2005(3)。

家学派"重返大陆之后，对中国现代文学研究的巨大冲击："中国现代文学学科还是不是中华民族文化主体结构中的一个组成部分呢？还体现不体现中华民族文化的总体特征呢？还有没有中华民族文化的精华存在呢？所有这些问题，在'国学'出现在大陆学术界之后，都成了悬浮在中国现代文学学科的上空而无法得到明确回答的问题。它向中国社会所暗示的东西较之它直接表达的东西要多得多，整个一代青年知识分子都是在这种暗示中成长起来的。曾经，整个中国社会都把文化改革的希望寄托在作为它的尖端的中国现代文学学科、特别是鲁迅研究上，而现在，整个社会都把自己的怨恨发泄在中国现代文化和中国现代文学、特别是鲁迅的身上。'国学'也激活了'国粹'。所有那些在自己存在和发展的过程中遇到了实际困难的中国固有的文化或文学的门类，都在'国粹'的名义下有意与无意地回避掉了在自己存在和发展过程中所遇到的实际困难以及克服这些困难的现实努力，而将责任推卸到一个世纪以前发生的五四新文化运动以及鲁迅等新文化运动的发起者对中国传统文化的批判上。"① 严家炎也针对国学派对五四新文化的批判，提出了同样的批评："在我看来，说五四'全盘反传统'，在三个层面上都是不恰当的：第一，这种说法把儒家这诸子百家中的一家，当作了中国传统文化的全盘。第二，五四猛烈批判的'三纲'，只是儒家学说中的一部分，不能把'三纲'当作儒家学说的全盘。第三，儒家内部，历来都有主流部分和非主流的部分，汉代的王充，明代的李卓吾，清代的黄宗羲、戴震等，就是儒家内部非主流的'异端'，正如清末邓实所说，他们是历代帝王不喜欢的

---

①　王富仁：《"新国学"与中国现代文学研究》，载《文艺研究》，2007(3)。

'真正的国粹'。五四继承了他们，不正是继承了'国粹'，何来对传统文化的'全盘否定'与'断裂'呢?"①

　　王富仁对"西化派"的批判，则是在肯定他们"扩大了中国知识分子的文化视野，为中国文化的发展开辟了新的发展道路，也大大地革新了中国的学术"的同时，指出他们在面对西方学术时缺乏主体性："但只有这种知识层面的革新，中国文化的发展变化还可能是浮面的，外在的变化大于内在的变化，形式的变化大于内容的变化，言词的变化大于人格的变化，并且一遇挫折，便生变化，'觉今是而昨非'，呈现着学术无'根'、飘浮多变的状况。"②李怡也认为："无论是简单地输入'西学'还是自卫式地捍卫'国学'，都不应该成为我们的选择。在这样的过程中，起着关键性作用的应当是中国知识分子的创造能力，也就是说，面对现代中国的新问题发言，具有发现和解决现代中国人生存与生命问题的能力，这才是现代中国学术的真正目标，是'国学'之于现代文化的'新'。在我看来，实现这一目标的前提便在于中国知识分子必须真正返回到自己的生命体验与生存感受当中，并以此(而不是其他外在的概念)作为文化创造的根据。现代中国学术忽视生命体验与生存感受的问题，既属于现代中国学术流变、现代文化发展中长期存在的痼疾，又直接折射出了十余年来中国学术思想界的深刻危机。"③我们将在后面详细分析"新国学"有关主体性的讨论。

---

　　① 严家炎：《从"五四"说到"新国学"》，载《甘肃社会科学》，2007(1)。
　　② 王富仁：《"新国学"论纲》(上)，载《社会科学战线》，2005(1)。
　　③ 李怡：《生命体验、生存感受与现代中国的文化创造——我看"新国学"的"根据"》，载《社会科学战线》，2005(6)。

"新国学"倡导者之所以批判这两个学术派别的缺陷，其目的是明确的，就是要在"新国学"这样一个更广大的学术层面上重振现当代文化在中国学术中的地位："中国现代文化和中国现代文学是一个革命时代的文化与文学，是由旧蜕新时代的文化与文学，这是它的独立性，也是它对中国文化的独立贡献，只有在'国学'这个整体中意识它的独立性，才能够既不扭曲自己，又能够意识到它在整个中国文化发展的独立意义和价值。它不等于整体，但却是整体的一个有机组成部分。"①

二、不同文化群体的矛盾

需要注意的是，在批判"西化派"和"国学派"的同时，王富仁、钱理群、李继凯等人也对现代学院文化、现代社会文化、现代革命文化之间的冲突进行反思，对如何处理不同文化群体之间的矛盾作了阐述。

王富仁的观点主要有二：一是反对政治越界。"政治权力一旦被引入正常的经济关系和文化关系，不但政治权力可以瓦解正常的经济关系和文化关系，同时经济关系和文化关系也会瓦解正常的政治关系：由'双赢'变'两伤'。我把这种将政治权力引入经济关系和文化关系中的现象称为政治主体性的越界行为。"②二是"和而不同"。"不同的学术领域、不同的思想倾向、不同的学术派别、不同的学术成果在'新国学'这个民族学术的整体中泯灭了彼此的差别、成了一个浑融的整体，但这绝不意

---

① 王富仁：《"新国学"与中国现代文学研究》，载《文艺研究》，2007(3)。
② 王富仁：《"新国学"论纲》(下)，载《社会科学战线》，2005(3)。

味着我们每一个知识分子及其学术的研究活动是没有任何独立的价值和意义的，也绝不意味着知识分子之间就没有必要进行任何形式的学术争论。在这里，存在的是人类以及一个民族学术存在与发展的基本形式和途径问题。"①

钱理群则从反省"中国知识分子自身的精神弱点"这一角度入手，强调要"建立一种健全的思想、文化、学术发展的格局和秩序"②，"它要确立的原则有二：一是任何一种思想、文化、学术派别在拥有自己的价值的同时，也存在着自己的限度，它不是唯一、完美的，因此，自我质疑、自我批判精神是内在于其自身的；二是任何思想、文化、学术派别都需要在和异己的思想、文化、学术派别的质疑、批判、竞争中求得发展，但这绝不是相互歧视、压倒、颠覆和消灭，而是可以在论争中相互沟通，实现彼此的了解、同情和理解的，不是分裂，而是互动。而要做到这一点，就必须有两个拒绝：一是只追求自己的有缺憾的价值，拒绝任何将一己一派的思想、文化、学术观念绝对化、正统化的诱惑；二是始终坚持用自身的思想、文化、学术力量获得自己的价值和发展，而拒绝任何非学术的力量对思想、文化、学术的介入。这样，才能根本保证思想、文化、学术的真正的独立性与主体性。这就是我们在总结现当代思想、文化、学术发展史时所得出的历史经验教训。"③

---

① 王富仁：《"新国学"论纲》（下），载《社会科学战线》，2005(3)。
② 钱理群：《我看"新国学"——读王富仁〈"新国学"论纲〉的片断思考》，载《文艺研究》，2007(3)。
③ 同上。

李继凯也认为："因为文化追求的不同而发生争议甚至互相攻击是难以避免的，但却是为了更好地申明和彰显自己的文化追求，同时也是对对立性的文化派别的教训或激励。政治派别'你死我活'型的冲突尚可化解，文化流派'殊途同归'型的争论更可以时时转化为'对话'，并成为文化创造的重要机制和途径。"①

这些思考说明，对于不同文化群体之间的矛盾和冲突的思考在 21世纪初期越来越得到学者们的重视，那么接下来的一个问题是，在这些文化冲突和矛盾中，现当代文化又处于一个什么样的位置呢？

三、被低估的现当代文化

通过对"国学"概念来源和涵盖内容的爬梳，我们了解到传统"国学"是有其"先验的规定性"的，钱理群在《我看"新国学"——读王富仁〈"新国学"论纲〉的片断思考》一文中具体阐释了这种"先验的规定性"，指出它不仅是在"中—西"二元对立的学术框架中与"西学"相对的概念，"而且包含着一种先验的价值评价，一种必须'战胜''取代'以至'吃掉'对方的学术冲动。而这正是'新国学'所要超越的：它要避免绝对对立，希求建立'互动的学术体系'"②。

在国学派和西化派的分裂中，现当代文化的主体性被大大地忽略了。在王富仁看来，中国现当代文化在发展过程中产生不同思想倾向、

---

① 李继凯：《"新国学"与"新文学"》，载《陕西师范大学学报》(哲学社会科学版)，2005(5)。

② 钱理群：《我看"新国学"——读王富仁〈"新国学"论纲〉的片断思考》，载《文艺研究》，2007(3)。

学术观点和价值判断是很正常的现象，这是一种文化要想获得健康发展所必可少的生态环境。但当把分歧绝对化，形成"中国文化—西方文化""旧文化—新文化""统治阶级文化—被统治阶级文化"的二元对立结构时，不仅会消弭现当代文化本身的丰富性和先锋性，而且会造成一种思想观念消灭另一种思想观念的单一局面。

所以，再回过头来看王富仁所提出的"不是一个新的学术流派和学术团体的旗帜和口号，而是有关中国学术的观念"①的"新国学"，其实是针对将现当代文化排除在外的旧有"国学"观念。王富仁从源头上回答了为什么要将现当代文化纳入"国学"体系当中。他认为，"国学"这个概念之所以在中国学术界得到广泛的认同，是有其内在原因的，即当我们面临西方各发达国家的文化和学术时，在经济"全球化"的大潮中，中国文化要不要、会不会"全盘西化"？中国文化能否坚守住独有的文化品格？"'国学'这个概念简明而又鲜明地回答了这个问题，同时也标志着中国知识分子不屈服于西方文化霸权而坚持自己独立性的内在愿望。"②问题在于，"早在20世纪初年便已形成的国学这个学术概念，还能不能完全适应当前的需要、其中也包括中国现代文学学科应不应该被排斥在'国学'这个学术概念之外？在这里，还包含着关于'国学'关于'中国文化'这样一个至关重要的根本观念，即我们现在还能不能将'国学'将'中国文化'理解为与'西学'与'西方文化'毫无瓜葛的两个绝缘体？二者的不同是整体上的不同，还是所有的构成成分都不相同？中国现代文学研

---

① 王富仁：《"新国学"论纲》（上），载《社会科学战线》，2005(1)。

② 王富仁：《"新国学"与中国现代文学研究》，载《文艺研究》，2007(3)。

究者不应当绝对地排斥这个学术概念，而应当对这个学术概念作出新的阐释、新的理解和新的把握。这就是我要提出'新国学'这个学术概念的理由。"①

本书笔者之一的李春雨长期从事汉语国际教育的研究与教学，其实"重古轻今"的现象在汉语国际教育中也是非常普遍的一个现象。在传播文化的过程中，中国更多的是向世界传播灿烂辉煌、博大精深的传统文化，以"孔子"为代表的传统文化已经成为中国文化的名片，但是就像有的学者指出的："就对外汉语教学的学生而言，他们感兴趣的恐怕不只是汉民族的传统文化，他们还希望了解这个传统继承和演变到今日的情况。他们所追求的，恐怕不只是汉文化的历史和知识，他们也在探索汉文化的现实意义。"②拿文学来讲，中国古典文学中的汉赋、唐诗、宋词、元曲以及四大名著等是为人们所熟知的经典，中国现代文学中的鲁迅、巴金、老舍、郭沫若、茅盾等文学大家也创作了一批文学的经典作品，但在人们的传统意识中，似乎只有古典的和现代的这些大家所创作的作品才是经典的，缺乏对当代文学中经典性的认识。其实，当代文学也是有经典作品的，且当代文学具有特殊的意义，与古典文学、现代文学有着完全不同的特点，它是中国社会历史发展的最新动态，是当下中国人生活的艺术体现。如果将文学传播作为讲好中国故事的一个渠道，那么讲好古典文学、现代文学那些经典故事很重要，讲好当代文学这些关于当下的故事同样重要，甚至更为重要。当代文学的艺术感染力、情

---

① 王富仁：《"新国学"与中国现代文学研究》，载《文艺研究》，2007(3)。
② 钟秋生：《汉文化与对外汉语教学》，见《中国文化与世界》，521 页，上海，上海外语教育出版社，1992。

感冲击力、文化启发力是不亚于古典与现代的。因此，我们需要克服对当代文学的认识偏差，在留学生教育中，突出当代文学教学的重要意义。汉语国际教育的目的无论是语言还是文化，无论是历史还是现实，归根结底，对外国学生的教育是为了让他们认识当今的中国，和当代中国人进行沟通交流，理解当今的中国向未来的发展。任何人对中国的理解，首先需要一个身临其境的氛围，李白、杜甫的诗再好，没有对唐代社会文化背景的了解与想象，外国学生也很难理解他们诗中的那种境界；而周围的中国人张三、李四，是他经常见到，天天接触的，现实生活中的中国。人的行为举止更能直接影响外国人对中国的看法，这是不可回避的事实。当代文化距离我们今天的生活最近，最有现场感，语言具有可模仿性，所以我们需要从当代文化讲起，从当代中国人讲起，从当代中国社会讲起，就更能让外国人直接产生文学和文化的共鸣。

第二节 "新国学"的核心内涵

近代以来，章太炎、钱穆、胡适等人都先后对"国学"下过定义。这些定义虽然存在细微区别，但大体上是把"国学"解释为中国固有的、传统的学术文化。相对"新学"来说，它指"旧学"；相对于"西学"来说，它指"中学"。其学科构成主要包括文学、哲学、历史学、考古学、文献学、语言学等；其中最主要也最重要的，则是以儒家文化为代表的意识形态层面的传统思想文化，它可以说是"国学"的核心。

　　王富仁剖析了这一概念的起源及其弱点："'国学'是在 20 世纪初年，为了将中国学术同西方学术区别开来而产生的一个学术概念。再早有晚清知识分子开始使用的'中学'和'西学'，但那时的'中学'，主要意指由宋明理学家系统化和条理化了的传统儒家的伦理道德学说，而'西学'则主要意指当时中国知识分子更加重视的西方现代科学技术成果。正是在这样一种理解的基础上，晚清知识分子将'中学'概括为"道"，而将'西学'概括为'器'，被后来人称为'复古派'的官僚知识分子坚持的是重'道'轻'器'的文化观念，并以这样的观念拒绝和排斥西方现代的科学技术成果，而被后来人称为'洋务派'的官僚知识分子则在强调'器'的作用的前提下主张学习西方的现代科学技术，用西方现代科学技术的手段达到'富国强兵'的目的。可以说，正是'中学''西学'这两个概念的划分，将中国的学术推进到了一个全新的历史发展阶段。我们看到，直至现在，代替'中学'这个概念的'中国文化'和代替'西学'这个概念的'西方文化'，仍然是中国学术的两个关键词，构成了中国现代学术的基础构架。我们学术上的几乎所有重大分歧，当发展到一定程度，就会归结到'中国文化'和'西方文化'及其关系的问题上来，并且一旦回到这个基本问题上，彼此的对话就中止了，就没有进一步讨论的余地了。我认为，我们现当代学术研究所遇到的很多问题，都与从那时就已经形成的这个基础的学术构架有关。学术研究的大忌就在于基础概念的模糊，而这两个基础概念本身就是极为模糊的。"①

---

　　① 王富仁：《"新国学"论纲》（上），载《社会科学战线》，2005(1)。

他认为"新国学"应该是："参与中国社会生存和发展的一个学术整体……是由在中国社会从事着各种不同领域的各种不同的研究工作并以各种不同的形式参与这个学术整体的中国知识分子的研究成果共同构成的。"①

一、新国学的学科构想

那么，王富仁设想的"新国学"的学科构成有哪些内容呢？

"'国学'这个学术概念在迅速扩大着自己影响的同时也遇到了其他学术领域及其专家与学者的公开的或心理的抵抗。这样的学术领域至少有下列三类：一是中国现当代诸学科。中国现当代历史、中国现当代文学史、中国现当代艺术史、中国现当代教育史、中国现当代经济史，等等，都已经是中国文化历史的一个时期，这个时期的文化也自然而然地成了中国历史与文化传统的一个有机组成部分。它们都程度不同地受到西方文化的影响，但这并不能影响它们作为中国历史与文化传统的一个有机组成成分的基本性质，这些学科的学术研究成果属于不属于'国学'？在这些学科从事学术研究的专家和学者是不是'国学家'？这不但是一个概念的问题，同时也是一个如何感受、理解和评价这些学科的学术研究的问题，是如何感受、理解和评价这些学科的知识分子的问题。二是数学、自然科学研究领域。数学、自然科学研究的薄弱，是中国古代文化的一个特点，也是一个弱点，数学、自然科学诸学科几乎都是在首先接受了西方数学、自然科学现成成果的基础上重新起步的，但所有

---

① 王富仁：《"新国学"论纲》（下），载《社会科学战线》，2005(3)。

这些学科，都是中国现代教育的有机构成成分，所有这些学科的专家和学者，在中国现代社会、中国现代文化的发展过程中都起到了举足轻重的作用。时至今日，把数学、自然科学完全视为'西学'已经是极不合理也极不实际的，而把数学、自然科学完全排除在"国学"之外则更不合理、更不实际。三是具有现代逻辑系统的诸学科。哲学、美学、文艺学、教育学、政治学、经济学、法律学、社会学、文化学、文化人类学、心理学，等等，在中国古代都有其思想的根底，其文化的资源兼容中西，但其专门的研究则是在西方同类学科已有的基本概念系统的基础上重新起步的。这些学科的研究既具有直接实践性的品格，也具有理论抽象性的品格，在中国现代学术中占有较大的比重。'国学'自然是一个国家、一个民族的学术，就不能将这些学科排斥在自己的范围之外。"①

由此可见，他设想的"新国学"的学科构成有以下四部分：一是旧"国学"；二是中国现当代诸学科；三是数学、自然科学研究领域；四是具有现代逻辑系统的诸学科。这囊括的范围比"国学"大了许多。这样庞大的学科覆盖面，使得有些论者觉得难以接受，江凌就认为："王先生的意图是好的，但一旦用'新国学'取代了'国学'概念，也就是用当代学术总汇取代'国学'的概念，'国学'的范围实际上就漫无边际了，因而'国学'这个概念也就不复存在了。"②

在此，我们关注的是以下与学科研究本身紧密相关的问题："新

---

① 王富仁：《"新国学"论纲》（下），载《社会科学战线》，2005(3)。
② 江凌：《试论国学和"新国学"》，载《山东农业大学学报》，2006(2)。

国学"是采取何种姿态打通中西的？这个学科设想在实际操作层面上是否可能？它目前实际涵盖的学科是哪些？它注重的是哪方面的研究方法？

二、传统文化与现代文化的兼容

注重中国现当代文化的研究，并以此为基点，向中国古代文化研究拓展。这表现在：参与"新国学"讨论的专家学者，以中国现当代文化研究专家居多；五辑《新国学研究》中的论文，也以中国现当代文化研究居多，像陈方竞的《断裂与承继：对五四语体变革的再认识》、李春雨的《中国近现代中长篇小说连载一览》、董晓萍的《牛津大学藏西人搜集出版的部分中国民俗书籍》、周星的《百年中国电影现实题材综述》、李贵苍的《华裔美国人文化认同的几种理论视角》等。而部分研究中国古代文化的论文，也多是由出身中国现当代文化研究的专家撰写的，如王富仁的《孔子社会学说的逻辑构成》《老子哲学的逻辑构成》《从孔子到孟子》，赵园的《刘门师弟子》《明清之际的所谓"有用之学"》、杨义的《感悟通论》等①，这使得他们的研究具有强烈的"以今化古"的特色。王富仁甚至认为："中国现当代文化是较之中国古代文化更加丰富和复杂的文化，它不但包括像鲁迅、胡适这样一些现代中国人所创造的'新文化'成果，同时也包括像孔子、老子这样一些古代人创造的'旧文化'成果。所有这一切，都在我们现当代的社会上存在着，流行着。现当代的中国人是在感

---

① 《新国学研究》中也有由古代文化学科出身专家撰写的论文，但不多，如李山的《周初诗歌创作考论》、李青的《楼兰鄯善魏晋南北朝绘画与雕塑艺术源流考论》等。

受、理解、接受所有这些文化成果的过程中形成自己的文化心理和知识结构，并在这样一个文化心理和知识结构的基础上进行着自己的文化创造的。"①这种"以今化古"的研究模式，是有其自觉性的，就是强调研究者自身的"主体性"。应该说，这种"以今化古"的研究模式，是"新国学"研究中最具争议也最具创新性的部分。

三、人文社科与自然科学的共存

在前面关于学科设想的引文中，王富仁提到了"哲学、美学、文艺学、教育学、政治学、经济学、法学、社会学、文化学、文化人类学、心理学等"②，并认为这些学科是"具有现代逻辑系统的"③。这个定义没有把作为"社会科学"的政治学、社会学、经济学等，与作为"人文科学"的哲学、文学等区分开来。这就意味着"新国学"在区分社会科学与人文科学之间的差异方面还未来得及展开更精细的探究。通观"新国学"讨论以及五辑《新国学研究》中的论文，涉及的几乎都是人文科学方面的内容，很少社会科学方面的内容。第五辑《新国学研究》中，可以归入社会科学研究的，不过是熊金才的《独立董事制度移植的文化悖论》、董晓萍的《牛津大学藏西人搜集出版的部分中国民俗书籍》等几篇。吴文藻、费孝通、吴景超、何清涟以及作为其学术背景的马林诺夫斯基、弗里德曼、凯恩斯、萨缪尔森等社会科学家的强大存在，暂时还没有进入"新

---

① 王富仁：《"新国学"论纲》（中），载《社会科学战线》，2005（2）。
② 王富仁：《"新国学"论纲》（下），载《社会科学战线》，2005（3）。
③ 同上。

国学"的视野。[①]

　　20 世纪 80 年代，唐德刚在《胡适杂忆》中批评了胡适对社会科学的忽视："胡先生谈话时总是用'人文科学'这一名词。我很少听到他提起'社会科学'，更未听到他提过'行为科学'这一名词。……但'社会科学'在人类知识史就等于是工业史上的'原子能'。"[②]所论或许偏激，但不无道理。比如，晚期鲁迅之所以接近马克思主义，就有这方面的原因。鲁迅原先接受的所谓"托尼学说"，基本属于人文科学的范畴；而马克思主义则是社会学公认的三大先驱之一（另两个是韦伯、涂尔干），它在解释人类社会的深度方面，自然不是尼采、托尔斯泰这类学说能比拟的。加强在这一方面的研究力度，应该成为"新国学"今后发展的一个努力方向。此外，所有的论文几乎没有涉及胡先骕（作为植物学家的胡先骕）、夏纬瑛、李扬汉、竺可桢、钱学森等现当代自然科学家，也没有涉及《本草纲目》《天工开物》《齐民要术》《中国科技史》等古代和现当代的自然科学典籍。虽然王富仁认为："时至今日，把数学、自然科学完全视为'西学'已经是极不合理也极不实际的，而把数学、自然科学完全排除在'国学'之外则更不合理、更不实际。"[③]这一倡议并非不可行。比如，人文与自然科学皆长是西方哲学的一个传统，著名哲学家罗素、巴什拉、福柯等都是其中佼佼者。目前，部分现当代文化学者的著作也涉及了科

---

　　① 社会学科的出现及发展，直至对人文学科形成挑战，在西方也是近代的事。从 18 世纪的经济学开始，社会学、政治学等社会科学陆续建构。双方在西方学术史上最富戏剧性的冲突，发生在 20 世纪 60 年代的法国，详情可以参看［法］弗朗索瓦·多斯：《从结构到解构——法国 20 世纪思想主潮》，季广茂译，北京，中央编译出版社，2004。

　　② 参见唐德刚：《胡适杂忆》，117～122 页，桂林，广西师范大学出版社，2015。

　　③ 王富仁：《"新国学"论纲》（下），载《社会科学战线》，2005(3)。

技史的内容。但由于我国人文知识分子历来缺乏科学传统，并且当前学院文理分科、互相隔膜的现状下，"新国学"倡导者如何将这一学科设想付诸实施，其艰巨性是可以想象的。

第三节 "新国学"的价值意义

王富仁"新国学"的提出与设想，建构了一种全新的学术视野，打破了中西对立、古今隔离的学术研究固定思维和框架，通过对民族学术的整体研究，兼顾民族性、整体性、发展性和动态性，显示了一代学者对中国学术发展历史的全局意识，同时，也启发着后来学者思索和进一步探讨"新国学"如何世界化的重要命题。王富仁对新国学的倡导，不仅停留在个人的理论倡导，他还创办了《新国学研究》的刊物，《新国学研究》自 2005 年 5 月创办至 2015 年 9 月共出版了 13 辑，其中前 6 辑由人民文学出版社出版，后 7 辑由中国书店出版。王富仁作为一个在学界已经有了卓越贡献的知名学者，在六十多岁的时候还能提出如此宏大理念的新学术体系，并为之撰文、办刊，付出了相当大的心血和精力，这种"明知不可为"而为之的毅力，体现出了王富仁作为一个知识分子对中国学术研究的整体审视和担当，就像赵园曾在《送别富仁》中感慨的那样，"在汕大办《新国学研究》，意图也更在'冲击'，推动当代中国学术开疆拓土，也以之抵抗以'国学'否定新文化运动的潮流。限制了刊物的影响的，却不能不是一代人知识学养方面的缺失。以富仁的清醒，对此未见得没有预估。也因此他的努力在我看来，有几分悲壮"①。

一、立足于当下的学术理念

研究视野的开拓和革新，深刻影响了学术研究实践的具体开展。而王富仁作为 70 年代成长起来的学者，具有自身鲜明的学术研究独特性，在王富仁身上，整体视野和全局把控，赋予了王富仁学术研究独一无二的思想高度。尤其能体现这一点的，便是他的"新国学"研究。

如果说，王富仁的现代文学研究，是在 20 世纪 80 年代重新回到现代文学发生的历史场域，以合理的方式靠近历史和文学的真相，在五四启蒙思维之下，赋予现代文学学科新的活力和学术研究增长点。那么，"新国学"研究，既可看作是现代文学研究的升华，也可以看作是现代文学研究的背景蓝图，王富仁站在更高的学术平台，眺望和追思中国学术文化体系的全貌应是如何。王富仁的"新国学"概念，超越了此前坚守的"五四"新文化、启蒙文化立场，包容进去了更多的学术内容。钱理群曾写过一篇《读文有感——我们欠缺的是什么》的短文，可以看作是对王富仁"新国学"提出的一种呼应，"我们不但要培养钱锺书这样的大学问家，也要鼓励有条件、有志气的年轻学者作'建立不同层次的思想、学术体系'的努力"②。正是本着这样的研究观念，王富仁"新国学"产生最深远的意义，就在于他高屋建瓴式的全局性和探源索史的深刻性。王富仁想

---

① 赵园：《送别富仁》，载《传记文学》，2017(6)。

② 钱理群：《读文有感——我们欠缺的是什么》，见《压在心上的坟》，196～197 页，成都，四川人民出版社，1997。

要建构的，不再是一种中西对立、古今隔离的学术形态，而是要树立一种学术理念，建立一种"活"的体系，提醒我们注意"国学"这个体系本身的动态性和循环性。这是他对于传统文学与现代文学如何共存、中国文学应该以一个什么样的新的趋势向前发展的深层思考。

　　这种全新的学术理念"新"在以沟通古今的眼光破除学术对立和割裂的形态，注重整体性。钻研容易，通学则难。王富仁提出的"国学"，是一个国家、一个民族的文化和学术的总和，在钱理群看来，"新国学"就是"中华民族学术"的同义语。它不排斥任何学派、朝代的学术，也不从时空的角度将学术隔断和区别，要把"国学"内部打通，要破除互相对立、互相诘难、注重差异性的学术研究思维，总之，要在国家民族学术的整体概念和价值追求下，联系各方面成为一个整体，在更大的统一性中，走进和理解中国学术文化发展的全貌和彼此联系，从中认知自我的文化渊源和历史脉流。"新国学"强调所有"用汉语言文字写成的学术研究成果，都应当包含在我们的学术范围之中"[1]，同时，"中华民族内部的各少数民族成员用汉语和本民族语言对本民族文化或汉语言文化进行的研究"[2]也应包含其中。从这里就可以看出，以中国古代文化为内涵的传统意义上的"国学"与"新国学"在范围和内容上显著不同，二者建构的价值追求也存在差异，可以说"新国学"是扩大化、深刻化了的传统"国学"，王富仁要提出如此巨大的学术设想，一面来自于历史文化语境的催生，另一方面离不开他深厚扎实的学术根基和文化根底。从王富仁

---

① 王富仁：《"新国学"论纲》（下），载《社会科学战线》，2005（3）。
② 同上。

的学术研究可以看出，他具有一种整体的心灵结构，影响了他看重整体，从大的研究视野和学术观念进行研究的实践。

以关注动态赋予中国学术体系脉动的活力，是王富仁提倡"新国学"的根本意义和价值。动态是一个不断建构的过程，同样，不断建构的过程才具有活力和启思。动态，意味着不断地新增，不断地考量，不断地接受时间的考验。传统"国学"的概念，往往是今人以总结和回望的态度看待此前的学术研究，尤其是中国近现代以来，面对西方文化思潮的涌入，"国学"与民族主义、国家本位主义、传统主义紧密结合在一起，甚至带有政治的色彩，国家的独立自主与国学的固守不由自主绑在了一起。在一定的历史阶段，对于维护民族文化的重要地位，发挥民族文化的凝聚作用是有一定意义的。但身处 20 世纪 80 年代的中国，传统"国学"的概念已经落后，它不包括中国近现代以来已经成熟了的学术思想和体系，它越发固守在中国传统文化、古代文化的圈子中，越走越狭隘。王富仁提出"新国学"一方面可能存在试图将中国现代文学建构的价值体系和思想标准提升到"国学"的范畴之中，另一方面也来自于传统"国学"难以长久发展迸发活力的现实之需。

以追求发展的理念给中国学术体系标记上"未完成"，这是王富仁"新国学"创新的魄力，也是它的重要价值。王富仁是以鲁迅研究为主核，在《"新国学"论纲》的宏阔视野下，将现代文学经典研究与古典中国诸子阐释统合在一起，均有涉猎和阐释。从王富仁的学术追求可以明显看出，"新国学"是带有理想主义的，这和"新国学"要完成的使命息息相关。"新国学"不是为了证明和发现哪一种学术思想、文化最有价值，不是为了优劣的对比，而是在于认识，让中国现代知识分子意识到我们文化发展走过的历程，我们精神的根基和最终寻求的精神归宿在哪里。这是一个庞大的设想，是需要一代又一代的知识分子以此为价值追求并实践的历程，是未来式的、是发展性的，需求中国文化的主体精神，在知识分子艰苦的思想历程中闪烁着理想主义的光芒。王富仁在《"新国学"论纲》中说得很清楚："'新国学'不是一种学术研究的方法论，不是一个学术研究的指导方向，也不是一个新的学术流派和学术团体的旗帜和口号，而只是有关中国学术的观念。"①"中国知识分子对于我们民族的学术应该有一个新的整体的观念，从事学术研究的中国知识分子应该建立起一种彼此一体的感觉。"②其实，王富仁希冀着从事不同领域、不同学科、不同历史阶段研究的学者们，能够建立起中国学术的整体观念，他们的背后，是以几千年以至当下文化的提炼作为支撑的。

二、民族学术主体性建构的实践

除了以上所说的，"新国学"是一种全新的学术构想和理念之外，王富仁还企图通过新国学的建构，把学术的价值与本民族社会实践紧密联系起来，建立近现代以来的学术谱系，并且将其纳入整个中国文化格局之中，形成更大的"新国学"，而它的边界是"通过'民族语言'和'国家'这两个构成性因素"③加以明确。以实践观统合所谓的"旧文化"和中国近现代以来的"新文化"，厘清彼此之间的交叉、纠缠、转化、影响、过

---

① 王富仁：《"新国学"论纲》(上)，载《社会科学战线》，2005(1)。
② 王富仁：《"新国学"论纲》(下)，载《社会科学战线》，2005(3)。
③ 同上。

渡和对抗，复盘一个充满张力，彼此又紧密联系的文化格局，在此基础上，构建民族学术的主体性。

因而，我们关注"新国学"内核的时候，不得不注意王富仁对两方面的强调：一是关注民族语言，二是强调民族本位意识。

"新国学"面临的重要的文化发展革新，是新文化运动对整个中国学术与文化体系的变革和推进。从这个意义上来说，王富仁的"新国学"更是针对 19 世纪末以来持续百年的"西学东渐"提出的，他要在一个传统被剥离、破碎，外来文化充分渗透到中国社会的局面下，开拓出一条自我文化认知与发展的道路。在表面的革新与断裂之下，王富仁先生勾勒了中国学术从传统到现代融变新生的内在勾连关系，见出学术生长自身的因革损益。他提出"我认为，迄今为止中国近现代文化真正有实质意义的发展，都是通过重新回归传统的形式具体表现出来的"[1]。因而，强调民族语言的变化、重构、甚至新生，其实质是对民族语言背后的民族性的坚守。王富仁认为"民族语言是构成一个民族学术整体中的关键因素"，"语言对一个民族具有决定性的意义"[2]。正如从文言到白话文的变革，从民族语言来看，实现的是语言方式、表达方式的变化，但实质上是民族学术语言的重构与新生，更是民族学术的融变新生。

民族主体意识则体现在王富仁提出的"中华民族学术"[3]之中，以一种国家观和民族观的意识进行学术梳理和研究，他提出构成学术事业的

---

[1] 王富仁：《"新国学"论纲》(上)，载《社会科学战线》，2005(1)。
[2] 王富仁：《"新国学"论纲》(下)，载《社会科学战线》，2005(3)。
[3] 同上。

内在动力是"对本民族社会实践关系的一种关切"①，从王富仁一系列的实践中也可以看出，王富仁体察中国现代文学、中国文化体系的方式是紧密结合中国人的生存实践、中国历史和现实的复杂状貌，始终是将文学文化的东西落实在具体的中国人日常生活方式和思维习惯之中，这使得"新国学"的研究设想有坚实和牢靠的基础，在有了精神蓝图建构后可以回馈的具体落脚点。王富仁认为学术研究是具有"民族性"的，他多次在重要场合强调民族主体性的重要性。"新国学"最终要回到"国"上面来，整体的追求和全局性的精神提升不是漫无边际的，民族性是他的出发点和落脚点。

为什么王富仁会将民族性作为明确"新国学"界限的重要标准？坚守民族性的背后是怎样的价值立场在驱动？从王富仁的一段话中可以深思："在当前，有很多对中国现当代学术的反思和批评，但我认为，归宿感的危机和由此而来的自我意识形式的混乱则是影响中国学术继续发展的关键因素。"②这段话虽然没有明确提出民族本位意识，但是可以看出王富仁一直感受到并清晰认知的问题：现当代中国知识分子的自我认知和身份认同的问题。在王富仁看来，知识分子自我意识的混乱和由此产生的身份认同危机，影响了学术体系的建构和推进。反推亦是如此，学术体系的革新和建构，其背后必须是知识分子清晰的自我认识、文化认同和身份确认问题。这是中国近现代历史一直到新中国成立后 20 多年后，都没有完全厘清和解决的问题，知识分子的价值认知没有一个明

---

① 王富仁：《"新国学"论纲》（下），载《社会科学战线》，2005(3)。
② 同上。

确的可以统摄且具有现实价值和操作性的价值标准。因而才造成了知识分子归属感缺失和中国学术的民族本位性缺失的问题。王富仁正是看到了这二者之间的作用与反作用关系，才更加明晰"新国学"必须以中国社会实践为基础，坚守民族本位意识，最终也只有这样，才能实现"新国学"学术体系建构后，得以反哺中国人的精神世界。

三、国学如何走向当今世界？

《"新国学"论纲》系列长文发表后，国内学界对于该话题也展开了积极的讨论，这里面既有支持的声音，质疑声也未曾间断。例如，有学者认为按照王富仁所说的"新国学"既包括原有的"国学"，又纳入中国现当代诸学科，涉及自然科学等其他学科研究领域，那么"新国学"的边界无限延展的同时，难以把握和甄别，在这些争议声中，有学者提出一个最明显的问题在于，"新国学"更多集中于整理中国"内部"的学术结构问题，还未转过身来对中国学术与世界学术之问题进行深入的思考。虽然新国学的构想是包含两个方面的：一是本民族的主体性，二是世界层面的普适性。这二者之间的融合和冲突往往不是均等的，甚至不是可以清晰地厘清划分的，而当前"新国学"不仅尚未建构起完整的本民族学术文化体系，又需要及时适应全球化的文化发展，无论是传统的"国学"还是处在未完成状态的"新国学"都需要有一个切实的走向世界的目标。

首先，在争议中思考"新国学"走向世界的课题，必须面临处理好本民族内部传统与当下的关系。在王富仁看来，传统是活在当下的，传统进入现代学者的视域并因其诠释而葆有活力并成为现代学术的有机部分，这是一个持续动态的过程，"作为中华民族学术整体的'国学'，在纵向的流程中，永远以积淀与生成两种形式存在并发展着。'生成—积淀'、'积淀—生成'，构成了一个民族文化同时也是民族学术的不间断的历史过程。"①也就是说，一方面，在走向世界的过程中，传统的因素已经潜在地渗透在了现代学术体系之中，有了新的表现方式，传统的学术文化思维和视角已经实现了革新甚至是升级，实现了现代的转化和运用。另一方面，传统活在当下，当下还在不断动态地发展，意味着过去和现在进行的课题要用一种世界共通的形式传达和表现出来，也就是说，选取恰如其分的表达方式成为"新国学"走向世界必须思考的课题。

其次，新国学的学术生成如何既是个人的又是民族的，同时又是人类整体的？既有赖于本国学者对自身学术文化体系的明确把握，同时又依赖于世界各国学者对世界学术文化的基本价值追求和根本意义有清楚的把握，也就是说要建立一套世界普遍认同的价值标准体系，这是很难的。

最后，国学走向世界，就是一个思考自我身份、明确世界共同价值追求的过程，所谓的"异同"都要统合在走向世界的过程之中。前面提及"新国学"坚守民族文化本位意识，而以往所说的国学更是一种古代的传统文化思想体系，那么要从这二者之中明晰与世界学术文化体系异曲同工之处，同时还要清楚把握自身文化学术的独特性，这是易说难做的。这对相关研究者提出了更高的要求，除了要有统摄中国古今学术脉流的能力，还要有世界文化背景，甚至还要有强烈的前瞻力。同时，也对一些学科当前面临的学术瓶颈、学术领域较难拓深和延展的问题，提出了

---

① 王富仁：《"新国学"论纲》（下），载《社会科学战线》，2005(3)。

解决的要求。这也是王富仁提出"新国学"后，一段时间难以落地，只能成为一种学术理想的现实原因。我们经常听到的"越是民族的越是世界的"，这不仅仅是一句口号而已，因为民族与世界不是截然区分的，二者之间的融合和冲突伴随彼此发展的始终，要实现王富仁"新国学"的建构，并将国学以恰当的形式和姿态推向世界，并获得世界学术文化体系的滋养，背后要付出的是一代又一代人的价值建构和一代又一代人对民族自身文化建设的努力。

第六章 ┃ 王富仁学术研究的特点

王富仁的学术研究有着极强的个性风格和个人色彩。即使在一些多人合著的论文集中，不用看署名，我们也很容易辨认出哪些出自王富仁之手。为何如此？究竟是什么赋予了王富仁的学术研究这种独一无二的特点？

第一节　以思想的方式进入文学

大多数人在阅读王富仁著述的时候往往都会有这样一个感觉：无论是长篇的系列文章还是短篇的随笔，读起来都并不轻松。其中一个重要的原因就来自于王富仁在字里行间倾注的那种沉重的、痛苦的，甚至有些压得人透不过气的思考。思想是王富仁研究的起点，也是归宿，思想不仅是王富仁研究的结论，更是过程。王富仁最有价值的地方不是告诉我们一个东西"是什么"，而是讨论这个东西"为什么"如此的思考过程。始终以思想的方式进入文学、观照文学，是王富仁学术研究最显著的一个特征。

一、对现实问题的执着关注

当我们说王富仁是一位典型的思想型学者时，其内涵是多个面相的。王富仁的思想性，不仅仅凝聚在其最具影响力和代表性的鲁迅研究上，也不仅仅体现在他对于"新国学"这一理念的周密思考和深入阐释上，更反映在他对于中国现实问题的深切关注中，以及他对于中国当代文化问题的透辟解读中。王富仁一次次走出既往的学术研究领地，突破中国现当代文学的学术边界，将思想之流注入更广袤的文化圈层，践行了一位当代知识分子的历史责任感和文化使命感。

王富仁的《中国反封建思想革命的一面镜子——〈呐喊〉〈彷徨〉综论》问世后在学界引起了巨大反响，也引发了不少的争议。面对一些非议和误解，王富仁为自己的学术研究成果进行了辩护，1986 年发表于《鲁迅研究动态》第 6、7 期的《关于马克思主义方法论的几个问题》，是对曲解声音的理性回应和对自我学术研究思路的清晰阐释。正如王培元所言："这个事件把王富仁卷进了中国社会思想文化斗争的旋涡之中，从根本上改变了他在学术文化界的境遇和环境条件，也使他由此开始了对现当代中国思想文化问题的观察、思考和研究。"①

---

① 王培元：《有灵魂的学术——王富仁学术研究谈片》，载《上海文化》（文化研究），2018(3)。

以思想的方式进入文学，以文学的世界反观现实，从一开始就是王富仁学术研究的重要特点。纵观王富仁的学术轨迹，他在不同阶段关注的问题是不一样的，但不变的是他始终将目光投向当下的生活，投向对当代国人精神文化的关注，这也是王富仁学术研究能够不断焕发生机的主要原因。

20 世纪 80 年代常常被称为"第二个五四"，中外文化的碰撞、启蒙思想的复苏、"人的价值"的重申一时成为 80 年代的重要关键词。在这种思潮背景下，怎么认识我们的传统文化、怎么对待外来文化、怎么调整自己的文化心态，成了当时很多知识分子关注的事情。王富仁连续撰写了"鲁迅与中外文化论纲"三篇系列文章：《对古老文化传统的价值重估》《对西方文化的主动拿来》《从"兴业"到"立人"》，这三篇文章加上收入《灵魂的挣扎》一书的《两个平衡、三类心态，构成了中国近现代文化不断运演的动态过程》一文，都是对上述问题的回应。进入世界文化体系之后，近现代中国文化与世界文化的关系是什么？在这个关系中如何看待传统文化？如何借鉴西方文化？怎么应对慕外崇新的心态？王富仁在中国近现代历史文化展开的脉络中倾注了对这些问题的思考。

20 世纪 90 年代，中国社会经济体制的改革对思想文化界所产生的巨大冲击，使王富仁开始关注当前中国社会文化的危机。在《文化危机与精神生产过剩》（《文学世界》，1993 年第 6 期）一文中，王富仁从整个社会文化发展的角度冷静审视了当代文化面临的危机，认为如同经济发展一样，文化也有其复苏、发展、繁荣、萧条等不同的演进阶段，不同阶段也有不同类型的知识分子发挥作用，而知识分子真正能做到的，并不是维持文化的持续繁荣，任何时代，任何一种文化都不可能长盛不衰，怀揣追求永恒的文化繁荣这一想法，无异于寻觅一个精神上的"乌托邦"，那么，中国知识分子的思想文化追求应该如何构建？王富仁认为，中国知识分子的思想文化追求应该建立在自己全部人生体验中最强烈、最难舍弃的社会愿景和精神诉求上，即使条件再艰困、环境再恶劣，也要咬紧牙关挺住并坚持下去，努力采用一切人类历史文化成果来充实、丰富和发展它。①

王富仁也的确是用这样的标准来自我要求的，无论面对何种社会环境和文化局面，他始终保有一种可贵的清醒，在复杂的文化幻象中抽丝剥茧，并提供一种深厚、富有创见的思考。步入 21 世纪，中国的思想文化界曾有人提出"21 世纪是中国文化的世纪"这样一种说法，王富仁认为这样的说法具有"文化沙文主义"的性质，即过分宣扬中国文化的优长。他认为，21 世纪并非中国文化的世纪，任何一个世纪所产生的优秀的文化成果和精神遗产是全人类智慧的结晶，是各个国家、不同民族共同创建的，因此并不存在谁是世界老大的问题。对于 21 世纪世界范围内多元丰富的文化样态，王富仁开始思考中国文化与世界文化的关系，这一思考集中体现在《影响 21 世纪中国文化的几个现实因素》一文中（《战略与管理》，1997 年第 2 期）。王富仁在文中从世界文化格局的嬗变中展望了中国文化的未来，并提出了自己的预想，他所关注的研究生制度、中国社会的社会化、宗教意识、影视文化的发展以及独子文化、多余人文化这五个影响 21 世纪中国文化的几个现实因素鲜明地体现着

---

① 参见王富仁：《文化危机与精神生产过剩》（上、下），载《文学世界》，1993(6)、1994(1)。

他对于现实问题的独特思考。虽然离这些论述过去了并不太长的时间，但此时局势天翻地覆的变化，证明了王富仁这些理念的深刻性与预见性。

在中国的教育问题上，王富仁也有很多颇有洞见的理念，比如王富仁对于研究生制度与中国 21 世纪文化之间关系的分析是非常深刻的，王富仁认为中国的 20 世纪文化是留学生文化，而这批接受西方文化观念的留学生，尤其是文学、社会科学学科的留学生一个最显著的弱点就是，他们并不是在感受中国文化的氛围中去学习、思考并运用知识的，因此他们对于中国社会文化的发展所作出的贡献其实很小，他们习得的实际上仍然是一种书斋文化。而曾经对中国社会发挥巨大作用的大学生文化，虽然有青年学子与生俱来的热血与激情为社会注入了源源不断的活力，但由于大学生的直接感受强于深度思考，在固有的"学习"意识的支配下，其思维方式更倾向于二元对立，并没有达到深层次的进阶。而研究生恰好是从"学习"到"研究"的过渡，这不仅是学习方式、学习面向、学习深度的变化，更是一种学习思维的扭转和升华。到了研究生阶段，获得了什么学问不是最重要的，更重要的是能否在学问中获得一种思想，一种发现问题并能提供解决途径的思想，也就是说"'学习'是重要的，但对于一个研究生，它不是目的。如果'学问'产生不了'思想'，'学问'对他是无用的。他的'思想'不是有他学习所得的'学问'自身所有的，而是他自己的思维活动的结果。"①可以说，王富仁的这段话恰好回应了当下社会备受关注的研究生培养问题，同样也启发了一众学者。为何我们的社会需

① 王富仁：《影响 21 世纪中国文化的几个现实因素》，载《战略与管理》，1997(2)。

要学者？学者不仅仅是教书育人，讲授知识，他更可以走下讲台、走出教室、走出校园，让自己的思想能走进大众的认知，走向社会现实，只有思想才能引领学者去往更广阔的天地，从而发挥其真正的价值。

二、由文学引发的哲学思考

北京师范大学韩震教授曾跟笔者说，王富仁在读博期间常常去哲学系的同学那里借书、看书，韩震是学西方马克思主义哲学的，王富仁从他那里也借过很多书。作为一个思想型的学者，王富仁也常常对文学问题进行哲学层面的形而上研究，从他对先秦思想的系统分析，到鲁迅研究领域的存在主义视角，王富仁选择从本质主义的角度去审视其潜在的发展变化。在对哲学问题的探讨中，王富仁作为一名思想型学者的特质也更为突出。

王富仁对于哲学问题的关注集中表现在对先秦文化思想的探索上，从孔子社会学说的逻辑构成，到孟子国家学说的逻辑构成，再到庄子的自由观到生命观再到平等观，王富仁对先秦思想文化系统进行了系统的讨论。在他的《孔子社会学说的逻辑构成》(《文史哲》，2006 年第 2 期)中，王富仁对孔子思想中的"学""仁""道""孝""悌"等核心理念进行了系统的分析，并对这些理念之间的相互的逻辑关系也给予了精辟的阐释。比如说，他认为过去我们常常把"仁"看作孔子思想的核心，其实是把"仁"和"道"的理念混淆了，王富仁认为"'仁'只是一种内在的心理和精神的因素，只是一种关心，还不具有直接的现实性。'道'才是具有直接现实性的社会主张，是孔子的现实追求目标"①。而从"仁"到"道"的转化，是通过孔子的"问题意识"达成的。这里所谓的问题意识，指的是孔子敏锐地捕捉到了当时中国社会存在着"天下无道"的问题。周王朝分封制的实行，让诸侯国的权力得到空前加强，到了孔子的时代，不仅诸侯国之间的争权夺霸的纷争越来越激烈，诸侯国内部大夫、陪臣之间也相互夺利，孔子认为这背后的根本原因就在于对权力欲望无限制的膨胀，因此，他所提出的"道"是对社会输入一种消解权力意识和欲望的理念。王富仁认为这是孔子站在一个知识分子立场而非统治者立场的一种思想愿望。不弄清这一点，就将孔子的思想合并到封建政治制度之中来考虑，是不准确的。因此王富仁提出，孔子的思想在本质上不是政治学说，而是社会学说。另外，"孔孟"常常作为一个整体被我们当作是儒家文化传统的核心支点，但王富仁认为，孔子和孟子其实只是拥有极其相近的表面形式，二者包含的思想实质其实是完全不同的："假若说孔子在其整体上就是一个'人之师'，孟子在其整体上就是一个'君之师'（国师），假若说孔子的思想学说在整体上讲的是'人之道'，那么孟子在其整体上讲的就是'君之道''王之道'（王道）；假若说孔子通过对'人'，对'人'的社会性感受、认识和思考，建构起来的一种社会学说，孟子通过对'君''王'的批评和建议建构起来的就是他自己的一种国家观念和政治理想。作为思学说，它们甚至并不真正属于同样一个思想范畴。"②对于道家学说，王富仁也是认为老子之"道"与庄子之"道"有着根本的差别。

———————

　　①　王富仁：《孔子社会学说的逻辑构成》（上），载《文史哲》，2006(2)。
　　②　王富仁：《孟子国家学说的逻辑构成：从孔子到孟子》（一），载《西南民族大学学报》（人文社会科学版），2006(5)。

老子之"道"，是一种浑然的整体，是一种"无意识的意识初醒阶段在人类眼前呈现出来的一个朦胧的具象的整体，它不是纯粹的客观存在，也不是纯粹的主观想象，而是一种没有确定性的具象性的存在形式。"①而庄子之"道"则是一个在想象中万物并呈的现象整体，一个由宇宙万物构成的、具体的自然世界。在这样的世界里，万物是以个体性的存在出现的，因此"自由"也就成了庄子哲学思想的一个重要问题。王富仁在这里以《逍遥游》为例，通过对鲲鹏、蜩、学鸠、蟪蛄等个体存在方式的描写，为我们还原了庄子思想中最本质所在，即"将人的精神自由从人的外部物质活动中独立出来，区分了人的内在的精神自由和外在的行为自由，并从精神自由的角度提出了人的四种不同的精神境界。"②

王富仁始终自觉关注并运用相应的哲学思想去探讨一些文学研究现象，其中以《存在主义与中国的鲁迅研究——彭小燕〈存在主义视野下的鲁迅〉序》（《鲁迅研究月刊》，2008 年第 2 期）为代表，王富仁认为："新时期初期的鲁迅研究迈入了存在主义的门槛，但他们使用的语言却仍然是马克思列宁主义的社会、历史的语言而不是精神现象学的语言。正式将西方存在主义的话语运用到鲁迅研究中来的，众所周知，是汪晖。我认为，汪晖鲁迅研究的价值并不在于他对'镜子'模式的消解，而在于他从鲁迅作品文本的研究转入了对鲁迅精神主体的研究。"③与此同时，他也敏锐地指出："严格说来，在西方存在主义哲学中，'反抗绝望'和'历

---

① 　王富仁：《老子哲学的逻辑构成》，载《新国学研究》，第 2 辑。

② 　王富仁：《论庄子的自由观——庄子〈逍遥游〉的哲学阐释》，载《河北学刊》，2009(6)。

③ 　王富仁：《存在主义与中国的鲁迅研究——彭小燕〈存在主义视野下的鲁迅〉序》，载《鲁迅研究月刊》，2008(2)。

史的中间物'这两个'相对性'的命题却是具有'绝对性'的意义的。也就是说，作为'反抗绝望''历史的中间物'这两个命题的本身，都是相对的、过渡的，不具有绝对的永恒的价值和意义。"①在肯定汪晖所作出的学术突破的同时，王富仁也意识到这种突破存在的前提是因为它尚未陷入现实文化斗争的旋涡。

表面来看，王富仁对哲学思想等的研究似乎游离于文学学科。但他所关注的孔子的社会学说、孟子的国家学说、庄子的自由观生命观平等观等一系列问题与他在文学领域所关注的人类的精神世界息息相关。在这条从文学通向哲学思想的道路，显示出王富仁关于人类历史、精神与文化、社会与制度的思考。这种思考，既是哲学的，也是文学的。

三、对理论问题的深入探寻

阅读王富仁的论文和著作，其强大的论述容量和论述逻辑常给人以深深的震撼。这其中既有他严密周详的思维方式发挥作用，但更为重要的还是王富仁对于学术理论的独到把握。他所关注的理论，无论是存在主义还是女权主义，无论是本质主义还是发生学，都不是理论概念、理论术语的堆砌，而是将理论与具体可感的文学、文化现象相结合，让人们从根本上、从实际生活和个人体悟中去理解理论、运用理论。

王富仁在《存在主义与中国的鲁迅研究——彭小燕〈存在主义视野下的鲁迅〉序》（《鲁迅研究月刊》，2008 年第 2 期）中曾提到他接触存在主义

---

① 王富仁：《存在主义与中国的鲁迅研究——彭小燕〈存在主义视野下的鲁迅〉序》，载《鲁迅研究月刊》，2008(2)。

的过程："对于西方的'存在主义'，我知之甚少。在高中的时候，一个偶然的机会使我读到了梵澄翻译的尼采的《查拉图斯特拉如是说》其中的一些话，给我留下了很深刻的印象，从文章的角度，也觉得尼采的语言很有力量，不是中国多数知识分子那种软绵绵的风格，但对尼采的思想以及该书在西方思想史、美学史上的地位和作用，就很难说有什么了解了。直到在西北大学攻读硕士研究生的时候，才为了了解鲁迅与尼采的思想联系，读了当时几乎所有尼采作品的中文译本。但那时更是把尼采作为'个性主义者'而读的，并不知道还有一个'存在主义'的哲学概念。'存在主义'在中国学界大兴之后。我读过一本《存在主义》，一本萨特的《存在主义是一种人道主义》与存在主义有关的现象学的书，读过胡塞尔的《现象学的观念》和《欧洲科学危机和超验现象学》。说实话，在那时，对'存在主义'和胡塞尔的现象学都没有弄得很明白。直到写这篇序言之前，才看完海德格尔的《存在与时间》《存在主义》和萨特的《词语》。萨特的《存在与虚无》在以前看过个别章节，克尔恺廓尔的书根本就没有读过，所以，仅从我自己的阅读，对西方存在主义只有些极其零碎的认识，更感觉不到存在主义对中外当代知识分子的作用和意义。使我对西方存在主义有一个概括的整体的了解的则是彭小燕的这部论著第一章对西方存在主义的概述部分。"①对于一个陌生的理论，王富仁一方面投入巨大精力去阅读相关的理论著作，另一方面，他也会将中国现当代文学的重要课题重新纳入相应的理论框架中，从而不断挖掘新的研究视角。

---

① 王富仁：《存在主义与中国的鲁迅研究——彭小燕〈存在主义视野下的鲁迅〉序》，载《鲁迅研究月刊》，2008(2)。

　　总体来看，王富仁对于理论的把握有这样几个特点：

　　一是具有丰富的理论储备。有学者注意到："在 80 年代中期以后整整 20 年的时间里，王富仁在学术领域的各个层'面'，都有所拓展，从鲁迅到郁达夫，从小说诗歌到电视电影，从中国到外国，从现代到古典，从文学到文化，他所有的研究成果，在无意中都展示了他这方面的丰富的理论水平和广泛的知识储存。"[①]王富仁能够在鲁迅研究上取得突破性的成果，不仅建立在他对鲁迅研究成果的熟悉上，而且建立在他对中国思想史的熟悉之上。王富仁对中国历史、中国社会的全面的文化思考是非常深刻的，他通过对中国文化的历时性爬梳，对儒、墨、道、法、佛乃至各种学说、思潮作出详尽的剖析和解释，建构起了中国传统文化的思想谱系，并且在这个谱系里面找到了鲁迅的位置。可以说，文学与文化的双重视野构成了王富仁学术研究的独特风格。值得注意的是，王富仁学术研究所涉及的方方面面，早已超越了其作为知识储备的意义，而是作为一种对于文化的热切关怀。即便是对于具有流行和大众文化色彩的影视文化，王富仁也能从中挖掘出一定的理论深度，这绝非一种故作高深的姿态，而是一种一旦决定关注一个问题，就一定要挖透、挖深的认真和执着，是一种熔铸于血液之中的钻研精神。

　　二是以比较思维去关照理论问题。《鲁迅前期小说与俄罗斯文学》作为王富仁鲁迅研究的第一部专著，被视为新时期出版的第一部比较文学研究著作。这显示了王富仁理论思维的独特性。所谓比较研究，即"通

---

　　① 周晓平：《学术界的一面旗帜——王富仁先生学术思想再评述》，载《汕头大学学报》(人文社会科学版)，2018(6)。

过纵向的或横向的、外部的或内部的、有形的或无形的联系，把两个或者两个以上的作家、作品或文学现象，在暂时排除了他们之间客观存在的时空距离之后，重新组织在一个统一的思想框架中"①。纵观王富仁的研究，我们发现，他常能围绕一个问题同时发散出多个问题，这实际上就是一种比较研究思维在发挥作用。王富仁的研究并不只是停留在对研究对象表层的异同比较，他是透过表象去挖掘并构建事物之间的内在关联，这种开阔的思维视野里蕴含的是他对于理论超强的、系统的理解力和分析力。

三是理论与现实的紧密结合，将理论熔铸于对当下文化现实的关心。樊骏曾这样评价过王富仁："王富仁有良好的艺术鉴赏能力，但更多地从社会历史的角度考察问题，他总是对研究对象作高屋建瓴的鸟瞰与整体的把握，并对问题作理论上的思辨。在他那里，阐释论证多于实证，一般学术论著中常有的大段引用与详细注释，在他那里却不多见，而且正在日益减少。他不是以材料，甚至也不是以结论，而是以自己的阐释论证来说服别人，他的分析富有概括力与穿透力，讲究递进感与逻辑性，由此形成颇有气势的理论力量。他的立论，也自说自话是从总体上或者基本方向上，而不是在具体细微处，给人以启示，使人不得不对他提出的命题与论证过程、方式，作认真的思考，不管最终赞同与否。他是这门学科最具有理论家品格的一位。"②一个研究者真正的理论品格要经历现实的磨砺才会有思想的力度，比如王富仁的《影响 21 世纪中国

---

① 王富仁：《弗·伊·谢曼诺夫和他的鲁迅研究》，见〔苏联〕弗·伊·谢曼诺夫：《鲁迅纵横观》，王富仁、吴三元译，8 页，杭州，浙江文艺出版社，1988。

② 樊骏：《我们的学科：已经不再年轻，正在走向成熟》，载《中国现代文学研究丛刊》，1995(2)。

文化的几个现实因素》(《战略与管理》，1997 年第 2 期)一文，其中并未明显涉及具体的理论概念，但王富仁对进入 21 世纪之后中国文化发展的分析充满着理论的高度，他首先站在世界文化格局的高度对中国文化当下的任务进行了思考，认为进入 21 世纪后，"中国文化面对的不再是要不要与世界文化接轨的问题，而是如何在这个格局中找到适宜于自己的运行轨道以随着这个整体格局的变化而不断对自我进行主动调试的问题"①，回到中国自己的问题上，王富仁提出 21 世纪中国文化的发展和变化中有一个重要的因素在发挥着作用，那就是研究生制度的确立，研究生群体的出现对中国社会的稳定性有着重要的作用，这实际上是王富仁作为一个学院内的学者对于中国社会一个特殊角度的观察。此外，王富仁还关注了宗教文化、影视文化、独生子文化等在中国社会中的特殊意义，也就是说，王富仁学术研究的理论性质，早已突破表层的理论术语的运用，而成为一种分析问题的方式，实际上，他的整个思维模式，他的全部思想，他审视问题的角度和深度，都可以说是极具理论品格的。

第二节　先锋的理念和固守的立场

在王富仁的学术研究中，"先锋"和"固守"是两个重要的关键词。一方面他始终在为中国文化在当下和未来的发展寻找路径，引领了一个又一个"先锋"性的方向。比如说，在 20 世纪 80 年代王富仁开创了一个全

_____

① 王富仁：《影响 21 世纪中国文化的几个现实因素》，载《战略与管理》，1997(2)。

新的鲁迅研究系统，即把鲁迅《呐喊》《彷徨》的反封建意义从"政治革命的镜子"转到"思想革命的镜子"，完成了鲁迅研究史上一次具有深刻意义的"超越"。进入 21 世纪，王富仁再一次聚焦新文学研究框架，以"新国学"的概念拓宽传统"国学"的研究范围和视野，将"新文学"的研究框架融入"新国学"的研究框架，重构有关中国学术的观念。这是他在反思、总结中国学术发展历史的经验和教训之后完成的再一次"超越"。

另一方面，王富仁又始终有着自己坚守的立场。比如说在 90 年代，在诸多学者以一种开放、包容的姿态强调将旧体诗词、通俗文学纳入现代文学研究框架的时候，王富仁却"固守"着现代文学研究的传统框架，不同意将旧体诗词、通俗文学写入现代文学史。先锋与固守，两种看似完全矛盾的理念，却并驾齐驱、融会贯通地存在于王富仁的学术研究中，构成他鲜明的个人特色和风格。

一、思想的"锋利"

我们说王富仁"先锋"，并不是一般意义上的出奇，更不是为了先锋而先锋的哗众取宠，最根本的是来源于他思想的锋利，就像一把刀子对鲁迅的思想、对中国文化进行解剖。思想的"锋利"是王富仁文学研究先锋性特点的根源。

涉及中国文化，王富仁也不遗余力地对之进行解剖。王富仁认为，文化"实际上是人类在自己存在和发展的过程中所创造并作为一种信息反转来作用于人类自身的存在和发展的物质和精神成果的总和。"[1]"具

---

[1] 王富仁：《灵魂的挣扎》，37 页，长春，时代文艺出版社，1993。

体到我们文学研究者而言，则主要是以精神的、情感的、思想的形式参与当代的社会和广义的文化活动的。"①在这里，一方面，人的自身精神发展被高度重视；另一方面，文化的重要反作用力也不容忽视。王富仁对近百年来的历史文明进行了分期，以三十年为一个周期，梳理1860年以来致力于解决中国问题的标志性历史事件，从历史的角度解读文化。他还从中国传统文化的封闭性、中国近代文化的逆向性和中国当代文化的内耗性三个方面解读中国文化危机。

针对中国传统文化的封闭性，王富仁认为，"中国古代文化在从春秋战国到鸦片战争这个漫长的历史过程中，其自我封闭的性能是逐渐加强的。"②自给自足的小农经济，男耕女织的家庭结构，以及中央集权的政治结构使得这种封闭性不断增强，人与人之间的关系成为最重要的社会支柱。与西方推崇个人主体性不同，中国传统社会的人的关系具有高度伦理化的特点。"中国古代文化传统中的制度文化就是这样的一个二重人格的东西：在形式上，它是凌驾于一切之上的上层结构，它左右着一切，决定着一切的生存和发展，但在内容上，它却完全被伦理学所异化，成了一种精神文化的奴仆。……中国古代文化传统把自己的一切，乃至上层建筑都合并在了伦理学之中。"③同时，为了巩固封建统治，统治者致力于用一种思想完成教化群众的功能，"儒家文化在中国传统文化历史上的持续贯彻和越来越强固的统治地位，不能不导致中国传统文

---

① 王富仁：《当代体验与中国现代文学研究》，载《黄河》，2003(5)。

② 王富仁：《中国传统文化对物质—自然系统的封闭性》，载《北京社会科学》，1989(2)。

③ 王富仁：《灵魂的挣扎》，149页。

化越来越走向对外来文化的封闭之途。"①这种传统文化的影响一直延续至今。

针对中国近代文化的逆向性，王富仁认为，中国近代在学习西方的过程中，不同于西方的文艺复兴到资产阶级革命，再到资本主义社会这样一个顺向发展的过程，而是存在逆向性发展的演变。首先是洋务运动，到维新运动，再到辛亥革命和五四新文化运动，"中国近现代文化都循着物质→上层建筑→意识形态这样一个总路线进行运演。但是，这种运演路线却是对我们极为不利的。……它使中国近现代文化组成了各种畸形的文化组合体。"②中国近代社会对物质的重视忽视了人的主体性："没有'人'，没有'人'的精神上的解放，没有富有创造力的'人'，便没有'人'所创造的'物'，没有真正发达的物质生产力。"③这一问题也是我们需要反思的。谈及现当代文化时，王富仁认为，"至今的中国现当代文化，仍然是由中国古代文化和外国文化简单拼凑在一起的。""二者并没有实现有机地融合，而是像一个拼盘一样凑合在了一起。"④对当代文化的忧思，与王富仁之前的思考一脉相承。

二、立场的"坚守"

王富仁的先锋，不是一味地求新、求变，相反，而是体现在他在文学立场和信仰上始终如一、毫不动摇的坚持。比如说他对现代文学研究

---

① 王富仁：《中国传统文化对其他文化系统的封闭性》，载《学术月刊》，1989(7)。
② 王富仁：《灵魂的挣扎》，62页。
③ 同上书，74页。
④ 王富仁：《说说我自己：王富仁学术随笔自选集》，60页。

框架的理解，对于五四价值的理解等，这种毫不动摇的坚守让他的研究始终保持着一种锐利。

王富仁指出，很多研究者追求"新"，但他们只是学习一些"新观点""新结论"，并不学习这些观点、结论背后的独立思考和感受。这样的"新"是有时间性的，没过一段时间，"新"的自然就变成"旧"的，转而又要去寻找新的"新"。王富仁深知，一味地革新并不能促进学科的长足发展，所以他选择了固守，为学科之"固"而"守"，守的是现代文学的独立个性和深刻内涵，守的是学科在当下的立足与发展。

固守五四，守住学科的独立个性。80 年代中期，"20 世纪中国文学"概念的提出，对文学史观念产生了重要影响。它打通了中国近代、现代、当代的文学史，还原了文学的本来面目，是一个富有创见的重大命题。但王富仁却对此提出了自己的看法："'20 世纪中国文学'把新文化和新文学起点前移就大大降低了五四文化革命和五四文学革命的独立意义和独立价值，因而也模糊了新文化和旧文化、新文学与旧文学的本质差别。"①王富仁认为："中国现代文学并不是所有中国文化思想的儿子，而只是五四新文化的儿子。"五四是中国文学嬗变的临界点，在这个临界点上，中国文学发生了根本性的历史变化，语言的变革、思想的革新，带来的是与整个古代完全不同的风气，开始出现了现代的性质。"20 世纪中国文学"的概念的确在一定程度上使文学摆脱了政治话语的束缚，加强了文学研究的整体性和独立性，但它在消解五四政治意义的

① 王富仁：《当前中国现代文学研究中的若干问题》，载《中国现代文学研究丛刊》，1996(2)。

同时，也消解了五四重大的社会历史意义和它的实践意义，从这一角度来看，是不利于现代文学学科的主体个性建构的。所以，王富仁对五四的固守源于他对学科主体性的固守。五四赋予现代文学以独立的个性和品格，从而使整个学科得以保持无可替代的主体地位。

现代文学的学科个性具体表现为每个研究者的主体性。王富仁认为："文学作品的价值不是靠理性判断出来的，而是靠心灵欣赏出来的，理性上、理论上的变化是很快的，而欣赏趣味的变化是很慢的，是在一生一世的慢火焙烤中养成的。"[①]有的学者认为，这似乎过于强调研究者个人情感体验的重要性了，研究者的主体性要受到研究客体、价值标准及理论方法等的限制，应该在文学研究中实现个体性和群体性、理性判断和情感体验的统一。其实王富仁的学术研究因其逻辑缜密、思想深刻，向来是极富理性的。他用这种比较有倾向性的表达，实际上是有所强调的。在现代文学的发展过程中，现实主义、浪漫主义、现代主义等思潮流派在飞速地变化，我们时常受到某种流行思想的影响改变对作品的评价。王富仁强调，研究者不要急于给作品扣上一顶某某主义的帽子，也不要因为一种主义的流行强行解读一部作品，而要以情感体验和主观感受对作品进行初步的判断和选择，在理论的纷繁变换中始终保持自己的主体性，对作家如是，对研究者如是，对整个学科亦如是。

固守"现代"，守住学科的深刻内涵。如果仅把"现代文学"的"现代"

---

① 王富仁：《当前中国现代文学研究中的若干问题》，载《中国现代文学研究丛刊》，1996(2)。

看作一个时间概念，那旧体诗词、通俗文学当然是发生于这一时间范围内的，也理应写入现代文学史。但是王富仁对"现代"有着更为深刻的解读：首先，现代是与传统相对立的一个概念，它"是在社会历史时间的维度上建立起来的，是与古典性、经典性、传统性等代表的在中国古代社会已经产生并被社会普遍认可的事物的性质相对举的"①。古代诗词是中华文化的一笔宝贵财富，它的宝贵之处恰恰在于已经成为历史，成为中华民族的文化传统。现代新诗则是以反叛的姿态登上历史舞台的，它在形式和内容上都与古代诗歌有着明显的区分。当然，传统与现代的"对举"不是互相排斥的对立，王富仁曾说，传统就是当你身处其中的时候，你感觉不到它的力量，而一旦你离开，就能够真切地感受到它的存在。王富仁不否认传统与现代的传承关系，也不否定旧体诗词与新诗之间的历史联系，甚至认为这种历史与传承是摆脱不掉的。但这不代表传统与现代之间的界限是模糊的，更不代表现代作家继续写旧体诗词，我们就要将旧体诗词纳入现代文学史，这与学科之名相关。

　　其次，"现代文学"的"现代性"有两个主要的性质和特征："其一是批判性或曰革命性，其二是创造性或曰先进性"②。现代新文学在对旧文学的批判和革命中实现着自身的创造和先进，白话文运动已经明确地区分开新文学和旧文学，那么现代文学史就应该是有关新文学的历史，就应该是有关白话文学的历史。"现代文学"之"现代"，不仅是社会历史

---

① 王富仁：《"现代性"辨正》，载《北京师范大学学报》（社会科学版），2013(5)。
② 同上。

意义上的时间概念，还是一种区别于古代的现代的性质和特征，更是一种冲破束缚、解放自我的力量和能力。正是站在这样的立场上，王富仁固守着"现代"的内涵与性质，固守着"现代文学"之名。

固守"当下"，守住学科的现实关怀。作为一个现代文学领域的研究者，我们每个人都极为重视文学史的写作和研究。王富仁却提醒我们修正编写文学史的态度，他认为一直以来，我们不是不重视文学史，而是太过于重视文学史。研究现代文学的人这么多，如果每个人都写一本现代文学史，那文学史的数量就太多了，反而应该更重视史论和批评。王富仁强调文学史应该具有当下性："我们的文学史写作不是为了展示我们的学问的，而是向当代的读者介绍历史上的文学作品的。文学史不是写的内容越多越好，不是把我们读过的文学作品都写到文学史上去。我们是研究现代文学的，自然应当尽量多地阅读现代文学作品，但并不是所有的现代文学作品都有让当代读者阅读的价值。我们的文学历史越来越长，我们当代人背不动这么沉重的历史的包袱，这个历史的包袱是由我们这些专治文学史的人来背的。这是我们的工作，我们背着是为了别人不背。我们写到文学史上的应是为当代文学作品所无法代替的，当代读者仍有必要阅读的。"①

有的学者质疑，文学史的"当下性"增强，那相应的，"历史感"就会减弱，反而有失文学史的本质。但是说到底，文学史是文学发展的历史，它所讲述的是历经岁月洗礼依然沉淀下来的作品，所以天然地具有一种纯粹的历史感。增强文学史的"当下性"并不意味着随便调整文学史

---

① 王富仁：《关于中国现代文学史编写问题的几点思考》，载《文学评论》，2000(5)。

的评判标准，而是要求我们更加严谨地思考、品评文学作品，给予作家作品更为公正的言说，更加严格地挑选作品。文学史写作是一项无法真正完结的活动，80 年代中期，王晓明、陈思和提出了"重写文学史"的口号，其实"重写"文学史是学科发展的应有之义，是文学史研究不断延续和深化的常态。"持重"和"反思"应该构成现代文学史研究的双重底色，重写文学史应坚持在"反思"中"重写"，在"重写"中坚持"持重"的学术品格。

在现代文学研究领域，越来越多的学者强调旧体诗词、通俗文学入史，一来是为了扩大研究范围，为现代文学争取一席之地，二来也存在为自己专攻的研究领域争取合法化的意图。但是一味地拓宽研究领域，把旧体诗词、通俗文学、海外华文文学等都纳入到现代文学的框架中，只是在膨胀这个边框，甚至会在一定程度上伤害到这个框架得以立足的基点和核心。王富仁在谈论现代文学研究框架的时候，采取的是一种固守的态度，这个"固"不是"顽固"的"固"，而是"牢固"的"固"，通过"固守"现代文学的本质，打牢现代文学学科建立和发展的根基。

三、方向的"引领"

王富仁就像一个思想的发动机，他很多的研究都像一场思想的"实验"，引领着我们不断前进。比如说"思想鲁迅"，就把鲁迅研究从一个系统带进了另一个新的系统，再比如说"新国学"，更是一种理念上的引领，直到今天，"新国学"依然是个未完成的话题，等待着无数后辈学者不断开掘和推进。

　　王富仁曾这样谈起 80 年代鲁迅研究的整体环境："我出的第一本书是《鲁迅前期小说与俄罗斯文学》，是我在西北大学中文系攻读硕士学位期间写的硕士学位论文，修改之后由陕西人民出版社于 1983 年出版。在写作那本书的过程中，我便接触到在当时看来一个十分重要的问题，即鲁迅的前期小说没有直接涉及'反帝'的内容，而更多的是'反封建'的主题。这个问题，对于当代青年，似乎已经不是一个问题，但在我们那个时代，却是一个大问题。"①思想鲁迅的提出，打破了以往政治革命的束缚，王富仁的这一革新在同时代的其他学者眼中，也具有引领式的效果。孙郁在访谈中提到：

　　　　我在 1985 年看到他在《文学评论》上发表的博士论文摘要，完全被征服了。文章写得很有气势，带有别林斯基的那个味道，也有车尔尼雪夫斯基和卢那察尔斯基那种雄辩性。因为在此之前，中国的鲁迅研究都处在意识形态话语下。他虽也用马克思主义和苏联的资源，但他的问题意识是建立在把握鲁迅文本和鲁迅独特个性的基础上，从鲁迅文本生发出思想，一下就把流行的东西给颠覆掉了。那时候流行的是根据毛泽东和我党各个历史时期的文艺政策和文艺观点形成的一套审美理论，有些是有效的，有一些则已经失效。但是，他把这些给搁置起来，回到鲁迅自身，所以，由于他的出现，20 世纪 80 年代的鲁迅研究从理论的高度上扭转了陈涌、唐弢时代

---

　　① 王富仁：《〈中国反封建思想革命的一面镜子〉再版后记》，载《鲁迅研究月刊》，2009(11)。

鲁迅研究的风气，他用特别的方法把鲁迅思想的底色找到了。①

　　王富仁在鲁迅研究的过程中，以"思想革命"作为突破口，通过整体性的眼光对已有的鲁迅研究范式进行彻底改写。王富仁对精神的重视和对知识分子社会责任的凸显，使得研究得以立足当下，具有高度的现实感。王富仁在《社会科学战线》发表的关于"新国学"长文，同样是一种理念上的引领。"新国学"是王富仁建构的重要思想体系。这一理念自提出以来便引起了广泛争议，众说纷纭，对于它的理解还未达成共识。王富仁通过"新国学"的理论构想对当下的学术文化体系进行了建设，这种努力就像一个时代风向标，指引我们前进。

　　但值得注意的是，想在一个学术领域上有方向性的引领，需要有突破格局的勇气和魄力，需要有缜密的思想，需要有使人信服的表达，但这种"引领"能有多大的突破就是另一回事了，能不能有一批人跟进甚至超越，这是一个很复杂也很困难的事情，这不是有意愿、有热情就可以办到的，这里面有个人的原因，有环境的原因，特别是时代社会的原因。

第三节　雄浑的思想逻辑推论

　　王富仁的文章主题常常比较宏大，篇幅也比较长，但我们读起来却

---

　　①　孙郁、黄海飞：《王富仁：鲁迅思想的护法者——孙郁教授访谈》，载《现代中国文化与文学》，2017(2)。

从不感到沉闷，反而看了开头就一定要看到结尾，系列性的文章更是看了第一篇就不能丢下第二篇。这主要是源于王富仁思想背后承载的强大逻辑力量，具有把读者从第一个字引入最后一个字的带动力，这成了王富仁学术风格的又一个重要特征。

一、环环相扣的逻辑体系

王富仁提出的新论点，既包含了对以往研究的继承与反驳，又具有极强的开辟性意义，一环扣一环。王富仁学术论断的开辟意义不是前无古人式的，而是时刻在与前人对话，时刻在和前人对着说，进而牵引出自己的学术逻辑，建构起自己的学术体系。环环相扣，体现了王富仁学术研究的继承性和开创性，这二者是密不可分的。

王富仁学术论述的逻辑性最强有力的体现就是建构起"思想鲁迅"的学术体系。而从"政治鲁迅"到"思想鲁迅"，这种更替是建立在王富仁对于之前鲁迅研究逻辑起点的反思之上的。针对陈涌等学者"政治鲁迅"的观点，王富仁利用的还是原来那些材料，以鲁迅的小说为切入点，但是开辟了新的认识维度，立足于鲁迅小说的文本，王富仁洞察到了鲁迅文学最为根本的东西——思想上的价值。因而，与其说王富仁否定了"政治鲁迅"的方向，不如说，王富仁拨转了认识鲁迅的既有通道。王富仁超强的逻辑衍生能力的起点，来自于前人的研究成果，同时，因为王富仁深厚的学养和扎实的文学功底，加上深刻的人生体验，进而很快进入到自己的学术领域，以强有力的逻辑思维能力，将此前的研究开辟出新的境界。

从王富仁前期研究的鲁迅与俄罗斯文学，到引起巨大反响的"思想革命的镜子"，再到王富仁对"新国学"的提倡与建构。王富仁学术视野是不断扩大的，从极其深刻地把握鲁迅研究的脉搏，再到对现代文化整体性的反思，以致希望以"新国学"的概念，将现代思想文化纳入整个民族的文化体系之中。我们不得不追问，王富仁何以呈现出这么庞大的学术建构能力和逻辑说理能力？

其实，只要阅读王富仁的著作，便可窥得一二。王富仁的研究中有很多江河湖海似的比喻和概括，看似是一种不经意、普通的比喻，但实则也能够反映王富仁有着宏大的视野，日常生活中的事物，已经进入他的学术体系。当然，在这背后作为重要支撑的，是王富仁对中国文化发展演变有着深刻的洞悉，有着独具慧眼的历史文化反思。王富仁胸怀整个中国传统文化的全面认知和反思，因而呈现出强大的逻辑思维能力。

此外，任何学者的学术研究风格必定和他阅读的书、走过的路、想过的问题紧紧联系在一起。王富仁有着深厚的学术知识积累、大量的文学作品阅读量，加上自己曲折丰富的人生经历，这些都成为王富仁学术研究的重要支撑。这种随时可以拨用的知识储备，成为他强大逻辑推理能力的重要源泉。拿王富仁鲁迅研究来讲，《中国鲁迅研究的历史与现状》这一本书有着重要的意义。这是王富仁从文献学角度将 1913 年到 1989 年的鲁迅研究进行的系统梳理，并且以学者的眼光进行了文献分类，当我们意识到王富仁在提出"思想鲁迅"之前，下的功夫如此大、如此深，钻研如此详尽，就不难理解"思想鲁迅"提出时令人震撼的缘由，就更容易理解为何读王富仁的著作，会被他强大的说理能力所折服，并且认同他的学术成果理论。

二、气势磅礴的论述风格

王富仁的论述风格在于语言之间强大的逻辑力量，这些文字总是一浪接一浪，一波接一波，几乎不给人喘息的机会，但是你一旦进入他的逻辑之中，就会被阅读的漩涡深深吸引住，这源于王富仁自身的学术激情造就的气势磅礴般的论述。

不仅是在学术著作的文字中，在许多讲坛和会议的现场，王富仁总是侃侃而谈、放言畅论。无论是文字还是言语，王富仁一以贯之的是他那汪洋恣肆、大气磅礴、极富思辨色彩的表述。王富仁思维敏锐超常，这些具有强大逻辑力量的文字负载着他缜密而深刻的思想，以一种宏阔的格局和视野给人以震撼。

不难看出，王富仁最开始的鲁迅研究，可以说是强大逻辑和高屋建瓴论述的开端，到 20 世纪 90 年代以后，王富仁的视野逐渐扩展到整个中国的文化、文学，气势磅礴的论述风格也更加明显，从王富仁这个时期的一些研究题目上就可以看出，王富仁关注的总是宏观的大问题，回答的是文学乃至文化上宏阔的大命题，因而相应地也要匹配上气势磅礴的论述。

王富仁为何得以形成气势磅礴的学术论理风格？

首先，这来自于王富仁对语言极其重视。王富仁对文学的语言有深入研究，王富仁曾这样描述过自己对鲁迅小说的叙述语言的阅读感觉："鲁迅的小说语言有种滞涩感，一般句式较长，读来会使人觉得气力难接，而在长句式中又夹入极短句式，又夹入极短句式，在长句式过程中储足的气力在突然遇到短句式时又会发生回噎，两种句式之间的转换没有固定的规律，使语言的整体像在坎坷不平的路上流着的泥石流，重拙而不畅快，起伏突兀而不平顺，在情绪感染上造成了强烈的沉郁感受。"①只有对语言有极其强烈的感受力，才能感知到鲁迅语言的别具一格。但同时值得注意的还有，只有对语言得心应手的掌握，才能将这种"只可意会不可言传"的感受如此精确地表达出来。从这段话中不仅可以看出王富仁对鲁迅语言的深刻把握，更能证明王富仁自身使用语言的强大能力。可以说，这些学术研究一方面呈现出了气势磅礴的论理风格，也进一步加深了王富仁的表述特征。因而，王富仁对作家的语言和学者的语言需要承担的功能是十分清楚的，气势磅礴的语言风格，一方面来自王富仁自身的学术气质，也来自于他独特的说理方式和说理策略。

其次，这种气势磅礴的表达，源于王富仁的观点的创新性，是令人意想不到的，这带有思想宣泄的快感。王富仁笔下的文字有种冲破樊笼一泻千里的思想快感，这才能直击人心。如果说逻辑性是学术研究必备的基本素养，那么气势磅礴的论述，则是独属于王富仁的阐释风格，这反映了他不仅有学者的扎实功底，而且还带有文学家的风范。

归根到底，气势磅礴的论述，彰显了王富仁作为文学研究者的身份，这些语言不仅是很学术的，一定角度来看，也是很文学的。王富仁的论著达到了学术性与文学性的良好结合。这不得不提到王富仁的经历和他走进鲁迅的方式，王富仁最早的学术活动是从跟随薛绥之先生写作鲁迅作品赏析开始的，这是一种以个人感受为基础的阅读欣赏活动，自我的感受在文学阐释和研究中具有相当重要的地位，王富仁自身的人生经历也是相当丰富的，他能用自己的深刻体验去回应鲁迅的文学世界，

---

①　王富仁：《现代作家新论》，48 页。

于是很自然地进入了鲁迅的心灵世界。这可谓是一种感性生命的应和，是两颗敏感而深邃的心灵的碰撞，这才有了"思想鲁迅"的横空出世。我们看到，王富仁的语言不是拗口艰涩的，反而是朴素且平易近人的，达到了一种学术上的易读和可解。

三、在联系中把握本质

在学理分析和学术研究的过程中，运用逻辑能力梳理学术脉络，很大程度上取决于研究者对学术研究联系的本质性把握。王富仁强大的逻辑推理能力背后是他对中国文学与文化各个方面关系的全局性掌握。王富仁尤其看重事物之间的联系性，常常在纵横交错的关系中，让多位作家互为注释，互相参照，只要寥寥数语，便可同时揭露出多位作家的精神内核。

首先，王富仁学术研究的联系性，是他在对两个或多个研究对象的联系进行把握的基础上，追溯出一个本质性的问题。比如鲁迅、巴金、老舍、徐訏、张爱玲等作家无论是风格还是特点都各不相同，但王富仁一气呵成地概括出了不同人的不同风格和特点："鲁迅是最会抓镜头的中国现代小说家；徐訏是最会设圈套的中国现代小说家；老舍是最会找同情的中国现代小说家；巴金是与当时青年读者的心灵最相契合的中国现代小说家；沈从文是最会选材、最会写转折的中国现代小说家；张爱玲是最会为自己的小说谱曲、着色，最善于写人物的隐密(秘)心理活动的中国现代小说家……他们的小说是让人看的，而只有赵树理的小说最适宜读出来让人听。"①同样是描写城乡，王富仁也能精辟地指出几位作

---

① 王富仁：《呓语集》，61～62 页。

家表现的重点和描写特点的差异："如果说鲁迅写的是中国农村的'政治'，沈从文写的是中国农村社会的'风俗'，那么茅盾写的就是中国现代城市社会的'政治'，新感觉派小说家写的就是中国现代城市社会的'风俗'"①。

其次，王富仁的比较视野还体现出一种跨时间性和跨地域性，尤其注重俄国与中国现当代作家的关系。王富仁在为弗·伊·谢曼诺夫的《鲁迅纵横观》写中文序言时曾说弗·伊·谢曼诺夫很"重视鲁迅与俄国作家的比较，也重视俄国的学者对鲁迅的研究，比较其与自己的不同之处，从而找到新的研究方法。"②其实这也是王富仁的一个研究特点，在他的硕士论文《鲁迅前期小说与俄罗斯文学》中王富仁对鲁迅的前期小说的研究就是在与果戈理、契诃夫、安特莱夫、阿尔志跋绥夫等作家比较的维度下进行的，除此之外，王富仁还多次将鲁迅与其他国家的作家作比照："陀思妥耶夫斯基为了看清人而把人放在绝无希望的困境中；契诃夫为了看清人而在人的面前射入一道希望的亮光；马克·吐温为了看清人而把人从他生活的环境中置换到另外一种环境中；巴尔扎克为了看清人而把未必都能找到适于自己发展环境的人都置换到一个适于他发展的环境里；鲁迅为了看清人而绝不让外力干扰他们的生存环境；曹禺为了看清人而先用外力搅动一下他们的生存环境。"③

最后，王富仁学术的联系性还体现在他对多种学科关系的把握上。对于文学与政治学、社会学、哲学之间的区别和联系，王富仁有着非常

① 王富仁：《中国现代主义文学论》(下)，载《天津社会科学》，1996(5)。
② [苏]弗·伊·谢曼诺夫：《鲁迅纵横观》，王富仁、吴三元译，4页。
③ 王富仁：《呓语集》，61页。

精辟的论述："人类给予政治家的自由是最小的自由，因为人类给予他的权力是一种最有力量的武器；人类给予文艺家的自由是最大的，因为人类给予他的文艺是一种最没有实际杀伤力的武器。"①关于文学与哲学的关系，王富仁则用老子和庄子进行了生动的阐释："老子较之庄子更是一个哲学家，庄子较之老子更是一个文学家。庄子的哲学是一个文学家的哲学。老子的文学是一个哲学家的文学。"②

正是因为注重现代文学内部的联系、现代文学与世界文学的联系，甚至是文学学科与其他学科的联系，王富仁的学术著作读起来往往深入浅出，在旁征博引的过程中实现互相印证，具有一种严密的逻辑力量。

第四节　形象鲜活的叙述方式

王富仁的文学研究风格独特，自成体系，无论是以思想的方式进入文学，还是用强大的逻辑推论阐明学术观点，又或是在学术立场上的保守性与先锋性，都体现出明显的"王富仁气质"。这种气质，是王富仁所坚持的思想气质，也是他独一无二的学术研究方法。纵观王富仁学术研究脉络，还有一个方面不能被忽略，那就是王富仁学术研究中经常使用的形象性比喻。譬喻论证法，是极具个性魅力的论证原则，大量的比喻

① 王富仁：《呓语集》，18页。
② 同上书，59页。

在王富仁的研究中可谓随处可见，这种个人偏好已然形成一种鲜明的学术风格，不仅反映出王富仁思维的灵活与跳跃，也彰显着他作为学者的独特思考和学术逻辑。

一、"江·河·湖·海"：流派研究的新范式

在王富仁的研究体系中，关于流派的研究一直是重点。众所周知，流派是一个相当复杂的问题，要搞清楚一个流派的来龙去脉，厘清它的属性、特征，相互之间的界限，包括流派内部的纷争与融合绝非易事，这中间牵扯到许多问题，很难讲得清楚。例如，在以往的研究中，众多学者都论述过京派文学与海派文学的关系，大多都采用传统的论述模式和叙述语言，尽管理性有余，但生动性不足，读者往往看得云里雾里，不得其要害，又或者读者当下读懂了，但没有留下深刻的印象，过一段时间又难免忘记了。无论是哪种情况，实际上都没有达到良好的传播效果。一部著作，一篇文章，如果只是写给研究者来阅读的，未免有些曲高和寡。如果不能给人留下深刻的印象，引发人们发自内心的赞同，那么其价值也往往大打折扣。相比之下，王富仁的研究则要形象得多，生动得多，这很大程度上便是来源于他精辟的比喻。

王富仁的设喻，往往一针见血，将事物的本来面目和本质特点精准捕捉出来，生动形象地呈现在读者面前。以往的流派研究大多是就事论事，不会做过多的扩展和引申，因此梳理事物发展变化的脉络时显得较为拘谨，不够自如。王富仁则用清晰可感的物象来比拟具体论述的对象，有了具体的喻体，想象力得到最大程度发挥，论述起来天马行空，化无形为有形却又不着痕迹，令人叹服。例如，王富仁以河流中

的鱼、湖泊中的鱼和海湾中的鱼比喻革命文学、京派文学和海派文学，用海湾来象征五四时期的文化环境，将当时的文人比喻为生活在海湾的若干鱼群，"整个海湾中的鱼，并不给人一种整体的感觉，彼此的差异是十分明显的，并且各有各的命运，各有各的盛衰历史，其喜怒哀乐并不相通，但具体到一个族群，又是有其集体意志和集体主义精神的。"①三言两语便概括了当时文人群体同气连枝却又各自为阵的胶着状态，海洋环境是非常复杂多元的，正符合当时中国文化圈鱼龙混杂的状态；他将左翼知识分子比作狂风恶浪中挣扎逃生的鱼群，认为他们在恶劣环境中不退缩，不掉队，不离群，不四散的场景令人动容；论述海派文人在当时的文化环境中所处的尴尬位置时，王富仁写道："外海的鱼认为它们是内陆的，不那么喜欢它们。而内河的鱼又认为它们是外海的，也不那么喜欢它们。"②这里外海的鱼指的是有西学背景的文人，而内河的鱼则指文化保守主义者。用鱼群的生存竞争来喻指文人当时的话语环境，生动形象地还原出了五四时期复杂、多变的文化环境。

王富仁的设喻，往往是建立在互动、变化中的，体现出一种动态的思维方式。王富仁用"江河湖海"这样一个流动的生态系统来比喻30年代革命文学、京派文学、海派文学之间的相互关系，可以说开创了一种全新的流派研究方式。在《河流·湖泊·海湾——革命文学、京派文学、海派文学略说》一文中，王富仁用独具创意的比喻来形容革命文学、京

---

① 王富仁：《河流·湖泊·海湾——革命文学、京派文学、海派文学略说》，载《中国现代文学研究丛刊》，2009(5)。

② 同上。

派文学、海派文学的特点。江河湖海，是四种不同的河流样态，代表着四种不同的水文条件。大江较为汹涌，泥沙俱下，奔流不息；大河滔滔不绝，气势磅礴；湖泊较为独立，沉静、深邃；海湾则位于河海交界，暗流涌动，容纳百川。在王富仁看来，革命文学有种狂飙突进的气势，属于河流文学，京派文学崇尚自由与独立，气质上更接近湖泊，海派文学则来者不拒，开放的心态更接近海湾。值得注意的是，王富仁的比喻不仅仅是单纯的形象对应，更蕴含着他对中国文学发展规律的深刻理解。他看到了文学发展的相关性和连续性，也看到了不同流派间的互动共生的关系，这就使得他的研究具有了变化的观念和发展的眼光。"中国文学仍然是在这三种文学形态既相互纠缠、相互冲撞、相互制约而又相互吸引、相互补充、相互融合的过程中演变和发展的。"①用河流对应革命、湖泊对应京派、海湾对应海派来说明中国现代革命文化、20世纪30年代京派文化和海派文化的特征，上述三种文学同时也体现着中国新文学的三种基本的文学形态，中国现当代文学的发展过程正是在这三种不同文学形态既相互区别又相互补充的关系中变化和发展的。

王富仁的设喻，总是充满了生活气息，亲切又真实，以平易近人的方式娓娓道来。这也是他学术研究风格的重要表现，严谨与活泼并存，深刻的思想与朴素的表达相得益彰。在论述京派作家之间的内部差异时，王富仁同样用了精妙的比喻来说明问题："实际上，朱光潜之推崇

① 王富仁：《河流·湖泊·海湾——革命文学、京派文学、海派文学略说》，载《中国现代文学研究丛刊》，2009(5)。

沈从文，也有点降格以求的味道，正像在农家菜馆吃饭，没有龙虾、鱼翅，一盘小鸡炖蘑菇也不失其新鲜可口的味道。"①流派内部作家之间的亲疏是个相当复杂的问题，原因众多，不是一两句话可以讲得清楚的。文学追求与主张的不同也很难一下子概括清楚，然而，王富仁却用一个极其生动的说法将这一抽象的难题化解，一个风度翩翩的绅士在农家菜馆在吃饭，条件所迫，自然是不能挑肥拣瘦的，但农家菜馆并不是绅士阶层常来的地方，二者只是暂时的相遇和妥协，本质上不属于一个阶层。正如朱光潜和沈从文，二者的文化选择和品格追求有着本质的差异，一个是喝惯了洋墨水的精英，一个是地地道道的"乡下人"，没有龙虾鱼翅这类精致美味的大餐时，偶尔尝尝农家的小鸡炖蘑菇，也不失为一种乐趣。文学与生活在他的笔下得到了无缝衔接，他既是一位学识渊博的智者，有着古代文人士大夫的品格与追求，又像一个亲切的老农，不辞劳苦地在文学的山川间跋涉，挥着手等你来他的林间小舍品茶煮酒，谈古论今。王富仁的形象思维，总是充满了乡间的亲切感。或许，这与王富仁出身农民或多或少有必然的联系，他的研究是非常"接地气"的。艰深晦涩的理论难题，纷繁复杂的文学现象，千头万绪的流派纷争，王富仁总能找到格外恰切的思路和喻体，让原本模糊的问题一下子清晰起来，生动起来，可感起来。原本并无太大关联的事物在他的奇思妙想下，竟然合起伙儿来并肩作战，文学研究也收起了它的板正面孔，变得活泼亲切，妙趣横生。

---

① 王富仁：《河流·湖泊·海湾——革命文学、京派文学、海派文学略说》，载《中国现代文学研究丛刊》，2009(5)。

二、扔不掉的"托盘"：文化传统的变革与坚守

文化是民族的根基与血脉，是民众的精神家园与情感依托，是一个国家和民族文化与精神层面的集中表达，中华传统文化博大精深、源远流长，一直是各界学者广泛关注的重点，现代文化则因其与传统文化截然不同的文化立场同样备受关注。近年来，对于现代文化和传统文化关系的研究，各种说法层出不穷，有的学者主张传统是传统，现代是现代，二者各自为阵，旧的一定是落后的，应当全盘否定，新的必然是先进的，值得全面提倡。这种一刀切的划分方式无疑割断了事物之间的联系，容易陷入非此即彼的逻辑怪圈中，看不到事物的两面性。有的学者则将两者混为一谈，认为传统与现代出自一脉，都是中国文化的分支，应当不分彼此。这两种说法固然有一定的道理，但实际上都未能认清传统与现代关系的本质。之所以出现这样的情况，是因为本来现代文化和传统文化的关系就非常复杂，很难说清楚究竟谁影响谁。王富仁巧妙地运用了"托盘"这样一个比喻，对研究对象及现象进行了准确的理解与把握，举重若轻，一下就把这种复杂问题明晰化了。

传统与现代，既不是简单的时间概念，也不是事物特征的总体概括，而是蕴含着一种对比的视野，一种历史的脉络。传统与现代是你中有我，我中有你，相互交织，不可分割的。传统是在历史中建构的，现代又是在动态中不断完善的。单纯讲传统，或者单独讲现代，都不是完整的，传统与现代一定是在相互对望中互相成就的，缺少了任何一个环节，都会影响整体的性质。正如王富仁的比喻正是建立在这样的联系中，而绝非是随意的安排，这也体现出他鲜明的大文学意识。他提出的新论点，从来都不是孤零零的"单兵作战"，往往既包含对以往研究的继

承与反驳，又具有极强的开拓性意义，环环相扣，层层深入，从他的设喻方式中，便能体现出这一特点。在《立于两个不同的历史层面和思想层面上——鲁迅与梁启超的文化思想与文学思想之比较》一文中，王富仁以梁启超为例，认为梁启超的反传统其实是不太彻底的，摒弃的只是托盘里的东西，但是最重要的托盘却始终扔不掉。他这样写道："梁启超在自己思想成长的过程中，扔掉了中国传统封建文化中的许多东西，但并没有扔掉装着这些东西的精神托盘，当他发现这个托盘已空，人们要把这个空荡荡的托盘也扔掉的时候，他因为珍爱这个托盘，又赶紧拣回了自己扔掉的那些东西，放在托盘里，然后便以一个青年导师的姿态对人们说，你看，这不是一个很有用的托盘吗？怎么可以扔掉呢！"[①]事实上，这也正说明了传统文化与现代文学之间的深层关系，反传统不是轻易能做到的，传统文化始终以一种"托盘"的形式影响着现代文化。以梁启超为代表的新文化先驱们反对传统，扔掉的是表面上多余的东西，但是最根本的那个托盘是舍不得扔掉的，以此来说明现代文化本身就是在传统文化上生长起来的，五四再怎么反传统也依然摆脱不了传统文化的精神托盘，先驱们再怎么激进也不可能将自己母体的文化血脉一网打尽，这种打碎了骨头连着筋的状态就是传统与现代关系的真实写照，如此妙趣横生的比喻，再加上细致生动的分析，将原本复杂的问题瞬间理出了头绪，令人印象深刻。

在谈到理想与现实关系时，王富仁继续写道："在'求理想与实用一

---

① 王富仁、查子安：《立于两个不同的历史层面和思想层面上——鲁迅与梁启超的文化思想和文学思想之比较》，载《河北学刊》，1987(6)。

致'这样一个托盘上，梁启超把全部传统的精神文化又都当作拯救世界、拯救人类、拯救东西方文化危机的灵丹妙药端了上来。但无奈这个托盘自身便是破裂了的。'理想'永远不可能与'实用'求得一致，如果理想不超越现实可行性的层次，理想便不成其为理想；如果'实用'能够完全是'理想'的，'实用'也就不必发展，不必提高，不必予以改造。在这'求理想与实用一致'的托盘中，端出来的实质只是现实无缺陷、人类很完满、人们无不满、社会不发展的杂和面。"① 说明了理想与现实不可能达到完美的契合。有学者评价道："王富仁的论著充满理性的力量、逻辑的力量，但他的行文风格则是鲜活的，热情充溢、富有语言的魅力。"② 这种魅力，不仅仅来源于语言，更是来源于他的思想的深刻和逻辑的严密。正如有的学者所指出的那样："在学术思想的表达层面，王富仁的论著体现了思想的深刻透彻与语言的清楚，达到了真正'深入浅出'的境界，其学术论文的这种风格追求正好契合了中国现代文学学科的精神气质。"③

三、新诗的"芽儿"：文学形式的更替与发展

王富仁的研究，并不仅仅停留在对现象的阐释和描述上，在他精湛论述的背后，往往也饱含着深切的人文关怀，他为人的宽厚、质朴、不

---

① 王富仁、查子安：《立于两个不同的历史层面和思想层面上——鲁迅与梁启超的文化思想和文学思想之比较》，载《河北学刊》，1987(6)。

② 余三定：《从思想文化史的角度研究文学——王富仁教授治学记略》，载《云梦学刊》，1996(1)。

③ 何希凡、任军：《论王富仁"樊骏论"系列的学科关怀底蕴》，载《现代中国文化与文学》，2017(3)。

较真，也体现在他的学术研究中。例如，面对传统旧诗与现代新诗，我们应该如何理解它们各自的价值呢？学界的研究向来众说纷纭。从事古代文学研究的学者自然会维护古典诗歌的地位，从事现代文学的学者也不愿意放弃现代新诗的话语权。那么，在双方都不愿意妥协的情况下如何作出评价呢？王富仁给出了这样一个生动的比喻，化解了这一争论许久的难题，在《中国现代新诗的"芽儿"：冰心诗论》(《北京师范大学学报》，1996 年第 5 期)一文中，王富仁在题目中就点明了自己的观点，用"芽儿"比喻冰心诗歌在中国现代诗歌史上的地位，他充分肯定了冰心的诗歌的价值，认为即便放到整个新诗发展史上也是上乘之作，但他也清醒地认识到："这些诗没有以独立的风格影响到整个中国新诗的发展"，因此，只能算作是"芽儿"，这样的说法增添了许多折中的味道，却也切合实际。这种宽容的心态，不急不躁的气场，使得他的设喻往往充满了亲和力。

在王富仁看来，"在 20 年代中国新文学的草地上，冰心比任何人都更是一棵稚嫩的小草。"[①]这一比喻可谓是一语双关，至少包含了三重意思：首先是指冰心的年纪小，冰心开始写作《繁星》中的小诗的时候还不满 20 岁，还是个未经世事的妙龄女学生。这一客观事实使得她的文学身份较为特殊，她既是具有现代眼光的新文学作家，又是拥有童心童趣的青年作家；其次是冰心所创作的小诗还比较稚嫩，思想性和艺术性都算不上纯熟；最后是点明了冰心的创作包含着巨大的潜力，"冰心的小

---

① 王富仁：《中国现代新诗的"芽儿"：冰心诗论》，载《北京师范大学学报》(社会科学版)，1996(5)。

诗使我们看到了五四文化传统在中国是怎样落地生根的。"①

中国是诗的国度，传统旧诗在中国文化几千年的发展中不断酝酿、完善，登峰造极，走向成熟。鲁迅曾在致杨霁云的信中探讨过这一问题："我以为一切好诗，到唐已被做完。此后倘非能翻出如来掌心之齐天大圣，大可不必动手。"（《致杨霁云》，1934 年 12 月 20 日）中国古典诗歌以古老的汉字为载体，以特定的格律规则为依托，创造了大量脍炙人口的传世诗篇，形成了一种大美诗体。古典诗歌意境深邃、悠远，思想丰富、深刻，感情真切、质朴，操守坚贞、笃定，其品格之高雅，普及之广泛，流传之久远，影响之巨大，是世界其他拼音文字为载体的诗歌所难以比拟的。有学者也指出，中国所有的现代新诗加在一起都抵不过王维一个人的诗，更不用提李白、杜甫等人了。

那么，新诗难道就没有价值了吗？显然不是，如果有价值，又是什么样的价值呢？王富仁用两个字"芽儿"，四两拨千斤，将现代新诗虽稚嫩但又生机勃勃的特征阐述了出来。我们不得不承认这样一个事实：旧诗写得固然好，但已经是过去时，正因为其强大的文化惯性不易被打破，新诗的价值才得以凸显出来。新诗写得再幼稚，也是新的事物，具有不可替代的开拓价值。中国现代文学史上第一首白话诗是胡适创作于1916 年的《两只蝴蝶》，诗是这样写的："两只黄蝴蝶，双双飞上天；不知为什么，一个忽飞还。剩下那一只，孤单怪可怜；也无心上天，天上太孤单。"任何一个稍有点中国古典文化知识的人都能分辨得出，这样的

---

① 王富仁：《中国现代新诗的"芽儿"：冰心诗论》，载《北京师范大学学报》（社会科学版），1996(5)。

诗既无对仗，又无典故，意蕴简单，又无太多深意，放在古代绝对称不上一首好诗。但正是这样的一首诗，却有着开天辟地的价值，实现了中国新语言载体的革新，或许在艺术上有着诸多可商榷之处，但是在语言的革新上，这首诗却是开天辟地头一个。

民国时期，还曾经发生过这样一件值得回味的趣事，当时，知名报人严独鹤去探访一位写白话诗的朋友，适逢朋友不在，严便独自在房里等候，猛然发现书桌上有一首尚未做完的白话诗，题为《咏石榴花》，当中一段是这样写的："越开越红的石榴花，红得不能再红了。"严觉得好笑，随手提笔接了两句："越做越白的白话诗，白得不能再白了。"这样的例子同样说明了新诗所处的尴尬境地，调侃的意味中也讲出了白话诗在发展中所面临的困境，用大白话作诗，对习惯了古雅的中国文人来说实在是别扭，但这份别扭中恰恰也蕴含着生机，如何能用平白无奇的语言妙笔生花，写出意境，写出韵味，写出新奇，就是现代新诗的本事了。

王富仁的"芽儿"比喻可以说牢牢地抓住了新诗发展的特点，他的论述饱含了一位学者对自身所热爱领域的一份坚守，对研究对象的一份体谅，对文学未来发展的一份期许。对于新生事物，要给予其成长的空间，新生力量发展可能还不成熟、新事物也不可能一出现就做到完美，新诗的确还有很多缺陷遭人诟病，但是它的意义并不在于这种完美，而在于它开启了另一个新的方向。就像花草树木的芽儿，虽然很稚嫩，很脆弱，需要精心呵护，需要耐心培养，虽然比不了森林的广袤，也没有成熟花儿的娇媚，但它的重要性就在于它代表了新生的力量，如果不重视这种力量，我们就不可能拥有下一片新的森林，看到百花争艳的美景。即便是到了今天，新诗已经有了一百年的传统，但在几千年传统的古典诗歌森林面前，它依然还是个芽儿，芽儿的价值恰恰在于它就是新的生机，是新陈代谢的自然更替，同样也是文学发展的必然规律。王富仁用"芽儿"这个词是独具匠心的，这不仅指的是冰心，而且是整个新诗，甚至是整个新文学！

第七章 | 王富仁学术研究的影响

第一节 永不止息的"思想召唤"

王富仁曾提出过不少极具开拓性、创新性的观点。比如"思想革命的镜子",再比如"新国学"等。这些观点、理念在鲁迅研究乃至现代文学研究领域都是重要的突破,但并不意味着这些话题已经"完成",事实上,王富仁提出的很多构想不是在一个人乃至一代人手上就能完成的,这也正是他的重要价值所在。我们对"思想鲁迅""新国学"的理解还需要一段很长的时间,对它的实践可能需要更长的时间。这是王富仁给我们留下的重要精神遗产和思想富矿,需要、也期待着更多的人去充实它、推动它和发展它。

一、不断被挖掘的"思想鲁迅"

自王富仁提出"思想革命的镜子"之后，沿着这条逻辑线索，越来越多的学者对鲁迅思想的各个方面进行了更深一步的探索。这一方面体现了鲁迅思想的丰富与深刻，另一方面也显示了鲁迅思想的当代价值，表明鲁迅研究的未来方向仍蕴藏在鲁迅的思想富矿中。

近几年来，从思想史的角度来审视鲁迅的价值，或者关注鲁迅思想体系的研究已经越来越多，特别是对鲁迅前后期思想的一个转变进行了比较多的探索。比如高力克的《从尼采到马克思：鲁迅的思想转变》[1]一文，就是对鲁迅早期深受尼采影响到晚年转向马克思主义这一思想理路的探寻。很多人会认为，鲁迅的这种转向与当时的历史社会环境有着很大的关系，但高力克在这篇文章中提出来的一个观点是，鲁迅之所以转向，其实正是鲁迅早期的尼采式个人主义幻灭的一个必然趋向，尼采式的"反启蒙的启蒙"本身是有深刻思想困境的，早期的鲁迅欣赏也接纳了尼采的个人主义、超人的意志，认为这是败落的中国所迫切需要的。但是尼采哲学里面又具有"反政治""反国家"的本质，这里面民族主义和个人主义之间构成了紧张的冲突，这是鲁迅所不能认同的，鲁迅所提倡的"立人"是为了"立国"，二者的终极追求在这里产生了深刻的差异。而到了 20 世纪 20 年代末，马克思主义和苏俄的崛起给鲁迅的文化理想提供了新的实现路径，马克思以无产阶级实现人类解放的伟大理想填补了鲁迅幻灭后孤独"个人"的空虚。除此之外，近几年来也来越多的学者从多

---

[1]　高力克：《从尼采到马克思：鲁迅的思想转变》，载《浙江大学学报》（人文社会科学版），2018(6)。

个角度去进入鲁迅的思想研究，比如说黄子平的《声的偏至——鲁迅留日时期的主体性思想研究笔记》(《文艺争鸣》，2020 年第 3 期)、张景兰的《政治伦理视域下的鲁迅思想与文学》(《中国现代文学研究丛刊》，2021 年第 1 期)、段从学的《〈祝福〉："祥林嫂之问"与"鲁迅思想"的发生》(《文学评论》，2021 年第 3 期)等。

虽然当下关于鲁迅思想的研究已经越来越多，视角也越来越丰富，但是总体来看挖掘得还是不够深，这与鲁迅思想本身的深邃性也是有关系的。更何况，"思想鲁迅"作为一个学术命题，它不是被动的被研究、被讲述和被塑造，而是时刻与当下社会发生联系、产生对话，它具有很强的流动性和变化性。在这个意义上鲁迅思想的研究谱系，也反映着中国社会发展的精神谱系，难度之大、意义之大都是可以想见的。

二、"待完成"的"新国学"设想

距离王富仁"新国学"理念的提出已经过去十几年了，其对于"新国学"的见解与阐释虽然还有不少争议，但仍不断启示着后代学者。近年来，学界围绕"新国学"的讨论仍在继续，而讨论的焦点仍集中在"新国学"的概念与内涵这一方面。

徐宏力在《论"新国学"》中明确指出："'新国学'特指在中华民族伟大复兴中发展的传统文化学说。传统是基础，复兴是表象，发展是本质。"①既明确了民族属性，确立了传统文化的基点，同时又具有开放包容的姿态，吸纳各国优秀文明的精华。回顾中华民族的发展历程，大汉

---

① 徐宏力：《论"新国学"》，载《东方论坛》，2009(6)。

民族主义所营造的天朝上国的幻梦，在英国殖民者的坚船利炮下变得不堪一击，国人由俯视者转变为仰视者，这种矫枉过正的心理所产生的文化自卑感使国学迅速衰落。伴随着改革开放，体制改革使国民经济高速增长，步入新世纪，中国在世界的瞩目下逐步走向繁荣、稳定、发展的道路，席卷全球的金融危机验证了中国应对金融风暴的反应力和执行力，奥运会的成功举办展现了国人的精神风貌和文化软实力，而 2020年世界范围内爆发的新冠疫情更是考验了中国速度和中国凝聚力。一次次的机遇与挑战，重塑了中华民族的文化自信，国学迎来了向上的拐点，如今，我们也能以更为客观、理性的眼光去审视本国文化的精华与糟粕。正如欧洲文明借助"文艺复兴"以达到文明"振兴"的目的一样，如今的中国完全可以在传统文明的回溯中找寻到契合当下和未来发展的文化因子。

　　总体而言，学界对于"新国学"概念的理解，多是在肯定王富仁观点的基础上加以展开论述。在《"新国学"概念之我见》一文中，宋剑华首先从"新学"与"国学"之间的辩证关系入手，认为五四以来的学术研究都可称之为"新学"，因为"新学"最大的特点即是用西方现代人文精神去重新阐释中国传统文化，任何引入中国的"西学"，在本质上都是"中学"的精神内核。比如"中国从印度吸收佛教并没有导致中国的'印度化'，中国吸收佛教是为了中国的目的和需要，中国的文化仍然是中国的"①，又如基督教之所以能传入中国，主要得益于传教士们想方设法从四书五经

---

① ［美］塞缪尔·亨廷顿：《文明的冲突与世界秩序的重建》，周琪译，55 页，北京，新华出版社，2010。

中寻找理论依据，因为他们深知"一个中国人在生活环境、生活方式、期望、语言、教养和国民性等方面如果没有汲取相当一部分儒家传统简直是不可思议"[①]，中国引进基督教的根本原因也是因为"它在与中国文化的主要要素相容的前提下被吸收和改造"[②]。这说明，"新学"并非是纯然的"西学"，当它传入中国本土时，已悄然注入顺应国人思维方式的新内涵。除了要厘清"新学"与"国学"的辩证关系，"传统"与"现代"的关系仍是把握"新国学"要义的重中之重。所谓"传统"，并非古往今来一成不变之事，如果说"统"意味着"中国自远古时代的农耕文化起，所形成的社会组织、民族习俗、语言思维以及生活方式等"[③]，那么"传"则意味着对一个民族文化方方面面的完善与丰富，"传统"的重点仍在于"传"的动态发展与逐层演进。沿此思路，便不难理解何为"现代"。所谓"现代"，是"传统"的自然流变。这恰如新文学的发展过程，"新文学之运动，并不是由外国来的，也不是几个人几年来提倡出来的，白话文学之趋势，在二千年来是在继续不断的，我们运动的人，不过是把二千年之趋势，把自然变化之路，加上了人工，使得快点而已"[④]，胡适这番话点明了新文化运动并非"横空出世"，它与中国的传统文化之间存在着密不可分的血缘关系，正如梁实秋在谈到新文学的现代性时所言："就文

---

① ［加］秦家懿、［德］孔汉思：《中国宗教与基督教》，吴华译，249 页，北京，生活·读书·新知三联书店，1990。

② ［美］塞缪尔·亨廷顿：《文明的冲突与世界秩序的重建》，周琪译，55 页，北京，新华出版社，2010。

③ 宋剑华：《"新国学"概念之我见》，载《名作欣赏》，2019(2)。

④ 胡适：《新文学运动之意义》，见《胡适文集》(第 12 卷)，249 页，北京，北京大学出版社，1998。

学而论，自古至今，有其延续性，有所谓'传统'，从各方面一点一滴的设法改进，是可行的，若说把旧有的文学一脚踢翻，另起炉灶，那是不可能的。"①当我们重新回味新文化倡导者们对新文学的理解时，回味的其实是他们对于古今中外文化资源既严谨又开放的态度，王富仁对于"新国学"的阐释也正是承袭了这种既"小心又大胆"的精神，他引导着学者、公众和社会以一种理性、系统的眼光去审视本民族的学术研究，并建立一种整体性的研究思维。

就像我们前面所说的，即便"新国学"还是一个待完成的学术设想，这个设想也面临着这样那样的一些争议，但是有一点是可以确定的，那就是在越来越弘扬"国学"的当下，我们需要什么样的国学？怎么弘扬国学？这些都是亟待回答的问题。从 20 世纪末到 21 世纪初，经济的飞速发展伴随着国家对文化软实力的重视，"国学热"的文化现象应运而生。"国学复兴"的观念逐渐渗透到政治、经济、思想、文化各个领域，从国家、社会到学术圈、传媒界对国学的热捧，各类国学专修班、国学讲座、国学网站以及国学节目深受人民群众的喜爱，这里面有一些确实有利于国学的传承与传播，也有一些只是热闹一时的文化泡沫，作为学者来说，怎么把"国学"的问题进一步学理化、规范化，又怎么把国学真正地融入我们的生活，怎么处理现代文化与国学的关系？这都是难度很大的问题。"新国学"的思路和设想可以为这些问题提供一些有益的思考。笔者认为，我们大致可以从以下几个层面

---

① 梁实秋：《五四与文艺》，见《梁实秋批评文集》，249 页，珠海，珠海出版社，1998。

进一步理解新国学的建设与实践。

第一，国学之"国"，指的不仅仅是传统之中国，更应该包含现代之中国、发展之中国。尤其是在一些特殊的历史关节点上，国学往往会生发出一种新的形态，这恰恰是国学具有生命力的表现，这说明它是能够转型的，是能够在古今之变的大格局中顺应时代潮流的。五四以来的新文学新文化就是这样的一种新形态。五四的"新"，就正在于它的历史坐标和定位，它是处在古今中外纵横交错的那一个交叉点上：几千年的文化传统从这一点开始发生本质性的变化，同时中外文化的大规模交流与碰撞也集中在这个点上。尽管人们对五四的作用与价值存在着某些认识上的分歧，但百年新文学新文化对中国人行为方式与思维方式的深刻改变，是不能否认的。中国的历史传统、中国的古代文化与古典文学，在这里都出现了一个根本性的转折。拿白话新诗来说，中国传统诗歌经历了几千年的发展，无论是审美还是思想上都已经呈现出高度纯熟的状态。与传统诗歌相比，胡适《尝试集》里的"两个黄蝴蝶，双双飞上天"确实稍显幼稚，但新诗写得再幼稚，它体现的也是一个新的方向，是旧诗无法取代的。这样的表达方式和语言体系即便还不那么成熟，它也确实完成了对古诗几千年来形成的强大表达惯性的反叛。五四的另外一个价值就是它开启了中国文化与世界文化第一次大规模的交流与碰撞。西方国家经历了长期发展积累下来的文学作品、文艺思想、思潮流派在短短几年如洪水开闸般涌入中国，极大地开拓了国人的视野和眼界，真正打开了中国文化通向世界的门窗。最后就是五四对个人价值的发展和弘扬，在中国历史上是空前的。从此，个人不再附属于家庭、社会、民族、国家而存在，而是首先成为"人"本身，独立的个人受到了尊重，个人的价值获得了肯定，自由意志得到了普遍的认同。这是五四留给我们这个文化早熟的民族最大的精神财富。

第二，国学之学，不仅在于国故知识的积累，更在于精神的引领。章太炎曾说道："夫国学者，国家所以成立之源泉也。吾闻处竞争之世，徒恃国学固不足以立国矣，而吾未闻国学不兴而国能自立者也。吾闻有国亡而国学不亡者矣，而吾未闻国学先亡而国仍立也。"①章太炎将国学提到一个如此高的高度，并不是一种夸大其词。中国几千年的发展证明，虽然朝代更改，政权更迭，但在文化上中华文明从未断裂，一脉相承，就是因为我们始终传承和延续的是"国学"这一民族之根。即便是在反传统最为激烈的五四时期，面对"亡国灭学"的严酷现实和"亡国灭种"的严重局势，国学仍然保持着自身强大的发展势头。五四新文化运动以强大的冲击力荡涤着中国的历史和现实，新文学、新文化以不可阻挡之势，批判旧文化旧文学，摧枯拉朽，开天辟地！但今天我们平心静气地看看，国学被打倒了吗？被摧毁了吗？不仅没有，国学反而以强大的凝聚力固守着传统文化的血脉。

第三，国学之所以要"新"，因为它指向的是未来，而非过去。王富仁提倡的"新国学"，不是为了消除文学的现代性，而是搭建一种传统与现代共存的学术空间。这既是一种对现代文学的坚守，也是一种超越。新文学以来的"现代"只有在古典文学的"传统"对照之下，才得以成立。没有西学，何谓国学？没有传统，何来现代？"不是规定性的，而是构

---

①　汤志钧：《章太炎年谱长编》，215 页，北京，中华书局，1979。

成性的"①，这正是"新国学"和传统"国学"的内在的质的区别所在。只有在"构成性"的环境中，我们才能更加清楚地看到以新文学为核心的现代文学将被置于何种位置？现代文学与中国文学、现代文化与中国文化之间又是一种什么样的关系？曾经有研究者在挖掘出晚清"被压抑的现代性"后，认定"晚清时期的重要"，"先于甚或超过五四的开创性"②，甚至提出"没有晚清，何来五四"的说法。我们在长期的研究和教学中确实存在对晚清文学不够重视的情况，作为古代文学的尾声，现代文学的先声，晚清文学在文学史中似乎很少得到过"正声"的待遇，这毋庸置疑是不合适的。但晚清是晚清，五四是五四，它们各自有各自的价值，二者之间的关系不能用"没有……何来……"的逻辑来解释。如果过于强调传统文化的"旧"，那么传统文化也会变得孤立和狭隘起来，失去了传承和发展的活力。相反，如果过于强调五四的"新"，那么五四这一起点同样也显得孤立化，失去了历史发展的土壤和根系，因此，传统和现代是一对相互构成的关系，传统文化、传统文学和新文化、新文学也是一对相互构成的关系。这种构成性，就是王富仁想要强调的"新国学"之"新"。

今天，当我们关注传统与现代、国学与现代文学这个难点和热点问题的时候，就不得不提到王富仁先生的"新国学"构想。人们将以继续推进王富仁先生未竟的学术构想，来表达对他永远的敬意和怀念，这可能是王富仁先生所没有想到的，同时也应该是他最愿意看到的。

---

① 王富仁：《"新国学"论纲》(下)，载《社会科学战线》，2005(3)。

② 王德威：《想象中国的方法：历史、小说、叙事》，3页，北京，生活·读书·新知三联书店，1998。

三、仍在建构中的"本土"学术

就像我们在前文中所提到的那样，王富仁是从《鲁迅前期小说与俄罗斯文学》进入鲁迅研究的，这让他的学术研究从一开始就带有强烈的世界视野。

但是有意思的是，王富仁对于鲁迅的关注也好，对于现代文学的关注也好，并没有向世界文学的方向发展，在谈及对文学研究的看法时，王富仁提道："我们这一代人还是能够做一点事情的，那就是从对中国人、中国人的文化心理的表现上对中国文学作品做一点新的研究。"①"我们中国现代知识分子不论怎样崇高评价和借鉴中国古代的或外国的现成文化学说，但我们的思想基点却都应建立在我们自己的人生体验的一种坚不可摧的社会愿望上。""只要是建立在这种内心坚不可摧的社会性愿望和追求上的思维基点，我们就应在任何艰难的条件下都坚持它，并利用一切可以利用的人类历史积累的财富充实它、丰富它、发展它。"②王富仁力图以中国现当代人的生存和发展作为基点，去考察中国现当代的文化。在鲁迅研究中，王富仁也始终坚持挖掘鲁迅思想的本土性特点和本土意义。相比于鲁迅对于世界的意义，显然王富仁更倾向于讨论鲁迅对于中国现实、本土文化的意义。

20 世纪 90 年代，王富仁深入研究了鲁迅与中国传统文化的关系，指出"继承和发展了孔子文化传统的不是现代的新儒家，而是鲁迅，而

---

① 王富仁：《王富仁自选集》，4 页，桂林，广西师范大学出版社，1999。

② 同上书，212～213 页。

是像鲁迅这样具有独立创造精神的中国现代知识分子。"①这一观点的提出，是由于当时学术界出现的了贬损五四新文化运动的观点。王富仁认为，鲁迅对中国文化有着深刻的理解，其中涉及儒家、道家、法家、墨家等多方面的古代文化传统。鲁迅是中国文化的守夜人这一观点，更使得"鲁迅与传统文化的关系研究既超越了传统的或者分裂或者传承的二元对立思维模式，也超越了林毓生的理性反叛、情感皈依的二律背反模式，达到一种整体性与融合性的理论高度。"②王富仁的鲁迅研究聚焦于鲁迅与社会现实改造、中国文化传统重建的关系，具有本土特色。

近年来，随着全球化的推进，"世界化""海外汉学热"等话题越来越热，这些话题伴随着当今世界一体化的进程出现，引起了极大关注。但实际上中国学术如何"本土化"依然是个没有完成的课题。海外汉学家提出的一些观点，如王德威的"没有晚清，何来五四"，是对五四传统的反拨，晚清与五四的界限变得模糊，"压抑的现代性"这一观点也成为流行话语。然而，这一话语对五四的意义进行了消解，也为现代文学研究带来了困惑。温儒敏认为，"一味模仿汉学（尤其是美国汉学）研究的思路，盲目地以汉学的成绩作为研究的标尺，失去自己的学术根基。我们可以把这种盲目性称为'汉学心态'。""海外汉学有其优长，有许多坚实而有创意的著述，而且现代文学研究的复苏也曾得益于汉学的'刺激'；然而汉学家，包括许多生活在西方、从事中国文学研究的新一代华裔学者，

---

① 王富仁：《中国文化的守夜人——鲁迅》，128 页，北京，人民文学出版社，2002。

② 谭桂林：《论王富仁"鲁学"的精神遗产》，载《汕头大学学报》（人文社会科学版），2018(6)。

他们的学术背景、理路与动力都离不开其所根植的土壤，其概念运用、思维模式、问题意识，也大都源于西方特定的学术谱系，盲目崇拜和一味照搬并不可取。""我们对于海外汉学的研究还很不够，适当吸纳消化肯定会有所获益，只是担心盲目跟进的'汉学心态'会助长'隔岸观火'的路数，失去学术研究的标准与活力，到头来销蚀了我们自身的研究。"①王富仁的文学研究可以说为我们的学术本土化提供了思路。

王富仁对学术本土化的坚持，既体现在他的思维方式上，也体现在他的行为方式上，这与他本身关注中国自身文化发展以及国民精神状况的初衷是相通的，在这些问题上，我们也不难看到他在鲁迅研究上的兴趣、志向、视角和方法的自然延续。

第二节 永不停歇的"学术接力"

中国现代文学研究领域不断发展，学科体系建构不断完善，这离不开一代又一代学人的辛勤耕耘和艰难开创。正是在这种一代又一代的学术接力中，我们的学术理念才能得到不断的发展，我们的学科队伍才能不断走向壮大，我们的研究才能不断开创新的境地。在这种学术链条的发展中，没有人能够自说自话，也没有人能够独自为营，正如王富仁的"思想鲁迅"是在对上一代以陈涌为代表的"政治鲁迅"理念的继承中发展而来的那样，今后学术的发展也必然将在一代又一代的传承中继续接力

---

① 温儒敏：《谈谈困扰现代文学研究的几个问题》，载《文学评论》，2007(2)。

下去。

一、王富仁"樊骏论"的价值与意义

在学术传承上，王富仁和李何林的关系，"思想鲁迅"和"政治鲁迅"的关系是比较明显的，在前面的章节中我们已经对这些问题进行了多方面的探讨。实际上，还有一位学者与王富仁有着深层次的精神联系，他就是樊骏。

在现代文学研究前辈学者中，樊骏似乎没有像其他学者那样"名声大振"，他的研究在喧嚣的 20 世纪 80 年代也显得没那么耀眼、那么华彩，正如王富仁所讲的那样，樊骏是一个研究风格和方法都很难概括的研究者：他既不是现实主义者，也不是一个现代主义者，后现代主义者、国家主义者、自由主义者、激进主义者、保守主义者也和他不沾边。当年王瑶、唐弢还健在的时候，樊骏就曾做过他们的得力助手，对中国现当代文学学科的历史与现状、成就与问题、经验与教训等问题均做过相当系统深入的考察。但由于他主要把大部分精力放在了学科建设和史料建设上面，难免给人"为他人作嫁衣"的感觉，所以比起那些提出自己理论设想的学者，他显得不那么耀眼，甚至不太容易被注意到。

但王富仁却专门写了 5 篇长文论述樊骏的学术贡献，其中包括《樊骏的中国现代文学研究》(《北京师范大学学报》，2011 年第 6 期)、《学科魂——〈樊骏论〉之第一章》(《中国现代文学研究丛刊》，2012 年第 1 期)、《中国现代文学：它的存在就是它的意义——樊骏先生的中国现代文学史观》(《天津师范大学学报》，2012 年第 1 期)、《中国现代文学研究的当代性——〈樊骏论〉之一章》(《现代中文学刊》，2012 年第 1 期)，在这些文章当中，王富仁不仅对樊骏的学术贡献进行了深入细致的梳理，而且把樊骏放在现代文学"学科之魂"的层面来进行论述。所谓的学科之"魂"是什么？王富仁又为何尤其看重这一点？

一个学科的建构是由若干个版块构成的，每个研究者也有自己擅长和钻研的领域，但是一个学科之所以能够拧合在一起，除了研究对象、研究范畴的相通性之外，还有一种更为抽象、也更为宏观的，能够体现着这个学科发展的精神追求和价值取向的东西，王富仁用"学科魂"来指代这个东西，是非常准确的。而樊骏正是在这个意义上有着自己独特的意义，他在中国现代文学研究传统建构过程中发挥的作用是具有奠基性的，并且是潜移默化的。就像王富仁所说的那样："他似乎什么也没有做，但他又的确什么也为我们做了！……新时期以来中国现代学研究中的任何一个新观点的提出，任何一个新方法的运用，任何一个新领域的开拓，实际上都与他有着千丝万缕的联系，都是通过他上升到整个中国现代文学学科的高度、中国现代文学研究传统的高度的。"①

樊骏对中国现代文学学科的建设，始终贯彻着一种学科战略的眼光。樊骏在学科初建的时候就提出了一些前瞻性的观点，比如要实现"从单纯的文学批评向综合的历史研究的转化"，"从实际出发、尊重历史和从今天的认识水平对历史进行新的审视结合起来，历史感和现实感并重，实现历史主义和当代性的统一"②等，在他看来，现代文学学科

---

①　王富仁：《樊骏的中国现代文学研究》，载《北京师范大学学报》(社会科学版)，2011(6)。

②　樊骏：《我们的学科：已经不再年轻，正在走向成熟》，载《中国现代文学研究丛刊》，1995(2)。

已经不再年轻，要逐渐走向成熟，研究者也要时刻保持清醒，正确看待手中的研究工作，为整个学科的建设服务。这些观点都意味着樊骏具有明显的经典意识、总结意识和历史意识。在具体的时间中，樊骏对现代文学学科初期史料的整理与建构，对前辈学者学术成果的梳理和评价，从来都没有游离于整个中国现代文学学科，而是力求多方面地联系整体来建构现代文学的整体性。他对学者成果的研究之研究，也是在建设中国现代文学学科队伍的视野下进行的，由此及彼，由彼及此，准确地抓住具体研究对象的个体特征，从个人经历到研究渊源，从学术风格到个性特征，他的论述总能启发人们由此及彼，去把握更宏大的群体，去认识整个中国现代文学学科研究队伍的特征，探索现代文学学科整体的某些规律性现象，从而扩大视野，为我们中国现代文学学人以及中国现代文学整个学科的成长提供了多方面的启示。对学科发展的全局性、战略性关怀与思考，对学科理论建设的高度重视与自觉性，构成了樊骏学术研究最鲜明的特色，也是樊骏对现代文学学科最独特、最突出的贡献。

王富仁如此用心、如此费力、如此长篇地谈论一个学者，这是很少见的，以笔者对樊骏、王富仁的了解，两人性格、兴趣、习惯等各个方面的差异是很大的，樊骏是上海人，更加细腻严谨，王富仁是山东人，更加粗放恣意，王富仁如此系统地研究樊骏，这绝不是出于王富仁对樊骏的感恩之情或者二人之间的私交，那么只能有一点，那就是两人心性的相通、思想的相通和志向的相通。

樊骏的学术研究，始终都具有深切的人文关怀意识和学科发展眼光。既能从细微之处切入，又时时刻刻不忘从整体上去看问题。这种研究的自觉性同样影响了王富仁，学术的承传正是在这种循环往复的意识当中不断推进的，王富仁这一代的研究者，在樊骏的影响下继续深入，共同推进着学术的进步和学科的建构。学术的发展传承、学科的建设，从来都不是一个人，甚至也不是一代人完成的，而是在一代又一代传承、接力中实现、发展并推动的。每一代学人的研究风格都较为明确，也有一些共性，每个人的贡献也是不同的。正如樊骏一直强调的那样，每个学科的发展，离不开诸多具有独立个性的研究者和具体研究成果，学术应该是完全自由的，每一个研究者的具体研究活动也应该是完全自由的，它是一个学科的生命源泉，也是一个学科能够繁荣发展的前提条件。一种声音，必须得有听众响应才能产生共鸣；一种思想，必须得有赞同者支持才能得以发扬；一门学科，也必须得有传承者才能得以延续。代代相传学科才能存在，才能有生命力，代代相传必须通过一代代人的努力、碰撞，将思维的火花激发出来，才能焕发最大的能量，把一代一代前任积攒的经验和智慧传递下去，发扬光大，通过这样一代一代的推陈出新，不断改进、不断深化而形成一门学科。中国现代文学学科的建立也是如此，也是在一代又一代人的接触里把一代代积累下来的经验和智慧传递下来的。

二、王富仁与青年学人

"学者"是王富仁最鲜明的标签，但仅仅用"学者"来定位王富仁又是不全面的，王富仁不仅是个"学者"，同时也是一位"师者"。自担任博士生导师以来，王富仁在人才培养上一直不遗余力，他先后培养出来的硕士、博士以及进修教师和访问学者已经成为现当代文学研究界的重要力量：谭桂林、李怡、萧同庆、钱振纲、于慈江、高俊林、孙晓娅、李春雨、孟庆澍、王卫平、孔育新、张莉、姜彩燕、沈庆利、鲍国华、谢晓霞、宫立、孙振春、廖四平、林洁伟、范国富、周佩瑶、彭小燕、邓如冰、李金龙、谢保杰、查子安、姜广平……除了门生之外，王富仁间接影响的青年学者如今也已经遍布全国各地，很多人也都是当下现代文学研究的中坚力量。

实际上，与青年人保持紧密的联系，提拔、引导青年人也是鲁迅的一个重要特点。"青年"始终是鲁迅心中一个独特的情结。鲁迅与青年交往的过程不仅仅是向外的，更是向内的，不仅指向社会，更加指向鲁迅自己。这个过程伴随着鲁迅自己的人生体验，首先，鲁迅自己是从青年时期走过来的，对人生不同阶段有着深切的体会；其次，鲁迅也见过很多青年的面貌和变化，扶持青年，与青年论战乃至决裂，得到过青年的尊崇与喜爱，也得到过青年的批判与谩骂，也通过青年获得过新的思想，这导致了鲁迅面对青年的一种复杂姿态。

鲁迅的一生为青年付出了许多心血，扶持青年几乎成了鲁迅的本能。据不完全统计，鲁迅的一生曾先后为 49 位青年作家的书稿写序或跋，收到过 1200 多位青年的来信，并写了 3500 多封回信，经他帮助或资助过的青年作家、翻译家、木刻家有很多。鲁迅对青年的扶持不仅是给予青年实际的帮助，更加是一种设身处地的体贴，是一种"俯首甘为孺子牛"的无私奉献。在回忆鲁迅的文字中，黄源曾写下："他一生帮助青年，指导青年，把全部的精力献给青年。他每天要分出一二小时的精力给青年复信，看稿，有的青年还要他代办书籍。他平素来往的也都是青年。他为青年活着，他也活在青年中间。但他从不以青年领袖自居，从不使唤青年。"①唐弢也曾说过："对待青年，对待在思想战线上一起作战的人，鲁迅先生是亲切的，热情的，一直保持着平等待人的态度。他和青年们谈话的时候，不爱使用教训的口吻，从来不说'你应该这样''你不应该那样'一类的话。他以自己的行动，以有趣的比喻和生动的故事，作出形象的暗示，让人体会到应该这样，不应该那样！"②

　　青年作家沙汀和艾芜曾给鲁迅写信请教创作问题，询问应该如何使自己的创作对于时代和社会有所贡献，鲁迅向他们强调："如果是战斗的无产者，只要所写的是可以成为艺术品的东西，那就无论他所描写的是什么事情，所使用的是什么材料，对于现代以及将来一定是有贡献的意义的。"③鲁迅鼓励他们根据自己能写的题材进行写作，"不必趋时，自然更不必硬造一个突变式的革命英雄，自称'革命文学'；但也不可苟安于这一点，没有改革，以致沉没了自己——也就是消灭了对于时代的助力和贡献。"④鲁迅的指点影响了沙汀和艾芜的一生，他们按照鲁迅的意见努力创作，后来都成为著名的左翼作家。鲁迅与萧红、萧军的友谊更是成为了文坛佳话。当初这对文学青年从东北沦陷区流浪到上海时，在举目无亲、身无分文的情况下向鲁迅求助，鲁迅不仅热情地资助他们的生活，帮助他们与左翼进步作家建立了关系，还以"奴隶丛书"的名义

---

　　①　黄源：《鲁迅先生》，见中国社会科学院文学研究所鲁迅研究室编：《鲁迅研究学术论著资料汇编》(第二卷)，287 页，北京，中国文联出版公司，1986。

　　②　唐弢：《琐忆》，见《20 世纪学者散文百家》，404 页，福州，福建教育出版社，1993。

　　③　鲁迅：《关于小说题材的通信》，见《鲁迅全集》(第四卷)，376 页，北京，人民文学出版社，2005。

　　④　同上书，378 页。

为他们出版了著作《八月的乡村》和《生死场》，并亲自撰写了序言。他评价《八月的乡村》时说它"显示着中国的一份和全部，现在和未来，死路与活路。凡有人心的读者，是看得完的，而且有所得的"①，评价《生死场》时说："北方人民的对于生的坚强，对于死的挣扎，却往往已经力透纸背；女性作者的细致的观察和越轨的笔致，又增加了不少明丽和新鲜。"②鲁迅的序言对这两部著作进行了高度评价，这对于刚涉足文坛的萧军和萧红两人来说无疑是巨大的鼓励与支持。

回到王富仁这里，对于后辈学者的提携与关爱，一直是王富仁为人称道的地方。王富仁带学生，是出了名的"放羊"式的管理，用他自己的玩笑话说，只负责招进来，入门以后怎么发展，就要靠自己了。王富仁的大弟子谭桂林回忆道，王老师在学术道路上曾经给过他两大财富，他概括为"钉子主义"和"一句话原则"。王富仁教会他做学问要有"钉子主义"精神，即"遇到一个好题目，不要轻易放弃，要做细，做深，做成一颗钉子，钉在学术史上，让后来者无法绕过你去。"另一个就是"一句话原则"，即"一部书稿也好，一篇文章也好，看它是否有创见，就看能不能用一句话来概括它的内容，而这句话是要别人没有说过的话。"③这两句话在谭桂林身上至今都有着充分的体现。

王富仁的另一位博士孟庆澍则回忆说："王老师是非常强调独立的

---

① 鲁迅：《田军作〈八月的乡村〉序》，见《鲁迅全集》（第六卷），296页，北京，人民文学出版社，2005。

② 鲁迅：《萧红作〈生死场〉序》，见《鲁迅全集》（第六卷），422页，北京，人民文学出版社，2005。

③ 谭桂林：《可以追随但不可复现的存在——怀念恩师王富仁先生》，载《雨花》，2017(15)。

人。他经常说：'要找到你自己。'我的理解是，这既是要求找到适合自己的学术研究方法，更是要求让自己彻底成长起来，独立出来，成为一个用自己的头脑思考问题，用自己的眼光看待世界的独立个体，而且更进一步，独立地做出选择，独立地承担后果。他既是谦虚朴实、尊重他人的，又是坚持自性、绝不盲从的。"①

同样是王富仁的博士，也是本书笔者之一的李春雨回忆道，王富仁老师在指导她论文时多次强调，学术研究包括论文选题，要有两个东西：一个是逆向思维，要敢于和既有的、权威的观点碰撞，哪怕是个刚起步的研究生也要敢于发出自己的声音；另一个是激情，一旦确定好自己的研究目标，就要充满激情地投入进去，充满兴趣地投入进去，李春雨跟随王老师读博时，正值左翼文学研究处于低潮，王老师积极鼓励李春雨和其他同学选择左翼文学的研究题目，虽然最后李春雨没有选择研究左翼文学，但当今左翼文学已经越来越成为学术的热点不断得到学者们的深切关注，这证明王老师对左翼文学状况的判断是相当准确的，也是相当有远见的。

王富仁的学术研究，始终非常注重主体性的体验，他尊重学术界的权威观点，但绝不效仿或者迎合别人，遇到自己不赞同的观点，不认可的想法，即便得罪人也绝不妥协。成名之后，他也从未有以权威自居操控他人的想法，更不强求别人来附和自己、认同自己的观点。他的学生里，有些人的选题他并不完全认可，但只要言之成理，最后总能得到他的同意。邓如冰曾回忆道，当初自己忐忑地带着选题《人与衣：张爱玲

---

① 孟庆澍：《独往人间竟独还——我记忆中的王富仁先生》，载《天涯》，2019(2)。

〈传奇〉的服饰描写研究》去询问王富仁的意见，王富仁开始有些犹豫，但随即很支持她的想法。最可贵的是，王富仁不仅能够坚持自己的想法，也允许别人坚持自己的想法。他的独立不是压制性的，而是召唤性和激发性的。他从来不希望别人模仿他、复制他，而是希望学生都有自己的个性、都成为不能被取代不能被消灭的"唯一"。这一点还特别体现在李怡的博士论文里面，李怡的博士论文写的是《日本体验与中国现代文学的发生》，但是在写作博士论文的时候，李怡还没有去过日本，还没有真正体验过"日本体验"，但是他的论文依然完成得非常出色，获得了当年的"全国百篇优秀博士论文"称号。王富仁对李怡的论文也非常看重，在论文的导师意见中，王富仁这样写道："李怡的博士学位论文从一个更新的角度描述了中国现代文学发生和发展的根源，从而将西方文化的影响、中国古代文化传统的基础作用和现实社会人生的个体生活体验有机地结合了起来，从而解决了中国学术界长期希望解决而不能解决的一系列问题。"①这其实说明，不管是王富仁还是李怡，他们注重体验的角度，不一定完全凭借自己亲身感受和经历，而是一种主体精神的投入，就像李怡在论文中所说的"'体验'的核心总是人，是作为体验者的主体精神活动。也就是说，与体验对象的所谓'本身'相比，体验者自己的心理过程与认知结果无疑更为重要"②。李怡把中国现代留日作家的"日本体验"当作现代文学"发生"过程中的一个重要"细节"加以充分而深入的论析，这不仅拓展了现代文学"发生"的内涵的丰富性，而且也赋予

①　李怡：《东游的摩罗——日本体验与中国现代文学的发生》，274页，南京，江苏凤凰文艺出版社，2018。

②　同上书，18页。

了"日本体验"本身以更加新颖和深刻的意蕴。李怡博士论文的巨大成功，突出体现了师徒二人的共同眼光与心心相印！

王富仁不仅仅对自己的学生如此，对待求教的青年学人也是充满了关怀，在当时手机、电话还不发达的年代，他与许多学生和年轻人一通信就是十几年。凡是经手的文章，只要一遇到好的思想，好的学术苗子，王富仁往往都是大力提携，即便在病中，仍然念念不忘，不断叮嘱身边来探望的朋友，一定要尽快让好东西见刊。后学晚辈们的请求，他都欣然应允，无论是对方请求来拜访，请教问题，还是请求为书作序，王富仁都一丝不苟，对待学术极其认真。出门游学时，慕名而来的学生往往兴奋地忘记了时间，互动活动一不小心就会变成他的私人讲授课，他毫无不耐烦之意。答应别人的稿子，他从不糊弄，常常花上三四个月的时间写一篇序言，动辄上万字，毫不吝啬笔墨，带病为学生上课更是常事，即便病重之时也还惦念着毕业多年的学生的学业境况。

王富仁的博士张莉回忆说："王老师一度是写序言的专业户。给他的学生写，也给许多同行或青年学子写。他的序很长，并不敷衍。这对被序者而言当然是荣耀，但对写序者而言该是怎样的负担？他说起别人劝他少写序言，太消耗精力。他说他发明了一个方法，序言固然要谈所序之作，但他也要由此谈开去，他谈他对相关问题的理解和困惑。他说，写序既鼓舞帮助了年轻人，也能促使自己思考、动笔，何乐而不为？"[1]

笔者还有一个很难忘怀的事情。在王富仁先生病重之际，本书作者刘勇、李春雨与钱振刚、李怡、沈庆利曾一同去 301 医院探望。这

---

[1]　张莉：《他是勇者——怀念我的导师王富仁先生》，载《文艺争鸣》，2017(7)。

时候王富仁先生的身体已经非常虚弱了，但见到我们来，他依然很兴奋。当我们握住王老师的手时，王老师第一时间从自己的背后拿出一篇稿子并递给刘勇，是他的一个学生写的一篇文章，刘勇接过来的时候稿子上还带着王老师的体温，王老师很恳切地嘱托刘勇帮忙推荐发表。这篇文章后来在《中国现代文学研究丛刊》上发表，但此时王老师已经离世了。这件事情给我们留下了深刻的印象，王老师在生命的最后阶段，依然关注学生的发展，无论博士还是硕士，每个人都在他的深情关注之下。

王富仁带给学生的，远远超过了知识层面，更多的是精神价值层面。拿他最欣赏的鲁迅来讲，王富仁始终保持着理智的距离，不媚俗，不浮夸，理性思考，润物无声。"先生从来没有津津有味地讨论过鲁迅日常生活的细节，也从来没有专心致志地讲述过鲁迅学术工作上的雅趣，他呈现给我们的鲁迅，从来就是精神上的先哲，思想上的智者，一个觉醒的受难者和他孤独的大写人格。先生为我们展现的鲁迅影像，构架清晰、逻辑圆满，但是他的饱含张力的话语，他的滚雪球似的增值性思维，又似乎时时刻刻在诱引你走向一个朦胧的鲁迅，一个深不可测的鲁迅。"①这种带有距离的亲近感也让学生印象深刻，真正明白了研究的方向应当是把握最核心的东西，透过表层去看内在，透过纷繁复杂的现象去接近核心本质，"鲁迅在富仁师那里，始终是一个原点，一个标杆，一种尺度。所以，那几年的烟熏，不仅让我从先生那里继承了一种浓浓

① 谭桂林：《可以追随但不可复现的存在——怀念恩师王富仁先生》，载《雨花》，2017(15)。

的对鲁迅的敬仰，而且也让我明白了一个道理，也可以说是体会到了先生的一个经验，这就是，一个做现代文学研究的学者，无论你研究的路数有多丰富，方式有多炫目，最终你还是要以鲁迅为基点；无论你开拓的疆域有多宽阔，走过的领地有多璀璨，然后你还是想回到鲁迅那里去。"①

正是在这样永不停歇的"学术接力"中，王富仁不断实现着自己的价值，也不断将学术研究的火炬传递下去。他的离开，在很大程度上也表明了一场学术交响乐的落幕，但万幸的是，王富仁并没有成为绝响，他所谱写的辉煌的乐章还在不断继续着，无数的后来者、年轻人还在不断地延续他的华章，王富仁一生都在做一场学术接力，不光自己跑，也带着学生跑，自己跑不动了，学生还要一代一代跑下去，将学术研究的接力棒传递下去。

第三节　永不退场的"个人魅力"

王富仁是鲁迅研究及现代文学研究界最有思想家和理论家气质的学者之一，其思想和理论是在他的内心感受和生命体验中生长、提炼出来的，始终保持着与现实社会人生的血肉联系。正是这样紧密的生命感，使得在现代文学研究领域，始终闪烁着王富仁独特的个人魅力。

---

① 谭桂林：《可以追随但不可复现的存在——怀念恩师王富仁先生》，载《雨花》，2017(15)。

一、是学术研究，更是生命体验

王富仁一生的学术研究，既是学术行为，也是生命行为。从学术研究的视角看，王富仁保持着独特的研究角度，往往另辟蹊径，拥有对话、质疑、挑战与更新的勇气，而当他深入自我的学术研究视角，立刻又展现出来磅礴的学术劲头和开阔的学术胸襟，这是王富仁形成学术研究的一种风格和气质。从另一个角度来看，现代文学研究对于王富仁来说，更是容纳、包容和化解他生命体验的一种重要方式，而王富仁自身的人生经历，也让他能开辟走近现代文学的新的眼光。因此，当我们读到王富仁的研究著作时，能感受到他情绪的悦动、思绪的腾飞，还有深入生命体验的透彻。

不仅于读者而言有这样深刻的感受，对王富仁自己而言，他非常看重这种学术与生命的叠合，看重这种学术行为对自己生命的影响。王富仁在学术研究中燃烧自己的生命激情。王富仁是把自己的学术融入了生命，把专业变成了事业。

因此，王富仁关于鲁迅的各种问题的提出，才真正既是时代的，也是个人的，是时代性与个人性的融合。王富仁研究鲁迅是基于中学时代对鲁迅的感知。王富仁读中学时，他的父亲购得一套《鲁迅全集》，王富仁一卷一卷读了下来。虽然当时的王富仁并不能完全懂得这些作品的意思，但有些作品已经使他产生了一种异样的感觉，这种异样或许来自于王富仁敏感的心灵，鲁迅的创作尤其是杂文给他留下了刻骨铭心的快感。中学时代朦胧而别样的阅读感受，正是开启以后王富仁鲁迅研究最初的钥匙。此后，外文系毕业的王富仁经历了农场锻炼、中学教师等人生阶段，再次走近鲁迅，是一种生命感悟的回归，也实现了学术研究的升华。

王富仁不止一次在学术研讨会上强调"人生体验"，尤其对中国社会、文化处境的真实体验对学术研究的重要性。文学研究者在生活中有更真诚的体验、在行动中有更理性的思索，就能离研究对象更近一步。有学者曾有感于中国青年说："这一代的青年，最大的特色就是：一切都是'现在'，放眼所见都是'现在'，他们通过互联网等，毫无问题很快就可以接收到全世界、联结上全世界……他们整个很快就是全球化的。全球的移动，跟上全球的思潮或是风潮，这对他们来讲很容易。可就是太容易使一切成为都是'现在'，比较不容易创造出一个纵深。这个纵深是要创造出来的。"①鉴于此，王富仁时刻关注着社会细微的变动，精神上的转移和变迁，并时刻做出敏锐的回应。

王富仁作为鲁迅研究者，他先信仰了鲁迅，他先把鲁迅纳入到了自己的生命范畴里，他和鲁迅早已分不开。王富仁确立了研究者和研究对象之间的一种理想关系，而这种理想关系，需要燃烧生命来不断接续。

二、是学院派，更是社会派

王富仁虽然长期在学院任教，但与其说他是个学院派，还不如说他是一个"社会派"。学院是他切身所处的环境，社会是他进行学术研究宏阔的视野。王富仁所关注的问题始终与当下社会的问题紧密相连，他研

---

① 参见王汎森、袁一丹：《满眼都是"现在"》，载《读书》，2016(6)。

究鲁迅也好、研究现代文化重构也好，背后始终都凝聚着他对现实问题的思考，这是王富仁学术研究格外具有人格魅力的重要原因。

在《学识·史识·胆识》系列文章中，王富仁以"学识""史识""胆识"几个类别对近现代的一批知识分子进行了分类。所谓"学识"，指的就是接受过系统的知识和思想的学术训练，从而与没有文化的民众区别开来的一批知识分子，他是被知识所"构成"的，而还没有成为一个知识的"主体"。这种"学识"可以构成知识和文化传统的传递、学派的形成、师承的建构等，但是对于一个知识分子来说，仅仅有学识是不够的，因为学识是有边界的、是有限的，当遇见了超于这些学识边界的问题时，还需要一种"史识"和"胆识"。王富仁正是从这个角度来理解胡适对于新文化的意义的。胡适对白话文的倡导，是建立在他对中国历史文化走向的一种理性判断的"史识"之上，也建立在他在白话文的理念还并不成熟、并不完善的情况下就敢于发声的"胆识"之上。而吴宓、梅光迪、胡先骕等人对白话文的反对，恰恰就是受困于"学识"的影响，他们太受制于白璧德新人文主义的思想和标准，对于中国该不该用白话文的判断，他们是从白璧德的思想去分析的，而不是从中国现实社会的状况、个人在现实社会中的感受去判断的。但是胡适的局限性也在于，当他受到了来自于学识派的质疑时，他反击的方式却是举起另一派"学识"——杜威的实用主义哲学来保卫自己，这就使得本来是学识派与社会派的较量最后变成了白璧德思想和杜威思想的学识较量。这就歪曲了五四新文化运动本来暴露出来的矛盾和差异的实质意义。

从这些问题的分析中，我们也不难看出王富仁自己的思想倾向，相比于拥有完备知识的"学识"，他更看重的是与历史、社会、现实以及本人在历史、社会、现实中的体验，而这就是"史识"与"胆识"的结合。从他的鲁迅研究来看，王富仁始终保持着高度的问题意识和体验感，他追问着鲁迅追问的问题，带着自己的困惑与思考，寻求着历史的原因和当下的启示。作为现代文学学者，他既对先秦文化思想有着系统的追溯，又对当下文化、教育等问题始终抱着高度的关注。从《鲁迅前期小说与俄罗斯文学》《中国反封建思想革命的一面镜子——〈呐喊〉〈彷徨〉综论》到《中国鲁迅研究的历史与现状》《古老的回声——阅读中国古代文学经典》《语文教学与文学》，王富仁从具体的作家研究走向了宏阔文化审视，这既是王富仁学术研究的成果，也塑造了王富仁自己。

三、学术已然成为一种"习惯"

在王富仁去世之后，很多学界同仁都写了纪念文章，其中也包括本书笔者在内。但我们很少在这类文章中提及跟王富仁一些私人交往的事情，更多是沿着王富仁提出的重要学术理念阐发一些自己的理解。之所以如此，主要是因为我们始终觉得用王富仁对我们学术研究的启示来表达对他永远的敬意和怀念，或许更符合我们跟王富仁一直以来相处的模式和默契吧。因此，在这本书当中，讨论的也是王富仁多年来在学术研究方面的贡献和特点。但全书行文至此已到尾声，如果还有什么没说完的话，那便是王富仁曾在生活中给我留下的几个印象深刻的细节，但这些也并非完全与学术无关，毕竟生活的细节，在某种程度上更能反映一个人的某些特点。

一是随时随处读书。我们曾经在无数场合看到王富仁读书，在北京师范大学中文系，在大大小小的会议上，在和他外出的火车上，总是看到他捧着厚厚的书在读，有中文的，也有俄文的，还一边读一边拿着笔不停地画，不停地写。在一些大型的聚会上，王富仁也同样拿着书看，不怎么掺和大家的谈话，完全沉浸在书的字里行间。说老实话，这种读书的执着和韧劲不是谁都能做到的，这恰恰说明一个最淳朴的道理，一个人有再大的学术成就，也是一本书一本书读出来的，王富仁取得的巨大学术成就，是一本书一本书铺垫起来的，没有认真、刻苦、努力的阅读，就没有王富仁的成就与贡献，就没有今天这样一个著名学者。记得笔者刘勇刚工作时，王富仁先生曾送了一本俄文书，里面有一些涉及现代文学的内容，笔者以为王富仁先生想让我们帮忙翻译出来。但他说"主要不是让你翻译，而是想让你读一读这本书，特别是用俄文和中文反复对照着读几遍"。他最后又强调了一句："用俄文和用中文读是不一样的。"这本书是他自己读过的，他已经在里面做了很多标记。不管当今世界怎么发展，作为一个学者，读书是第一位的，什么时候停止读书，什么时候减少读书，一个学者就在减缓他的步伐，停止他的前进。鲁迅也是这样，我们常常问鲁迅凭什么坐现代文学第一把交椅？大家去看看鲁迅的藏书就知道了，鲁迅的藏书被完整保存下来的有一万四千多册，其中涉及文学、金石学、考古学、科学史、文字学、哲学、美学、民俗学、心理学、历史学。除中文外，藏书中还有日文 164 种，德文和英文151 种，俄文 86 种。仅凭这一点，就没几人能够与鲁迅媲美。这也就是当代文学中的那些经典之作，读起来远远没有鲁迅的著作更有味道、更有深度的重要原因。王富仁的藏书也很多，特别值得一提的是，王富仁先生去世后，我们遵其遗嘱，将其毕生藏书赠予聊城大学文学院，笔者在 2018 年 7 月 12 日参与主持了王富仁藏书的捐赠仪式，这批捐赠的图书总计 9597 册，其中各类著作 6217 册，各种期刊 3127 册，学位论文 208 份，饱含着王富仁先生一生学术研究的心血。在这些藏书里，笔者还看到了我们从 2004 年到 2016 年每年给王富仁先生寄的《北京文化发展报告》(在这期间笔者刘勇担任北师大北京文化发展研究院执行副院长)，13 本书整整齐齐放在书架上，我们没有想到王老师每年都保存了下来，并且把它们捐赠给了聊城大学。另外，我们不妨再说些题外之话，王富仁在北师大读博、任教，后来又去了汕头大学，但是王富仁先生的藏书既没有捐给北师大，也没有捐给汕头大学，而捐给了聊城大学，我们的理解是，这实际上是王富仁先生一贯为人低调的做法，当然这不是说聊城大学不如汕头大学和北京师范大学，而是王富仁先生即使捐赠自己的图书，也不愿张扬、不愿高调，而是用一种纯朴而低调的方式进行这个事情。更重要的是，聊城是王老师人生的起点，也是王老师学术研究的起点。这个选择说明了王富仁想要把心灵安放在故土，安放在他人生起点的地方。王老师的初中和高中都是在聊城三中读的，正是在这期间，他读完了《鲁迅全集》《莎士比亚全集》《毛泽东选集》等，这是他一生做学术研究最初也是最重要的基础。山东大学毕业后，王富仁被分到聊城四中担任语文教师，认识了当时的聊城师范学院(现为聊城大学)文学系教授薛绥之先生。王富仁先生曾亲口说过："薛老师直接把我带入到鲁迅研究的道路上，薛老师给我的鼓励和帮助，永远无法忘怀。"王富仁有一个重要的论断："我们每一个人都是这世界的过客。"王富仁这个过客，在生命的最后关头选择将他的藏书捐赠给聊城，这不仅是物质上的捐赠，更是心灵的回归与安放。

　　二是执着的眼光。我们都知道王富仁讲起课来总是滔滔不绝，常常是一讲就一两小时，停都停不下来。但是大家很少会注意到，他在聆听别人发言时也是极为认真和执着。特别是在学生答辩的场合，无论是答辩的学生还是其他的老师，无论是长者还是年轻人，王富仁都非常认真地聆听人家的发言，而且很少插话，很少打断别人的话。王富仁在倾听别人讲话的时候，一边听，一边投向执着而关注的目光。哪怕是学生简短的发言，或者是硕士同学的开题和答辩，他几乎一字不落紧锁眉头非常关注地听着，极为认真地看着，没有引导或者纠正，偶尔会有一点询问。让人家讲、关注人家讲、倾听并鼓励人家讲，似乎要在每个人的每一句话中捕捉到有价值的东西，这看上去好像不值一提，但事实上却是我们很多人都忽略的交流中的重要品质，一个学者尤其是王富仁这样的学者，始终能够以平等的姿态倾听对方的发言，哪怕面对的是一个稚嫩的学生，这体现的是一个学者虚怀若谷的姿态，也是一种对学术本身的敬重的态度。

第三，烟熏出来的思想。 在任何场合，王富仁只要点上一支烟就没有熄灭过。有的时候王富仁点上一支香烟，一个红红的火光一直亮着，夹在手指的中间抽与不抽不重要，重要的是那点火光要一直闪烁。还记得有一次在《中国现代文学研究丛刊》编委会结束后，站在现代文学馆门前，王富仁跟笔者刘勇谈起近期研究方面以及一些人际关系上的事情，他一支接一支地抽烟，越是谈到激愤处，吸烟越多，当时具体谈的什么话题，如今都已经记不清了，但是满地的烟头，却给人留下永远难忘的印象。后来因为身体的原因，王富仁戒了酒，但吸烟的习惯一直保留了下来。我想这并不是偶然，吸烟更便于他思考和写作，甚至可以说吸烟成为了他生命的一部分。

在生活中，王富仁似乎是一个甘于寂寞的人，他不凑热闹，朋友并不多，他的内心充满了孤独，许多人并不理解他。王富仁有非常宽容、随和的一面，也有非常倔强，毫不让步的一面。王富仁去了汕头之后，在北师大校区的很多事务难免顾及不到，他在北师大招收的博士都由我接手联合培养。但有两个环节王老师不管距离多远，事务多繁忙都一定会亲自到场把关：一个是学生录取时的面试，而且他特别注重学生学位论文的选题，有的时候兴之所至甚至会直接给学生一个题目！一个是答辩环节，答辩的决议一定要由他亲自把关撰写，仔细推敲后才能定稿。王富仁对人的关注，在现实生活中，还体现在作为教育工作者的扶植意识和深深的爱。王富仁曾说，"有一点，我很自信，就是我爱我的学生。我不认为我的教学有多好，但我真心爱他们，希望他们有一个较好的前途。"①

王富仁不仅涉及多个层次的教育教学，培养了大批学生，还致力于对后辈学者的帮助，为他们的著作写作了大量序文。在为李怡的《中国现代新诗与古典诗歌传统》一书所作的序文中，称该书是"迄今为止读到的一部极好的现代诗论著作"，并且认为"每个读完全书而又不怀有偏见的人，都会与我有相同的感受"②。学术的关怀、师生的情意，溢于言表。王富仁在长期的教学工作中表现出的这种关怀，同样是启蒙思想的现实写照。

---

① 姜广平、王富仁：《在今天，鲁迅意味着一种传统》，载《信息时报》，2009-09-09。
② 王富仁：《〈中国现代新诗与古典诗歌传统〉序》，见《王富仁序跋集》（中），33～36 页。

今天我们在纪念王富仁什么

> 鲁迅伟大，但他死了；我很平凡，但我活着。他能做的事，当然我是绝对做不了的，但我现在能做的事，尽管平凡，尽管不伟大，他也无法替我做。我承认他的伟大，但我也有我的自尊和自信。我不想成为他，也不能成为他。他做了他的事，我现在做我的事。在这一点上，井水不犯河水，各走各的路。
>
> ——王富仁《我和鲁迅研究》

上面这段文字，是从王富仁 2000 年发表在《鲁迅研究月刊》上的《我和鲁迅研究》一文中摘录出来的。王富仁说这段话的本意是说不要将鲁迅过于神圣化，要正视鲁迅的价值，更要正视当下"活着的人"的价值。而今斯人已逝，再看这段话，更觉唏嘘，也更能体会这段话的意味。

　　王富仁离开我们已经快 5 年了，但在这 5 年里，我们似乎并没有切实地感受到王富仁所留下的巨大空白，这不仅是因为关于王富仁的各种纪念文章、纪念集、纪念活动都未曾间断过，更重要的是，他所留下的思想命题，依然充盈着我们的研究；他所留下的思想余韵，依然回荡在我们的心里。王富仁和他的研究让我们警醒于时代的浮躁、警醒于个人的自满，我们对王富仁的纪念也好、研究也罢，归根到底就是对思想的一种回应与呼唤。

　　学术研究是尤其需要重视思想、培育思想、形成思想的。最近笔者多次参加一些学科评估活动，在这个过程中，很多学界同人有一个共同的强烈感受，即当下我们越来越多地在完成一些规定性的动作，看起来做了很多事情，出了很多成果，但其实我们最缺乏的，也恰恰是我们最宝贵的东西，那就是"思想"。如果人文社会科学不能创造思想，不能用思想给人们以启发和触动，不能用思想引领时代和社会的发展，我们实际上就失去了自我价值。文学研究要立足于出思想，而学术史就是文学研究的思想高地。1928 年，杨振声在担任清华大学国文系主任时就曾感慨过，办大学最难的就是国文系。为什么国文系最难办呢？难在哪里呢？杨振声谈及当时诸大学的国文系"有的注重于考订古籍，分别真赝，校核年月，搜求目录，这是校雠目录之学，非文学也。有的注重于文字的训诂，方言的诠释，音韵的转变，文法的结构，这是语言文字之学，非文学也。有的注重于年谱传状之核博，文章体裁之轫演，派别门户之分划，文章风气之流衍，这是文学史，非文学也。"①多少年来，从国文系到中文系再到文学院，无论是中国还是海外，中国文学研究的思路一直在两个层面摇摆：一是偏重作家作品的解读与评价，一是偏重文学史的阐释与重构，之所以难以实现这两个层面的融合，关键就在于缺乏学术史的引领，缺乏思想高度的升华。文学解读、文学史研究，只有在学术史研究的引领下，才能在文学发展的历史进程中还原文学最根本的魅力和价值，才能提升文学所蕴含的思想价值。

我们的研究究竟是为了什么？多年以前，笔者曾在一次学术会议上听黄修己先生谈起他们那一代人作研究，常常有一种"孤往"的精神，这两个字令人印象深刻，至今依然对我们深有启发。孤往并不是遗世独立，并不是独善其身，是在坚持精神独立的基础上有所坚守，有所憧憬，以更大的热情去关注社会，关注人生，这种精神就是一种情怀，一种对学术的敬畏与热爱，一种知识分子内心自足与自信的体现，一种求真务实、不断创新的动人姿态。就如同"五四"那代人坚持用思想革命来启发民众思想，改造民族精神一样，王富仁学术研究的背后有一个终极诉求：用学术来启发当下人的思想，用学术来推动人们以一种更积极、更健康、更主动的方式去思考问题，这才是他情怀中更深层次的东西。这也不断启示我们在研究中要始终心怀一份虔诚，一份敬畏，要保留一份文人的情怀。

最后，笔者还想再用一点文字谈谈王富仁的"局限"。事实上，任何

---

① 郝御风：《清华中国文学会有史之第一页》，载《国立清华大学校刊》，第 22 期，1928-12-17。

人，任何学者，都是在历史发展的一个环节中发挥作用并产生影响，我们说鲁迅的伟大也好，说王富仁的贡献也好，他们所连接的是此前的基础和以后的新变。甚至可以说，我们在讨论王富仁的学术贡献与价值的同时，也就意识到他的局限与不足。多年来，笔者和王富仁先生在北师大讲授中国现代文学史课程，我们都把唐弢的《中国现代文学史》定为本科和研究生的必读书目，有的学生不时地说道这本文学史早就过时了呀，我们说，让你们读的就是它的"过时"，这本书怎么过时了？哪里过时了？为什么过时了？这就是最值得关注和思考的地方。我们不否认它的过时，但为什么过时了还要读，这才是我们真正的用心所在。这里的关键在于读的就是"过时"，从历史发展来看，没有不过时的人和事情，一本著作，在它面世的时候就已经开始"过时"，而重要的是，它对此前有哪些承传？对当时有何作用？特别是它"过时"的时代历史背景是什么？对这些东西的思考是永不过时的。这也是我们在这里纪念王富仁的重要意义。具体来说，王富仁的"局限"在哪里呢？笔者认为：其一，在于他对鲁迅后期杂文创作关注的不够。王富仁的"思想革命镜子"，主要是以鲁迅前期小说为基点构建的，但是鲁迅这一生还创作了大量的杂文，按理说鲁迅的杂文是最体现他的风骨的，为什么王富仁对鲁迅的杂文没有投入更多的关注呢？这是否意味着王富仁从根本上依然是把鲁迅当成一个小说家、文学家去理解？又或是王富仁对于鲁迅后期精神转变有着不一样的看法？当然这都是一些猜测，但这也多少给我们在王富仁与鲁迅杂文方面留下了想象的空间，鲁迅后期在杂文创作中所流出的精神转变，这些转变和思想革命之间的关系，还是一个可以继续探讨的问题。其二，王富仁"新国学"理念的"未完成性"。王富仁提出了这个理念，但远远没有完成。当然，任何一项伟大的事业本来也不是一个人甚至不是一代人能完成的。正如我们前面多次所说的，学术的链条是在一代又一代人的传承中发展的，前人的"局限"也正是后人起步的启发。

当然，哪有人能把鲁迅从头研究到脚？而且每个人的生命时空都是有限的，这与其说是王富仁的局限，不如说是一种遗憾。至于"新国学"的遗憾就不仅仅是王富仁自己的遗憾了，这个命题、这个思路、这个理论的提出，显然是一个人从历史到当下，再到今后的漫长的时代历史的思考，是理论与实践融为一体的思考，是一代人甚至几代人的思考。总之，王富仁的开创性工作以及未完成的遗憾，都是值得我们重视的。王富仁所留下的这些"未完成"命题，正是我们后辈学者尤其应该珍视的精神遗产，谨以此书祝愿后辈学者能够继续在学术研究的道路上努力奋进，希望能够不负王富仁老师及前辈学者的一片苦心。

附录一　｜　王富仁著译作品目录

一、著作类

1. 王富仁：《鲁迅前期小说与俄罗斯文学》，陕西人民出版社，1983 年。

2. 王富仁：《中国反封建思想革命的一面镜子——〈呐喊〉〈彷徨〉综论》，北京师范大学出版社，1986 年。

3. 王富仁：《先驱者的形象——论鲁迅及其他中国现代作家》，浙江文艺出版社，1987 年。

4. 王富仁：《文化与文艺》，北岳文艺出版社，1990 年。

5. 王富仁：《灵魂的挣扎——文化的变迁与文学的变迁》，时代文艺出版社，1993 年。

6. 王富仁：《历史的沉思——鲁迅与中国现代文学论》，陕西人民教育出版社，1996 年。

7. 王富仁：《蝉之声》，北岳文艺出版社，1996 年。

8. 王富仁：《蝉声与牛声》，四川人民出版社，1997 年。

9. 王富仁：《现代作家新论》，山西教育出版社，1998 年。

10. 王富仁：《王富仁自选集》，广西师范大学出版社，1999 年。

11. 王富仁：《中国鲁迅研究的历史与现状》，浙江人民出版社，1999 年。

12. 王富仁：《说说我自己：王富仁学术随笔自选集》，福建教育出版社，2000 年。

13. 王富仁：《呓语集》，中国文联出版社，2000 年。

14. 王富仁、赵卓：《突破盲点：世纪末社会思潮与鲁迅》，中国文联出版社，2001 年。

15. 王富仁：《中国文化的守夜人——鲁迅》，人民文学出版社，2002 年。

16. 王富仁：《中国的文艺复兴》，广西师范大学出版社，2003 年。

17. 王富仁：《古老的回声：阅读中国古代文学经典》，四川人民出版社，2003 年。

18. 王富仁：《中国现代文化指掌图》，人民文学出版社，2004 年。

19. 王富仁：《王富仁序跋集》，汕头大学出版社，2006 年。

20. 王富仁：《语文教学与文学》，广东教育出版社，2006 年。

21. 王富仁、钱理群、孙绍振：《解读语文》，福建人民出版社，2010 年。

22. 王富仁：《中国需要鲁迅》，安徽大学出版社，2013 年。

23. 王富仁：《鲁迅与顾颉刚》，商务印书馆，2018 年。

24. 王富仁：《端木蕻良》，商务印书馆，2018 年。

二、编著

1. 王富仁、方兢主编：《20 世纪中国短篇小说精选（当代卷）》，西北大学出版社，1998 年。

2. 王富仁、方兢主编：《20 世纪中国短篇小说精选（现代卷）》，西北大学出版社，1998 年。

3. 王富仁、柳凤九主编：《中国现代历史小说大系》，河北人民出版社，1999 年。

4. 王富仁主编：《二十世纪中国诗歌经典》，北京师范大学出版社，2004 年。

三、译著

王富仁、吴三元译，［苏］弗·伊·谢曼诺夫著：《鲁迅纵横观》，浙江文艺出版社，1988 年。

四、论文

1. 王富仁、高尔纯：《试论鲁迅对中国短篇小说艺术的革新》，《文学评论》，1981 年第 5 期。

2. 王富仁：《中国反封建思想革命的镜子——论〈呐喊〉〈彷徨〉的思想意义》，《中国现代文学研究丛刊》，1983 年第 1 期。

3. 王富仁：《开创新局面所需要的"新"》，《中国现代文学研究丛刊》，1984 年第 1 期。

4. 王富仁、罗钢：《前期创造社与西方浪漫主义美学》，《文学评论》，1984 年第 2 期。

5. 王富仁、罗钢：《郭沫若早期的美学观和西方浪漫主义美学》，《中国社会科学》，1984 年第 3 期。

6. 王富仁：《透视整个社会现实的最佳角度——二论〈呐喊〉〈彷徨〉的思想意义》，《中国现代文学研究丛刊》，1984 年第 2 期。

7. 王富仁、罗钢："Guo Moruo's Early Esthetics and Western Romanticism,"《中国社会科学》(英文版)，1985 年第 1 期。

8. 王富仁：《在广泛的世界性联系中开辟民族文学发展的新道路》，《中国现代文学研究丛刊》，1985 年第 1 期。

9. 王富仁：《"左联"研究点滴谈》，《文学评论》，1985 年第 2 期。

10. 王富仁：《〈呐喊〉〈彷徨〉中地主阶级知识分子形象的塑造》，《鲁迅研究动态》，1985 年第 6 期。

11. 王富仁：《〈呐喊〉和〈彷徨〉的环境描写》，《名作欣赏》，1985 年第 3 期。

12. 王富仁：《关于〈药〉的主题》，《名作欣赏》，1985 年第 3 期。

13. 王富仁：《〈呐喊〉〈彷徨〉综论》(博士学位论文摘要·上)，《文学评论》，1985 年第 3 期。

14. 王富仁：《〈呐喊〉〈彷徨〉综论》(博士学位论文摘要·下)，《文学评论》，1985 年第 4 期。

15. 王富仁：《〈呐喊〉〈彷徨〉中封建思想舆论界人物形象的塑造》，《河北学刊》，1986 年第 1 期。

16. 王富仁：《人物自身的表现性与人物描写手段的表现性——谈

〈呐喊〉〈彷徨〉中劳动群众和下层封建知识分子悲剧主人公的人物形象塑造》,《东岳论丛》,1986 年第 1 期。

17. 王富仁:《也谈"改革,就得换老婆吗?"——影片〈野山〉观后》,《当代电影》,1986 年第 2 期。

18. 王富仁:《论鲁迅小说的悲剧性》(上),《绍兴师专学报》,1986 年第 3 期。

19. 王富仁:《论鲁迅小说的悲剧性》(下),《绍兴师专学报》,1986 年第 4 期。

20. 王富仁:《创造者的苦闷的象征——析〈补天〉》,《名作欣赏》,1986 年第 4 期。

21. 王富仁:《悲剧因素与喜剧因素的完美融合》,《云南民族学院学报》,1986 年第 3 期。

22. 王富仁:《谈女性文学——钱虹编〈庐隐外集〉序》,《名作欣赏》,1987 年第 1 期。

23. 王富仁:《从"兴业"到"立人"——简论鲁迅早期文化思想的演变》,《中国社会科学》,1987 年第 2 期。

24. 王富仁:《关于鲁迅研究中马克思主义方法论的几个问题》,《鲁迅研究动态》,1987 年第 6 期。

25. 王富仁:《关于鲁迅研究中马克思方法论的几个问题》(续完),《鲁迅研究动态》,1987 年第 7 期。

26. 王富仁:《两条因果链的辩证统一——论〈呐喊〉〈彷徨〉的结构艺术》,《云南民族学院学报》,1987 年第 3 期。

27. 王富仁、查子安:《立于两个不同的历史层面和思想层面上——鲁迅与梁启超的文化思想和文学思想之比较》,《河北学刊》,1987 年第 6 期。

28. 王富仁:《从文学比较中的差异说起》,《读书》,1988 年第 5 期。

29. 王富仁:《近代意识的产生与西方的文艺复兴》,《学术月刊》,1988 年第 7 期。

30. 王富仁:《他开辟了一个新的审美境界——论郭沫若的诗歌创作》,《郭沫若研究》,1988 年第 7 期。

31. 王富仁:《审美追求的瞀乱与失措——二论郭沫若的诗歌创作》,《北京社会科学》,1988 年第 3 期。

32. 王富仁:《两种形态的现实主义小说——鲁迅小说和茅盾小说的比较之一》,《中国现代文学研究丛刊》,1989 年第 1 期。

33. 王富仁:《中国近现代文化和文学发展的逆向性特征》,《文学评论》,1989 年第 2 期。

34. 王富仁:《对全部中国文化的现代化追求——论五四新文化运动的意义》,《中国社会科学》,1989 年第 3 期。

35. 王富仁:《中国传统文化对物质—自然系统的封闭性——中国传统文化系统功能刍议之一》,《北京社会科学》,1989 年第 2 期。

36. 王富仁:《中国传统文化对其他文化系统的封闭性》,《学术月刊》,1989 年第 7 期。

37. 王富仁:《开放过程中的文化:从龚自珍到洋务派》,《中国文化》,1990 年第 2 期。

38. 王富仁:《情暖无寒室——梁实秋〈雅舍〉赏析》,《语文学习》,

1991 年第 2 期。

39. 王富仁：《论比较文学的中国学派问题》，《学术月刊》，1991 年第 4 期。

40. 王富仁：《象征性结构——李商隐〈锦瑟〉赏析》，《名作欣赏》，1991 年第 3 期。

41. 王富仁：《意象群——李贺〈雁门太守行〉赏析》，《名作欣赏》，1991 年第 4 期。

42. 王富仁：《"空"——无"情"之境：王维〈山居秋暝〉诗赏析》，《名作欣赏》，1991 年第 5 期。

43. 王富仁：《精湛的幽默艺术——梁实秋〈女人〉赏析》，《语文学习》，1991 年第 11 期。

44. 王富仁：《语象、文象与物象——李白〈蜀道难〉赏析》，《名作欣赏》，1991 年第 6 期。

45. 王富仁：《整体与部分——白居易〈赋得古草原送别〉诗赏析兼释鲁迅〈自嘲〉诗》，《名作欣赏》，1992 年第 1 期。

46. 王富仁：《意义—各种艺术要素的复合体——韦应物〈调笑令·胡马〉赏析》，《名作欣赏》，1992 年第 2 期。

47. 王富仁：《不是空前绝后，而是有待发展》，《读书》，1992 年第 12 期。

48. 王富仁：《角度和意义 所指和能指——白居易〈长恨歌〉赏析》，《名作欣赏》，1992 年第 3 期。

49. 王富仁：《主题的重建——〈孔雀东南飞〉赏析》，《名作欣赏》，1992 年第 4 期。

50. 王富仁：《内感与外感 情绪与结构——李清照词〈声声慢〈寻寻觅觅〉〉赏析》，《名作欣赏》，1992 年第 5 期。

51. 王富仁：《色彩与精神感受》（上），《名作欣赏》，1992 年第 6 期。

52. 王富仁：《色彩与精神感受》（下），《名作欣赏》，1993 年第 1 期。

53. 王富仁：《电视意识与电视语言》，《中国广播电视学刊》，1993 年第 1 期。

54. 王富仁：《矛盾中蕴含的一种情绪——闻一多与二十年代新诗》，《读书》，1993 年第 5 期。

55. 王富仁：《闻一多诗论》，《海南师院学报》（人文社会科学版），1993 年第 1 期。

56. 王富仁：《贾岛〈寻隐者不遇〉的解构主义批评》，《名作欣赏》，1993 年第 2 期。

57. 王富仁：《〈木兰诗〉赏析及其文化学阐释》，《名作欣赏》，1993 年第 3 期。

58. 王富仁：《一个老年人的悲哀——杜甫诗〈茅屋为秋风所破歌〉赏析》，《名作欣赏》，1993 年第 4 期。

59. 王富仁：《客体与主体的神秘互渗，自我意识的痛苦挣扎——〈离骚〉的或一种解读方式》（上），《名作欣赏》，1993 年第 5 期。

60. 王富仁：《客体与主体的神秘互渗，自我意识的痛苦挣扎——〈离骚〉的或一种解读方式》（中），《名作欣赏》，1993 年第 6 期。

61. 王富仁：《客体与主体的神秘互渗，自我意识的痛苦挣扎——

〈离骚〉的或一种解读方式》(下),《名作欣赏》,1994 年第 3 期。

62. 王富仁:《完成从选择文化学向认知文化学的过渡》,《中国文化研究》,1993 年第 2 期。

63. 王富仁:《〈秋思〉发微》,《古典文学知识》,1994 年第 1 期。

64. 王富仁:《随感录十则》,《马克思主义与现实》,1994 年第 1 期。

65. 王富仁:《随感录十则》,《马克思主义与现实》,1994 年第 2 期。

66. 王富仁:《现代文学研究展望》,《天津社会科学》,1994 年第 2 期。

67. 王富仁:《中国鲁迅研究的历史与现状》(连载一),《鲁迅研究月刊》,1994 年第 1 期。

68. 王富仁:《中国鲁迅研究的历史与现状》(连载二),《鲁迅研究月刊》,1994 年第 2 期。

69. 王富仁:《中国鲁迅研究的历史与现状》(连载三),《鲁迅研究月刊》,1994 年第 3 期。

70. 王富仁:《中国鲁迅研究的历史与现状》(连载四),《鲁迅研究月刊》,1994 年第 4 期。

71. 王富仁:《中国鲁迅研究的历史与现状》(连载五),《鲁迅研究月刊》,1994 年第 5 期。

72. 王富仁:《中国鲁迅研究的历史与现状》(连载六),《鲁迅研究月刊》,1994 年第 6 期。

73. 王富仁:《中国鲁迅研究的历史与现状》(连载七),《鲁迅研究月刊》，1994 年第 8 期。

74. 王富仁：《中国鲁迅研究的历史与现状》（连载八），《鲁迅研究月刊》，1994 年第 9 期。

75. 王富仁：《中国鲁迅研究的历史与现状》（连载九），《鲁迅研究月刊》，1994 年第 10 期。

76. 王富仁：《中国鲁迅研究的历史与现状》（连载十），《鲁迅研究月刊》，1994 年第 11 期。

77. 王富仁：《中国鲁迅研究的历史与现状》（连载十一），《鲁迅研究月刊》，1994 年第 12 期。

78. 王富仁：《随感录十二则》，《马克思主义与现实》，1994 年第 3 期。

79. 王富仁：《由死观生，重新审定自我的存在价值——陶渊明"拟挽歌辞三首"赏析》，《名作欣赏》，1994 年第 5 期。

80. 王富仁：《诗与英雄——对于岳飞〈满江红〉词的一点异议》，《名作欣赏》，1994 年第 6 期。

81. 王富仁：《创造社的文化传统与中国现代文化》，《山东师大学报》（社会科学版），1994 年第 6 期。

82. 王富仁：《精神的形象与物质的形象——李商隐〈无题〉诗赏析》，《古典文学知识》，1995 年第 1 期。

83. 王富仁：《中国现代文学研究中的"正名"问题》，《北京师范大学学报》（社会科学版），1995 年第 1 期。

84. 王富仁：《幽默与讽刺——睢景臣〈高祖还乡〉赏析》，《名作欣赏》，1995 年第 1 期。

85. 王富仁：《鲁迅在中国文化史上的地位和作用》，《中国文化研究》，1995 年第 1 期。

86. 王富仁：《综合性感受——从一个侧面谈龚自珍〈咏史〉诗》，《名作欣赏》，1995 年第 2 期。

87. 王富仁：《随感录十四则》，《马克思主义与现实》，1995 年第 2 期。

88. 王富仁：《母爱·父爱·友爱——中国现代文学三母题谈》，《云梦学刊》，1995 年第 2 期。

89. 王富仁：《四言诗与曹操的〈短歌行〉》（其一），《名作欣赏》，1995 年第 3 期。

90. 王富仁：《由〈红粉〉所想到的》，《当代电影》，1995 年第 4 期。

91. 王富仁：《无义之义，非诗之诗，不美之美——韩愈〈落齿〉诗赏析》，《名作欣赏》，1995 年第 4 期。

92. 王富仁：《中国文化的亚文化圈及其在中国文化发展中的地位和作用》，《张家口师专学报》（社会科学版），1995 年第 4 期。

93. 王富仁：《心理距离与情绪感受——孟浩然〈春晓〉诗赏析》，《名作欣赏》，1995 年第 5 期。

94. 王富仁：《由雅返俗 以俗代雅 由男观女 以女定男——柳永词〈定风波〉赏析》，《名作欣赏》，1996 年第 1 期。

95. 王富仁：《对一种研究模式的置疑》，《佛山大学学报》，1996 年第 1 期。

96. 王富仁：《当前中国现代文学研究中的若干问题》，《中国现代文学研究丛刊》，1996 年第 2 期。

97. 王富仁：《中国现代主义文学论》（上），《天津社会科学》，1996年第 4 期。

98. 王富仁：《中国现代主义文学论》（下），《天津社会科学》，1996年第 5 期。

99. 王富仁：《中国现代新诗的"芽儿"——冰心诗论》，《北京师范大学学报》（社会科学版），1996 年第 5 期。

100. 王富仁：《影响 21 世纪中国文化的几个现实因素》，《战略与管理》，1997 年第 2 期。

101. 王富仁：《中国传统文化与现代社会》（上），《文艺争鸣》，1997年第 3 期。

102. 王富仁：《中国传统文化与现代社会》（下），《文艺争鸣》，1997年第 4 期。

103. 王富仁、〔韩〕柳凤九：《中国现代历史小说论》（一），《鲁迅研究月刊》，1998 年第 3 期。

104. 王富仁、〔韩〕柳凤九：《中国现代历史小说论》（二），《鲁迅研究月刊》，1998 年第 4 期。

105. 王富仁、〔韩〕柳凤九：《中国现代历史小说论》（三），《鲁迅研究月刊》，1998 年第 5 期。

106. 王富仁、〔韩〕柳凤九：《中国现代历史小说论》（四），《鲁迅研究月刊》，1998 年第 6 期。

107. 王富仁、〔韩〕柳凤九：《中国现代历史小说论》（五），《鲁迅研究月刊》，1998 年第 7 期。

108. 王富仁：《对于研究者的研究——余三定先生〈学术的自觉

与学者的自立〉序》,《云梦学刊》,1998 年第 2 期。

109. 王富仁:《中国新古典主义文学论》(上),《天津社会科学》,1998 年第 3 期。

110. 王富仁:《中国新古典主义文学论》(下),《天津社会科学》,1998 年第 4 期。

111. 王富仁:《中国现代学术文化的几大分化》,《开放时代》,1998 年第 5 期。

112. 王富仁:《鲁迅哲学思想刍议》,《中国文化研究》,1999 年第 1 期。

113. 王富仁:《谈谈〈祝福〉》,《中学语文教学》,1999 年第 3 期。

114. 王富仁:《中国现代短篇小说发展的历史轨迹》(上),《鲁迅研究月刊》,1999 年第 9 期。

115. 王富仁:《中国现代短篇小说发展的历史轨迹》(下),《鲁迅研究月刊》,1999 年第 10 期。

116. 王富仁:《重温大同梦——人类大同理想与现实社会和人性本质之间的文化解读》,《西南师范大学学报》(社会科学版),2000 年第 1 期。

117. 王富仁:《时间·空间·人——鲁迅哲学思想刍议之一章》(一),《鲁迅研究月刊》,2000 年第 1 期。

118. 王富仁:《时间·空间·人——鲁迅哲学思想刍议之一章》(二),《鲁迅研究月刊》,2000 年第 2 期。

119. 王富仁:《时间·空间·人——鲁迅哲学思想刍议之一章》(三),《鲁迅研究月刊》,2000 年第 3 期。

120. 王富仁：《时间·空间·人——鲁迅哲学思想刍议之一章》（四），《鲁迅研究月刊》，2000 年第 4 期。

121. 王富仁：《时间·空间·人——鲁迅哲学思想刍议之一章》（五），《鲁迅研究月刊》，2000 年第 5 期。

122. 王富仁：《中国文化的骨骼》，《前线》，2000 年第 4 期。

123. 王富仁：《青春的激情，集体主义的歌唱》，《南方文坛》，2000 年第 3 期。

124. 王富仁：《我和鲁迅研究》，《鲁迅研究月刊》，2000 年第 7 期。

125. 王富仁：《关于中国现代文学史编写问题的几点思考》，《文学评论》，2000 年第 5 期。

126. 王富仁：《鲁迅小说的叙事艺术》，《中国现代文学研究丛刊》，2000 年第 3 期。

127. 王富仁：《鲁迅小说的叙事艺术》（下），《中国现代文学研究丛刊》，2000 年第 4 期。

128. 王富仁：《精神"故乡"的失落——鲁迅〈故乡〉赏析》，《语文教学通讯》，2000 年第 21—22 期。

129. 王富仁：《悲剧意识与悲剧精神》（上篇），《江苏社会科学》，2001 年第 1 期。

130. 王富仁：《悲剧意识与悲剧精神》（下篇），《江苏社会科学》，2001 年第 2 期。

131. 王富仁：《鲁迅与中国文化》（一），《鲁迅研究月刊》，2001 年第 2 期。

132. 王富仁：《鲁迅与中国文化》（二），《鲁迅研究月刊》，2001 年第 3 期。

133. 王富仁：《鲁迅与中国文化》(三)，《鲁迅研究月刊》，2001 年第 4 期。

134. 王富仁：《鲁迅与中国文化》(四)，《鲁迅研究月刊》，2001 年第 5 期。

135. 王富仁：《鲁迅与中国文化》(五)，《鲁迅研究月刊》，2001 年第 6 期。

136. 王富仁：《把儿童世界还给儿童》，《读书》，2001 年第 6 期。

137. 王富仁：《〈中国文化的守夜人〉自序》，《鲁迅研究月刊》，2001 年第 8 期。

138. 王富仁：《论当代中国文化界》，《学术月刊》，2001 年第 11 期。

139. 王富仁、王培元：《鲁迅研究与我的使命——王富仁教授访谈》，《学术月刊》，2001 年第 11 期。

140. 王富仁：《关于左翼文学的几个问题》，《中国现代文学研究丛刊》，2002 年第 1 期。

141. 王富仁：《由法布尔的〈昆虫记〉引发的一些思考》(上)，《鲁迅研究月刊》，2002 年第 3 期。

142. 王富仁：《由法布尔的〈昆虫记〉引发的一些思考》(下)，《鲁迅研究月刊》，2002 年第 4 期。

143. 王富仁：《经典性与可感性的统一：中学语文教材的基本要求》，《语文教学通讯》，2002 年第 7 期。

144. 王富仁：《热点从何而来?》，《浙江师范大学学报》(社会科学版），2002 年第 2 期。

145. 王富仁：《情感培养：语文教育的核心——兼谈"大语文"与"小语文"的区别》，《语文建设》，2002 年第 5 期。

146. 王富仁：《大语文"与"小语文"》（上），《现代语文》，2002 年第 6 期。

147. 王富仁：《也谈语文教学的两种争论》，《语文建设》，2002 年第 6 期。

148. 王富仁：《"大语文"与"小语文"》（下），《现代语文》，2002 年第 7 期。

149. 王富仁：《李明著〈鲁迅自我小说研究〉序》，《鲁迅研究月刊》，2002 年第 7 期。

150. 王富仁：《推荐冯至〈山村的墓碣〉》，《语文建设》，2003 年第 4 期。

151. 王富仁：《三十年代左翼文学·东北作家群·端木蕻良》（之一），《文艺争鸣》，2003 年第 1 期。

152. 王富仁：《三十年代左翼文学·东北作家群·端木蕻良》（之二），《文艺争鸣》，2003 年第 2 期。

153. 王富仁：《三十年代左翼文学·东北作家群·端木蕻良》（之三），《文艺争鸣》，2003 年第 3 期。

154. 王富仁：《三十年代左翼文学·东北作家群·端木蕻良》（之四），《文艺争鸣》，2003 年第 4 期。

155. 王富仁：《中国近现代文化发展的基本线索》，《汕头大学学报》，2003 年第 3 期。

156. 王富仁：《文事沧桑话端木·端木蕻良小说论》（上），《中国现代文学研究丛刊》，2003 年第 3 期。

157. 王富仁：《文事沧桑话端木·端木蕻良小说论》（下），《中国现代文学研究丛刊》，2003 年第 4 期。

158. 王富仁：《中国现代诗歌的发展》（上篇），《江苏社会科学》，2003 年第 1 期。

159. 王富仁：《中国现代诗歌的发展》（下篇），《江苏社会科学》，2003 年第 2 期。

160. 王富仁：《口头生活语言·书面传媒语言·语文教学语言》，《北京师范大学学报》（社会科学版），2003 年第 2 期。

161. 王富仁：《中国新文化的几个层面——段国超先生〈鲁迅论稿〉序》，《宝鸡文理学院学报》（社会科学版），2004 年第 5 期。

162. 王富仁：《中国新文化的几个层面——段国超先生〈鲁迅论稿〉序》（续），《宝鸡文理学院学报》（社会科学版），2004 年第 6 期。

163. 王富仁：《传播学与中国现代文学研究》，《读书》，2004 年第 5 期。

164. 王富仁：《"西方话语"与中国现当代文化》，《理论与创作》，2004 年第 2 期。

165. 王富仁：《舜与中国文化》，《云梦学刊》，2004 年第 1 期。

166. 王富仁：《"西方话语"与中国现当代文化》，《文学评论》，2004 年第 1 期。

167. 王富仁：《文化的光芒与阴影——何希凡〈在文化的光芒与阴影下〉序》，《鲁迅研究月刊》，2004 年第 1 期。

168. 王富仁：《中国现代学术文化的流变》，《现代中国文化与文学》，2005 年第 1 期。

169. 王富仁：《中国现代文学研究与中国现代文学教育——〈多维视野中的中国现代文学〉序》，《韩山师范学院学报》，2005 年第 2 期。

170. 王富仁：《平民文化与中国文化特质——作为城市贫民作家的老舍之精神历程》，《文艺争鸣》，2005 年第 1 期。

171. 王富仁：《一个城市贫民作家的精神历程——石兴泽〈老舍与 20 世纪中国文学和文化〉序》，《聊城大学学报》，2005 年第 1 期。

172. 王富仁：《摸索鲁迅的灵魂——读解洪祥〈近代理性·现代孤独·科学理性〉》，《鲁迅研究月刊》，2005 年第 2 期。

173. 王富仁：《重视对中国现当代作家晚年的研究——闫庆生〈晚年孙犁研究〉序》，《中国现代文学研究丛刊》，2005 年第 1 期。

174. 王富仁：《现实空间·想象空间·梦幻空间——小议中国现代异域小说》，《汕头大学学报》，2005 年第 6 期。

175. 王富仁：《战争记忆与战争文学》，《河北学刊》，2005 年第 5 期。

176. 王富仁：《〈鲁迅学文献类型研究〉评介》，《鲁迅研究月刊》，2005 年第 9 期。

177. 王富仁：《学术断想》，《东方论坛》，2005 年第 2 期。

178. 王富仁：《鲁迅在中国文化史上的地位和作用》，《中学语文教学》，2005 年第 1 期。

179. 王富仁：《平民文化与中国文化特质——作为城市贫民作家的老舍之精神历程》，《文艺争鸣》，2005 年第 1 期。

180. 王富仁：《"新国学"论纲》（上），《社会科学战线》，2005 年第 1 期。

181. 王富仁：《"新国学"论纲》（中），《社会科学战线》，2005 年第 2 期。

182. 王富仁：《"新国学"论纲》（下），《社会科学战线》，2005 年第 3 期。

183. 王富仁：《当代体验与中国现代文学研究》，《现代中国文化与文学》，2006 年第 1 期。

184. 王富仁：《个人的自觉与文学的自觉——高俊林〈现代文人与"魏晋风度"〉序》，《鲁迅研究月刊》，2006 年第 10 期。

185. 王富仁：《〈中国鲁迅研究的历史与现状〉再版后记》，《鲁迅研究月刊》，2006 年第 9 期。

186. 王富仁：《有关左翼文学研究的几点思考》，《东岳论丛》，2006 年第 5 期。

187. 王富仁：《厦门时期的鲁迅：穿越学院文化》，《厦门大学学报（哲学社会科学版）》，2006 年第 4 期。

188. 王富仁：《为新诗辩护》，《文学评论》，2006 年第 1 期。

189. 王富仁：《孟子国家学说的逻辑构成：从孔子到孟子》（一），《西南民族大学学报》（人文社科版），2006 年第 5 期。

190. 王富仁：《孟子国家学说的逻辑构成：从孔子到孟子》（二），《西南民族大学学报》（人文社科版），2006 年第 6 期。

191. 王富仁：《孟子国家学说的逻辑构成：从孔子到孟子》（三），《西南民族大学学报》（人文社科版），2006 年第 7 期。

192. 王富仁：《孟子国家学说的逻辑构成：从孔子到孟子》（四），《西南民族大学学报》（人文社科版），2006 年第 8 期。

193. 王富仁：《孔子社会学说的逻辑构成》（上），《文史哲》，2006 年第 2 期。

194. 王富仁：《孔子社会学说的逻辑构成》（下），《文史哲》，2006 年第 3 期。

195. 王富仁：《今天研究左翼文学的意义——"中国左翼文学国际研讨会"闭幕词》，《中国现代文学研究丛刊》，2006 年第 2 期。

196. 王富仁：《"小小说"与"大小说"——黄荣才〈小小说集〉序》，《小说评论》，2006 年第 1 期。

197. 王富仁：《"新国学"与中国现代文学研究》，《文艺研究》，2007 年第 3 期。

198. 王富仁：《鲁迅与革命——丸山昇〈鲁迅·革命·历史〉读后》，《鲁迅研究月刊》，2007 年第 2 期。

199. 王富仁：《现实空间·想象空间·梦幻空间——沈庆利〈震撼于"别一世界"〉序》，《中国比较文学》，2007 年第 2 期。

200. 王富仁：《林纾现象与"文化保守主义"——张俊才教授〈林纾评传〉序》，《中国现代文学研究丛刊》，2007 年第 3 期。

201. 王富仁：《一个男性眼中的中国当代女性文学研究》，《文艺争鸣》，2007 年第 9 期。

202. 王富仁：《林纾现象与"文化保守主义"》，《燕赵学术》，2007 年第 2 期。

203. 王富仁：《国家主义、无政府主义与中国现当代文化》，《湖南师范大学社会科学学报》，2008 年第 1 期。

204. 王富仁：《一个寻找女人的女人——彭慧短篇小说述评》，《中国现代文学论丛》，2008 年第 1 期。

205. 王富仁：《语文教学与文学》，《渤海大学学报》（哲学社会科学版），2008 年第 1 期。

206. 王富仁、梁鸿：《大众文化视野中的学术与知识分子》，《渤海大学学报》（哲学社会科学版），2008 年第 1 期。

207. 王富仁：《存在主义与中国的鲁迅研究——彭小燕〈存在主义视野下的鲁迅〉序》，《鲁迅研究月刊》，2008 年第 2 期。

208. 王富仁：《失落的与获得的——莫泊桑〈项链〉赏析》，《语文学习》，2008 年第 6 期。

209. 王富仁：《鲁迅研究专家李何林》，《励耘学刊（文学卷）》，2007 年第 2 期。

210. 王富仁：《简谈"文化回归"》，《文艺争鸣》，2008 年第 7 期。

211. 王富仁：《河南文化与河南文学——梁鸿〈在边缘与中心之间——20 世纪河南文学〉序》，《渤海大学学报》（哲学社会科学版），2008 年第 5 期。

212. 王富仁：《教师主体论——以中学语文教师为个案》（一），《中学语文教学》，2008 年第 4 期。

213. 王富仁：《教师主体论——以中学语文教师为个案》（二），《中学语文教学》，2008 年第 5 期。

214. 王富仁：《教师主体论——以中学语文教师为个案》（三），《中学语文教学》，2008 年第 6 期。

215. 王富仁：《教师主体论——以中学语文教师为个案》(四)，《中学语文教学》，2008 年第 7 期。

216. 王富仁：《教师主体论——以中学语文教师为个案》(五)，《中学语文教学》，2008 年第 8 期。

217. 王富仁：《教师主体论——以中学语文教师为个案》(六)，《中学语文教学》，2008 年第 9 期。

218. 王富仁：《无政府主义与中国现代文学漫论》，《中国现代文学研究丛刊》，2008 年第 5 期。

219. 王富仁：《国家主义与无政府主义》，《华夏文化论坛》，2008 年第 0 期。

220. 王富仁、姜广平：《每一个人都是这个世界的"过客"——与王富仁对话》，《文艺争鸣》，2009 年第 11 期。

221. 王富仁：《庄子的生命观——庄子〈养生主〉的哲学阐释》(上)，《社会科学研究》，2009 年第 5 期。

222. 王富仁：《庄子的生命观——庄子〈养生主〉的哲学阐释》(下)，《社会科学研究》，2009 年第 5 期。

223. 王富仁：《河流·湖泊·海湾——革命文学、京派文学、海派文学略说》，《中国现代文学研究丛刊》，2009 年第 5 期。

224. 王富仁：《庄子的平等观——庄子〈齐物论〉的哲学阐释》(上)，《社会科学战线》，2009 年第 6 期。

225. 王富仁：《庄子的平等观——庄子〈齐物论〉的哲学阐释》(下)，《社会科学战线》，2009 年第 7 期。

226. 王富仁：《中国西部电影简论》，《东岳论丛》，2009 年第 2 期。

227. 王富仁：《通往庄子哲学之路》，《山东社会科学》，2009 年第 1 期。

228. 王富仁：《五四新文化的关键词》，《文艺争鸣》，2009 年第 11 期。

229. 王富仁：《关于〈套中人〉的几个问题》，《语文学习》，2009 年第 1 期。

230. 王富仁：《左联期刊研究的价值和意义》，《博览群书》，2010 年第 6 期。

231. 王富仁：《当代鲁迅研究漫谈——朱崇科〈1927 年广州场域中的鲁迅转换〉序》，《鲁迅研究月刊》，2010 年第 11 期。

232. 王富仁：《新国学·文化的华文文学·汉语新文学》，《学术研究》，2010 年第 8 期。

233. 王富仁：《左联期刊研究的价值和意义——评左文〈非常传媒——左联期刊研究〉》，《中国图书评论》，2010 年第 6 期。

234. 王富仁：《"绘事后素"》，《汕头大学学报》（人文社会科学版），2010 年第 3 期。

235. 王富仁：《研究鲁迅儿童教育思想的重要性——姜彩燕〈鲁迅与儿童教育〉序》，《鲁迅研究月刊》，2010 年第 4 期。

236. 王富仁：《从本质主义的走向发生学的——女性文学研究之我见》，《南开学报》（哲学社会科学版），2010 年第 2 期。

237. 王富仁：《女性文学研究：广阔的道路》，《博览群书》，2010 年第 3 期。

238. 王富仁：《单演义先生与中国现代文学研究学科的建立与发

展》,《西北大学学报》(哲学社会科学版),2010 年第 1 期。

239. 王富仁:《文学真实论》,《中国政法大学学报》,2010 年第 2 期。

240. 王富仁:《樊骏的中国现代文学研究》,《北京师范大学学报》(社会科学版),2011 年第 6 期。

241. 王富仁:《中国现代文学批评略说》,《北京师范大学学报》(社会科学版),2011 年第 3 期。

242. 王富仁:《男人与女人 中国与美国》,《东岳论丛》,2011 年第 4 期。

243. 王富仁:《对浩然文学"真实性"的理解与误区——兼谈十七年文学评价问题》,《中国文学研究》,2011 年第 1 期。

244. 王富仁:《中国现代文学:它的存在就是它的意义——樊骏先生的中国现代文学史观》,《天津师范大学学报》(社会科学版),2012 年第 1 期。

245. 王富仁:《中国现代文学研究的当代性——〈樊骏论〉之一章》,《现代中文学刊》,2012 年第 1 期。

246. 王富仁:《学科魂——〈樊骏论〉之第一章》,《中国现代文学研究丛刊》,2012 年第 1 期。

247. 王富仁:《"现代性"辨正》,《北京师范大学学报》(社会科学版),2013 年第 5 期。

248. 王富仁:《语言的艺术——鲁迅〈青年必读书〉赏析》,《文艺争鸣》,2013 年第 7 期。

249. 王富仁:《让尘封的历史成为鲜活的文化:张惠民〈人间一度"春秋"——《左传》今读〉序》,《汕头大学学报》(人文社会科学版),2013

年第 2 期。

250. 王富仁：《文学史与文学批评》，《学术研究》，2014 年第 3 期。

251. 王富仁：《文本分析略谈》，《语文建设》，2014 年第 7 期。

252. 黄丹銮、王富仁：《"一个使徒的磨折"——丁玲延安时期的政治磨难及心灵历程》，《天津师范大学学报》（社会科学版），2014 年第 3 期。

253. 王富仁：《〈先驱者的形象〉再版后记》，《现代中文学刊》，2014 年第 5 期。

254. 王富仁：《中国现代文学文献学研究的力作——徐鹏绪著〈中国现代文学文献学研究〉评介》，《中国现代文学研究丛刊》，2014 年第 12 期。

255. 王富仁：《他摸到了学院学者文学家的脉搏——读于慈江著〈杨绛，走在小说边上〉》，《博览群书》，2015 年第 1 期。

256. 王富仁：《我的语文教学观》，《教育导刊》，2015 年第 1 期。

257. 王富仁：《中国需要鲁迅》，《名作欣赏》，2015 年第 16 期。

258. 王富仁：《华人女性：东西方性别文化解读新符号》，《中国妇女报》，2017 年 2 月 14 日。

259. 王富仁：《男人与女人，中国与美国——孙萌〈"她者"镜像：好莱坞电影中的华人女性〉序》，《励耘学刊》，2017 年第 1 期。

260. 王富仁：《学识·史识·胆识：胡适与学衡派》（其一），《中国现代文学研究丛刊》，2014 年第 8 期。

261. 王富仁：《胡适与"五四"新文化——学识·史识·胆识》（其二），《中国政法大学学报》，2014 年第 5 期。

262. 王富仁：《学识·史识·胆识：胡适与"胡适派"》（其三），《社会科学战线》，2014 年第 11 期。

263. 王富仁：《学识·史识·胆识——"鲁迅与顾颉刚"续篇》（其四·上），《现代中文学刊》，2017 年第 3 期。

264. 王富仁：《学识·史识·胆识——"鲁迅与顾颉刚"续篇》（其四·下），《现代中文学刊》，2017 年第 4 期。

265. 王富仁：《鲁迅与顾颉刚》（一），《华夏文化论坛》，2015 年第 1 期。

266. 王富仁：《鲁迅与顾颉刚》（二），《华夏文化论坛》，2015 年第 2 期。

267. 王富仁：《鲁迅与顾颉刚》（三），《华夏文化论坛》，2016 年第 1 期。

268. 王富仁：《鲁迅与顾颉刚》（四），《华夏文化论坛》，2016 年第 2 期。

269. 王富仁：《鲁迅与顾颉刚》（五），《华夏文化论坛》，2017 年第 1 期。

270. 王富仁：《鲁迅与顾颉刚》（六），《华夏文化论坛》，2017 年第 2 期。

271. 王富仁：《中国现代文学史是中国现代文学历史事实的历史——樊骏先生的中国现代文学史观》，《汉语言文学研究》，2017 年第 3 期。

五、学位论文

1.《鲁迅前期小说与俄罗斯文学》，硕士学位论文，西北大学，1981。

2.《中国反封建思想革命的一面镜子——〈呐喊〉〈彷徨〉综论》，博士学位论文，北京师范大学，1984。

一、纪念集

1. 北京师范大学文学院：《王富仁先生追思录》，北京师范大学出版社，2019 年。

2. 李怡、商昌宝：《赤地立新：王富仁先生学术追思集》，北岳文艺出版社，2019 年。

3. 汕头大学文学院：《在辰星与大地之间：王富仁先生纪念文集》，上海三联书店，2019 年。

4. 李怡、宫立：《王富仁学术文集》，北岳文艺出版社，2021 年。

5. 刘勇、李春雨等：《王富仁先生学术文集》，北京师范大学出版社，2022 年。

二、学术论文

1. 宋益乔：《思想与激情——谈王富仁的中国现代文学研究》，《文学评论》，1986 年第 6 期。

2. 陈尚哲：《关于鲁迅小说研究方法的模式——与王富仁同志商榷》，《文艺理论与批评》，1987 年第 3 期。

3. 林志浩：《关于〈呐喊〉〈彷徨〉的评论与争鸣——与王富仁同志商榷》，《鲁迅研究动态》，1987 年第 8 期。

4. 陈安湖：《写在王富仁同志的答辩之后》，《鲁迅研究动态》，1987 年第 9 期。

5. 袁良骏：《论王富仁《〈呐喊〉〈彷徨〉综论》——兼谈陈安湖同志对它的批评》，《鲁迅研究动态》，1987 年第 11 期。

6. 魏绍馨：《鲁迅小说研究视角的转换——评王富仁的《〈呐喊〉〈彷徨〉综论》及其批评者的批评》，《东岳论丛》，1987 年第 6 期。

7. 李彪：《善意的批评 有益的启示——读袁良骏对王富仁"镜子"说的评论》，《鲁迅研究动态》，1988 年第 4 期。

8. 刘炎生：《怎样评价鲁迅有关辛亥革命的小说？——与王富仁同志商榷》，《南昌大学学报》（人文社会科学版），1988 年第 4 期。

9. 刘川鄂：《略评〈呐喊〉〈彷徨〉的两个研究系统》，《鲁迅研究动态》，1988 年第 3 期。

10. 袁向东：《简论"王富仁现象"》，《内蒙古民族师院学报》（哲学社会科学汉文版），1991 年第 3 期。

11. 魏文华：《关于汉乐府民歌〈江南〉的主题——与王富仁先生商榷》，《名作欣赏》，1992 年第 2 期。

12. 黄震云：《对〈木兰诗〉的鉴赏和理解——与王富仁同志讨论》，《名作欣赏》，1994 年第 1 期。

13. 靳极苍：《评王富仁同志对宋祁〈玉楼春〉词的赏析》，《名作欣赏》，1994 年第 1 期。

14. 查明建：《"影响研究"如何深入？——王富仁对中国现代文学研究模式的置疑所引起的思考》，《中国比较文学》，1997 年第 1 期。

15. 李怡：《王富仁与中国二十世纪晚期的启蒙文化思潮》，《当代作家评论》，1997 年第 6 期。

16. 吴成年：《一部独特的鲁迅研究史——读王富仁的〈中国鲁迅研究的历史与现状〉》，《鲁迅研究月刊》，1999 年第 10 期。

17. 王德禄：《漫议中国现代文学研究的学术品格——关于王富仁〈文化与文艺〉的断想》，《太原师范学院学报》（社会科学版），2002 年第 3 期。

18. 李怡：《论王富仁的"九十年代"》，《中国文学研究》，2003 年第 2 期。

19. 张俊：《指掌之上论春秋：王富仁先生的中国文化研究》，《安庆师范学院学报》（社会科学版），2005 年第 3 期。

20. 李继凯：《"新国学"与"新文学"》，《陕西师范大学学报》（哲学社会科学版），2005 年第 5 期。

21. 刘绪义：《当前学术研究中的"文化偏视症"——以王富仁、杨春时二先生为例》，《社会科学论坛》，2006 年第 6 期。

22. 陈方竞：《"新国学"建构与中国现代文化——关于王富仁先生〈"新国学"论纲〉的思考》，《社会科学战线》，2007 年第 1 期。

23. 钱理群：《我看"新国学"——读王富仁〈"新国学"论纲〉的片断思考》，《文艺研究》，2007 年第 3 期。

24. 康莉蓉：《从坚守启蒙到倡导新国学——王富仁近年来的学术走向》，《渤海大学学报》（哲学社会科学版），2008 年第 1 期。

25. 周良华：《虚荣的与自尊的——也谈〈项链〉兼与王富仁教授商榷》，《语文学习》，2008 年第 10 期。

26. 马茝骊：《文本与生活——对王富仁先生〈项链〉解读的一点思考》，《语文学习》，2008 年第 10 期。

27. 廖四平：《文学是语文教学的主体——论王富仁的教育思想》，《长江师范学院学报》，2009 年第 3 期。

28. 朱岩：《浅论鲁迅思想发展的历程——兼与王富仁先生商榷》，《文教资料》，2009 年第 18 期。

29. 潘新和、郑秉成：《王富仁语文教育观浅论》，《中学语文教学》，2009 年第 7 期。

30. 肖细白：《一种难以排遣的悲情——就李清照〈声声慢〉的解读与王富仁先生商榷》，《韩山师范学院学报》，2009 年第 5 期。

31. 孟海龙：《王富仁"启蒙"思想探微》，《长江师范学院学报》，2011 年第 6 期。

32. 李金龙：《王富仁学术研究论略》，《肇庆学院学报》，2012 年第 4 期。

33. 宫立：《王富仁的"呐喊"：中国需要鲁迅》，《出版广角》，2013 年第 20 期。

34. 王明：《一个故乡，还是三个故乡？——兼与王富仁先生商榷》，《语文教学通讯》，2014 年第 8 期。

35. 肖汉：《略论王富仁的鲁迅研究特征》，《湖北经济学院学报》

（人文社会科学版），2014年第7期。

36．王卫平：《鲁迅学与"现代国学"和"新国学"》，《鲁迅研究月刊》，2014年第11期。

37．王学东：《"别立新宗"：王富仁现代文学研究的思想视野》，《励耘学刊》（文学卷），2015年第1期。

38．于慈江：《"我的文学观"——读王富仁及其〈呓语集〉》，《北京科技大学学报》（社会科学版），2016年第6期。

39．李怡：《孤绝启蒙：持续与深化——王富仁先生的精神面相》，《文艺争鸣》，2017年第7期。

40．刘勇、陶梦真：《固守与超越：王富仁新文学研究框架的双重建构》，《文艺争鸣》，2017年第7期。

41．黄海飞：《新时期鲁迅研究范式转型的开启——王富仁〈《呐喊》《彷徨》综论〉论争之再思》，《鲁迅研究月刊》，2017年第7期。

42．黄海飞：《王富仁：鲁迅思想的护法者——孙郁教授访谈》，《现代中国文化与文学》，2017年第2期。

43．龙艳：《从"五四"的捍卫人到"新国学"的创造者——与毛迅教授谈王富仁》，《现代中国文化与文学》，2017年第2期。

44．张克：《"鲁迅怎么看我们"——王富仁的鲁迅研究断想》，《晋阳学刊》，2017年第5期。

45．韩卫娟：《论王富仁的古代文学经典解读》，《名作欣赏》，2017年第28期。

46．刘勇、李春雨：《百年新文学的"传统"与"现代"——兼论王富仁"新国学"理论构想的学术价值》，《北京师范大学学报》（社会科学版），

2017 年第 6 期。

47. 刘勇、郝思聪：《浅论王富仁先生学术研究的逻辑力量》，《传记文学》，2017 年第 6 期。

48. 杜伟：《王富仁语文教育思想简论》，《现代中国文化与文学》，2017 年第 3 期。

49. 刘勇、李春雨：《王富仁学术思想评述》，《中国现代文学研究丛刊》，2017 年第 12 期。

50. 范志强、归明伟：《试论王富仁序文的风格》，《名作欣赏》，2018 年第 17 期。

51. 李怡：《谁的鲁迅？以及新时期中国的鲁迅研究——以王富仁先生的鲁迅研究及精神特征为中心》，《汕头大学学报》（人文社会科学版），2018 年第 6 期。

52. 张鹏：《鲁迅研究：王富仁先生的学术辉煌》，《汕头大学学报》（人文社会科学版），2018 年第 6 期。

53. 刘勇、张悦：《论王富仁现代"作家论"的学术价值》，《汕头大学学报》（人文社会科学版），2018 年第 6 期。

54. 孔育新、屈梦芸：《启蒙的淬炼之途——评王富仁先生的胡风及七月派研究》，《汕头大学学报》（人文社会科学版），2018 年第 6 期。

55. 谭桂林：《论王富仁"鲁学"的精神遗产》，《汕头大学学报》（人文社会科学版），2018 年第 6 期。

56. 彭小燕：《〈长祥嫂子〉中的"鲁迅况味"——兼及王富仁先生身心间的"鲁迅血脉"》，《汕头大学学报》（人文社会科学版），2018 年第 6 期。

57. 李金龙：《谱系阐释学：王富仁鲁迅研究的方法与思路》，《汕头大学学报》（人文社会科学版），2018 年第 6 期。

58. 周晓平：《学术界的一面旗帜——王富仁先生学术思想再评述》，《汕头大学学报》（人文社会科学版），2018 年第 6 期。

59. 张艳艳：《现代中国知识分子的角色认同与学术生成——王富仁先生新国学研究管窥》，《汕头大学学报》（人文社会科学版），2018 年第 6 期。

60. 卢妙清：《从〈王富仁序跋集〉看其学者意识和人文关怀》，《汕头大学学报》（人文社会科学版），2018 年第 6 期。

61. 王培元：《有灵魂的学术——王富仁学术研究谈片》，《上海文化》（文化研究），2018 年第 3 期。

62. 陈思和：《王富仁〈樊骏论〉序》，《现代中文学刊》，2018 年第 4 期。

63. 彭小燕：《"存在"的晦暗与光焰——读王富仁先生的〈集邮者〉》，《名作欣赏》，2018 年第 28 期。

64. 谭桂林：《"每一个词语都是一扇大门"——论王富仁的语言观及其在鲁迅研究中的应用》，《西北大学学报》（哲学社会科学版），2019 年第 1 期。

65. 姜飞：《客观性、主体性和现代性——读"旧诗新解"，纪念王富仁先生》，《现代中国文化与文学》，2018 年第 4 期。

66. 王家平：《中国当代学者的俄罗斯知识分子精神气质——以王富仁教授为论述对象》，《名作欣赏》，2019 年第 4 期。

67. 廖四平、郑钰：《学术性与文学性的完美统一——读王富仁先生的〈语文教学与文学〉》，《汕头大学学报》（人文社会科学版），2019 年第 4 期。

68. 陈国恩：《王富仁"鲁迅"与中国 1980 年代的思想启蒙》，《西南民族大学学报》（人文社科版），2019 年第 6 期。

69. 彭小燕：《〈鲁迅前期小说与俄罗斯文学〉中"人道主义元素"的复杂况味——兼及"王富仁鲁迅"的可能内涵》，《山东社会科学》，2019 年第 7 期。

70. 王健、陈国恩：《论新时期鲁迅研究从"思想"向"精神"的转变——以王富仁的〈中国反封建思想革命的一面镜子〉为中心》，《文艺理论研究》，2020 年第 2 期。

71. 康斌：《左翼关怀、启蒙立场与学院派文化反思——论王富仁 1990 年代以来的"左翼文学"研究》，《汕头大学学报》，2020 年第 6 期。

72. 李玮：《"回到鲁迅"的政治性——论 1970 年代末政治变动与"王富仁鲁迅"的产生》，《东岳论丛》，2020 年第 7 期。

73. 谢晓霞：《人的启蒙意义上的鲁迅研究——王富仁的鲁迅研究与 1980 年代》，《云梦学刊》，2021 年第 5 期。

三、学位论文

1. 付慧敏：《王富仁文学研究的启蒙内涵》，硕士学位论文，首都师范大学，2009 年。

2. 张敬国：《王富仁文学教育观实践探索》，硕士学位论文，山东师范大学，2010 年。

3. 刘海平：《王富仁语文教育思想研究》，硕士学位论文，重庆师范大学，2012 年。

4. 陈永红：《王富仁语文教育思想研究》，硕士学位论，重庆师范大学，2012 年。

5. 朱玉金：《论王富仁的鲁迅研究对中学鲁迅作品教学的启示——以〈故乡〉〈孔乙己〉〈祝福〉为例》，硕士学位论文，聊城大学，2019 年。

当下文学流派研究方法的现状与偏至

——从王富仁的"江河湖海"说起

（张　悦　北京师范大学博士，中国政法大学人文学院师资博后）

王富仁先生曾在 2009 年发表过这样一篇文章：《河流·湖泊·海湾——革命文学、京派文学、海派文学略说》，在这篇文章里，王富仁先生以河流、湖泊、海湾几个形象的比喻说明中国现代革命文化、20 世纪 30 年代京派文化和海派文化的特征，并以河流中的鱼、湖泊中的鱼和海湾中的鱼比喻革命文学、京派文学和海派文学。这一阐述体现了王富仁先生两个层面的考量：第一，江河湖海，都是水，但又在形态、环境等方面呈现出极大的差异性，就像革命文学、京派、海派三个流派因为各自环境的影响在整个"水系"中呈现出差异性的形态，这是"环境"与"水系"的关系；第二，作家都是鱼，因为在河流、湖泊、海湾的不同生态环境下，自然而然地呈现出了不同的创作倾向和特点，这是"鱼"和

"水"的关系。

这是一种典型的"王富仁式"研究方式：在一个纵横交错的坐标上，让多位作家、多个流派互为注释，互相参照，只要寥寥数语，便可一针见血地同时揭示出多个作家流派的精神内核。这也是他在《中国现代文化指掌图》中所提出的"指掌"理念，既要看到"指"的线索，又要看到"掌"的丰富。这是王富仁先生作为前辈学者对后来者在研究方法上的一个重要启示。但是从今天我们对30年代文学研究的状况来看，似乎更多的还是关注"指"的分叉，而忽略了"掌"的生态。拿左翼文学、京派、海派来说，学界当下还是更倾向将这三者视为"三足鼎立"的关系，不是都市与乡村的二元对视，就是南与北的地域差异，或者是革命思想和自由主义思想的对峙。这种二元对立的研究方法在很长一段时间内发挥了重要的作用，在对立的机制下，我们能够快速地为不同的派别找到定位，这也是王富仁先生所说的"江河湖海"的一面。但是值得注意的是，王富仁先生所说的"江河湖海"还有一个重要的前提，那就是它们是处于一种"水系"当中，脉络是相通的，是关联的，是一种"活的"体系。尤其对于文学流派来说，如果离开这个"活的"体系，就会过于拘泥于文学流派之"派"，而忽视了文学流派之"流"。

一个文学流派、一种文学理念想要在文学史上获得一席之地，主要取决于它的独特性。如果失去这种独特性，就很难在文学场域中获得自己的话语权和立足点。拿五四新文学来说，它的合法性是建立在传统文学的"旧"的上面；拿创造社来说，它的异军突起在于它针对文学研究会"为人生"所提出的"为艺术"；拿京派和海派来说，二者本来都没有明确的"派别"意识，正是在相互对峙和论争当中，彼此文学形态才得以最大程度的彰显。这也是文学流派能够称为"派"的核心所在，一个流派如果含含糊糊、兼容并包，是不可能确立起自己独特的文学形态和美学风格的。

这是文学流派在自我建构的过程当中，为了确立自己的合法性而不得不采取的一种策略。但作为研究者的我们，却不能把这样的"策略"当作全部。京派是田园诗意的、海派是现代摩登的、左翼是政治革命的，这是一种后置式的总结。虽然说发展到现在，我们对这种理解已经发生了相当大的变化，但是京派、海派、左翼三足鼎立的一种理解格局仍然在一定程度上制约着研究者的理解。如果以这样的思路进入文学历史现场，认为北京的孤寂造就了京派的古朴悠远，上海的摩登造就了海派的颓废感伤，革命理念赋予了左翼的反抗与激进，这样的理解不仅使得作家自身的生命体验、艺术感受被很大程度地简单化，而且文学现场里面复杂的生态联系也被切断了。

文学一旦形成自己的个性与特质，就不是某一个流派能够简单给予解说的。拿左翼文学来说，它不仅包含"左翼"所带来的政治性、革命性的维度，也包含"文学"所带来的文学性维度。如果左翼文学只是为了政治服务，那么我们今天似乎没有太多讨论的空间，我们只要看左翼文学是否达成了这样一种目的，就已经足够了。如果左翼文学只是一种文学的思潮，那似乎我们也没有太多言说的。正是因为左翼文学试图在两者之间搭起一座桥梁，才会呈现出左右摇摆的身影、焦虑彷徨的心境。因此摇摆于左与右这种相对性的概念中的左翼文学，本身就具有很强的模糊性，甚至是左翼文学内部关于"左"与"右"的讨论都有严重的分歧和争论。在这里还想特别提一下，在王富仁先生的左翼作家研究中，有一个非常特殊的现象，就是他对端木蕻良极其重视。客观地看，端木蕻良的文学成就并不十分突出，他的文学史地位和分量也远远赶不上同为东北作家群成员的萧红和萧军，今天研究者对他的关注也大多都是集中于他与萧红、萧军的关系上，甚至由于他和萧红的关系引发了诸多的非议，对于他的作品、他的思想并不十分关注。但就是这样一个作家，王富仁不仅在《三十年代左翼文学·东北作家群·端木蕻良》四篇系列长文中对端木蕻良进行了重点分析，随后又在上下两篇的《文事沧桑话端木·端木蕻良小说论》中对端木蕻良各个阶段的创作进行了详细的解读，并且给予了端木蕻良极高的评价："假若有人问我，在中国现代作家中，谁在精神实质上更加接近列夫·托尔斯泰，我可以毫不犹豫地回答：端木蕻良。"[①] 为何如此？一个重要原因就是因为王富仁认为端木蕻良"像俄国的列夫·托尔斯泰一样，探索着一条在精神上通往人民、通往被侮辱与被损害的人们的道路，探索着一条在情感上与底层人民融合的道路。"[②] 虽然端木蕻良没有列夫·托尔斯泰之于俄国文学那么伟大的贡献，但是他对中国现代化过程中如何实现贵族阶层与平民阶层之间现代性沟通与融合的思考，是极其重要的。这说明，即便是左翼文学阵营里，也并非是铁板一块，作家在进行文学书写的时候也并非决然树立起阶级差别，像端木蕻良这样对两个阶级之间的沟通和连接的探索，是文学超越了阶级本身最动人的书写。

---

　①　王富仁：《三十年代左翼文学·东北作家群·端木蕻良》(之四)，载《文艺争鸣》，2003(4)。

　②　同上。

总而言之，王富仁的"江河湖海"构思给我们的启发远远不仅是认识几个文学流派的特性，而是意在提醒文学流派研究中"流"与"派"的关系，在复杂的文学生态场域里，多个流派曲折争流、分合流动，有源有流，有交锋的旋涡，也有合流的脉络。无论是京派、海派还是左翼，都绝非凝止之物，更不是铁板一块，它们在各自的浮动、碰撞、衍变、分裂和重组中，展示自己蓬勃、复杂的生命历程。如果我们仅从地域的差异、理念的分歧去看待每个流派的个性，很容易陷入"只见苍蝇、不见宇宙"的偏颇，在文学研究越来越走向"大文学"式的今天，我们更应该召唤一种开放性的、流动性的姿态来看待这些文学流派之间的历史延展性和内在精神联系。

理性教育还是情感教育——浅论王富仁的语文教育观

（赵焕亭　北京师范大学博士，平顶山学院文学院教授）

进入 21 世纪以后的中小学语文教育存在什么样的根本性问题？不同的专家学者从不同的视角出发，提供了不同的答案及相应的解决问题的对策。这些答案及对策对提升中小学语文课堂教学的质量来说，当然各有各的价值。而其中王富仁的独到见解无疑是最有广度和深度的。

王富仁在《大语文与小语文》(上篇，《现代语文》2020 年第 6 期)一文中把文史哲不分家的传统教育称为"大语文"，把近现代以来受西方教育制度影响而建立在各科分立基础上的语文课程称为"小语文"，进而指出：中国古代"大语文"教育的根本弱点是严重缺乏科学文化的内容，严重缺乏真正的理性思维能力的培养，致使中国社会生产力和社会政治制度处于长期停顿的状态，而中国现代语文教育（主要是指"小语文"课程）的一个根本弱点就是严重淡化了情感教育的内容。

王富仁的上述观点，精辟地概括了中国乃至世界教育几千年来发展中的根本性问题，即科学教育与人文教育的分离。这个分离，归根结底应当归咎于狭隘的科学观和人文观。包括中国儒家思想在内的狭隘的人文观，以及理性主义在内的狭隘的科学观是导致科学文化与人文文化相分离的重要根源，而且也是导致科学教育与人文教育相分离的重要根源。狭隘的人文观使传统的"大语文"教育偏重人文精神培养，而严重忽视了科学教育的重要性，狭隘的科学观则使当前的"小语文"片面追求学生理性认识及理性思维能力的提高。

故此，王富仁针对语文教育的时弊，发出及时呼吁：情感培养是语文教育的核心。这个见解的提出，正是由于目前的语文课程在理性一端单向突进而忽略了对学生人文精神一端的培养。但是，"情感培养是语文教育的核心"这个见解，也很容易被一般人误解，误以为在科技主义至上的当下，语文教育在学生的科学精神、理性精神和逻辑思维能力培养上做得已经够好了，现在需要查漏补缺，主要对学生进行情感培养、人文精神教育就行了。实际上，这绝不是王富仁教授提出此呼吁的本意。

众所周知，科学和人文绝不是两条道上跑的车，各行其道、互不干扰。作为人的发展的两端，它们中的任何一端虽然相对其他一端有一定的独立性，但归根结底还要互相制约，还要相辅相成，最终统一于人的发展。任何一端片面的狂飙突进，最终会损害到另外一端的发展。正是看到了这一点，王富仁又继续指出：淡化了情感教育的内容，理性思维能力的片面提高就会导致人的实利化、理念化、教条化倾向的发展，导致人与自然、人与人、人与社会、人与整个人类的情感联系的松弛，最终也会将人类导向自我毁灭的道路。到那时，哪里还有理性可言？这不仅是中国现代教育经常面临的一个严重问题，也是现代世界教育经常面临的一个严重的问题。这里，王富仁教授以敏锐的眼光看到了事情的本质：目前语文教育虽然在表象上看仅仅是情感教育缺失，但实际上学生的理性思维能力也同样没有得到、也根本无法得到真正健康的发展，情感与理性二者在当前的语文教育中实际上不是相辅相成，而是严重地互相牵制对方发展。

也就是说，只有从根本上转变狭隘的科学观和人文观，使科学与人文、理性与情感互相融合，才能从根本上转变狭隘的语文教育观，从而真正实现语文教育中工具性和人文性的相互融合、相互促进。也只有这样，语文教育才能走出忽而极度张扬科学精神、忽而极度张扬人文精神的摇摆状态。我们看一下近几十年来语文教育的发展轨迹，有一点是很清楚的：在相当长的一段时间，语文教育少讲语文知识及语文学习的规律，而强调思想性教育；后来，语文教育大力弘扬工具性，张扬科学性，语文知识成了语文教学的重头戏，但片面强调知识，严重忽视了知识中蕴含的人文精神，导致语文知识成为冷冰冰的、外在于学生精神世界的独立存在，并最终导致学生在语文教育中不仅得不到充分的人文关怀，语文知识和能力也未能有效提高，因此才会出现世纪之交的"误尽苍生是语文"这句愤激之语；21 世纪到来以后，借着全国第八次基础教育课程改革的东风，语文教育高举人文性的大旗，极大地张扬了学生的主体地位，尤其可喜的是语文教材中的人文味渐浓，但语文知识在语文教材中和语文课堂教学中逐渐淡化，语文知识教育严重失落，学生的理性思维能力也得不到有效培养，最终，必将伤害他们的人格和精神世界的健康发展，语文课程人文性的落实也必将成为一句空话。直到今天，语文教育还在继续"品尝"这个苦果。

比较典型的表现就是：在当前极度张扬学生主体精神的大背景下，学生在分析文本（尤其是经典文本）时，缺乏必要的科学方法、科学态度和理性精神作为支撑和保障，未能学会合理地阅读、有节制地阅读，阅读中的主观性、随意性和盲目性是很明显的。比如，解读《扁鹊见蔡桓公》时，想当然地给蔡桓公贴上"讳疾忌医"的标签。讳疾忌医，其含义是指隐瞒疾病、不愿医治，比喻怕人批评而掩饰自己的缺点和错误。批评某人"讳疾忌医"，其前提是此人应该知道自己得了病，但不想让别人知道，也不愿意去找医生医治。而文本中的这个蔡桓公很明显不是要隐瞒自己的疾病，而是不相信医生的专业性，不认为自己得了病，又怕医生借机敲诈自己的钱财，故此不愿意让扁鹊医治。因此，"讳疾忌医"不应是由此文本得出的寓意。又如，分析朱自清先生的散文《荷塘月色》时，只根据 1927 年的时代背景和朱先生在特定背景下说的一些只言片语就断章取义地进行推理，认为此文表现的是作者因大革命失败而产生的彷徨和愁绪。这里主观猜度的成分太强。不仅是学生，甚至有些教师在一些专业的学术期刊上发表的文本解读论文，都有科学精神和理性精神缺失的情况。再如，有论者在解读著名悼词《在马克思墓前的讲话》时，对文中恩格斯评价马克思时所用的三个概念"思想家""科学家""革命家"之间的关系分析如下："'思想家'是属概念，'科学家'和'革命家'是'思想家'这一属概念统领下并列存在的一种概念。"这个分析也是极为缺乏逻辑理性的，也不符合恩格斯在文中的本意和马克思一生的实践与追求："思想家""科学家"强调马克思的理论贡献，"革命家"则强调马克思的实践贡献，而在马克思和恩格斯看来，尽管理论和实践都很重要，但后者要比前者更有价值。因此，"思想家"这个概念无论如何也统领不了"科学家"和"革命家"这两个概念。这位论者对概念之间逻辑关系的错误解读就是语文教育中科学精神和理性精神缺失的表现。

王富仁在《我的语文教学观》(《教育导刊》，2015 年 1 月上半月)一文中指出：文本分析是中小学语文教学的主要内容，经典文本是构成学生文化心理的主要因素，是培养学生高雅情趣和高尚心灵的主要凭借。这样看来，以上文本解读中表现出来的语文教育中科学精神和理性精神的缺失，最终会极大地妨害学生人文精神的发展。

好在近年来，一批有识之士力挽狂澜，让科学精神、理性精神逐渐回归语文教学之中，并使语文知识也逐渐得到强化，以支撑起学生语文能力和人文精神的发展。这是很难得的好事，同时也标志着语文教育正在逐步摆脱要么科学、要么人文的极端思维的操控，逐步走上正轨，理性和情感将会同时成为学生发展的主题。

王富仁关于语文教育中理性培养和情感培养的辩证论述，对语文教育的健康发展有着巨大的理论和实践价值。它给语文教育界最大的启示就是一方面要坚定不移地培养学生健康丰富的情感，给学生更多的人文关怀，一方面还要坚定不移地培养学生的科学精神和理性思维能力。如果没有前者作为方向性引领，后者将会失去意义；如果没有后者的支撑和保障，前者的培养一定会落空。

王富仁俄苏文学批评中的人民性话语

（侯　敏　北京师范大学博士，辽宁大学文学院副教授）

在大夜弥天的十九世纪俄国现实语境中，十二月党人对沙皇专制与农奴制不合理秩序的反抗，促发了俄国文学中人民性与民族性话语的频繁出现。但在维亚捷姆斯基、普希金、果戈理等人的阐释中，他们常常将人民性与民族性概念混为一谈，直至别林斯基的出现，才对二者作出了明确区分。别林斯基从现实斗争形势出发，意识到人民性与民族性混同最大的危险在于，因概念的模糊性导致其各自独特内涵的稀释与消解。于是，在《别林斯基论文学》等文论中，别林斯基明确阐明民族性内涵大于人民性，并且将民族生活细分为民众的生活与有教养的社会生活两种。在别林斯基看来，文艺的人民性恰在于反映与表现前者，批判后者，并进而指出："如果关于生活的描写是忠实的，那也就必然是人民的。"①可以说，以别林斯基为代表的一代俄苏知识分子，以革命民主主义者的立场，始终将深刻的底层人民关怀与资产阶级批判统一于文学的书写当中，形成鲜明的以人民大众为本位的人民性话语。

那么，当俄苏人民性话语资源主导性地影响新中国相当长时期内的

---

① ［俄］别林斯基：《别林斯基论文学》，梁真译，69 页，上海，新文艺出版社，1958。

批评范式与评价导向时，在其话语资源浸润下成长起来的一代知识分子的典型代表王富仁，如何在其文学批评中理解源自俄苏的人民性话语？这种人民性话语在中国化的语境中又呈现出怎样的延传与新变，显示出怎样的价值与意义？

首先，王富仁以"启蒙"为关键词发掘出鲁迅与俄苏人民性话语之间的共通点。王富仁基于鲁迅前期小说与俄罗斯现实主义文学之间"博大的人道主义感情、深厚诚挚的人民爱、农民和其他'小人物'的艺术题材'的共同特征"①，一方面批判了列夫·托尔斯泰、陀思妥耶夫斯基作品中"美化农民的忍从、耐苦，把农民道德理想化的倾向"②，指出"列夫·托尔斯泰是一个高超的社会现实图画的描绘者，同时也是一个托尔斯泰主义的布道师"③。他强调的"勿以暴力抗恶""道德说教、人性感化"等思想，最终导致其以"底层农民关怀"为出发点的人民性话语成为一种乌托邦式的存在；另一方面，王富仁从果戈理"典型化"的社会心理讽刺和契诃夫对小人物"严格的客观性描写"着眼，认为他们摆脱了列夫·托尔斯泰、陀思妥耶夫斯基"道德说教"思想的束缚与桎梏，他们笔下的底层民众"不仅仅是被同情、被怜悯的对象，而且成为被分析、被研究、被表现的对象"④。与此同时，王富仁指出，鲁迅前期小说中创造出的大量具有国民性批判倾向的作品，正是受到了以果戈理、契诃夫等为代表的社会批判和国民性批判，来实现底层民众启蒙救赎的人民性

① 王富仁：《鲁迅前期小说与俄罗斯文学》，28～29 页。
② 同上书，31 页。
③ 同上书，71 页。
④ 同上书，78 页。

话语之影响。

显然，王富仁并不认可托尔斯泰等贵族知识分子试图在旧秩序内部，通过道德感召的方式实现底层人民的救赎之方法，而是认同果戈理、契诃夫等人通过社会批判、国民性批判来实现民众启蒙之路径。因而，王富仁在《鲁迅前期小说与俄罗斯文学》"总论部分"便开宗明义地指出："清醒的现实主义精神、广阔的社会内容、社会暴露的主题是鲁迅前期小说与俄国文学的共同特征之一，也是二者相互关联的主要表现之一。"①由此可见，王富仁实则是在具有社会批判和国民性批判特质的所谓"社会暴露"和"清醒的现实主义精神"中，寻绎到了鲁迅小说创作与俄国文学的共通之处。换言之，王富仁是在以启蒙底层民众为鹄的的人民性话语中洞见了鲁迅与俄苏文学之间的同质性因素。这一发现，对王富仁而言可谓意义重大。因为它成为王富仁后来突破"鲁迅政治化"的单一研究范式，重新建构"思想鲁迅"的重要诱因之一。

其次，在王富仁俄苏文学批评中的人民性话语背后，始终涌动着中国知识分子对于俄苏启蒙精神的执着思考。长期以来深受封建意识形态束缚的中国底层民众，既面临着封建专制剥削下的生存困境问题，也暴露出人性内里普遍的精神困境与顽疾。如何从俄苏文学批评的人民性话语中选择启蒙路径，是悬在中国知识分子面前的最复杂的问题之一。这种复杂性在王富仁的文学批评中也得以鲜明显露。如上所言，王富仁通过果戈理、契诃夫等人社会批判与国民性批判，架构起一条通往人民大众本位立场的启蒙路径。然而，对于像阿尔志跋绥夫这样的态度并不清

---

① 王富仁：《鲁迅前期小说与俄罗斯文学》，8页。

晰与明确的作家，王富仁的评论却呈现出复杂的意味。在王富仁的批评话语中，一方面竭力强调鲁迅对于阿尔志跋绥夫"极端个人主义"的弃绝，宣称其是因极度的"憎"而导致"极端个人主义"；另一方面又表示"正如鲁迅所说，'这憎义或根于更广大的爱'……以'憎'与'冷'的形式，直接而又强烈地表现着'爱'与'热'。"①在这里，两种观点似乎充满矛盾与悖论，但如果结合 20 世纪 80 年代初"人性、人道主义"讨论的现实语境便不难发现，王富仁这样的表述是有其深意的：他试图通过鲁迅之口，将阿尔志跋绥夫极度的"憎"所导致的"极端个人主义"与更广大的"爱"联结起来，实则是隐晦地承认了"极端个人主义"的启蒙路径。质言之，王富仁是要打破长久以来政治对人性的压抑与束缚，使个人获得充分的"主体性"的权利与自由。这也正是"启蒙者"王富仁人民性话语中的题中应有之义。

最后，王富仁俄苏文学批评中人民性话语的落脚点是在于如何解决民族化的问题，即鲁迅所谓"我从天国窃得火来，本意却在煮自己的肉的"②。通过王富仁的理论话语，我们发现，他既没有陷入 19 世纪早期俄苏文论中人民性等同于民族性的观念"泥淖"，也没有完全依循别林斯基民族性大于人民性的思维路径，而是基于新时期的现实语境，表示要正确处理世界性文学资源对于中国民族性文学的作用与地位问题，力图"使外民族艺术形式适应现代民族社会生活和体现自己的审美认识的过程"③，即域外文学资源如何更好地"本土化"的过程。这充分体现出其

---

① 王富仁：《鲁迅前期小说与俄罗斯文学》，154 页。
② 鲁迅：《鲁迅全集》（第四卷），209 页，北京，人民文学出版社，2005。
③ 王富仁：《鲁迅前期小说与俄罗斯文学》，182 页。

"民族固有传统现代化、个性化和外国文学的艺术经验民族化、个性化"①的宏阔研究视野和建构意图。

综上，王富仁的俄苏文学批评及其人民性话语，无论对于学术研究，还是对于社会现实而言，都具有重要的价值和意义：其一，在王富仁的精神血脉中，有着很深的来自俄苏的以人民大众为本位的人道主义思想的滋养，这种滋养不仅形塑了王富仁兼具"俄国知识分子的那种精神上的'大气'"②与中国知识分子秉持人民性立场的平民知识分子式的特殊身份，而且促发了他从启蒙视角关注与解决民族国家和底层民众问题的思考；其二，在俄苏启蒙与人民性话语的感召下，王富仁不仅明确了"启蒙鲁迅"观念，将鲁迅的"主体性"复活，而且将这种"主体性"思想带入 80 年代文坛，为 80 年代中期文学"主体性高扬"奠定了基础；其三，王富仁在学术探寻中对于启蒙理念的执着追求与探索，从侧面展现出中国当代知识分子如何艰难地理解、选择，创造性地运用俄苏文学批评中的人民性话语来努力改变社会的真实图景。

其实，从当下角度观之，启蒙告退的今天，面对物欲横流、众神狂欢的现实生活，我们深感启蒙工作与任务远没有结束，距离理想的国民状态还有很长一段路要走。这也正是今天我们为什么不断回顾、反思俄苏人民性话语和怀念鲁迅、王富仁先生的重要原因之所在。

---

① 王富仁：《鲁迅前期小说与俄罗斯文学》，190 页。
② 王富仁：《说说我自己：王富仁学术随笔自选集》，75 页。

另一副笔墨：王富仁与"现代作家印象"

（汤志辉 北京师范大学硕士，南京大学博士，湖南大学文学院副教授）

王富仁先生的现代"作家论"是其学术研究的重要组成部分。目前，学界关注较多的是他专论性质的学术论文。然而，除了这类长篇大作，王富仁还写作了一系列具有散文性质的"现代作家印象"，"这类文章虽然篇幅都不长，但寥寥数语就对几个作家特质作了精准的把握。"①这些文章在王富仁的学术写作中较为独特，值得关注。

"现代作家印象"系列文章，收在他的随笔集《蝉声与牛声》（四川人民出版社，1997 年）中，分别写了郭沫若、郁达夫、许地山、闻一多、朱自清、老舍、巴金、林语堂等八位作家，每篇文章篇幅不长，两三千字左右。不过，随笔集里收录的并非"现代作家印象"系列文章的全部。据学者宫立介绍，王富仁自 1993 年 1 月 7 日至 1994 年 11 月 10 日在《太原日报·双塔》副刊上撰写"现代作家印象"专栏，涉及的作家除了以上 8 位，还有蔡元培、陈独秀、胡适、鲁迅、李大钊、刘半农、钱玄同等 25 位作家。② 未收录的部分，将收录在即将出版的《王富仁学术文集》中。这些文章在《太原日报》刊出后，很快就有影响，得到好评。作家成一撰文称："我不知道《太原日报》副刊怎么会组到这样好的文章（对我来说，这肯定是我在 1993 年的报刊上读到的最好的文章了）……我陆续看了十来篇，可以说是篇篇都'说'得精彩。它之所以是'说'，因为既不同

---

① 刘勇、张悦：《论王富仁现代"作家论"的学术价值》，载《汕头大学学报》（人文社会科学版），2018(6)。

② 宫立：《王富仁笔下的"作家印象"》，载《文汇报》，2018-01-01。

于'论'，也不是'记'，自由挥洒，妙'议'纷呈，特别是'说话人'的风度魅力亦历历可见。"①这些既不是"论"，也不是"记"的随笔体"作家印象"，在王富仁的学术研究中，具有了独特的魅力。概而言之，有以下几个特征：

第一，王富仁的"现代作家印象"非常贴切与传神，就像给每位作家画了一幅素描，几笔就将作家的精神勾勒出来了。王富仁称郭沫若"一生都是一个青年""郭沫若的学术天才也不是他理性思维绵密的结果。他的知识渊博，想象力又极为丰富，他的成功更得力于他的东方人的所谓悟性，一旦一种新的联系建立起来，新的观念便产生了。而他是很善于也敢于建立种种新的联想的。但他靠的不是严密的逻辑推理，因而一旦悟性失灵，他又是极易犯连常人也不会犯的错误的。"②他认为郁达夫"精神上是一个孩子"，并认为"郁达夫把自己哭成了文学家，在社会上有了自己的安身立命之处，但他在精神上也便停止在小孩子的阶段了。因为他不必再去学争权夺利那一套，不必再去耍手腕、弄权术、尔虞我诈。痛苦了、寂寞了，他就像小孩子一样哭几声，一方面也发散了苦闷，一方面也哭出了一些稿费来，使自己有饭吃，有酒喝。这使他反而感到自己的痛苦还太少了一点儿，还得另外多加一些。我们觉得他后来的作品有点炫耀痛苦，就是这么一个原因。"③其他如称闻一多是"东方老憨"、朱自清"他是一个富有同情心的人"、老舍"一死惊天下"、巴金是"我们的好朋友"等。这些印象的确是抓住了现代作家们的精神特

---

① 成一：《关于历史》，载《当代作家评论》，1994(4)。

② 王富仁：《蝉声与牛声》，29 页，成都，四川人民出版社，1997。

③ 同上书，34～35 页。

质，并生动传神地表达了出来。这种功夫却并不是随便哪位都能谈出来的。

第二，这类看似轻巧潇洒的"现代作家印象"描绘，是基于作者对这位作家的全面掌握，对作家的"全人全事"有了清楚了解之后才能得出来，有举重若轻之感。如王富仁在谈到巴金及其作品时认为："巴金的作品是以我们的一个真诚的朋友的身份与我们说话的。你在他的作品中感觉不到他对我们的戒心，他把自己的喜怒哀乐都毫无保留地暴露在我们的面前，正像一个朋友向我们毫无保留地倾诉他的思想和感情一样。他向我们要求的是一种人道主义的感情，他对自己笔下的人物所倾注的感情也是人道主义的感情。他同情每一个无辜者的悲剧命运，抨击每一个不人道的人，从而在人道主义的基础上与我们建立起广泛的感情联系。在他的作品中，不存在交流的梗阻，他的情感像通行无阻的江河流水，直接从他的心中流到我们的心中，其中没有转折和变化，这正像朋友间的感情倾诉，你哭我也哭，你笑我也笑，在情感上是共鸣的。你读了他的作品，像交了一个朋友，他满足的就是你的求友的愿望。"①这种对巴金热情、人道主义精神印象的整体把握，与作者对巴金的全面了解是分不开的。在描述老舍受中国传统儒家文化与满族文化的影响，许地山受宗教文化影响时，作者既能宏观把握，也能细致入微地分析。

第三，"现代作家印象"系列文章，有点类似古代人物品评，非常精到。这需要作者对现代作家有细致入微的体察和感知，以个人感受为基

---

① 王富仁：《蝉声与牛声》，72 页。

础，去贴近这些现代作家的心灵世界。这类"印象"的产生，是通过心灵与心灵的碰撞与交融而形成。在品评现代作家的过程中，作者的人格魅力与主体精神也得到了体现。如在品评朱自清的散文时，作者抓住了"同情心"这一关键词。他认为"朱自清的散文很得力于他的富有同情心。……他写别人写得很精很细，很能写出别人埋在心底、甚至连别人自己也没有觉察到的那点悲哀来。表面看来，这只是一种写作本领，实际上，它更是一种人格，一种人的素质。……只有像朱自清这样真诚地关心着别人的内心感受的人，才会处处留意别人的情绪，留意别人笑的时候的样子、走路时的姿态，留意别人的每一个细微的动作的意义、别人眼神的每一个细微的变化。在这时候，这些细的小的东西对于朱自清比那些大的表面的东西更重要，因为只有靠这些东西，他才能真正了解一个人的内心，才能防止自己在无意间损害别人的心灵，才能在别人不便开口要求他的帮助的时候主动地给人以帮助。这样长期的生活积累，才使他对各类人的各种细微的表现了如指掌，写起来得心应手，细致而不繁琐，微妙而无卖弄的意味，自然妥帖，朴素真率。所以，这里反映的是朱自清的一颗富有同情感的心，装是装不出来的。"①这里谈的是朱自清作品的"同情心"，但却似乎也能读到作者之同情心。

这类"现代作家印象"的随笔散文，体现了王富仁学术研究的另一副笔墨。这副笔墨潇洒自如，举重若轻，细致入微，精到体贴。在文中，我们能看到王富仁对现代作家的理解之同情，能够感觉到王富仁对现代

---

① 王富仁：《蝉声与牛声》，50～51 页。

作家人格魅力的体悟，最后，我们通过这一系列文章，也能感受到王富仁在平静的笔调背后所隐藏的生命激情。

王富仁的长文和长句

（石小寒　北京师范大学博士后，聊城大学文学院副教授）

"长"是王富仁先生学术论文极容易被注意的特征：《中国鲁迅研究的历史和现状》长约 15 万字，在《鲁迅研究月刊》连载 11 期；《鲁迅与中国文化》也近 10 万字，在《鲁迅研究月刊》上连载 5 期；《"新国学"论纲》长达 14.5 万字在《社会科学战线》上连载 3 期；而 2017 年的绝笔《学识·史识·胆识——鲁迅与顾颉刚》更是长达 22 万多字，分别占在《华夏文化论坛》《现代中文学刊》两处连载完成。如此长的篇幅，在学术期刊上连载是不多见的。但在王富仁先生那里却是常见的，随便查阅，他的《中国现代历史小说论》连载 5 期，《三十年代左翼作家·东北作家群·端木蕻良》连载 4 期。即便是为书作序，王富仁也多是长篇大论：2004 年为北京师范大学出版社出版的《二十世纪中国诗歌经典》作《〈中国诗歌经典〉序言》6.8 万字，为刘新生的《中国悲剧小说史》所作序 7.3 万字……由他创办《新国学研究》阐明的征稿启事说"本刊以刊发二至十二万字的长篇学术论文为主"，随后他又解释说"这并非我们的偏好，而是因为当前的学术刊物大都以发表二万字以下的论文为主，而出版社出版的学术著作又大都不能少于十二万字，这就使二万至十二万字的长篇学术论文很难找到发表的机会，也在某种程度上造成了学术文体的单一化。我们希望给这些难以发表的长篇学术论文提供一个发表的阵地，并使我们的学术文体变得更加自由、更加多样"。这段夫子自道的文字其实正好说出王先生对长文的偏爱。其实王富仁先生不但文章长，他的句子、段落也长。可以说"长"构成王富仁学术论文的显著特点。

长文和长句是极容易被察觉的表面现象，而"长"的背后却是语言习惯、思维方式等一系列重要内容的体现。王富仁先生的长句和长文看似只是个人写作习惯，但却牵扯学术文体转型的重要背景。长期以来，我们多注意到王富仁"思想革命的镜子"和"新国学"的学术建构，却忽略了王富仁先生的学术语言和文章风格。从学术文体发展的角度看，作为共和国的第一位文学博士，王富仁富有特色的长文和长句极有可能开启了一种新的学术文体。而在他文章"长"的背后，则体现王富仁"有意为之"或者"不得不为"的良苦用心和对现代文学整个学科、学术环境的通盘考虑。

首先，"长"有不得不为的苦衷。正如刘勇先生所言，"在这样的学术链条中，他（王富仁）始终处于一个关键和特殊的位置上"，王富仁所面对的学术环境也是业已成熟的鲁迅批评范式，不仅具有学术的规范性，也有政治上的规定性。若要扭转这样一个学术思潮，不得不做充足的准备和周密的部署。于是在《中国反封建思想革命的一面镜子——〈呐喊〉〈彷徨〉综论》这部重要作品中，王富仁一方面肯定了以陈涌为代表的"《呐喊》《彷徨》是中国反封建政治革命的镜子"这一论断所特有的时代历史价值和学术本身的价值，另一方面又清醒地看到："当这个研究系统帮助我们从中国政治革命的角度观察和分析了《呐喊》和《彷徨》的政治意义之后，也逐渐暴露出了它的不足。"而"政治革命镜子"这个研究系统最大的不足，就是它"与鲁迅小说原作存在一个偏离角"，它与鲁迅文学创作的初衷存在较大的距离。因而王富仁大胆地提出应该"以一个新的更完备的研究系统来代替"它，并明确提出了《呐喊》《彷徨》"首先是中国思想革命的一面镜子"。可想而知，王富仁要做的工作首先是要推倒一座巍然耸立的大厦，而后是要建立一座与之相当的雄伟建筑，不但高度与之匹配，还要有坚实的地基。任何一个细节出现疏漏，都会影响建筑的竣工。做这样浩大工程，非"长"不可：长是因为"政治革命"的命题和范式早已深入人心，"长"是因为"思想革命"的建构同样是个伟大的工程，"长"是因为还需要坚实的文本分析——如《呐喊》《彷徨》的综论，但却对文本分析具体细致——在每篇文本的解读上，完成学术范式的扭转和思想革命的学术建构。

其次，"长"又是王富仁"有意为之"的结果。他善于作文本分析，对《狂人日记》《肥皂》《孔乙己》等具体篇章的解读堪称文本细读的典范。但一篇两篇文章的解读无法完成整个研究范式的转变。他考虑的是整体的意义，是在整个学术背景中，通盘考虑学科状况的前提下分析问题。阅读王富仁的文章却让我们感受到他的文章和句子无法分开。前后篇章段落互有关联，研究的问题互有联系。尽管也可以把这些学术问题分开写，但却失去了整体的意义。正如他论述句子的意义一样。他说"一个大句子的意义主要不是由它内部的各个词语及其关系构成的，而是在与其他很多大句子的联系和区别中产生的。任何一个读者都不分析这个大句子的内部结构而在它的整体存在中便能感知它的意义。文学作品也是这样。文学作品是在诸多文学作品的联系和区别中获得自己的整个意义的，而不是由它的内部诸种联系和对立单独构成的。"同样，文章如果分开就失去了王富仁最主要的学术意图。因为他的着眼点是学科整体性，他说"这里的问题不是一个具体作品与另一个具体作品的评价问题，而是一个引导现代中国人在哪个领域发挥自己的创造才能的问题；不是它还存在不存在的问题，而是一个它在现当代中国存在的意义和价值的问题。"因此王富仁有明确的学术自觉，他曾借对樊骏的评价把中国现代文学研究分为：个性层面的研究、国家层面的研究、学科层面的研究三个层面。并说"后来才发现，我按照自己的想法写文章是一回事，而按照自己的想法看待整个中国现代文学究的现状及其命运和前途又是另外一回事。"

再次，"长"反映出王富仁先生的学术性格。语言特色能够体现作家性格，学术语言自然也是一种学术性格。长文则显示出耐心解释、循循善诱、不厌其烦的特点。长句则体现出王富仁严谨的学术风格。王富仁对语言问题非常敏感，他谈鲁迅笔下的小说人物，赵太爷、赵七爷等封建权贵时说，"他们的言语一般较少，言少而重，没有感情的温度，透体的冷酷，多纯理性的判断，无内在感情的真实表达，多命令句，判断句，少祈使句，疑问句，感叹句，反映着他们做为主人的专断与自信"。这段描述反过来恰好可以理解王富仁对长文和长句使用。

如今，很多学者都注意到王富仁《中国反封建思想革命的一面镜子——〈呐喊〉〈彷徨〉综论》对以往学术研究政治范式的颠覆，体现出王富仁超越和创新的特质，甚至大胆的学术个性。但其实，王富仁的学术性格既有大胆的一面，又有小心谨慎的一面。如果说王富仁的论点充满了大胆的假设，那么他的语言则显示出学术的严谨。此外，他不像鲁迅那样充满反叛精神，很少用鲁迅冷峻精悍的语言和封建文化强行划开接线。王富仁则是自觉将自己放置在学术链条中，王富仁在《樊骏论》指出

"李何林先生更是带着中国现代政治革命的传统进入中国现代文学研究界的，唐弢先生更是带着中国现代创作家的传统进入中国现代文学研究界的，而王瑶先生则是带着中国现代学院派学者的传统进入中国现代文学研究界的"。《中国反封建思想革命的一面镜子——〈呐喊〉〈彷徨〉综论》不只包含他新的学术构想，也包含了他对以往学术的继承。正如刘勇、陶梦真撰文所述：王富仁学术性格具有固守和超越的双重特征。其实，固守和超越并不是割裂开的，很多时候王富仁都在试图将现代文学作为新的传统传承下去，而不是随意把现代文学学术研究经历的弯路和曲折草率地割舍掉。他努力把多种研究派别纳入到现代文学研究的学术传承中，赋予各种派别积极合理的意义，体现出对整个现代文学学术传承的贡献。如他的《中国鲁迅研究的历史与现状》，刘勇评价说道："在这部 15 万字左右的著作里，王富仁对五四以来鲁迅研究的发展历程再次进行了高度的概括和深刻的思考，这种概括不仅仅停留在各派别的鲁迅研究是什么，更重要的是他们为什么会这样研究？鲁迅与现代中国的发展紧紧牵连在一起，鲁迅研究与当代中国同样也牵连在一起！鲁迅研究各个派别与派别的差异究竟是什么？各个派别本身的发展与分化又是什么原因造成的？这些既是王富仁对鲁迅研究的总结，同时也反映了王富仁对当代中国文化生态的审视和理解。"他既不愿意放弃现代文学传统，又试图在此基础上创新，语言呈现出长、繁的特征也是必然的结果。

最后，"长"是学术论文专业化的一种体现。学术文章多种多样，没有一定之规，文章可长可短。但一般而言，从古典文学点评式批评，到现代学术的建立，再到当代具有硕博学位的研究生的学术论文，的确经历了由短到长的变化过程。随着一批具有硕博学位的研究生步入研究领域，学术论文越来越专业，也越写越长。

其实，周作人、沈从文、李健吾、唐湜所力主的短评也颇受欢迎。新时期不少批评家、研究者为他们那种含英咀华的批评方式所吸引，在回归文学的旗帜下，学术研究也呈现出文学化的倾向。甚至一些老成持重的学者也为了摆脱政治视角、马列文论的枷锁，转而重视自己的艺术感受。这类文学批评活泼灵动，思维跳跃，多用短句，本身即是一篇好的美文。但也在同一时期，王富仁"思想鲁迅"这一观点的出现在人们的学术视野中，令人瞩目的不仅是文章的观点内容，还有那缜密的逻辑思辨，奇长而又复杂的长句。在文中王富仁大量使用概念和专业术语，为求表述准确而加长了限定内涵和外延的状语、定语，不能留下歧义理解的弹性空间；同时大量使用复合句、关联词，增加了文章的逻辑性。尽管也是从阅读体验出发，但他的文章写法却严谨周密，重视学术积累，关注学术动态，文章从概念入手，步步为营，追求推理的严谨。一旦进入他的文章就会被其强大的逻辑力量和语言力度折服。

对于作家而言，语言特色是作家最显著的风格；对于学者而言，学术语言同样是学者最重要的特色。王富仁先生奇长的语言风格和海阔天空的文章容量也成为他作为学术大家的一项重要标志。

艺术直觉与王富仁的鲁迅研究

（王龙洋　北京师范大学访问学者，江西师范大学文学院副教授）

在王富仁之前，陈涌借助毛泽东的新民主主义文化理论，将鲁迅纳入到政治文化范畴并以此来解读鲁迅，强调鲁迅小说政治革命的价值，从而将鲁迅研究推向一个新的高度。但是其缺陷也十分明显，即用理念图解艺术，理念先行的后果就是理论和鲁迅小说文本艺术图式之间的缝隙无法完全弥合。为了证明政治理论的正确性，陈涌不得不对鲁迅的小说进行选择性解读，这使得鲁迅的小说文本被平面化处理，鲁迅的小说文本自身审美意蕴的丰富性被抽象化，这严重削弱了鲁迅小说的思想性和艺术性。

王富仁敏锐发现了陈涌的鲁迅小说研究缺陷，即割裂作者的主观创作意图与作品的客观效果的有机统一关系，这使得政治理论观察解读出来的思想图式严重偏离了鲁迅小说文本自身的思想图式，出现了"结构上发生了变形"的情况。他认为，"变了形的思想图式再难以与原作的艺术图式达到契合无间的吻合了。"①他进而认为，"如何在作者的主观创作意图与作品的客观社会效果，在思想和艺术、内容和形式的内在有机联系中对《呐喊》和《彷徨》的独立特征做一以贯之的有系统、有整体的统一把握，至今仍然是一个没有解决的课题。"②带着解决学界鲁迅研究存在缺陷的问题意识，王富仁认为，解决这一问题的路径应该从艺术感受出发，通过阅读小说文本与鲁迅进行心灵对话，从而将作者的主观意图与作品有机统一作整体性观照。他说，"我的文章，是建立在与作者的情感的、理性的等各个方面的联系当中的，这个联系也就在一个感受当中吧。它既包含着情感的东西、情绪的东西，也包含着理性的东西。"③

---

① 王富仁：《王富仁自选集》，111 页，桂林，广西师范大学出版社，1999。
② 同上书，110 页。
③ 王富仁、王培元：《鲁迅研究与我的使命——王富仁教授访谈》，载《学术月刊》，2001(11)。

正是注重艺术直觉，他开展学术研究时就非常注重文学作品本身的阅读感受，他说，"我对文学的爱好并不是从要搞文学研究的意图出发的，我直接接触的是文学作品本身。"①从阅读作品开始的好处就是可以抛开前人的干扰，这样"在阅读文学作品的时候，我没有先入之见。""当我后来搞研究的时候，我想到的首先是文学作品，不是哪个理论、哪个学者的一个什么观点。王富仁正是在艺术直觉的基点上，从阅读鲁迅小说的个人感受出发，推论出鲁迅前期小说的价值在于反封建的思想革命，换而言之，王富仁的鲁迅研究突破和成就是建立在他的艺术直觉的基础之上。"②

　　这种艺术直觉使得王富仁注重鲁迅文学本体的价值，通过鲁迅小说文本的细读来强化鲁迅小说的反封建的思想特征，将艺术感知与学术的思辨统一起来。在《中国反封建思想革命的一面镜子——〈呐喊〉〈彷徨〉综论》一书中，他力图避免此前鲁迅研究理论先行的缺陷，在提出《呐喊》《彷徨》是"中国反封建思想革命的一面镜子"的核心观点后，王富仁通过对《呐喊》《彷徨》的创作方法的分析，阐述"两种观念进行对话的基本艺术方式"，即鲁迅的"传统观念意识"和"现代的民主的观念意识"与小说创作方法的互动关系。他认为，"鲁迅创作思想和创作方法的递变轨迹，是在极力寻求这两种观念意识进行有效对话的基本艺术方式的过程中进行的。"③正是在对鲁迅小说本体的阅读的直接感受中，王富仁发现了"鲁迅几乎把情感的真实与客观的真实以同样的强度加以重视，并

---

① 王富仁、王培元：《鲁迅研究与我的使命——王富仁教授访谈》，载《学术月刊》，2001(11)。

② 同上。

③ 王富仁：《中国反封建思想革命的一面镜子——〈呐喊〉〈彷徨〉综论》，180 页。

明确把情感真实作为客观真实前提。"①他进而认为，鲁迅现实主义文学宣言"实际上是以浪漫主义者对情感真实的强调为前提的"②。王富仁在鲁迅的两个观念的递变过程中发现了鲁迅创作方法的递变，从早期的浪漫主义向现实主义的嬗变。这就突破了此前鲁迅小说研究中片面侧重于现实主义方法的不足。陈涌之所以强调鲁迅小说的现实主义创作方法是因为现实主义具有强烈的现实认识价值取向，能够通过小说来反映社会问题，来认识社会，达到改造社会的目的。即使是到 20 世纪 80 年代初，学界开始讨论鲁迅小说如《狂人日记》的意识流、象征主义等色彩时，唐弢还将其纳入到现实主义的范畴，他说，这是"鲁迅为现实主义注入新的血液"，"鲁迅小说的现实主义的确不同于通常所说的现实主义。"③王富仁将浪漫主义从既有的鲁迅小说研究的现实主义范畴中提炼出来，并赋予其重要的意义。他强调，在鲁迅的小说中，"现实主义与浪漫主义互助共存、彼此强化，能够达到也达到了完美的融合。"④他认为，鲁迅吸收西方积极浪漫主义文学精神，形成独特的个人主义的人道主义。个人主义强调个体的抗争意识，这就弥补了人道主义的温情和软弱的不足。鲁迅小说正是在从浪漫主义向现实主义创作方法的递变过程中，呈现出新的思想特质，积极战斗的现实主义精神。特别是从艺术直觉出发，他深入到鲁迅小说人物的心灵，并通过作品本体透视鲁迅本人的心灵，从而得出"鲁迅对自我的解剖，不但在个性主义一个方向上进

① 王富仁：《中国反封建思想革命的一面镜子——〈呐喊〉〈彷徨〉综论》，187 页。

② 同上。

③ 唐弢：《论鲁迅小说的现实主义》，载《文学评论》，1982(1)。

④ 同①，209 页。

行，同时还在人道主义的另一个方向进行"①这样具有创新性的发现，对同时代及此后的鲁迅研究具有重要的影响。汪晖的鲁迅"历史中间物"的认识明显受到了王富仁鲁迅自我解剖观点的启发。他将王富仁提出的自我心灵的审视问题进一步推进到整个鲁迅自我史的研究及鲁迅小说内部研究。王富仁并未止步于从鲁迅的小说中归纳出鲁迅小说反封建思想的本体意义和意识本质，更为重要的是，他认为要将本体和意识还原到鲁迅的小说中去，并从中归纳概括出鲁迅早期小说的艺术特征。为此，他通过分析鲁迅小说的环境与人物的对立关系、情节与结构和情感基调等艺术特征，来强调鲁迅小说"变动的观念与变动着的艺术"关系。

正是通过艺术直觉，王富仁发现了鲁迅小说思想革命的价值，并将鲁迅的文学创作进行整体评价，并取得了鲁迅研究重要的突破。《中国反封建思想革命的一面镜子——〈呐喊〉〈彷徨〉综论》一书的出版就是鲁迅研究史上的一个重要的界碑。该书的成功让王富仁意识到，从事实和文本出发而不是从理论演绎出发的学术研究更适合新时期的鲁迅研究。在其博士论文出版后，他朝着两个方向拓进，一是更加注重自己的阅读经验，注重鲁迅小说文本的细读，贯彻"论从史出"。为此他引进叙事学的理论，对鲁迅的经典小说文本进行细读，写出了《鲁迅小说的叙事艺术》。这些文本的细读进一步深化落实了其对鲁迅小说的深层的认识，如《〈狂人日记〉细读》的写作目的就是，王富仁认为，学界"更多地满足于对它直接告白式的语言的引用及其思想的阐发"，"缺少对它做细致的

---

① 王富仁：《中国反封建思想革命的一面镜子——〈呐喊〉〈彷徨〉综论》，194 页。

艺术分析",因此,"它的内在的意义结构也是无法触摸到的,因而对它的思想意义的把握也难免停留在小说的表层,无法深入到内部肌理中去。"①正是对文学文本细读的重视,他甚至试图将其运用到鲁迅以外的现代作家的作品分析中,如《〈日出〉的结构和人物》。二是更加注重对鲁迅研究学术史的研究,写出了《鲁迅研究的历史与现状》,用科学的认识和史料分析中的认识与自己的阅读经验事实联系,全面梳理分析了近一个世纪来鲁迅研究的历史史料。这种注重学术史的科学研究方法,更能让我们对鲁迅的研究接近真实。

综上,本文认为,王富仁从艺术直觉出发的鲁迅研究不仅仅是学术方法上的创新,更为重要的是,其学术结论是在文学本体的整体性认知中生成的,这使得其情感与思想融为一体,在整体上发掘出鲁迅小说的总体性特征,弥合了此前鲁迅小说研究的理论与文本之间的裂缝,将鲁迅小说从政治革命价值提升到思想革命的高度,并强调鲁迅小说思想和艺术高度融合的艺术价值。

论王富仁的"随感录"写作

(刘旭东　北京师范大学访问学者,宜春学院文学院副教授)

几乎很少有人关注到王富仁先生的一组写作:他在《马克思主义与现实》杂志上,1994 年第 1 期发表《随感录十则》,1994 年第 2 期发表《随感录十则》,1994 年第 3 期发表《随感录十二则》,1995 年第 2 期发表《随感录十四则》。

---

① 王富仁:《王富仁自选集》,151 页,桂林,广西师范大学出版社,1999。

　　对王富仁一生的学术研究而言，这四组"随感录"实在微不足道。在内容上，它既没有提出如"（鲁迅是）中国反封建思想革命的一面镜子"这样重要的学术命题，也没有开拓如"新国学"这种崭新的学术论域；在数量上，总字数仅七八千言，于王富仁数百万字的著述中，不过沧海一粟。但在今天看来，这貌似微不足道的文字却意味深长：有多少学者能够率性地突破学术规范在学术期刊上发表短小精悍的杂感？有多少文学研究者敢于不借助研究对象直陈个人对现实、文化的思考？又有多少现代文学研究者有底气直接命名自己的杂感为"随感录"？

　　在我看来，王富仁的"随感录"写作至少有以下价值：

　　首先，呈现了一个真正马克思主义者的学者形象。《马克思主义与现实》是重点研究马克思主义理论的专业学术性刊物，王富仁选择在该刊物上发表文章，立场显而易见。所有的四十六则中，只有前四则直接谈论马克思主义。而在这四则中，王富仁也并没有直接以马克思主义者自居，而是就"什么是真正的马克思主义者""中国的马克思主义者应该是什么样的""马克思主义的真正价值在哪"等问题阐明自己的观点。在他看来，赞颂马克思主义的人不一定是马克思主义者，"马克思主义者是以马克思主义的理论思考人类社会并为人类社会的发展进行着不懈的追求的人。"他认为，马克思主义既不是身份和地位的标志，也不是道德品质的标志，更不是个人才能的标志，孙中山在中国近现代历史上的地位崇高，但不是马克思主义者；列夫·托尔斯泰拥有崇高的道德品质，也不是马克思主义者；爱因斯坦的聪明少有人能比肩，也不是马克思主义者。马克思主义者有明确的世界观和奋斗指向："马克思主义是为工人阶级的解放而斗争的学说，它为现代工人阶级建立了一种完整的世界观。"①这四十六则随感录的内在逻辑是，先阐明什么是马克思主义和马克思主义者，再以真正马克思主义的立场来言说社会、文化问题。

其次，呈现了王富仁的思想家底色。王富仁是一个文学研究者，但他更关心思想性的命题。无论是把鲁迅定位为"中国反封建思想革命的一面镜子"，还是着力塑造鲁迅"中国文化守夜人"的形象，他往往是经由鲁迅触及中国近现代以来的思想文化命题。王得后就指出，王富仁的《中国鲁迅研究的历史与现状》一书是"围绕鲁迅研究对于中国历史、中国社会的全面的文化思考"②。更不用说"新国学"的建构，把中国现代文学的研究放置在更宏阔的思想文化背景中。我们都知道"随感录"之于鲁迅写作的意义，这种短小、自由的表达使鲁迅找到最适合自己的言说方式，也由此开启了占据他半生的杂文写作。如果说《呐喊》《彷徨》《野草》《朝花夕拾》等主要呈现了文学家鲁迅的创造性，那随感录、杂文的写作，则主要构建了鲁迅的思想家形象，虽然思想和审美从来都是鲁迅创作不可分割的两面。在我看来，王富仁写"随感录"，除去向鲁迅致敬的因素外，多少也缘于这种文体适合思想的自由表达。在几十则随感录中，敏锐的思想光芒随处可见。比如腐败的产生，绝大多数人认为腐败现象是人的欲望追求过剩的结果，王富仁则认为恰恰相反，"它是人的追求意志变得极为疲弱的结果"，只有"那些在政治上失去了追求意志的政治家才会贪污盗窃，行私利己，以权谋利；只有那些在事业上没有竞

---

① 王富仁：《随感录十则》，载《马克思主义与现实》，1994(1)。

② 王得后：《〈中国鲁迅研究的历史与现状〉初版序》，见王富仁：《中国鲁迅研究的历史与现状》，4页，福州，福建教育出版社，2006。

争意志和竞争能力的人，才会用非法手段谋取暴利；只有那些在思想和艺术上没有追求的人，才会阿谀权贵，随波逐流。"①比如对中国文化的思考，他不赞成"中国的文化将成为人类最先进的文化"这种思考方式和话语方式。他用一连串的思辨来呈现自己的观点：将来成为最先进文化的中国文化，到底是我们之前的中国古代文化，还是之后的成了人类最先进文化时的中国文化？如果是之前的，那现代知识分子岂不毫无用处？如果是之后的，那将来的中国文化到底是什么样子？假如我们知道将来文化的样子，为什么不在现在就搞成那样子，非要等到将来？如果我们不知道将来文化的样子，又如何好确信它一定会成为人类最先进的文化？王富仁不是抬杠，也不是对中国文化失去信心，而是认为我们所有的努力都应立足当下，不需要用未来的光明补偿现在的失落，"只要我们努力，中国文化就不会衰落下去"②。

最后，呈现了王富仁与鲁迅在精神血脉上的承接。"随感录"栏目原本由陈独秀于《新青年》第四卷第四号首创，希图用一种更自由简洁的方式对社会问题进行直接的反应。陶孟和、刘半农、钱玄同、周作人都在上面发表过作品。但鲁迅仿佛找到一种自己最为舒适的表达方式，在总共133则随感录中，他占据了27则，仅次于开创者陈独秀。而且他对其他人的创作造成了挤压式影响，也就是说，随感录虽不由他首创，也不是他写得最多，但影响力最大，仿佛说到随感录，最先想到的就是鲁迅。王富仁喜欢鲁迅，但又清醒地意识到自己作为一个"教书匠"，这个

---

①　王富仁：《随感录十则》，载《马克思主义与现实》，1994(2)。

②　王富仁：《随感录十则》，载《马克思主义与现实》，1994(1)。

传统是胡适开创的，"我写的那些鲁迅研究的论文，从方法到风格都与鲁迅的小说和杂文没有多少相同之处，倒是和胡适的学术论文更加相近。"①但作为鲁迅研究领域最重要的学者之一，作为鲁迅的精神传人，王富仁与鲁迅在"随感录"上相遇是必然的，虽然在越来越讲究学术规范的今天，这种自由不拘束的表达方式极难获得空间。王富仁的随感录中，处处闪现鲁迅式的思想命题和思维逻辑。与鲁迅"立人"的思想相通，王富仁极为重视对"人"的思考。王富仁反对把文明人等同于有道德的人，愚昧的人等同于没有道德的人，闰土愚昧但有道德，赵伯韬文明但没有道德；"文明人是有自我意识的人，有意识地做坏事，也有意识地去做好事；愚昧的人是没有自我意识的人，想做好事可能做了件坏事，想做坏事可能做了件好事。"②真正的人应该是同时具备智慧与道德，"没有智慧的道德和没有道德的智慧都是不可靠的。"③类似的例子很多，在此不一一列举。

王富仁先生的随感录写作浅尝辄止，或者说，在现有的学术体制下，他只能回到胡适式的学院话语中，但我相信，鲁迅式的言说方式对他是永远的诱惑。

王富仁学术研究的"当下"意识

（陶梦真　北京师范大学文学院讲师）

王富仁的学术研究涉及的领域颇为广博，时间跨度也很大，从文

---

① 王富仁：《我和鲁迅研究》，见《中国鲁迅研究的历史与现状》，242 页，福州，福建教育出版社，2006。

② 王富仁：《随感录十二则》，载《马克思主义与现实》，1994(3)。

③ 王富仁：《随感录十四则》，载《马克思主义与现实》，1995(2)。

学、文化到思想、历史，从先秦、晚清到现代、当代，而在诸多层面的研究中，"当下"意识是王富仁始终坚守的一个根本生发点。在王富仁看来，所谓的"当代性"，"实际上就是研究者用自己当代的体验，思考和研究中国现代文学的历史事实，并从这种研究中获得对于我们当代作家、当代文学研究者和当代文学读者的新的启示，从而起到推动中国当代文学发展的历史作用。"[①]基于这一标准，王富仁的学术研究在某种程度上构成了对固有研究思路的纠偏。就现代文学研究的理论方法及治学思路而言，无论是全方位地移植西方，还是无差别地回归传统，在王富仁看来都是一种主体性的失落，而对当代性的强调恰恰构成了对主体性的补足，一方面是当代社会文化环境的现实变化，另一方面是研究者基于自身的主观感受和深刻认识，二者的互融共通构成了学术研究为当下服务、为当代文学得以更好发展服务的"当下"意识。具体来看，主要表现为以下三点：

第一，在历史书写和现实关怀中有所偏正。大多数现代文学研究者都颇为重视文学史的写作和研究，这种重视似乎是学术研究的题中应有之义。王富仁却提醒我们修正编写文学史的态度。他认为，一直以来，我们并非不重视文学史，反而是太过于重视文学史。研究现代文学的人这么多，如果每个人都写一本现代文学史，那文学史的数量就太多了，因此他提倡应该更重视史论和批评。

此外，王富仁还强调文学史写作面向的是当代的读者，应该尽量精炼地呈现这段文学史的价值："我们的文学史写作不是为了展示我们的

---

① 王富仁：《当代体验与中国现代文学研究》，载《现代中国文化与文学》，2006(1)。

学问的，而是向当代的读者介绍历史上的文学作品的。文学史不是写的内容越多越好，不是把我们读过的文学作品都写到文学史上去。我们是研究现代文学的，自然应当尽量多地阅读现代文学作品，但并不是所有的现代文学作品都有让当代读者阅读的价值。我们的文学历史越来越长，我们当代人背不动这么沉重的历史的包袱，这个历史的包袱是由我们这些专治文学史的人来背的。这是我们的工作，我们背着是为了别人不背。我们写到文学史上的应是为当代文学作品所无法代替的，当代读者仍有必要阅读的。"①

对此，曾有学者质疑，文学史的"当下性"增强，那相应的"历史感"就会减弱，这反而有失文学史的本质。说到底，文学史是文学发展的历史，它所讲述的是历经岁月洗礼依然沉淀下来的作品，所以天然地具有一种纯粹的历史感。增强文学史的"当下性"并不意味着随便调整文学史的评判标准，而是要求我们更加严谨地思考、品评文学作品，给予作家作品更为公正的言说，更加严格地挑选作品。文学史写作是一项无法真正完结的活动，80年代中期，王晓明、陈思和提出了"重写文学史"的口号，其实"重写"文学史是学科发展的应有之义，是文学史研究不断延续和深化的常态。"持重"和"反思"应该构成现代文学史研究的双重底色，重写文学史应坚持在"反思"中"重写"，在"重写"中坚持"持重"的学术品格。

第二，在借鉴西方与回归传统中保持立场。王富仁曾不止一次地提到过，当下很多研究者按照西方的文学理论进行文学创作或研究，

---

① 王富仁：《关于中国现代文学史编写问题的几点思考》，载《文学评论》，2000(5)。

看上去与时俱进、新意迭出，而实际上这种"新"多是借鉴新的方法，或是借用新的观点，忽略了这些方法、观点的背后特殊的个人体验与理论背景。很多研究者追求"新"，但他们只是学习一些"新观点""新结论"，并不学习这些观点、结论背后的独立思考和感受。这样的"新"是有时间性的，没过一段时间，"新"的自然就变成"旧"的，转而又要去寻找新的"新"。王富仁深知，一味地革新并不能促进学科的长足发展，所谓"新"，要"新"得有根据，要基于客观、确定的历史事实。

王富仁认为应该建构并回到我们民族自身的标准和尺度，而回到民族自身既不意味着否定西方，也不意味着回归传统。中国现当代文学是在古今中外的历史交汇下发生、发展起来的，面对丰富的、蜂拥而至的思想文化资源，我们的研究应该保有独立的思考和判断。生活在当代社会的每一个个体、每一个研究者都离不开中国当代文化环境，而中国当代文化环境恰恰是中西方文化碰撞的产物，也是历史与现实融汇的结果，我们不仅被中国当代文化环境塑造，还伴随它一起发展，并在不断的对话和成长中形成观视的立场。

第三，在系统建构与理念先行中指向未来。王富仁对当代性的强调其实更多地指向未来。从 2005 年 1 月起，《社会科学战线》连续 3 期刊载了王富仁长达 14.5 万字的论文《"新国学"论纲》。该文的特殊之处在于大大拓展了原有"国学"的内涵，将现代文学及现代文学学术研究都纳入到了"新国学"的范围。王富仁明确声明："'新国学'不是一种学术研究的方法论，不是一个学术研究的指导方向，也不是一个新的学术流派和学术团体的旗帜和口号，而只是有关中国学术的观念。它是在我们固有的"国学"这个学术概念的基础上提出来的，是使它适应已经变化了的中国学术现状而对之作出的新的定义。"①其"新"主要体现在把"国学"这一以往研究古代文化的概念延伸到了当代。王富仁认为，五四以后生成和发展起来的中国现当代文化，特别是由陈独秀、李大钊开其端的"中国现代革命文化"，以鲁迅为主要代表的"中国现代社会文化"，由从事外国文化的翻译、介绍和研究的学者与教授创造出来的"中国现代学院文化"，都应纳入到"国学"中来。这是"新国学"最基本也最核心的观点。

"新国学"的提出并非王富仁为了拓展现代文学研究边界的"权宜之计"，而是基于传统与现代、中国与西方、文学与学术等诸多复杂关系的综合考量。"新国学"也不是传统国学在时间范围和内容框架上的延伸，而是面向当下最新的时代背景、文化环境所提出的思想体系。与其说"新国学"是一个学科门类，不如说它是一种价值观念，是为了适应当下中国最新学术现状而建构的理念体系，并进一步指向中国未来学术发展的动态思维。

王富仁对中国文化价值的辨析之功

（付　平　北京师范大学博士，北京联合大学特殊教育学院讲师）

近年来，论及王富仁学术贡献的论文很多，可谓仁者见仁，智者见智，每个人都在阐发着自己心目中王富仁学术研究的价值与意义，这些论文的观点，基本聚焦在王富仁的鲁迅研究、启蒙思想阐发、提出"新

---

① 王富仁：《"新国学"论纲》(上)，载《社会科学战线》，2005(1)。

国学"、捍卫中国现代文学学科建设等几个方面。在众多研究中，孙郁特别指出，王富仁的《中国文化的守夜人——鲁迅》一书，"毫无疑问，这是他一生中最为重要的作品"，因为这部著作驳斥与破除了复古主义与反五四思潮所谓五四破坏中国传统文化的种种非难与职责，阐明了"真正继承中国传统优良文化的，恰是鲁迅那代知识分子。他们才真正激活了传统最有价值的部分，使我们的文化得以深入的发展"。可以说，孙郁对王富仁在鲁迅研究中这一得自中国文化研究的独特的学术成果，给予了高度评价。用孙郁的话说，研究者的价值就在于"点燃了属于今人的创造性的火种"，而"他（王富仁）的思想的存在，已经起到了这样的不可替代的作用"①。对此，本研究一方面折服于孙郁对王富仁学术价值的中肯评价，另一方面也深受孙郁强调的新文化"真正激活了传统最有价值的部分"、王富仁"点燃了属于今人的创造性的火种"的观点启发，对王富仁关于中国文化价值的辨析之功产生了浓厚的兴趣。显然，王富仁对新文化的独特见解，很大程度上源于他对中国文化整体的深刻领会与深入剖析，源于他对中国文化留给现代乃至当下的经验教训的精到分析，实质上有助于我们更好地认识中国文化的源远流长与丰厚渊深，有助于我们充分领略中国文化的精髓，并以此更好创造中国文化的生机勃发的今天乃至未来。

论及王富仁对中国文化价值的辨析之功，最为集中地体现在他对鲁迅的"中国文化的守夜人"的身份认定方面。用王富仁的话说，"说鲁迅是'中国文化的守夜人'更能符合我心目中鲁迅的样子。……在夜间而能

---

① 孙郁：《一个时代的稀有之音》，载《文艺争鸣》，2017(7)。

够知道自己是在夜间，说明他还没有像大多数人那样昏睡过去，他自己还是醒着的……想'呐喊'几声……在夜里'彷徨'……都起了为中国文化守夜的作用"①。这种关于鲁迅等一代新文化知识分子是中国文化忠实守护者的判断，应该说是出现在现代文学研究领域的一种极为恰如其分的创见。而"守夜人"形象之于中国文化，其实也绝非偶然。早在1973年，余光中在诗歌创作中就曾塑造过文化"守夜人"的形象，——"五千年的这一头还亮着一盏灯/四十岁后还挺着一支笔/已经，这是最后的武器……最后的守夜人守最后一盏灯/只为撑一幢倾斜的巨影/做梦，我没有空/更没有酣睡的权利"②，尽管余光中塑造的五千年文明的守夜人应该是他夫子自谓，但他塑造的守夜人形象的无暇做梦、无权酣睡，以笔作武器，守护的当然不是夜，而是象征人的生命力、创造力的中国五千年文化薪传的"一盏灯"、一幢大厦投放出的"巨影"，无疑与王富仁心目中鲁迅的"守夜人"形象是极为一致的。究其实，鲁迅正是这样悉心守护中国文化，全力焕发与捍卫中国人的生命力、创造力的守夜人。鲁迅作为中国文化守夜人的价值是毋庸置疑的。同时，对于王富仁而言，他当然同样有为中国文化守夜的精神。但他的学术生涯尽管充满坎坷与挫折，却并没有像鲁迅的创作与学术生涯一样出现在中华民族的危亡关头，而是更多出现在人们充满对未来的向往与憧憬的中国改革开放年代。由是，王富仁因为时代的原因而无缘成为鲁迅那样能够在文化暗夜

---

① 王富仁：《中国文化的守夜人——鲁迅》，自序，1～2页，北京，人民文学出版社，2002。

② 余光中：《守夜人——余光中诗歌自选集》，54页，南京，江苏凤凰文艺出版社，2017。

中呐喊与彷徨的守夜人。但这也并不妨碍他同鲁迅一样具有为中国文化守夜的精神，使他对文化的光明与黑暗明察秋毫，以对生命的温暖、光辉、喜悦的追寻，点燃他自己的学术生命。而这样的学术生命的贡献，也就相应地更多呈现在他对中国文化价值的辨析过程中。这种对中国文化价值的辨析，也就成为王富仁学术研究中颇为费力也颇为耀眼的重要组成部分。

具体到王富仁对中国文化价值的辨析与阐发，首先，王富仁通过回到文化看文化，把中国文化代入到其最初产生的历史场景中考察其合理性；其次，他并不讳言中国文化生而具有的缺陷与局限性，并以此作为创造新文化的借鉴；最后，王富仁以其强悍的逻辑思辨能力，发掘出中国文化的精髓，阐发出贯穿中国文化始终的带有永恒色彩的核心要义及其与中国当下社会精神之间的联系与价值。

首先，王富仁注重对中国文化最初的合理性的考察。对中国文化合理性的考察，应该说是审视中国文化时需要关注的第一层面的内容。了解一种文化的合理性，才能找到这种文化出现时的社会必然性，也就是这种文化兴废规律的逻辑起点，这样才能把握这种文化的真实价值。正如有学者指出的，王富仁"对中国文化的历时性爬梳，对儒、墨、道、法、佛乃至各种学说、思潮作出详尽的剖析和解释，建构起了中国传统文化的思想谱系。"①实际上，王富仁在总共不到 10 万字的《鲁迅与中国文化》一文中，在《论语》《孟子》《周易》《礼记》《韩非子》《老子》《墨子》《庄

---

①　李金龙：《谱系阐释学：王富仁鲁迅研究的方法与思路》，载《汕头大学学报》（人文社会科学版），2018(6)。

子》《中论》《坛经》《古尊宿语录》《传灯录》等诸多传统典籍中旁征博引，

不惜以近 6 万字的篇幅概述了"在中国古代文化发展中起着关键作用的

几种文化学说"①，并以之与鲁迅著述中的思想观念加以比对印证。正

是在比对印证的过程中，王富仁实质上简明扼要地阐发了中国文化诸

学说在历史上发生发展的必然性与合理性。如儒家学说直面春秋礼崩

乐坏的乱世，关注人与人的关系，要求讲仁讲礼，减少人对物质实利

的追求，以实现社会的安定和幸福；法家学说直面战国的弱肉强食，

关注政治，提出法、势、术的运用，以人与人之间的利益赏罚关系取

代倾向自然、情感的道德关系，以实现富国强兵；道家学说面对人类

社会发生的严重分化，关注人与自然的关系，提出道与德，"企图通

过人与人关系的重新疏离化而实现中国社会的非社会化、非政治化，

重新回到人的自然存在状态"②，回归到小国寡民式的大一统的理想社

会；墨家学说直面由周初分封制导致的春秋战国诸侯国之间"连绵不

断并且是愈演愈烈"③的兼并争霸战争，关注和平，提出非攻、兼爱与

鬼神之罚的观点，注重自然科学技术与实践品格，"以治国家利万

民"④；佛家文化传入中国，面对的是东汉末基本定型的社会结构，其

学说出于对现实权力和物质生活的餍足，思考了人类与世界的关系，

提出物质世界对人的精神的束缚与占据正是人类痛苦的根源，人需要

在精神追求中找到自己的生存价值和意义。此外，中国的道教是在佛

---

① 王富仁：《中国文化的守夜人——鲁迅》，99 页。

② 同上书，53 页。

③ 同上书，59 页。

④ 墨翟：《墨子·明鬼》（下），29 页，北京，中华书局，2002。

教传入中国后形成的，讲求修仙成道的实利目的，其直接传承为中国
原始的巫术、鬼神信仰等文化，提出外炼仙丹、内炼内丹、驱魔消
灾、祛病延年等法术，并未发展出相应的理论认识。这种对于中国文
化学说最初合理性的高度概括，正如王富仁所说，"主要从它们形成
和发展的历史根据和客观状况来理解它们。肯定它们的追求，理解它
们的思想，同情它们遇到的实际困难"①。这样带有肯定、理解与同
情态度的关照，无疑还原了这些学说原本的历史场景，也从真实的
历史实践中，标注出这些学说最原初的积极贡献，彰显了这些学说
对于不同的社会历史条件和不同的阶级与人群所具有的各不相同的
价值取向。这当然是王富仁对中国文化价值详加辨析的一个重要
成果。

　　其次，王富仁十分注重对中国文化的缺陷与局限性的发现与把握。
王富仁深知前车之覆、后车之鉴，差之毫厘、谬以千里的道理。为此，
他不仅努力发掘总结中国文化在历史上的合理性与成功经验，更进一步
查找存在于中国文化内部的缺陷与局限性，为中国文化得以去芜存菁、
永续辉煌贡献自己的智慧。他经过审慎的推衍分析提出，儒家文化提倡
的社会伦理层面的道德治理，可以作为知识分子自己的信条，却无法成
为政治统治者和社会平民能够实际接受的目标和原则，因而缺少现实的
可行性；法家文化提倡的帝王与臣僚一致对外地强力竞逐利益与权位，
而"一旦没有外敌，它就失去了明确的政治目标，成了加深内部矛盾、

---

　　① 王富仁：《中国文化的守夜人——鲁迅》，99页。

加速内部分裂的文化倾向"①，中国历史上秦的强大统一与迅速瓦解都是植因于此；道家文化因崇尚自然而具有的"非政治性质乃至反政治性质，决定了他（老子）无法实际地影响中国社会乃至中国文化的发展"，"以旁观者的姿态对待社会人生……成为一种没有原则立场的处世哲学"②；墨家文化倡扬平等、和平，反对战争，但从一开始就"在人世间找不到实现自己理想的现实力量，只有到超人间的天地鬼神中去寻找这种力量"③，而即便是这种精神层面对鬼神的信仰，也被中华民族对政治权力的实际信仰（儒家、法家）所取代了；佛家文化讲求"抛弃自己的物质利益而献身于人类精神的拯救事业"④，这种"抛弃"与"献身"，一旦威胁到中国权贵的经济收入和政权安定时，就会招致毁佛灭佛运动，使佛教在中国只存在皇权维护统治和百姓寻求护佑的实利需求的一面，这样推崇物质而否定精神，也就丧失了其原初追求生存意义和价值的"觉悟"精神的特质。造成中国文化总体上偏重物质求索而轻视精神觉悟的原因，王富仁提出，"严格来说，中国知识分子始终不是贵族知识分子"，从一开始就"把自己置于为政治服务的从属地位上"⑤，即便法家文化在春秋时实现了由平民文化向官僚文化的转化，儒家文化在汉代也实现了这种转化，但并不能改变其原初固有的纠结现实整体需求的、患得患失的，作为生活文化而非个体人的生存文化、生命文化的这种平民

---

① 王富仁：《中国文化的守夜人——鲁迅》，38 页。
② 同上书，56 页。
③ 同上书，66 页。
④ 同上书，84 页。
⑤ 同上书，87 页。

文化特征。即便是对主张"民为贵""君为轻"的孟子学说，王富仁也尖锐地指出，"从孟子开始中国儒家知识分子产生的关于'王者之师'的梦想，实际都是虚幻不实的，都是在'教'与'学'的观念发生分裂之后在一些精英知识分子头脑里产生的错觉"，这种"帝王师"的追求，实际上益发使知识分子追逐权力，"使自己更严重地丧失了独立性"①。归根结底，在王富仁看来，"如何对待自己的生命，是一个具体的人的全部意义和价值，其余的一切都是在这条'小命'的基础上产生的。没有这条'小命'，中国知识分子提出的所有那些伟大的问题，都是没有任何意义和价值的"②。从这种意义上讲，中国文化有种种价值与优势，却在其社会地位上始终存在着先天的劣势，虽然有着修正完善社会发展方向的良好意愿，却始终无法触及社会良性发展所需的个人权力归属与个体生命张扬的问题，因而使其勾画的任何美好图景都仅仅成为不可能被完成的任务。可见，王富仁对中国文化是追求物质的平民文化而非追求精神的贵族文化的认定，实质上体现了他对"具体的人的全部意义和价值"的发现与肯定。正是在这样的立人的价值框架里，王富仁标明了中国文化的入世太深、离人太远的根本缺陷与弊端，指明了鲁迅力图改造国民性的历史原因和现实基础之所在。这种对中国文化权限与局限的发现，当然也是他在肯定中国文化中的合理部分的基础上所作的更深一层研究的成果。

最后，如前所述，王富仁阐发中国文化的诸多要义，最终还是要找

① 王富仁：《从孔子到孟子》，载《新国学研究》，2006(4)。
② 王富仁：《中国文化的守夜人——鲁迅》，92 页。

到并揭示出中国文化得以绵延不绝、恒久传承的能够跨越时空的核心价值。在王富仁看来，具有真理意味的文化思想的正确性是同时具有历时性和共时性的跨越时空的价值的。推崇"具体的人的全部意义和价值"的"立人思想"，在现代社会与古代社会，在受西方影响的现代文化与传统的中国文化中就并无不同。用王富仁的话说，"假如说鲁迅思想是中国现代社会的立人思想，孔子思想就是中国古代社会的立人思想"①。其实也正是在这种对"立人思想"的倚重中，体现了中国现代知识分子对中国文化传统的自觉传承。用王富仁的话讲，"当鲁迅和他同时代的知识分子摆脱了传统儒家文化的束缚，独立地、自由地感受和理解全部中国古代文化遗产的时候，中国传统文化才以其全部的复杂性呈现在他们的眼前。在这个意义上，他们是全部中国文化传统的拯救者，而不是中国传统文化的扼杀者"②。换句话说，摆脱传统文化的束缚，独立、自由地感受和理解全部文化遗产，辨析揭示出传统文化的全部复杂性，才能使传统文化的全部意义和价值在当下得以展现，拯救传统文化的危亡。这当然是中国现代知识分子的使命，也同样是王富仁的使命。在王富仁心目中，文化的终极意义是要赋予人乃至人群更多的生命力。这一点在他 20 世纪末的课堂教学中曾有浓墨重彩的阐发，应该说也是他对中国文化守夜人问题加以深入阐发的直接诱因。在王富仁那里，对包含着欲望、情感和意志的人的生命力的关注，最终投射到对人的理性精神的执着上。"什么是理性精神？只要在鲁迅所重视的人的全部创造过程中来

---

① 王富仁：《从孔子到孟子》，载《新国学研究》，2006(4)。
② 王富仁：《中国文化的守夜人——鲁迅》，128 页。

理解，我们就会知道，理性精神绝不是脱离个人的欲望、情感和意志的一种纯粹的逻辑思维活动，它是由欲望、情感、意志的逐级转化而形成的，而且必然沉淀着人的欲望、情感和意志。"①王富仁所说的这种人的欲望、情感、意志逐级转化而成的理性精神，显然在古代与现代并无不同。从这重意义上讲，王富仁维护"鲁迅的文化价值和意义"，归根结底是在"维护中华民族的良知"②，是在维护整个中国文化。由此可见，王富仁对人的理性精神的执着，包含着启蒙精神，但绝不限于启蒙精神，还更多包含着对中国学术整体的主体精神的关注，并集中体现在他的"新国学"主张里。关于"新国学"，王富仁指出，"'国学'，顾名思义，是一个国家、一个民族的文化和学术"，新国学，"不但是一个学科的名称，同时也是一个价值体系。它是作为中华民族文化的主体结构而存在的，是体现中华民族文化总体特征的文化整体，也应是中华民族文化精神的渊薮"，"就应当是一个包括中华民族古往今来的所有文化现象的研究及其成果的概念"。学术显然是新国学的重要内容。王富仁指出，学术包括，"其一是知识的层面（包括现实经验和已有的理论知识两类），其二是主体精神的层面"，对于知识层面的学术，无论是现实经验还是理论知识，应该说还是属于技术层面的问题。而王富仁的研究应该说更侧重学术的主体精神层面，侧重作为问题的价值取向的核心要义的道的层面。在"知识的层面"，王富仁回顾中国学术史的发展，提出，"迄今为止中国近现代文化真正有实质意义的发展，

---

① 王富仁：《鲁迅哲学思想刍议》，载《中国文化研究》，1999(1)。

② 王富仁：《中国需要鲁迅》，311 页，合肥，安徽大学出版社，2013。

都是通过重新回归传统的形式具体表现出来的"，"整个中国现当代文化都是由我们所谓的'旧文化'与我们所谓的'新文化'在交叉、交织、纠缠、相互转化、相互过渡而又对峙、对立、对抗中构成的一个充满张力关系的文化格局"①。这也正如有学者指出的，"摆在我们面前的其实有两种传统，一种是中国古代优秀文化传统，一种是以五四为代表的现代文化传统。这两种传统其实并不相悖，二者之间有密切关联，而且彼此呼应，成为我们共同的精神遗产"②。作为中国现代学术重要门类的国学的出现，正是近现代中国知识分子汲取中国传统文化的主体精神来阐发中国现状的结果。换言之，国学是近现代中国知识分子在他们的时代划定的代表当时中国学术范畴的概念。为了区分已有的带有浓厚中国近现代时代色彩的"国学"概念，王富仁才采用了"新国学"的提法，就是"参与中国社会整体的存在与发展的中国学术整体"③。这种学术的价值，正在于"全人类的以及一个民族的学术不论怎样定义，它起到的作用都是理性地认识世界、把握世界的作用"④。他还进一步指出，贯穿了这种学术整体的主体精神，很大程度上体现在"对民族现实实践关系的关怀中自然形成的"、"对自我独立思想和见解的意义和价值的明确意识中自然生成的"知识分子的人格⑤。字里行间，王富仁对学术能够给予民族现实实践的自我独立思想和见解的意义和价值的高度推崇显而易见。在他的阐发中，意义和价值必然源于自我独立思想和见解；这些思

---

① 王富仁：《"新国学"论纲》，载《新国学研究》，2005(1)。

② 林岗之：《大国学术的正大气象：读杨义新作〈现代中国学术方法通论〉及其他》，载《文学评论》，2007(3)。

③④⑤ 同①。

想和见解，因为自我独立而能够互相在方向上相互纠偏，在方法上相互补充；由此产生的意义和价值，显然可以视作一个不断完善的动态的结果，因应时空流转，在具体内容可以有所不同，但在道的层面，在主体精神上是不变的。这种恒定的、不朽的主体精神，恰恰是人类社会中的知识分子理性思考的根本使命，构成了学术的主体精神，并因此贯穿了传统与现代，使过去与当下的知识与见解得以融合为不断演进的"新国学"，时时丰富着我们的思想，并指导我们的实践，完善我们的世界。可见，"新国学"的提出，既体现了王富仁代表的现代文学研究对中国传统文化的整体理解的全面深入，更揭示了中国文化绵延不朽的根本原因，正在于包含在"新国学"及国学精神之中从孔子开始的悲悯情怀与独立思考精神。这种对改善现实、拯救沉沦的进取的独立思考能力的发现与肯定，应该说是王富仁辨析中国文化价值的最为重要的成果。

　　总之，王富仁的中国文化价值辨析工作，固然是为了他的现代文学研究生发开来的，但实际上已经形成了针对中国文化价值的专门的研究成果。通过他的研究，使当下学者得以正确理解和把握中国文化要义，使我们对个体生命的进取的独立思考的主体精神有更合理的把握与关注。一种文化产生和存在的合理性，当然是固守了这种主体精神的结果；而文化学说呈现出种种缺陷与局限，正是未能将这种主体精神贯彻到底的结果。可以说，王富仁关于中国文化的主体精神及支撑起的价值框架的阐发，集中展现了他对中国文化价值的辨析之功。

王富仁的中外性别文化观

（郭　霞　北京师范大学博士，湖南城市学院文学院讲师）

在王富仁为数不多的关于性别话题的研究中（多是为女性作者的著作所作的序），有两个经典的概念："中国的苇弟"和"西方的凌吉士"。将女性文学和女权理论置于中西文化差异比较的框架之中，不能不说是一针见血、独到深刻，触及了问题的本质，同时也体现了王富仁有关女性问题研究的一条重要脉络。"中国的苇弟"和"西方的凌吉士"这个核心理论辐射面极广，顺着这条学术线索，我们可以更深层地触摸到女性文学的本质特征，它既包括男性和女性、学术和创作，也涵盖中国和西方、文学和文化等维度。

首先，莎菲的爱情问题表面上是一个涉及男女两性的问题，但是在王富仁看来，这其实更是一个中西方文化的问题。莎菲对理想爱情的向往，实际上代表了她对西方文化的憧憬，而苇弟和凌吉士的竞争，本质上也就代表了中国新文化与西方文化的碰撞。苇弟的特点是"软弱"，但不失"真性情"，"他不是西方凌吉士的对手，但他却不会屈服于西方凌吉士的强权压迫"①——对苇弟的剖析，同时也是王富仁对中国现代文化的认识。近代中国力求变革，积极向西方学习和突破创新的勇气，正是苇弟这个人物形象的象征意义。莎菲对西方凌吉士的欣赏，代表了中国女性对实现女权的渴望，或者说是她们女权理想的一种外化。这一

①　王富仁：《男人与女人 中国与美国——孙萌〈"她者"镜像：好莱坞电影中的华人女性〉序》，载《励耘学刊》，2017(1)。

点，王富仁在《男人与女人　中国与美国——孙萌〈"她者"镜像：好莱坞电影中的华人女性〉序》中有鲜明的阐述，而"华人女性"群体的出现，也有力地印证了王富仁的这一观点："'奔月'就是离开不完美的现实世界到完美的理想世界之中去，当代中国女性的'奔月'，就是到美国去"，但是，一旦离开孕育自身的文化土壤，"在身体上已经实现了自我超升过程的中国的嫦娥，重新变成了美国的莎菲"①。因为，异域文化并不会毫无保留地完全接纳她们。王富仁以一种理性冷静的眼光，一针见血地指出了西方凌吉士的本质，他们之来，"不是因为爱上了中国的莎菲，而是为了自己的利益而来的"②，并由此暗示：西方的女权主义理论并不完全适合中国。

其次，王富仁认为，中国的女性主义与西方的女性主义是不一样的。为什么？他从历史的角度剖析了这个问题。男女两性社会地位的形成，在西方都是由阶级划分的，而中国除了阶级的因素，另外多了一个"文武"的因素。随着由"武官"年代到"文官"年代的转变，女性的审美标准也不期然发生了变化，正如文学叙事中从"英雄救美"过渡到"鸳鸯蝴蝶"和"才子佳人"。而男性为了建立一套满足他们需要，维护他们利益的社会秩序，就将整个国家权力指向了女性，通过对女性的身心控制以实现他们对社会物质财富及精神情感方面的稳固占有和绝对主导。所以，王富仁指出："在莎菲和凌吉士的关系中，莎菲是关键，莎菲的独立性必须靠莎菲自己来争取；而在莎菲和苇弟的关系中，莎菲的问题就

①　王富仁：《男人与女人　中国与美国——孙萌〈"她者"镜像：好莱坞电影中的华人女性〉序》，载《励耘学刊》，2017(1)。

②　王富仁：《男人与女人　中国与美国》，载《东岳论丛》，2011(4)。

不仅仅是莎菲一个人的问题了，而是莎菲和苇弟两个人的问题"。① 可见，中西方的文化差异决定了解决女性问题有着不同的路径，八九十年代出现的"美国梦"并不能真正实现女性追求自由和民主的愿望。实质上，"美国的文化也是一种男性霸权主义文化"②。

基于此，王富仁关于女性文学研究的第三个问题是，任何西方的理论都不能完全照搬于中国文学或文化的现实，无论是西方的后殖民主义文化理论，还是女权主义文化理论，都要"通过我们自身的具体生活体验赋予它们以真实的价值和意义"③，质言之，就是还要有一个"过滤"的过程，即本土化的过程。因此，当代女性文学研究存在的一个重大问题是，用西方女权主义理论对中国女性文学做本质主义的考察。王富仁认为，从发生学意义上来看，中国近现代的女性文学可以说是由女学生发其肇端，可见，近代女子学校和女学生的出现是具有里程碑意义的事情；而西方社会的女性虽然也会受到压迫，但女性参与文学创作的社会文化空间要大得多，早在启蒙主义时代，一些贵族妇女就已经进入文学创作领域，成为西方最早的一批女性文学作家。此外，从文学表现内容来看，由于西方男女两性的爱情关系能得到更多的承认和更大的包容，爱情主题、鲜明的女性形象不但出现在女作家的作品中，同时也构成了男性文学在很长一段历史时期的重要表现对象。关于西方的女性文学和中国的女性文学，王富仁有一个精辟的概括："如果说西方女性文学在整体上自始至终都是沿着一条'向自

---

① 王富仁：《男人与女人 中国与美国》，载《东岳论丛》，2011(4)。
② 同上。
③ 同上。

我''向女性'的道路发展的话，迄今为止的中国女性文学则是沿着一条'向他者''向社会'的道路发展的。"①从这个意义上说，无论是女性文学还是女性解放，西方的文化语境都有别于中国。从这种学术研究路径来看，王富仁对中国女性文学和文化的见解更多地表现出了一种历史感和客观性；能跳出西方女性主义的思维定式，转而从"女学生""女子学校"等发生学角度来考察中国女性文学的来龙去脉，则更体现了一种开拓创新、求真务实的学术风范。尽管西方理论并不完全适用于中国的文化现实，王富仁却又能以一种反思的态度来承认其存在的合理性："她们在固有的文化传统中却找不到仅仅属于自己的语言和文化，西方女权主义文化理论和女性主义文学理论之得到中国女性的重视，不是天经地义的吗？"②这种对象化思考，体现出来的不仅是一名学者固有的严谨与客观，还凸显了他作为一名女性解放事业的同道与战友的本质。

实际上，有关中西理论话语的问题，不仅仅涉及女性文学，在许多其他领域也存在同样的情况，而王富仁总是能以最清醒最敏锐的眼光来揭示事物的真相与本质，廓清人们的思想认识。

王富仁以鲁迅的"立人"思想来观照中国的女性文化与女性文学，其深层的用意实与鲁迅一脉相承，仍是"立人"二字。

---

① 王富仁：《从本质主义的走向发生学的——女性文学研究之我见》，载《南开学报》(哲学社会科学版)，2010(2)。

② 王富仁：《女性文学研究：广阔的道路》，载《博览群书》，2010(3)。

论王富仁学术研究的地理意识

（乔　宇　北京师范大学博士生）

　　王富仁先生的学术研究，从来都是建立在严密的推理和有力的论证基础上。一方面，他极其擅长思辨与说理，时而从细节入手，抽丝剥茧层层深入，时而放眼全局，提纲挈领一语中的；另一方面，他也非常懂得表述的技巧，他的文风汪洋恣肆，收放自如，下笔洋洋洒洒，气势如虹，从不吝惜笔墨，却又能够适时收笔，让人回味无穷。

　　宏大的篇幅、精妙的比喻、大量出现的长句、随处可见的排比，既不失学术性，又兼顾可读性，是王富仁先生文章给人的第一印象。再难理解的道理，再抽象的问题，先生都有本事变为通俗易懂的生动例子讲述出来。更值得关注的是，王富仁先生的例证往往是通过山川湖泊等极具地理特色的内容讲述出来，其说理之透彻，举例之形象，往往令人拍案叫绝。一直以来，我们更多关注的是王富仁学术思想建构的本身，王富仁先生学术研究中的地理意识似乎并未引起太多关注。或许王先生自己也没有意识到，其文章中所蕴含的文学地理思想在很大程度上与当下学界热议的文学地理学研究方法不谋而合。大量出现的地理意象，时空观念的引入，对地域文化与文学关系的重视，以及善于用图文合一的方式来说明问题等，都体现出王富仁先生的地理意识。这些看似不经意的文本风格，背后却是思维习惯、研究路径、表达方式等的体现。从学术发展的角度而言，王富仁先生极有特色的论证说理方式几乎可以算得上是文学地理学研究的先行探索，他地理思想的背后，体现的不光是对于问题的"另类"思考，更是新理论方法的自觉运用。无论是"有意为之"还是"无心插柳"，他的学术研究已然在这一领域迈出了探索的步伐。

笔者认为，王富仁先生学术研究的地理意识至少体现在以下几个方面：

首先，意识到学术研究与地理的密切联系，并自觉将二者联系起来。在他看来，"学术生于自然，但超越自然。学术是依靠人的思维活动超越自然的。人用自己的感官重现了自然，用自己的思维重新组织了自然，并在这种重组中穿越了它进入到它背后的一个未知的世界，使这个未知的世界成为可知的。"[①]这一观点反映了王富仁先生对于学术研究与地理关系的宏观感知。具体到文学研究中，先生又总能从复杂的现象中找到合适的地理突破口。例如京派、海派等文学派别成员之间的关系是非常微妙的，风格特色千差万别，审美观念也截然不同，他们的共同性并非来自于共同的文学主张，而是由其地域文化特征，无论是文人作家还是研究者、批评家，共同的地域生存环境构成了一个地域文学的共同体，依托于共同的文化地理环境，文学流派得以发展，文学研究也在很大程度上承袭了这一流派的精神特质。"这正像现在北京的诸多中国现代文学研究专家未必都有共同的思想主张或学术主张，但他们却构成了北京的中国现代文学研究共同体，这个共同体是与上海、南京、武汉、济南等城市的中国现代文学研究共同体并不完全相同的。"[②]对于研究，他始终保持着清醒的头脑。

其次，既遵循一般规律，又尊重特殊与复杂，注重因地制宜、具体

---

① 　王富仁：《学术断想》，载《东方论坛》，2005(2)。

② 　王富仁：《河流·湖泊·海湾：革命文学、京派文学、海派文学略说》，载《中国现代文学研究丛刊》，2009(5)。

问题具体分析。王富仁先生的文学地理意识，其实在他早期的鲁迅研究中就已经体现出来，在他看来，文学创作会受到当地的地理位置、气候条件、文化氛围、经济发展状况等因素的影响，不同自然环境和人文背景必然会孕育出不同的文学。在北方，由于气候环境的恶劣，生存是第一要务，而南方山清水秀，经济富庶，文人阶层较少感受到来自自然的生存压力，因此得以发展才情。但同时，他也清醒地认识到，文学是复杂的，地理环境对文学发展的影响并非是绝对的，鲁迅便是极好的代表。"鲁迅思想的博大精深之处，正在于他在南方知识分子文化心理的基础上，进而思考的是中华民族现代生存的问题，并把南方文化的才情观念重新纳入到人的生存意志的基础上，为中华民族的精神重建提供了一个新的思路。他的小说，从外部看不像北方文化那么硬，但从内部看，又绝不像南方文化那么软。"①用"软"与"硬"来概括南北文化，很大程度上是与自然地理环境特征直接挂钩的。照此逻辑，王先生认为，鲁迅之所以重视东北作家，正是因为在他们的作品中，感受到北方文化的"硬"的因素，这种充满生存意志的文学，对于中国新文化的发展，特别是左翼文化的发展，具有重要意义。

谈到东北作家群，王富仁先生用了一个极富地理特色的词来定义这一作家群的作品——荒寒小说。在他看来，东北作家群尽管每个作家的审美风格和创作理念不同，但有一个共同的特质却是非常明显的，即给人一种荒寒的感觉。荒寒，字面意为荒凉寒冷，不光指东北作家们作品中所描写的场景，也反映出整个东北地区文化环境，更重要的是，暗指

① 王富仁：《中国现代短篇小说发展的历史轨迹》(下)，载《鲁迅研究月刊》，1999(10)。

了作家们的内在精神特质与地理环境相契合。"在精神上，人们感到孤独和荒凉，具有一种像东北的天气一样的寒冷感觉。在小说的写法上，他们的作品较之南方作家的作品更有一种非逻辑的性质。人物不是我们在过去的文学中常见的人物，人物的表现也不是人们常见的表现，而作者的把握方式也不是常见的把握方式。他们每个人的心里好像都有一块又大又重的磐石，下面压抑着许多莫可名状的情绪，语言和动作都是突如其来的，过渡也是突兀的，再加上他们对东北外部自然环境的描写，其作品就不能不给人以一种荒凉、寒冷的感觉。"①

最后，善于运用熟悉的物候现象，进行引申研究。王富仁先生曾讲过，他是山东人，对黄河非常了解，这种对母亲河的特殊情感也延续到了他的研究中，文章中多次出现江、河、湖、海的意象，不同形态的河流在他的文章中总能信手拈来，甚至对不同鱼类的特点也如数家珍，并且总能恰到好处地与研究对象相结合，引申到所研究的问题中，让人不得不佩服他的睿智与巧妙。对于海派，先生也有着自己的看法，"海湾文化的首要特征就是与外海的直接联系"，相对于湖泊文化的保守和自足，海湾文化则更多呈现出开放的姿态，外海的鱼可以随意进出，内海的鱼也可以变成外海的鱼。海湾中的鱼种类繁多，各自为阵，并且容易受到潮起潮落的影响，时刻保持警惕，战斗意识强。通过这样的比喻方式，上海文坛中新月派、论语派、新感觉派、民族主义文学派乃至自由人、"第三种人"等各个文学团体之间疏离又紧密、合作又斗争的复杂关系便被演绎出来，令人叹服。

---

① 王富仁：《中国现代短篇小说发展的历史轨迹》（下），载《鲁迅研究月刊》，1999（10）。

　　说到京派与海派文化，王富仁认为，京派文化倾向于"湖泊文化"，而海派文化是"海湾文化"，革命文化则是"大河文化"。中国现代文学的观念与文化观念，大多是建立在"河流文化"的基础上的，社会历史的发展正如河流奔腾到海，河流流速过快，支流众多，恰恰是最不利于鱼的生长的，河流中的鱼一旦停止游动，就无法生长，因此要拼命地游，但总有鱼会半途力竭而亡，总有小河还没等汇入大海就已经不见踪影，这正如文学的发展一般，各大流派好比众多的支流，而每个作家就是小鱼，在文学发展的历程中，经得起大浪淘沙最终流入大海的"小溪"寥寥无几，活到最后的"河鱼"毕竟是不多的。而湖里的鱼则截然相反，不用日日面临险境，享受着得天独厚的环境，"湖在，鱼就在；鱼在，就能生长，就能越长越大。即使生长在大江、大河中的鱼，河道也是窄的，水草也是少的，供鱼游动的空间小，供鱼食用的养料少，并且越是接近河流源头的鱼，越常常表现出营养不足、发育不良的特征。"①这也就解释了为什么革命并不太适合文学发展。形容冰心的诗，他满怀深情地说那是中国新诗的"芽儿"，"芽儿"意为新生，尽管还未长成，但毕竟是新的希望。一方面说明了冰心创作的不成熟，另一方面也肯定了冰心小诗的独特价值。谈郭沫若的诗歌，他又以两个极其形象的比喻来说明古代诗歌和郭沫若诗歌的区别，认为中国古代的诗是"陆地物象"，而郭沫若的诗歌则是"海洋物象"，无论是气势还是意境都不同于以往，并且认为郭沫若是第一个将海的精神注入了中国诗歌的……

---

　　① 王富仁：《河流·湖泊·海湾：革命文学、京派文学、海派文学略说》，载《中国现代文学研究丛刊》，2009(5)。

综上所述，地理意识是王富仁先生研究中不太引人注目却又不可忽略的一个方面，或许还称不上独特的批评方法，但蕴含着他对整个现代文学学术史建构、经典作家评论以及理论创新的积极尝试与殷切期望。

论王富仁文学研究的时空观

（闫丽君 北京师范大学博士生，山西财经大学文化旅游与新闻艺术学院讲师）

2000 年，王富仁先生在《鲁迅研究月刊》上曾以头版头条的方式，连续五期发表了题为《时间·空间·人——鲁迅哲学思想刍议之一章》的长文，系统地阐释了王富仁先生文学研究的时空观。

这五篇文章不同于王富仁一直专注的"（鲁迅是）中国反封建思想革命的一面镜子"①，对于鲁迅的哲学思想的论述也没有局限在"文化与民族、文化与人"这个基本框架中；对于文学的时空观的论述也并没有局限在简单地对于文学作品的具体时空的阐释，王富仁将鲁迅研究放在了一个更加宏阔的视野之下。在这五篇充满思辨精神文章中，王富仁先生表达了不同于以往的时空观念，他在梳理中国古代的时空观的同时，又引入了西方的时空观念，形成对照。

在我看来，王富仁的关于"时间·空间·人"系统论述，至少有以下价值：

首先，呈现了一个真正历史唯物主义的学者形象。众所周知，晚清以来的中国特殊的历史场域，直接影响了中国近代知识分子形成新的时间观、空间观以及对于民族国家未来发展的线性想象。在这五篇文章

---

① 王富仁：《鲁迅哲学思想刍议》，载《中国文化研究》，1999(1)。

中，王富仁在集中论述了以鲁迅为代表的中国近现代知识分子的独特时空观的同时，也表露了他自身文学研究的时空观念。王富仁先生提出了"空间选位"和"文化选位"的概念。他认为："在中国近现代的知识分子的面前，世界失去了自己的统一性，它成了由两个根本不同的空间结构共同构成的一个没有均势关系的倾斜着的空间结构。"①"对于更多的中国近现代知识分子来说，这种空间选位的意识只停留在表面的、空洞的、没有实际文化意义的层面上，他们的文化选位与这种空间选位并没有内在的意识联系。"②王富仁聚焦两个空间，即西方的与中国的。关注三个层面的时间，即"过去""现在""未来"，构建了七组关系。在论述鲁迅时空观时，王富仁引入了历史观的概念。在王老师看来，"空间就有了时间性，社会就有了历史性"③，这实际就是社会空间的时间感。

其次，呈现了王富仁对于"人"与"空间"关系的深切关注。在王富仁的研究中不仅关注时间与空间的关系，更关注人与空间的关系。在王富仁看来，"人在空间中"是一个哲学的元命题。他将"人"作为独立个体的生命，引入到了文学的空间关系之中。王富仁认为鲁迅更深刻而五四时期多数中国的启蒙主义者重视的是该用哪一种主义对中国的青年和社会群众进行思想启蒙的问题，关心的只是现实的空间环境和现在自我的人生选择；而鲁迅已经深刻地意识到，中国的启蒙主义者的思想理想是无

---

① 王富仁：《时间·空间·人——鲁迅哲学思想刍议之一章》（一），载《鲁迅研究月刊》，2000(1)。

② 同上。

③ 王富仁：《时间·空间·人——鲁迅哲学思想刍议之一章》（五），载《鲁迅研究月刊》，2000(5)。

法实现的，因而他们的悲剧命运也是必然的，不可避免的。中国现代启蒙主义知识分子们的命运是与他们居所的空间悲剧紧密相连的，"中国启蒙主义知识分子被排斥在这个空间结构之外，成为没有归宿的文化孤儿"①。鲁迅小说呈现出的便是，启蒙知识分子的住居空间"用'他杀'的方式完成了'自杀'的行为"②。在王富仁看来，鲁迅对人与空间环境的反抗性的理解上，在"反抗绝望"心怀"希望"，"铁屋子"意象便是中国启蒙知识分子在居所中反抗绝望的最好隐喻，在某种意义上来说，这也是鲁迅生命哲学的隐喻。

最后，呈现了王富仁与鲁迅对于"人"，一以贯之的深切关怀。王富仁在鲁迅小说的时间和空间中发现了"人"，这是王富仁先生的洞见。王富仁的五篇文章在廓清"时间""空间""人"三者之间的关系时，最后的落脚点落在了"人"。"历史是被人的力量推着运转的，而不是它自行运转的。人在空间中，但人不仅仅是空间的构成物。他有生命，时间产生于人的生命中，而不是产生在空间中"③。王富仁以其丰富的生命体悟与人生阅历，在对"人"的问题上，始终投以深切的目光。显然，王富仁对"人"的重视，一方面是鲁迅"立人"思想的承传；另一方面也与其自身的经历息息相关。王富仁曾在《我走过的路》中写道："从方法论的角度讲来，我们的爷爷辈和叔叔辈重视的是这种主义和那种主义，我们重视的

---

① 王富仁：《时间·空间·人——鲁迅哲学思想刍议之一章》(三)，载《鲁迅研究月刊》，2000(3)。

② 同上。

③ 王富仁：《时间·空间·人——鲁迅哲学思想刍议之一章》(五)，载《鲁迅研究月刊》，2000(5)。

则是在各种主义背后的人。我们的弟弟辈和侄儿辈，则成了新的主义的输入者和提倡者，他们的文化视野更宽广了，但讲的又是这种学说和那种学说……对于中国人的认识和感受，他们反而不如我们这一代人来得直接和亲切"。"所以，从人的角度讲文化，讲文学，就成了我们这一代人的共同趋向。这点'自我意识'对我后来学术研究的影响是非常巨大的。"①这也就不难理解，王富仁在诠释《补天》时，视其为"中国现代人的《创世纪》，是中国现代哲学的总纲领，是关于时间、空间、人的关系的隐喻性描写，是人的生命及其存在意义的最高象征"②。

王富仁关于时间、空间与人的五篇文章，洋洋洒洒，充满了思辨精神，在阐释鲁迅时空观念的结尾处，王富仁写道，"他（鲁迅）永远站立在他用自我的生命为自己开辟的那个时间和空间的结构里"③，这又何尝不是王富仁一生笔耕不辍的研究历程的自我言说呢？

论王富仁学术研究的辩证思维

（蒙娜　北京师范大学博士生，西北师范大学文学院讲师）

王富仁先生提出了"新国学"和"旧诗新解"理论构想，在这两种理论中，均体现了王富仁先生学术研究思想中的辩证性特征，他将辩证思维

---

① 王富仁：《我走过的路（自序）》，见《王富仁自选集》，3 页，桂林，广西师范大学出版社，1999。

② 王富仁：《时间·空间·人——鲁迅哲学思想刍议之一章》（四），载《鲁迅研究月刊》，2000（4）。

③ 王富仁：《时间·空间·人——鲁迅哲学思想刍议之一章》（五），载《鲁迅研究月刊》，2000（5）。

很好地融入了自己的学术研究，具体来讲，表现为"传统"和"现代"的关系及"新"和"旧"的关系，这两组关系分别指代"新国学"以及"旧诗新解"的思想。王富仁先生的学术研究既具有承前启后的特点，也极具创新性，他是一个时代的桥梁与开拓者，为现代文学研究的方向与方法奠定了坚实的理论基础。

一、王富仁学术研究中"传统"和"现代"的辩证关系

王富仁学术研究中"传统"和"现代"的辩证关系即指其提出的"新国学"理论构想，他认为应该将五四以来的"现代"文化纳入到传统国学的范围当中，这绝不是标新立异，而是反映了王富仁先生对于传统与现代关系的独特见解和对五四新文学研究在当下能否进一步拓展空间的深刻反思。什么是"新国学"？按照王富仁的解释，"新国学"是与原有"国学"相对举的，但却不是相对立的，它是在原有"国学"概念的基础上提出来的。2005 年，《社会科学战线》从第 1 期始，三期连载了王富仁的长达 14.5 万字的论文《"新国学"论纲》，作者论述了中国现代学术文化产生与发展的历史，指出现有"国学"存在着明显的局限，即没有把五四以后生成和发展起来的中国现当代文化纳入其中，而仍以中国古代文化为研究对象，这是不完整的"国学"。作者特别强调"由陈独秀、李大钊开其端的中国现代革命文化，以鲁迅为主要代表的中国现代社会文化，由从事外国文化的翻译、介绍和研究的学者和教授创造出来的大量学术成果，都没有纳入到'国学'这个学术概念之中。"这种"将整个中国现当代文化的研究排斥在'国学'之外"的做法，其危害在于"把整个中国文化的内涵和意义凝固起来，把理应具有更大互动性能和更大发展潜力的中国学术体系分裂成了各不相关且相互掣肘的几个板块，由此形成的学术观

念也有严重的缺陷，影响着中国学术的正常发展。"这样的"国学"是残缺的，是不完备的。由此王富仁提出"新国学"这一概念，他明确说明"'新国学'不是一种学术研究的方法论，不是一个学术研究的指导方向，也不是一个新的学术流派和学术团体的旗帜和口号，而只是有关中国学术的观念。它是在我们固有的'国学'这个学术概念的基础上提出来的，是使它适应已经变化了的中国学术现状而对之作出的新的定义。"这样，"新国学"的概念必然具有重大而深刻的学术意义，一方面，它改变了传统"国学"的凝固和不完整的格局，使之成为一个既包括中国传统文化，又包括中国现当代文化的整体——新国学。另一方面，它为中国现当代文化和对之进行的学术研究作了有力的正名并提供了学术的和精神的归宿，对"国学热"以来的"厚古薄今"是一种有力的反拨。正像王富仁在文中所说"我之所以认为'新国学'这个学术概念对于我们是至关重要的，就是因为，只有这样一个学术观念，可以成为我们中国知识分子文化的、学术的和精神的归宿。因为只有在这样一个学术观念中，我们才能发现和认识自己的存在价值和意义，也能发现和认识与我们从事不同领域的学术研究活动或具有不同思想倾向、不同学术传统的中国知识分子的存在价值和意义。王富仁系统地提出的"新国学"主张，将"新国学"的历史意义和未来可能作了阐发。他认为，"新国学"不是对传统国学的新的拓展和新的研究，而是从根本上改变固有思维方式的一种努力，这种思维方式是对现代知识框架如何重新建立、现代知识分子如何真正确立现代文化合法性的根本性的证明，新国学不是为了在具体研究中如何刷新固有的"国学"，而是建立一种以现代立场为根本的全新的文化之学、知识之学：它的基本动机不是为了在价值观念上返回到古代而恰恰是为了屹立于当下，它的基本方法不是汲取于传统而是继续向时代和世界开放，它的基本目标不是为了复兴传统而是真正地有力地捍卫现代："过去我们仅仅将对 19 世纪以前中国文化的研究视为'国学'，这就把'国学'的命脉变得越来越细弱、越来越狭窄了。试想，再过几个世纪，我们假若仍然仅仅将对 19 世纪以前中国文化的研究称为'国学'，那时的'国学'在整个中国学术中的地位将如何呢？""中国知识分子对于我们民族的学术应该建立起一个新的整体的观念，从事学术研究的中国知识分子应该建立起一种彼此一体的感觉。"

二、王富仁学术研究中"新"和"旧"的辩证关系

王富仁学术研究中"新"和"旧"的辩证关系即指其提出的"旧诗新解"，"新"与"旧"本是相对的概念，王富仁将二者结合起来运用到学术研究中，用新批评来解读旧诗，这种创造性的新批评方法拓宽了现代文学乃至传统文学的研究方法。王富仁先生在 20 世纪 90 年代发表于《名作欣赏》的"旧诗新解"，后辑为《古老的回声》，于 2003 年在成都出版。新批评强调文本的客观性和独立性，主张离开文本的历史背景、作者意图、读者感受等外缘因素，回到文本自身。然而不论是理论还是实践，新批评都不可能绝对地切断外缘联系而就文本论文本。不过在文艺批评史上，新批评的方向却有其特定的针对性，也有深刻、显著的效用，而新批评的方向与王富仁先生在 20 世纪 80 年代的鲁迅研究中打破外缘的"政治革命"解释，"回到鲁迅那里去"的方向却有相似之处。王富仁先生的鲁迅研究当然不是纯粹的新批评，然而"回到鲁迅"却首先是回到鲁迅的文本，以鲁迅文本为基本对象，尊重鲁迅文本的客观性。王富仁先生解诗如庖丁解牛，主要的刀法基本可以确定为新批评，特别是新批评的

一致性原则，运用之妙，存乎一心。譬如屈原《离骚》的名句"长太息以掩涕兮，哀民生之多艰"，不论是封建时代的儒家还是革命时代的郭沫若，都倾向于将"民生"解释为"人民的生活"，从而"哀民生之多艰"自然应当解释为"同情民间疾苦"，长溯历史，无异议；然而王富仁先生则对《离骚》整体探讨，认为特立独行的屈原，其思想原是"反庸众"的，而且揆诸语境，"整个情调是自怜而非怜人"，于是断言屈原的所谓"民生"不能率尔等同于后世和现代知识分子所谓的"民生"，而是"现在所说的'人生'"。显然，如果理解为"长太息以掩涕兮，哀人生之多艰"，虽非宏大抒情，却更符合语境。当年手持放大镜细读《名作欣赏》的每一期"旧诗新解"的古代文学专家并不少，细密推敲，对他的许多"新解"甚至提出峻急的批评，然而对王富仁先生的"民生"创见，无异议。王富仁先生的新见，一是出于敏锐的直觉判断力，二是由于践行新批评的一致性（整体性）原则，"回到屈原"的"民生"，回到《离骚》的语境。其实语境本身就构成解释的规范性，可以有效防堵过度阐释和望文生义。回到诗歌，回到文学本体、文学内部，这是新批评；然而回到诗歌，常常也是回到阅读体验，这是主体性。有诗人、作家的主体性，有读者、批评家的主体性，文学主体论与新批评的文学本体论在概念上泾渭分明。王富仁先生的"旧诗新解"，如果以"诗言志"的主体性规定做出判断，则其内蕴独特生命感受的解读，本身也是诗心充盈的散文，散文写成的长诗。譬如他解读屈原的生死观念，直透本质：如果放弃原则、操守、正义和个性，"放弃'博謇而好修'的习惯，就等同于放弃他自己，放弃他的生命，'亡身'也就不再是令人畏惧的东西了"。王富仁先生解读屈原，隐约之间更像是自家抒怀。不论对屈原还是对王富仁先生而言，他们更重要的是精神性的存在，或者说，主要是精神性的存在，因此在人生或者历史的特定时期，人文理想的挫折也就成了人生的绝境。

对于王富仁亚文化圈观点的一些思考
（谭　望　北京师范大学博士生，江西科技师范大学文学院讲师）

王富仁在《中国文化的亚文化圈及其在中国文化发展中的地位和作用》一文中提出了中国文化亚文化圈的概念。文中指出在鸦片战争之后，外国势力的强烈介入改变了中国文化的原有格局，在初期阶段西方文化对于中国文化的影响主要是强行注入的，而到了洋务运动时期，中国的知识分子开始主动怀抱、借鉴并吸纳西方文化，也正是在这一个时期中国文化的亚文化圈开始初具雏形并发展起来。起初，该文化圈的构成人员大致可分为两大类，其一是为了到域外讨生活的非知识分子。随着他们在世界各地的打拼从而形成了遍布全球的华侨社会；其二是由于各类缘由而到域外居住生活的知识分子。[1] 从而可以得出，亚文化圈主要通过两种文化形态来建构，即华侨文化和留学生文化。同时，王富仁指出了留学生文化在 20 世纪中国文化中占据着重要地位，大致上可以认为中国 20 世纪的文化就是留学生文化。他还认为 20 世纪中国文化是内收的，吸收外来文化发展是其主要目标，不必考虑对世界文化所起到的作用。[2] 因此，在 20 世纪中国文化的塑形中，中国文化的亚文化圈在其中

---

① 王富仁：《中国文化的亚文化圈及其在中国文化发展中的地位和作用》，载《张家口师专学报》，1995(4)。

② 王富仁：《影响 21 世纪中国文化的几个现实因素》，载《战略与管理》，1997(2)。

产生了重要的影响，而亚文化圈对中国文化的作用主要是其内部的留学生文化所致。

从宏观上来看，20 世纪中国文化受到留学生文化的影响主要聚焦在两个时间段上，即 20 世纪 20 年代到 30 年代、20 世纪 80 年代到 90 年代。晚清时期，外国势力的侵入给中国带来了严重的民族危机，迫使中国传统文化的封闭性被打破，中国的知识分子开始重新审视自身以及其他的文化系统，留学的思潮也逐步兴起。这一时期留学生对于 20 世纪文化的走向起到了重要的作用，例如留日的鲁迅，其文学主张与革命思想便产生于留学时的真实经历；胡适在其留美期间产生了推广白话文的想法；李大钊、陈独秀等人的革命思想也是在留学期间初具雏形。五四新文化运动前后，留学浪潮的热度更是急剧上升，而各类外国的文化思想也纷纷涌入中国文化之中，留学英美的留学生主要带来的是学院派的文化思想，留学苏联、法国等国的留学生促进了马克思主义思想的传播与中国共产党的成立。虽然各种文化观点立场不同、目的不同，但毋庸置疑的是这一时期是 20 世纪中国留学生文化发展最为活跃的时期之一。

20 世纪 80 年代至 90 年代是受留学生文化影响较深的一个时间段。在改革开放之前的一个阶段，受到特殊时代语境的影响，中国与外界的文化交流并不多，从一定程度上说当时的中国文化呈现出原有的"封闭"姿态。改革开放后，中国文化自身的封闭性再次被打破，中国文化开始重新走向世界，开启与外来文化的交流。在这其中留学生文化再次发挥着重要的作用，不仅改变了人们原先一些陈腐的思想观念，也为中国真正走向开放与现代化建设添砖加瓦。自 20 世纪 80 年代以来几十年的留学浪潮给中国造成的影响是极其深远的，涵盖了政治、经济、通信、交通、法律、军事等众多领域，因此国家的改革开放战略中留学生文化所带来的促进作用不可小觑。

到了 21 世纪，中国文化的整体走向发生了显著的变化，由原先的开放内收转变为在开放内收的同时，展现自身文化的独特性，重塑世界文化格局。经历前一个阶段近一个世纪的内收，中国文化大量吸收了外来文化中的各种先进因素，为自身文化的发展提供了新鲜血液，综合国力显著增强，改革开放的伟大实绩从根本上改变了中华民族的命运。与此同时，西方发达国家却陷入了诸如经济危机、疾病防控等一系列重大社会危机中，西方文化的完美性越来越受到国人的质疑，取而代之的是中华民族对中华文化所重新展现出的自信姿态。此外，无论何种外来文化都无法适用于拥有 14 亿人口的大国，无法容纳如此巨大的人口体量，因而它们无法对中国造成主导性影响，只有中华民族自身积淀千年的本民族文化才能承担这一重任，为国家保驾护航。因此，弘扬民族精神、传承民族文化成为了 21 世纪中国文化的重要走向。值得注意的是，21 世纪的中国文化并非是停止吸收外来文化，外来文化仍有值得借鉴学习的地方，但中国文化会以更审慎的姿态加以吸收。因此，留学生文化在 21 世纪中国文化中所扮演的角色将远不如 20 世纪那么重要。

从"不求甚解"看王富仁的语文观

（汤　晶　北京师范大学文学院博士生）

"二十一世纪变动最大的就是教育"，这是王富仁在《语文教学与文学》中掷地有声的一个判断。王富仁在鲁迅研究、中国现代文学研究、中国文化研究等领域卓有建树，同时因为有着多年的基层语文教学经历，在对语文基础教育的思考和探索中，王富仁秉持着一种未来教育观念，针砭时弊，提出了许多当时看来十分超前的语文教学看法。其中，"不求甚解"的语文学习方法颇能窥得王富仁文学史家的语文教育观。

何为"不求甚解"？"不求甚解"最初是陶渊明读书自娱的自况，是配合着渊明式的高蹈自然、潇散而安的人格气质的一种读书生活方式。而王富仁以文学研究者的身份介入基础语文教育，用"好读书，不求甚解"的私人读书法更新和转换现有语文教育的阅读追求，很大程度上来自于王富仁对语文教育培养人的根本看法和文学语言阙旨遥深的把握。一方面，"不求甚解"颠覆的是学生与书之间的关系。若是语文书只是作为教材、手段、工具、认知的对象，甚至是选拔考试的范围、指挥棒，那就不得不甚解，甚至要掰开了、揉碎了好好解读。若是把语文书看作是历史语言、历史经验、人生百态的汇集本，那么肯定有暂时无法完全解、一知半解，甚至目前无须解的部分，"不求甚解"是现实需求也是必要选择。另一方面，在陶渊明那里，因为对"甚"的程度解读差异，"不求甚解"成了一种宽松、自由的阅读环境，是对过度阐释的拒绝。但王富仁提出"不求甚解"重点并非放置在"甚"上，而是在于"好读书"。只有"好读书"，有阅读兴趣、阅读快感、阅读享受，便可无须以功利目的达到"甚解"，反过来，"不求甚解"取消了部分一定之规的阐释、文本主题和思想内涵的机械灌输，滋养着"好读书"的幼苗。

王富仁提出"不求甚解"的读书方式，需要很多条件支撑方可试点操作，但实际目的最主要的还是在于扭转语文教育中鉴赏模式化、品读单一化的局面，更新语文教育中文学与个体之间鲜活的共鸣和共情。其观念价值大于操作意义。

"不求甚解"反映了王富仁作为文学研究者进入语文教育领域独特的追求。王富仁涉足语文教育主要在两个领域：文本解读和理论建构。文本解读本身就是王富仁文学研究的当行本色。同时伴随着王富仁后期的文学研究，建构文学观念成为他新的追求。同样在语文教育领域，王富仁的看法与他的文学研究一样，是双管齐下的。"不求甚解"是王富仁文本解读的一种重要坚守，也是他对语文教育观念的一种反推式革新。这体现了他强调感受式的教学、开放式的教学的教育观念，更加贴近中国语言文学形成的过程特质。王富仁曾提出"学生的成长和发展是语文教学的唯一目的；文本的欣赏和分析是语文教学的主要内容；学生精神世界的丰富化是学生成长和发展的主要标志。"这些观念都直指"树人"的传统与追求。躬耕于现代文学研究领域，进一步拓展到对中国现代文化的整体关照，再深化到通过古典文化传统与现代文化融合，建构民族文化的高度，王富仁对语文教育的思考，绝非简单来自于他较长一段时间的中学语文教师的经历，而生发于他系统的文学研究、庞大的文化反思体系。王富仁的《好读书，不求甚解》一文有几千字，但并非在论述阅读具体篇目如何不求甚解，而在关注通过文学培育人、健全和提升人的精神世界所需要的"不求甚解"。这让人想起在 1997 年末开始的语文教育大讨论中，王富仁在《只有真实的表达，才有健康的人格》一文中鲜明指出："语文教育存在的最大问题是语文教育观念的问题。"在向 21 世纪跨越的历史关头，中国教育的发展、语文教育的方向，不仅需要诸多切实可行的变革，更需要振聋发聩、耳目一新的认知。虽然我们可以想见，"不求甚解"是一个难以用量化去"解"的模糊标准，但有时颠覆和扭转本身就是意义，而不在于给出具体明确的操作办法和量化指标。

真的能"不求甚解"吗？或许要回答这样的问题，需要一个纵深的时间维度来丈量。因为"不求甚解"是王富仁将文学放置到一个受语文教育的人的一生来考察的，而非放置到某一个年龄段，某一次选拔性考试中衡量。这是文学研究者对民族文化把握后，对语文教育担负起更新和提升一代代人的责任的希冀。回到这个问题，需要思考有限的时间与永恒的价值之间的关系。语文学科，本身就是浓缩前人经验的阶段性产物，接受这样的语文教育，是与前人对话，与当下对话，接受未来检验、点拨和提升的动态过程。这是文学的特征，也是教育的特征。王富仁"不求甚解"的语文教育理念背后不仅有他对"树人"传统的坚守，还体现了他的未来式教育观。也正是他说的"二十一世纪变动最大的就是教育"，非得以面向未来的教育方式，才能回答学生未来生活、人生中提出的疑问。"不求甚解"要依靠学生自己人生经验和审美经验的丰富，不断"解"、重新"解"，是一个需要时间来检验的系统工程。

语文学科，不似自然科学学科，拥有科学的边界和清晰的学科知识体系，语文很多时候是融合的、兼有的，便也有了"大语文"和"小语文"之分。我们可以看到在界定语文教育的目标时，总给人较为抽象的感觉，究其根本在于文学的本质在于一个民族对"人"的全部看法及审美性的表达。通过语文达到"树人"，是一个潜移默化的熏陶过程，带有"只可意会不可言传"的神秘感。但也正是这种朦胧，才有了一个民族对自身文化不约而同的心灵切近。在如今语文教育中个性化阅读与标准化答案之关系的探讨中，从王富仁那里获取把握语文的气质精神，或许能获得一些启发。

从"文学语言"到"电视语言"：王富仁进入影视文化的一个角度

（解楚冰　北京师范大学硕士生）

从学术研究到文学创作，王富仁对语言的自觉关注始终是一以贯之的。无论是关于鲁迅语言风格和言说方式的深入分析，还是在论文、散文写作时对于遣词造句的谨慎斟酌，无一不体现着王富仁对语言的天然敏感与执着追求。值得注意的是，王富仁的语言研究不仅仅局限于以文学语言为代表的书面语，而且还涵盖了 21 世纪新兴的电视语言，他以影视文化为依托，从多面向、多维度的视角进入对语言交流本质的探讨，在从"文学语言"到"电视语言"的研究转向中，王富仁最终回归到对社会各阶层思维方式和文化心理的剖析与反思。

在《呓语集》中，王富仁专门谈论了文学语言的变迁，高度肯定了五四新文化运动之于人们的说话方式、听话方式以及文学表达的重要意义。在"重新学习和建立中国的语言"①的文化道路上，一代又一代文人学者用理论建设和文学创作开拓着中国语言表达的疆域，创造了无数超越时空并焕发永恒光彩的精神财富。但王富仁也意识到，文字语言所产生的抽象思维方式并不是独立存在的，它"不但不能脱离开人的最基本的原始

---

① 　王富仁：《呓语集》，215 页。

思维的形式而完全独立地存在，而且它自身也不是十全十美的。"① 王富仁分析了作为语言艺术的文学，认为它虽然可以突破时空的局限，但其自身并不具有具象性特征。于是，在人类直观感受和书面语言中的永恒循环中，文学语言借助电影、电视的繁荣走向质的飞升，电视语言应运而生。

王富仁的研究重点为何从文学语言转向电视语言？一是电视语言呈现出与文学语言截然不同的特质。从本质上来说，电视语言是人类以视听感受为基础的原始思维方式在更高历史阶段的复归。尽管文字书面语言激活并发展了人的思维，为人的想象提供了驰骋的广阔场域，但也在一定程度上凝滞了人的思维。在阅读文学语言时，因其脱离了视听对象而独立存在，读者不得不拉长思维的过程，从而在脑海中建构出完整、生动的文学世界。而电视语言的作用，则是把文字书面语言中的大量内容转化为视觉图像，使声音的语言降到最低限度。这一特质在王家卫、张艺谋等导演的电影作品中最为常见，这种最大限度地压缩人物语言而尽可能地借助镜头语言、调动演员表演性的方式，使图像成为推动情节发展、表现人物情感和诠释作品内涵的重要手段。

二是电视语言的包容性和全民性实现了个人与社会的沟通，并深刻影响了人类的发展。王富仁指出，在原始口语中，其语言是全民性的，而交流则是个人间的；文字书面语言，就其交流来说是社会性的，其语言则是非全民性的。而电视语言无论是交流还是语言，都是全民性、社会性的。② 正是它的优越性，使其实现了相较于以往的语言形式更为全

---

① 王富仁：《电视意识与电视语言》，载《中国广播电视学刊》，1993(1)。

② 同上。

面、充分、自由的交流，电视语言以高速发展的电子媒介渗透到社会各个阶层，声音和图像为信息的广泛传播搭建了前所未有的共享平台，也连接了世界各地的人们对于同一部影像的丰富感受。

从口头语言、文字书面语言再到电视语言，人类的语言形式不断进阶，王富仁关注电视语言和影视文化意义究竟何在？

首先，电视语言激活了一种全新的研究路径。王富仁在《影响 21 世纪中国文化的几个现实因素》一文中直言："21 世纪的中国知识分子将无一例外的是接受着影视文化制品的影响成长起来的人。"[①]这实际上暗含了一个重要的社会现实，那就是影视文化不仅把大量的文化知识推广到社会群众中去，而且正深刻改变着 21 世纪知识阶层学术研究的方式。长期以来，中国的学术文化被一种浓重的语言文字幻象笼罩着，所谓的语言文字幻象，是指学者在研究某个作家作品或某种文化现象时，经常一头扎进文字材料中，缺少对于研究对象影视化、动态化的关注和考察，而电视语言恰好延展了人类的感知能力，实际上也提供了一种更为鲜活的研究思路。

其次，电视语言极大缩短了社会各阶层之间心理距离，并为全社会带来了一种更易获得的文化认同感。这种全新交流媒介的现实功用是不言而喻的，但与此同时，王富仁也客观认识到了电视语言的局限，譬如在回归到对孔子、曹雪芹、鲁迅等文化伟人思想世界的呈现上，视听语言则显现出表达深度的无力和失效，这也促使我们在认清语言所能抵达的界限时，进一步反思其未来的发展方向。

最后，延续了王富仁以思想为脉络的研究特点。表面看来，王富仁

---

① 王富仁：《影响 21 世纪中国文化的几个现实因素》，载《战略与管理》，1997(2)。

对于电视语言和影视文化的关注，似乎和他关于鲁迅、新国学等问题的探讨毫无关联，但深入到他研究的深层动因，就可以清晰地感知到，王富仁以电视语言为着眼点，其实勾连的是他对语言形式、文化心理和社会思想的持续关注。在图像和声音的浪潮中，人类体验到了原始的视听快感，而不断敏锐、锋利的感觉又助推着电视语言的新一轮的进化，这似乎就造成了一个心理错觉，万物皆可感可视，从而造成了庸人哲学的泛滥，并消解了人们内心对于道德与崇高的敬畏感。王富仁的学术研究以思想为出发点，即便是对于具有泛娱乐性质的新兴电视语言的关注，也最终回归到其思想的价值。王富仁关于影视文化的观点，对于当下的影视作品而言，仍具有强烈的现实意义，这也是王富仁学术思想的永恒魅力所在。

王富仁序跋写作中的问题意识

（王运泽　北京师范大学硕士生）

2006 年，《王富仁序跋集》由汕头大学出版社分上中下三集出版。这本书集合了他二十多年来为各种著作撰写的序跋文，内容主要集中在文学方面。其中既包括对他人作品的评价与推荐，也有他本人学术思想与理论的深入阐发。作为现代文学研究领域的资深学者，无论是 20 世纪 80 年代提出"思想鲁迅"，还是近年来提出的"新国学"，王富仁都非常擅长在已有领域提出新问题，取得新的突破。可以说"问题意识"同样在王富仁的序跋写作中有所体现。

首先，问题意识体现在对他人作品的评价与推荐方面。王富仁在《我的序跋文》一文中提到，他害怕写"书评"，所以序跋文就多了起来。

谈到自己的序跋文写作，王富仁自谦道："我的序跋文则像寄生在人家的书上的寄生虫。平时自己没有这样的知识，没有研究过，人家有了系统的研究，自己看了，也有了一点零零星星的想法，就借人家出书的机会，也把自己的这点想法附带着发表出去。""这样的序跋文，对人家的书是没有好处的，对我自己却不是一点用处也没有。自己平时没有更广博的知识和更精深的研究，借着别人的研究，多掌握一些知识，多思考一些问题，虽然并非做学问的正路，但到底比仅仅缩在自己的那点知识的蜗牛壳中，永不探出头来看看更广阔的世界，要好得多。所以，我得谢谢那些让我写序的作者们，他们的书让我开阔了眼界，想了一些自己平时想不到的问题。"①可以看出，王富仁把序跋写作看作思考问题的延伸，其意义并不主要在学者间的互相吹捧，而是试图在为他人写作序跋文时，启发自己对相关问题的思考。

那么，王富仁的序跋写作中都谈论了哪些问题呢？从篇幅和内容上看，序跋文中有不少严格意义上的学术论文。《悲剧意识与悲剧精神——刘新生〈中国悲剧小说史〉序》内容丰富，篇幅长达近百页，由刘新生对中国悲剧小说史的理解出发，阐述的关键问题是对悲剧意识与悲剧精神的理解；《三十年代左翼文学·东北作家群·端木蕻良——〈端木蕻良小说评论集〉序》则对端木蕻良人物论展开论述，其抓住的关键问题是三十年代左翼文学、东北作家群同端木蕻良三者之间的关系。除逻辑严密的学术论文外，王富仁的一些其他文章也很有问题意识。如《寻找感觉——〈二十世纪著名华语青年实力诗人代表作选〉序》一文。诗歌创

---

① 　王富仁：《王富仁序跋集》（上），6 页。

作并无统一定式可言，在这里，王富仁抓住了 20 世纪青年诗人作品中的特质，即"寻找感觉"，全文的基调也由此奠定。

其次，问题意识体现在王富仁对本人学术思想与理论的深入阐发方面。20 世纪 80 年代，王富仁在《中国反封建思想革命的一面镜子——〈呐喊〉〈彷徨〉综论》中提出的观点，给鲁迅研究乃至现代文学都带来了新的变革。此后，王富仁本人的学术研究从未停下脚步。在《自我的回顾与检查——〈先驱者的形象〉自序》一文中，王富仁对自己以往研究的不足进行了反思，并试图从中找出问题以进一步突破。比如，他检讨自己在论述鲁迅小说与俄罗斯文学的联系时"并没有老老实实地深入到研究对象的自身本质之中去，并没有以真诚的热情去寻找研究对象自身的特殊联系"。《鲁迅前期小说与俄罗斯文学》中的"总论"，主要目的就是为了"它可以做一个供我们解剖的标本，以让我们了解潜入骨髓的教条主义和机械论会怎样表现在自己的文章里，又怎样以它无形的手扼杀着我们真诚的探索热情"。《中国反封建思想革命的一面镜子——〈呐喊〉〈彷徨〉综论》在艺术方法和艺术特征的分析上都还非常平庸和肤浅。① 王富仁对以往自身研究的反思与批评，体现出从事现代文学研究的特殊感觉。学术观点并不是一经提出便成定式，而是不断地从中发现问题，寻找学术研究的新方向。

最后，问题意识还体现在王富仁对现代文学研究的思考方面。王富仁常常在序跋文写作中，融入自己对现代文学研究的思考。如《重视对中国现当代作家晚年的研究——闫庆生教授〈晚年孙犁研究〉序》一文中，作者发现的问题是"中国现当代文学研究之所以会显得有些虚浮，原因当然是

---

① 王富仁：《王富仁序跋集》（上），24～38 页。

多方面的，但其中一个很重要的原因，恐怕是因为研究者面对的往往不是作者的全人，而是作者一个时期的一个或一些作品。"①以该问题为出发点，王富仁认为应该"重视对中国现当代作家晚年的研究"。《地域文学与民族文学——邓经武〈二十世纪巴蜀文学〉序》一文则是关于地域文学与民族文学的思考。从中看出，王富仁的问题意识投射到序跋写作中的多个方面。

可以说，问题意识贯穿了王富仁序跋写作的始末，体现出学者本人深厚的学术修养和责任意识。王富仁通过对问题的探究，不仅体现出他对学术的追问与反思，也体现了作为人文社会科学学者的人文关怀。

论"新"与"心"
——读王富仁"旧诗新解"
（庄敏　北京师范大学硕士）

1915 年春至 1918 年年底，鲁迅寓居北京绍兴会馆时埋头于古碑之间，一头扎入传统文化之中，以躲避政治上的纷乱，"明哲保身"。70 多年后，王富仁先生带着现实的苦闷，在旧诗研究中寻得一片净土，跨过岁月时空与中国古代知识分子进行灵魂上的交流。在中国历史中，常有文人为避祸世乱时，退世归隐，自耽于复古的幻想之中。但王富仁先生绝非此类，他转向旧诗研究，是为自救，而非自弃；是为疗伤，而非避难。诚如王富仁先生在《〈古老的回声〉自序》中所言："我不想自杀，就得自己拯救自己，就要在无路的地方为自己开出一条小路来，就要为

---

① 王富仁：《王富仁序跋集》（下），176 页。

自己的精神找到一点依托，走下去，活下去。"①王富仁先生熟读鲁迅，信仰鲁迅，并自觉继承鲁迅之遗风，有着战士般的精神与气度，待休整后定重拾山河。鲁迅于 1918 年 4 月作《狂人日记》，90 年代王富仁先生在书写自己对人生与文化的感悟之余，继续沿着思想启蒙的道路前进，写下《鲁迅哲学思想刍议》《时间·空间·人——鲁迅哲学思想刍议之一章》等文章，潜入启蒙精神的深处，实现了自我生命的升华。

本文拟从王富仁先生在 90 年代写作的"旧诗新解"系列文章出发，一窥其思想境况。

一、以新法促新解

王富仁先生在致《名作欣赏》杂志社的信中曾说："我的意图是将现代批评理论具体运用到古诗赏析中去，而又不和古诗自身的赏析相脱离。我相信，新批评终能够解决以旧有方法不易解决的问题或实际感到又说不清的问题。"②新批评主义是 20 世纪在英美文学领域（特别是在美国的文学批评领域）兴起的思想潮流，主张文学批评要忽略作品的社会背景、作者意图、读者感受等外在因素，把文本当作独立的个体去研究，注重文本的本体性。20 世纪 80 年代，新批评理论在中国学界一时风靡。王富仁先生的鲁迅研究提出要"回到鲁迅那里去"，以鲁迅的文本为基础，用"思想革命的镜子"取代"政治革命的镜子"，也是受到了新批评理论的一定影响。进入 90 年代，王富仁先生把新批评理论作为一把利剑，对中国旧诗进行重新解读，证明了新批评理论在语言分析和结构

①　王富仁：《古老的回声》，自序，2 页，成都，四川人民出版社，2003。

②　《"旧诗新解"编者按》，载《名作欣赏》，1991(3)。

分析中的有效性。

　　王富仁先生以其敏锐的洞察力，对研究对象进行深度透视，常有新见。在对汉乐府诗《江南》的解读中，王富仁先生不拘泥于过往的学者评论，仅从诗歌本体出发。从《江南》的全诗布局来看，两句写莲，五句写鱼，故"鱼"才是《江南》的主体对象，且"鱼戏莲叶间"，"东""南""西""北"四个方位词的排比使用，构建了无拘无束的自由场景。但此文一经发表迎来了诸多古代文学研究者的不同意见，认为王富仁先生得出的自由主题具有"高度的现代意识，不免有牵强附会之嫌"①。对于此类评价，王富仁先生在文章中以两个问题反问之，一问其"鱼"与"性"的象征比喻从何而来，是否是从别人的研究文章中读来的？二问其若仅阅读原诗，"鱼"与"性"的比喻与原诗的比喻"隔"或"不隔"？无论是在《江南》的解读中，还是回应文章中，王富仁先生文本本体论的意识都不证自明。

　　王富仁先生在运用新批评理论解读旧诗时，始终恪守一致性原则，既有整体与部分的相呼应，也有各部分间的相统一。在《整体与部分——〈赋得古原草送别〉诗赏析兼释鲁迅〈自嘲〉诗》一文中，王富仁先生认为革命者把白居易《赋得古原草送别》中"野火烧不尽，春风吹又生"一句单独抽取出来并赋予其革命意义的做法是有失偏颇的，这不仅使得该句的意义固化，而且破坏了全诗的整体性，丧失了原诗的韵味与旨意。无独有偶，鲁迅《自嘲》诗中，"横眉冷对千夫指，俯首甘为孺子牛"亦被政治革命所征用，使其丧失甚至掩盖了鲁迅写作时的本意。在《象征性结构——〈锦瑟〉赏析》一文中，王富仁先生从《锦瑟》一诗的内部结

———————————

　　①　王富仁：《古老的回声》，59 页。

构入手，使其变幻莫测的面目清晰明朗起来。王富仁先生认为李商隐在该诗的颔联和颈联中构造了一种象征性的结构，即"幻梦—寄托—失意—无为"，进而赋予了全诗以多义性，营造了无限广大的想象空间。

在"旧诗新解"中，王富仁先生凭借其敏锐的判断力，以解读旧诗为第一要务，将先锋的研究方法与传统的诗歌内容相融合。但值得注意的是，王富仁先生并不是在套用理论和方法，而是将新批评理论融汇于心，为解读旧诗寻找一个合适的切入点。

二、以心法解心结

20 世纪 90 年代是具有特殊学术意义的年代，中国学术界进入文化危机期，一方面，市场经济的飞跃，使得知识分子逐步走向文化边缘，人文精神日渐失落，文化至上的价值观日趋式微；另一方面，新锐学说的来临强有力地冲击着中国学术界的固有格局，社会文化环境发生了翻天覆地的改变。对此，王富仁先生在《文化危机与精神生产过剩》一文中提出，在文化危机期，中国知识分子要充分发挥主观能动性，"充分调动自己主观意志的作用，把自己的思想追求贯彻下去"，"不论怎样崇高评价和借鉴中国古代的或外国的现成文化学说，但我们的思想基点都应建立在我们自己的人生体验的一种坚不可摧的社会性愿望上，它不是在别人的文化学说中得到的，而是在自我的、民族的、现实的（现实生活或文化生活）中建立起来的。"[①]

在"旧诗新解"系列文章中，王富仁先生以新批评的理论方法切入诗歌内部，又以个人主观能动性潜入到诗歌的情感内核之中，立足于当下

① 王富仁：《王富仁自选集》，61～62 页，桂林，广西师范大学出版社，1999。

现实生活，抒发独特的个人生命体验。如先生在《〈古老的回声〉自序》中所言："作为一个人，总想感觉到自己，感觉到自己心灵中的东西，而感受别人，感受别人的作品，又是感受自己、感受沉埋在自己心灵深处的思想、感情和情绪的唯一的途径。"王富仁先生在特殊的历史年代回望中国古典文学，写作"旧诗新解"，其内心的苦闷情绪潜藏其中，也彰显了其人文关怀。

　　在赏析《江南》一诗时，王富仁先生在抒发人类对自由的向往之情时，自然流露出不自由的怅惘："人在生活中总难以完全依照自己的自然需求安全适意地选择或改变言行的趋向。"①在解读马致远的《秋思》时，先生不仅把马致远漂泊流浪的孤独无依之情展现得淋漓尽致，更是直言个人之情感："我们未必都是浪迹天涯的游子，但在生命的过程中，谁又不是一个流浪者呢？"②在《一个老年人的悲哀——〈茅屋为秋风所破歌〉赏析》一文中，王富仁先生在赏析杜甫《茅屋为秋风所破歌》时，自然穿插个人经历，以自己的老年之心来体察杜甫老年生活的痛苦，更借杜甫老年时的挣扎呼吁，发出了其个人的素朴愿望。这不仅是一篇论述文章，更是一篇真挚恳切的散文，载满了真情与真意，读来令人为之动容。

　　王富仁先生的主观能动性不仅体现在个人情感的自然流露中，更表现为一以贯之的主体性思想。"生存在'现在'的人，首先要为'现在'而生存，而不是为'过去'和'未来'而生存。"③王富仁先生解读旧诗的目的

---

① 王富仁：《古老的回声》，58 页。

② 同上书，383 页。

③ 王富仁：《空间·时间·人——鲁迅哲学思想刍议之一章》（一），载《鲁迅研究月刊》，2000(1)。

是为自救，是为发出中国知识分子的声音，是为今所用，而非真正回归古代历史语境之中，故其在解读中常以今律古，以今人之思想衡量古人之言行。在赏析岳飞的《满江红》时，王富仁先生划分了英雄与美的界限，认为岳飞虽是英雄，但其词作却不能给人以美感，"壮志饥餐胡虏肉，笑谈渴饮匈奴血"描摹了食肉饮血的场景，人如恶鬼，令人胆寒，"靖康耻，犹未雪；臣子恨，何时灭"则消解了臣子作为独立个体的自由意志，丧失了人之为人的存在意义。

王富仁先生"旧诗新解"不为察古，而为喻今。先生继承了五四自由意志的遗风，在解读旧诗时，不废主体性，以自由平等、独立自主的现代性思想为导向，坚持"文章合为时而著"，以充盈的情感为旧诗注入新的活力。有赖于"旧诗新解"的写作，王富仁先生的烦闷心绪得以平复，重新回到现代文学的专业研究中，继续沿着思想启蒙的道路深入。

三、"新"与"旧"

在王富仁先生看来，"新"与"旧"之间的关系并非是泾渭分明的，"如果过于强调传统文化的'旧'，那么传统文化也会变得孤立和狭隘起来，失去了传承和发展的活力。相反，如果过于强调五四的'新'，那么五四这一起点同样也显得孤立化，失去了历史发展的土壤和根系。"①任何文化都不可能抛弃传统而凭空发展，任何文化的延续和更生都需要传统的滋养和孕育。王富仁先生正是立足于现在，立足于当下，在反对全盘西化抑或全面复古的两极化倾向的同时，主张辩证地看待新文学之

---

① 刘勇、李春雨：《百年新文学的"传统"与"现代"——兼论王富仁"新国学"理论构想的学术价值》，载《北京师范大学学报》(社会科学版)，2017(6)。

"新"与传统文学之"旧"，重新思考"新"与"旧"两种文化的发展态势，力图构建一种全新的互动关系。在"旧诗新解"中，王富仁先生从个体的主体性出发，采用先锋的新批评理论解读中国古典旧诗，生发了具有现代性思想的新阐释，别开生面。

在经历了 90 年代这场精神思想上的历练后，王富仁先生以崭新的精神状态重新面对鲁迅、面对中国现代文学与文化。2005 年，王富仁先生发表《"新国学"论纲》一文，提出了"新国学"的概念，主张将五四以后生成和发展起来的中国现当代文学纳入"新国学"的范围。新国学，拒绝"中学"与"西学"的二元对立，兼容传统文化与现代文化，消除"新"与"旧"的隔阂，主张打破学科间的壁垒，甚至突破人文社科和自然科学间的界限，以一种全覆盖的学科姿态，来构建一种全新的、全面的文化观。如果说在"旧诗新解"中，王富仁先生打破了"新"与"旧"的隔阂，那么"新国学"的提出，则促进了"新"与"旧"的融合，打破了中国与西方、传统与现代的牢固壁垒，拓展了中西结合、古今贯通的学术研究方向，树立了一种融会贯通的学术理念，构建了一种全新的文学视野，建立起整个中国的文化立场和学术观念。

从鲁迅研究，到"旧诗新解"，再到"新国学"概念的提出，"现在主义者"的主体性精神贯穿于王富仁先生的整个学术生涯。王富仁先生研究鲁迅，但又不止于鲁迅，解读旧诗，又不拘泥于旧诗，可称得上真正的"思想型学者"。即便在混沌的文化危机年代中，王富仁先生也始终在思索，思考"新"与"旧"、传统与现代、"中学"与"西学"的互动关系，思考中国文学、中国文化未来发展的新趋向。在中国传统文化中回观现实，于古人的诗味中追问自我甚至一代知识分子的命运。王富仁先生从来不回避痛苦，而是以勇者的姿态直面苦难，即便无解，也要苦苦追索。

论王富仁对悲剧美学的思考

（陈蓉玥　北京师范大学硕士）

在王富仁的学术研究中，对悲剧这一美学理论及相关作品的分析是值得注意的，《中国反封建革命思想的一面镜子——〈呐喊〉〈彷徨〉综论》即以悲剧、喜剧这两组美学范畴对鲁迅的小说集《呐喊》《彷徨》进行系统分析。《悲剧意识与悲剧精神》既是为刘新生《中国悲剧小说初论》所作序言，又是王富仁对悲剧理论的创造性阐释。他将悲剧意识与悲剧精神放在中国文化的发展脉络中进行考察，这是一种自成一体的悲剧观念。上述内容集中反映了王富仁对悲剧美学的思考，他将这种思考也应用在现当代文学研究中。

第一，王富仁从中国文学的具体情况出发，梳理悲剧美学理论中的具体概念。在《悲剧意识与悲剧精神》一文中，王富仁认为"悲剧"作为一个美学范畴，首先在古希腊悲剧中被有意识地应用，并随中西方交流进入中国美学理论的视野，"悲剧"概念在引入中国时，内涵和外延得到了扩大，得以与中国文学发展的具体作品相结合，成为了中国美学理论的重要组成部分，但是这种结合的过程也产生了许多歧义与混乱。西方的美学范畴如何在中国文学发展中发挥作用？对这一范畴的吸收又如何克服中西方文化、美学理论体系之间的差异？

王富仁认为要从中国文学、文化发展的具体过程出发，把其中的系列概念明确化。王富仁梳理了自中国古代神话至新时期文学在内的中国文学发展史，描摹出中国悲剧艺术中悲剧意识和悲剧精神的变化趋势，并尝试将中西方文化放置在同一视野进行比较，他以中国古代神话精卫填海和夸父逐日为主要讨论对象，阐释人与宇宙意志、大自然威胁之间的对立关系和人的反抗意识，并与古希腊悲剧中人与神的对立、人对神的反抗相比较，提炼出悲剧意识和悲剧精神这两个关键概念。在此基础上，王富仁对中国文化发展的各个历史时期进行时间性分析，对中西方悲剧意识与悲剧精神发展的时代特质深入发掘，展示了中西文化语境中悲剧意蕴的复杂变化，并以中国文学中的具体作品、特定时期的时代思潮等方面为研究对象，展开来谈悲剧艺术的发展。在对中西方悲剧的比较中，他指出"悲剧，不是西方悲剧理论家设计出来的，不是西方悲剧美学家发明出来的，而是文学艺术的一种美学形态，一种人类艺术地把握世界的方式"[①]，通过对具体时代文化观念、社会现象和文学作品的分析，王富仁给出了自己对"悲剧"这一范畴的理解，广泛地将中西方文化放进同一种悲剧观念中。

第二，王富仁以悲剧视角切入鲁迅研究。在《中国反封建革命思想的一面镜子——〈呐喊〉〈彷徨〉综论》中，王富仁在第四章专列一节讨论鲁迅小说中的悲、喜剧因素。从鲁迅自身对悲剧的定义——"悲剧将有价值的东西毁灭给人看"出发，分析鲁迅小说中悲喜交织的复杂性，并将其纳入中国文化、思想的谱系中考察，凸显了鲁迅笔下悲剧与中国古典悲剧作品结构的不同。比如论及《阿 Q 正传》的结构时，他指出该小

---

① 　王富仁：《悲剧意识与悲剧精神》(下篇)，载《江苏社会科学》，2001(2)。

说是一个悲剧由隐到显，喜剧由显到隐的过程，看待同一个细节的两种角度，可以构成一种一体两面的阐释方式。在这部分对鲁迅小说的专论中，其实已经可以看出王富仁对悲剧美学的接受与理解是将悲剧与"人"的独立价值、人的存在紧密结合在一起的。这一点也体现在《悲剧意识与悲剧精神》一文中，这篇论文虽不以鲁迅研究为主要侧重点，但是对鲁迅作品区别于中国古典悲情悲剧，而与中国古代神话中悲剧的崇高性相呼应的评价，与其《中国反封建革命思想的一面镜子——〈呐喊〉〈彷徨〉综论》一书着重凸显鲁迅的思想性特质是一脉相承的：王富仁认为中国古代神话表现出了悲剧的崇高性，既展现出了理性精神——具有认识到人与外界对立与分裂的悲剧意识，又洋溢着意志力量——在无望中反抗的激情。但是在中国文化发展的过程中，悲剧意识虽然是中国文化建筑的地基，但是在地基上建筑起来的却是乐感文化，悲剧精神则在与悲剧意识的分化中发展，中国古典悲剧走向了悲情悲剧而非崇高悲剧，其间的悲剧精神未能得到发展，但是到了鲁迅的《狂人日记》却能够将悲剧与人的主体性、人的独立价值联系起来，以至于这种悲剧具有了崇高悲剧的特质。

第三，王富仁的悲剧美学研究的现实价值。王富仁在研究中将每个时期的人生观念、社会思想，同悲剧内蕴的变化结合在一起，这种研究方式给悲剧研究增添了现实意义。比如，王富仁在对"宋"这一时期的分析中指出，宋时期，文学的非政治化和非社会化走向一种享乐化、娱乐化，尤以柳永词派为要，他们的出现"正式标志着这种享乐化的趋势已经成为当时官僚知识分子的主要思想趋势"①，王富仁将宋代知识分子个人性与社会性、严肃性与娱乐性、具体性与哲理性这几组关系间的对立与分裂进行了深入的分析，指出这种分裂产生的关键性影响。尤其指出在宋代发达的歌楼妓院促生下，中国知识分子的文化心理走向了分裂——官僚知识分子对刹那欢愉的享受和忠孝节义道德观念的追求形成了一种怪诞的结合，宋词也因此显示出与唐诗、与古希腊悲剧艺术不同的文化面貌。

在他的分析中，悲剧美学转变的几个重要时期，往往也是中国历史、中国文化史、中国思想史转变的重要时期。王富仁关心的是，对西方来讲，古希腊悲剧所形成的古典美学规范已经不是主流美学，但它是西方现今美学发展的基础，中国却是缺少一种崇高悲剧的美学基础的。王富仁对古希腊崇高悲剧中理性精神和意志力量的赞扬，一部分源于现实情况带给他的担忧，他看到国民思想中韧性的缺乏和实干精神的稀缺，认为"崇高悲剧观念是医治这种国民性的良药"，这即是王富仁美学研究的当代价值，也是王富仁通过悲剧美学研究希望能对现实社会产生作用的愿望。

悲剧美学是王富仁学术研究中的一条重要线索，也是王富仁反顾自身命运的精神资源。他的学术生涯，也是从这样一种崇高悲剧的美学观念、人生观念中汲取营养，他以悲剧精神反抗命运的无常，是一位真正的勇者。

---

① 王富仁：《悲剧意识与悲剧精神》（上篇），载《江苏社会科学》，2001(1)。

后　记

　　首先，我们来说说这本书写作的缘起与经过吧。1982 年，王富仁先生考取了北京师范大学中文系现代文学专业的博士研究生，师从李何林先生。1984 年取得博士学位后留校任教，长期担任北师大中文系教授。一直以来，我们把王富仁先生看作是北师大的一面旗帜，他在鲁迅研究方面的深刻洞见，在现代文学史研究方面的思想引领和重要建树，为北师大现代文学学科的发展奠定了重要的基础，起到了积极的推动作用。事实上，王富仁先生也为整个现代文学研究的发展作出了重要而独特的贡献。由北师大方面对王富仁先生的学术思想进行系统的整理和总结，这本身也是应有的责任和使命。这次由刘勇、李春雨著的《思想型的作家与思想型的学者——王富仁和他的鲁迅研究》就是在这样的动力和契机下完成的。

本书作者之一的刘勇，跟王富仁先生是北师大中文系的同事。王富仁先生是 82 级的博士，刘勇是 83 级的硕士。王富仁先生 1984 年留校任教，刘勇 1986 年留校任教。1986 年至 2003 年，刘勇与王富仁在北师大中文系现代文学教研室共事了 18 年。王富仁先生在 2003 年去汕头大学之后，他在北师大这边指导的硕士生和博士生的教学管理工作，也都是由刘勇协助完成的。最重要的是，自 1983 年刘勇与王富仁先生在北师大相遇，刘勇就把王富仁先生当作自己学术上的导师和精神上的引路人。这种对王富仁先生学术精神上的追随，从那时起直到今天一直延续了下来，而且今后也必将继续延续下去。本书的另一位作者李春雨，自 2001 年跟随王富仁先生攻读现代文学专业博士，可谓是王富仁先生的嫡传弟子，从读博到工作之后，李春雨一直得到王富仁先生多方面的关怀和指导。所以我们深深感到，对王富仁先生学术贡献的研究，应该有一份我们的努力，这不仅是一份天然的职责，而且也是我们承传王富仁先生精神和学术遗产的最好方式。尽管我们深感自己的水平和能力还远远不够，并相信会有更多的人对王富仁先生的研究作出更大的贡献，我们只是满含着情感先做一点事情。

当我们确定写这本书的时候，有兴奋，有激动，当然也有沉重，但似乎感觉这本书并不很难写。一是我们对王富仁先生的学术研究比较熟悉，二是对他的研究对象也比较了解，所谓都是一个学科的人。近几年，我们也陆续续写过一些关于王富仁先生学术研究的文章。但是当真正写起这本书来，才觉得完全不是最初想象的那样，越写越觉得我们不了解王富仁先生，他研究鲁迅的视角，他思考问题的方式，他选取的研究重点，他表达叙述的方法等，都不是我们之前想象的那么简单，那么清晰。当我们走进王富仁博大精深的学术世界，当我们想从头到尾梳理一下王富仁的学术道路，想系统深入探究一下王富仁的学术思想，并全面概括一下王富仁学术研究的特点的时候，我们一下子觉得我们好像不认识王富仁先生了。越是想接近他，反而觉得离他越来越远了。也似乎正是在这个时候，我们才开始有一点懂得王富仁先生了。王富仁先生喜欢说短短 30 年的中国现代文学是一座富矿，进一步观察就可以发现，探寻这座富矿的人，包括王富仁先生，也都是一座座的富矿。开始写作这本书的时候，本以为我们对王富仁先生的鲁迅研究，以及他的学术思想、学术成就、学术贡献、学术特点能做一些概括甚至是总结，能够写出我们的体悟和理解，但写完本书最后一个字的时候，才发现我们还是太幼稚了。我们几乎完全把握不了王富仁及其研究的特质。我们最多只是跟随王富仁先生的学术研究和学术思想之路走了一回，看了一回风景，开启了一回心灵。我们知道，我们只是开个头，探个路，许多问题都远远没有能够深入下去……

其次，需要说明的是，在本书的体例上，我们以王富仁先生的学术研究为主题，涉及了鲁迅研究、新国学、现代作家论、文化论等多方面王富仁先生研究的内容，也以附录的方式对王富仁先生的学术成果和研究王富仁先生的成果进行了整理。另外，我们先后组织过多次王富仁先生学术思想研究的专题研讨会，一些当时参加过专题研讨的博士、硕士和进修老师、访问学者都发表了一些很好的意见。因此，在撰写本书的过程中，我们把他们的发言进行了整理，作为"附录三：王富仁学术思想专题研讨论文汇编"放入本书，这也从一个侧面看到王富仁先生对青年学子的启发和影响。在此，感谢这些青年学子认真的思考和智慧，感谢他们积极的贡献。

最后，我们要诚挚地感谢北师大出版社，出版社领导的学术眼光和北师大的责任感成就了这本书，特别要感谢禹明超、周劲含等编辑的大力支持和辛劳工作，他们的认真和宽容对本书都有很大的帮助；还要特别感谢张悦博士在本书撰写过程中查找了大量的文献资料，并为本书的撰写提出了许多富有创见的思想和思路；感谢陶梦真、汤晶、谭望、解楚冰、王运泽、庄敏、陈蓉玥等同学在查找资料和校对等方面所作的辛苦工作。没有大家的支持，我们也很难完成这本书。再次感谢大家！也期待读者朋友们的批评指正。

在王富仁先生去世五周年之际，谨以此书纪念我们心中永远的王富仁先生！

刘勇　李春雨

2021 年 5 月初稿

2021 年 9 月定稿

图书在版编目（CIP）数据

思想型的作家与思想型的学者：王富仁和他的鲁迅研究 / 刘勇，李春雨著 . —
北京：北京师范大学出版社，2022.12
ISBN 978-7-303-28258-6

Ⅰ. ①思…　Ⅱ. ①刘…②李…　Ⅲ. ①中国文学－现代文学－文学研究－文集
②鲁迅研究－文集 Ⅳ. ① I206.6-53 ② I210-53

中国版本图书馆 CIP 数据核字 (2022) 第 206682 号

思想型的作家与思想型的学者：王富仁和他的鲁迅研究

SIXIANGXING DE ZUOJIA YU SIXIANGXING DE XUEZHE WANGFUREN HE TADE LUXUN YANJIU

刘　勇　李春雨　著

策划编辑：禹明超　责任编辑：禹明超
美术编辑：王齐云　装帧设计：王齐云
责任校对：陈　民　责任印制：赵　龙

出版发行：北京师范大学出版社	开本：787mm×1092mm　1/16	版次：2022 年 12 月第 1 版
印刷：北京盛通印刷股份有限公司	印张：25.75	印次：2022 年 12 月第 1 次印刷
经销：全国新华书店	字数：300 千字	定价：89.00 元

北京师范大学出版社　　　　　　　版权所有·侵权必究

http://www.bnup.com　　　　　　　反盗版、侵权举报电话：010-58800697
北京市西城区新街口外大街 12-3 号　　北京读者服务部电话：010-58808104
邮政编码：100088　　　　　　　　　外埠邮购电话：010-58808083
营销中心电话：010-58805602　　　　本书如有印装质量问题，请与印制管理部联系调换。
主题出版与重大项目策划部：010-58805385　印制管理部电话：010-58808284